Het geheime leven

Matt Cain

Het geheime leven van Albert Entwistle

De Fontein

Eerste druk maart 2022

Oorspronkelijke titel *The Secret Life of Albert Entwistle*
Oorspronkelijke uitgever Headline Review

Vertaling Vanja Walsmit
Omslagontwerp en -illustratie Splendid Grafisch Ontwerp
Opmaak binnenwerk Crius Group
ISBN 978 90 261 5661 8
ISBN e-book 978 90 261 5662 5
ISBN luisterboek 978 90 261 6061 5
NUR 302

www.uitgeverijdefontein.nl

Uitgeverij De Fontein vindt het belangrijk om op milieuvriendelijke en verantwoorde wijze met natuurlijke bronnen om te gaan. Bij de productie van het papieren boek van deze titel is daarom gebruikgemaakt van papier waarvan het zeker is dat de productie niet tot bosvernietiging heeft geleid.

Voor Harry, mijn eigen Albert

1

Albert Entwistle was postbode. Het was een van de weinige dingen die mensen van hem wisten. Het was ook een van de weinige dingen die hij wilde dat mensen van hem wisten.

Op een koude, donkere decemberochtend kwam hij op zijn werk aan, in de geruststellende wetenschap dat deze dag precies zo zou verlopen als alle andere – en precies zoals alle jaren daarvoor.

Het was een paar minuten voor zessen toen hij het terrein achter het sorteercentrum van de Royal Mail op het industrieterrein aan de rand van Toddington op fietste. Een koud, meedogenloos licht scheen door de ramen van het lage grijze bakstenen gebouw met het golfplaten dak. Het geheel werd enigszins opgevrolijkt door het houtwerk en de deur, die in de opvallende rode bedrijfskleur waren geschilderd. Albert gaapte even toen hij van zijn fiets stapte en hem op slot deed. Hij keek op zijn horloge. De grote wijzer was bijna bij het hele uur. Tegen de tijd dat hij naar binnen liep zou het zes uur in de ochtend zijn. *Precies zoals het moest zijn.*

Hij knoopte zijn houtje-touwtjejas los en boog zich naar voren om de ID-kaart om zijn nek voor de magnetische sensor te houden. Het vertrouwde gezoem gaf aan dat de deur van het slot was. Hij liep naar binnen.

'Hoe is het, Albert?' zei de beveiliger zonder op te kijken. Ste Stockton was een knappe man van in de twintig met zulke getrainde spieren dat het leek of hij een harnas droeg. Hij was altijd zo druk met foto's van zijn lichaam online zetten dat hij nauwelijks aandacht had voor de mensen die het gebouw binnenkwamen. Dit leek Albert niet zo'n handige eigenschap als je beveiliger was, maar toch mocht hij Ste wel.

'Hé, hoi,' zei Albert met een knikje. Dit was zijn standaardbegroeting, en die bracht hij op zo'n manier dat duidelijk was dat er geen antwoord verwacht of gewenst werd. Met de jaren was hij er steeds beter in geworden om contact met anderen te vermijden, en nu hij voorbij de zestig was viel het hem op dat mensen hem sowieso steeds meer met rust lieten. Dit paste precies in Alberts straatje; als het aan hem lag, zou hij onzichtbaar zijn.

Terwijl hij een rij karretjes passeerde en de gang naar het sorteercentrum in liep, wapende hij zich tegen het moeilijkste moment van de dag. Albert probeerde altijd het onrustige gekwetter van zijn collega's te negeren, met name op maandagochtend; iedereen wilde tegelijk een samenvatting geven van wat er in het weekend was gebeurd. Tegenwoordig lieten de meesten hem met rust, maar een paar nieuwere collega's gingen er nog wel eens ten onrechte van uit dat hij net zoals zij een leven buiten het werk had. Als ze zich realiseerden dat dat niet het geval was, kregen ze medelijden met hem.

'Heb je er nooit over gedacht om een hobby te zoeken?' vroegen ze hem dan.

'Kegelen misschien?'

'Mijn tante Mabel was helemaal weg van puzzelen.'

In de hoop dat hij vandaag niet lastiggevallen zou worden, drukte hij op de knop om de deur te openen en stapte hij de hal binnen.

De eerste horde die Albert moest nemen was het kantoor van de manager van het sorteercentrum. Marjorie Bennett was ergens in de vijftig, een luidruchtige kletskous die, ongehinderd door enige gêne, iedereen naar zijn of haar persoonlijke leven vroeg – of uitvoerig over haar eigen leven vertelde. Als ze niet schaamteloos verslag deed van de aambeien van haar man, hield ze haar collega's wel op de hoogte van elk symptoom van haar menopauze. Vandaag stond haar deur wagenwijd open en was ze bezig de schoonmaker een gedetailleerde beschrijving van haar opvliegers te geven.

'Eerlijk waar,' zei ze, 'ze zijn zo heftig dat je een ei op mijn buik kan bakken.'

Albert bleef naar de grond kijken terwijl hij zich langs haar kantoor haastte. Hij kon maar niet begrijpen waarom zo veel mensen er geen problemen mee hadden hun intiemste momenten met anderen te delen. Het was duidelijk een fenomeen dat door de interviews met beroemdheden een vlucht had genomen, om maar te zwijgen van die sociale media waar iedereen het zo druk mee had. Depressies, verslaving, misbruik – niets was meer heilig tegenwoordig. Maar Albert moest daar allemaal niets van weten. Het was hem tot nu toe goed gelukt zo min mogelijk van zijn persoonlijke tegenslagen met anderen te delen.

Kom op, zei hij tegen zichzelf, *tijd om aan de slag te gaan.*

Hij zigzagde tussen een wirwar van ijzeren karretjes vol postzakken door. Sommige jongere medewerkers waren brieven en pakketjes aan het sorteren die ze in openstaande grijze zakken lieten vallen. Albert liep naar het midden van de door tl-buizen verlichte grote hal, waar iedere postbode een eigen sorteerplek had. Halfronde tafels waren omgeven door vele rijen planken die in smalle vakjes waren verdeeld. Elk vakje was bestemd voor een adres in hun wijk. De komende drieënhalf uur zouden ze bezig zijn de post in de juiste volgorde van hun ronde te sorteren, die bij Albert uit 667 adressen bestond.

Zonder oogcontact met zijn collega's te maken hing hij zijn jas en zijn reflecterende fietsvest op.

Bij de tafel links van hem stond Jack Brew uit zijn theemok te drinken en de laatste wedstrijd van het plaatselijke voetbalteam te analyseren. Jack was kaal, ergens in de vijftig, en hij had zo veel lichaamshaar dat uit elke opening van zijn kleren piepte dat Albert zich soms afvroeg of hij in een vorig leven een wolf was geweest. Jack klaagde regelmatig over zijn vrouw. Hij noemde haar een zeurkous, terwijl ze in Alberts ogen alleen maar aardig wilde zijn, bijvoorbeeld door een cadeautje voor zijn moeders verjaardag te kopen of hun volgende gezinsvakantie te boeken. Maar de manier waarop Jack zijn vrouw behandelde was niets vergeleken met de scheldpartijen die hij voor de manager van Toddington FC bewaarde.

'Zeg nou zelf,' verklaarde hij, 'die gast kan nog geen bejaardensoos managen… laat staan een voetbalelftal.'

De mannen om hem heen mompelden instemmend, waardoor Jack nog enthousiaster op het onderwerp doorging. Op dit soort momenten vond Albert hem op zijn vader lijken. *Ik vraag me af of dat de reden is dat ik hem nooit aardig heb gevonden.*

Jack ging zo op in zijn discussie dat hij ter begroeting alleen zijn hand opstak. Albert voelde zijn schouders ontspannen van opluchting.

Het leek erop dat hij ook geen gesprek met de sorteerplek achter hem hoefde te vrezen. Die werd bezet door een van de weinige vrouwelijke postbodes, een jonge moeder die Sue Frinton heette. Sue was verslaafd aan prijsvragen en had de afgelopen jaren al vele prijzen gewonnen: van vakanties, een auto en gratis winkelen in een supermarkt tot iets wat een 'vampier-gezichtsbehandeling' heette. Haar uitleg van dit laatste was Albert niet zo goed bekomen. Sues bijnaam, Tsunami, paste perfect bij haar omdat ze zo chaotisch was – haar sorteerplek was altijd een rotzooi en ze kwam elke ochtend te laat. Ook vandaag was ze er nog niet en als ze uiteindelijk binnenliep zou ze te geagiteerd zijn om een praatje te maken, wist Albert. *Bij Tsunami weet ik tenminste waar ik aan toe ben.*

Dat kon hij helaas niet zeggen van de postbode aan zijn rechterkant. Smiler was een vrolijke, pezige man van in de veertig die zo vol energie zat dat hij niet stil kon staan. Op de schaarse momenten dat hij ging zitten, bleven zijn benen doorwiebelen. Zijn sorteerplek hing vol met foto's van het bowlingteam waarvan hij aanvoerder was, en van zijn vijfkoppige gezin, dat gekke bekken trok tijdens allerlei doldwaze activiteiten. Smiler leukte zijn werkuniform regelmatig op: vandaag droeg hij een ketting van engelenhaar om zijn hals en een kerstmuts met een sprietje maretak erbovenop.

'Hé, makker,' zei hij vrolijk. 'Goed weekend gehad?'

Albert sputterde een beetje, alsof hij lichtjes in zijn buik was gestompt.

‘Ja!’ piepte hij paniekerig. En om het gesprek zo snel mogelijk af te kappen vroeg hij: ‘Wil je thee?’

‘Nee, dank,’ zei Smiler, ‘ik ben al voorzien.’ Grijnzend tilde hij zijn rendierbeker op. De neus van het beest kleurde rood als de mok met een hete drank werd gevuld.

Albert knikte, verontschuldigde zich en liep weg. Het was tien over zes en hij wist bijna zeker dat al zijn collega’s ondertussen hun koffie of thee hadden gehaald en dat het keukentje leeg zou zijn. Maar tot zijn onaangename verrassing zag hij iemand boven de waterkoker hangen. De jongeman – een bruine man zo groot als een lantaarnpaal – had zijn slapen en achterhoofd kaal laten scheren. Zijn spijkerbroek was zo strak dat Albert zich afvroeg hoe hij daar in vredesnaam in kon gaan zitten. *Het zou me niets verbazen als mijn onderbroek ouder is dan hij.*

Albert nam wat afstand en deed alsof hij druk op zijn telefoon keek. Hij had geen nieuwe berichten, maar hij vond troost bij een foto van Gracie die hij op zijn telefoon had staan.

De personeelskantine was niet veel gezelliger dan de werkplekken, met aftandse kantoortafels en plastic stoelen. Er hing een oude tv aan de witte muur die inmiddels geel was geworden van de nicotine – ook al had niemand er de laatste jaren nog gerookt. Albert ving een glimp van zichzelf op in de spiegel, die halfslachtig was versierd met een bijna volledig versleten kerstslinger. Hij was dan wel de oudste medewerker, hij zag er tenminste niet uit als vierenzestig. Hij kon zelfs doorgaan voor iemand van achter in de vijftig. Oké, hij had wat meer rimpels dan vroeger, maar doordat hij elke dag wandelde was hij wel heel fit. En hij had een volle bos haar die nog steeds, in ieder geval grotendeels, de kleur had van een volkorenbiscuitje of een kopje thee.

‘Hé, man, alles oké?’ zei de jongen opeens. ‘Ik had je niet zien staan.’

Alberts gemoedstoestand kelderde direct. ‘O, hé, hoi,’ kon hij nog net uitbrengen terwijl hij zijn blik op de vloer gericht hield.

'Ik ben Ty,' zei de jongen en hij stak zijn hand naar Albert uit. 'Ty met een "y". Kort voor Tyger.'

Albert begreep niet waar hij het over had, maar schudde toch zijn hand.

'Zo heet ik?' zei de jongen, alsof hij een vraag stelde.

'O ja, na-na-natuurlijk,' stotterde Albert. Hij keek schichtig naar de jongen en knikte. 'Leuk om kennis te maken, Ty.'

'En jij?' vroeg Ty.

'Ik ben Albert,' dwong hij zichzelf te zeggen. 'Albert Entwistle.'

'Cool, man. En hoelang zit jij al in de postbusiness?'

'Sinds mijn zestiende.'

'Echt?' Ty wachtte even, alsof hij over zijn antwoord moest nadenken. 'Man, dat is ziek!'

Albert wist niet of dat een belediging was, maar hij besefte dat hij Ty uit beleefdheid nu een vraag moest stellen. 'Ben je ingehuurd om met de kerstdrukte te helpen?'

'Yeah, ik ben een uitzendkracht?' zei Ty, weer met die vragende intonatie.

Albert zag dat Ty Alberts blauw-groen gestreepte mok in zijn handen had. Hij durfde er niets van te zeggen.

'Aha, geweldig,' zei hij. En omdat hij dacht dat het zo hoorde zei hij ook nog: 'Welkom.'

Ty bedankte hem en liep de kantine uit.

Toen de deur achter hem dichtviel, voelde Albert de nervositeit wegvloeien. Hij maakte zijn gebruikelijke kop sterke thee – met een wolkje melk en twee suikerklontjes – in de enige beker die nog over was. Er stond een plaatje op van een vrouw die eruitzag alsof ze werd geëlektrocuteerd, met de tekst GEVAAR: PMS. Hij tilde de mok op en liep zo onopvallend mogelijk terug naar de sorteerhal.

Terwijl hij naar zijn plek sloop, kwam Marjorie haar kantoor uit. Ze verkondigde dat ze huisgemaakte pasteitjes ging verkopen om geld in te zamelen voor een reisje naar Disney World voor haar zieke kleinzoon. Sinds Bradley een zeldzame vorm van kanker bleek te hebben was ze druk in de weer met verschillende initiatieven om haar inzamelingsdoel te halen. Ze was ervan overtuigd dat de jongen meer kans had zijn ziekte te overwinnen als hij een beetje werd opgevrolijkt. Albert had al verschillende keren op het punt gestaan om een bijdrage te leveren – hij had zelfs een keer met het geld in zijn hand voor haar kantoor gestaan. Maar toen had hij haar huilend aan Sue horen vertellen wat de chemotherapie met het jongetje deed – en bij de gedachte alleen al dat hij in zo'n emotioneel beladen situatie zou belanden maakte hij rechtsomkeert.

'Kom op, mensen!' riep Marjorie toen er een paar medewerkers om haar heen kwamen staan. 'Neem een stapel van deze rakkers mee – de beste pasteitjes in heel Lancashire!'

Opnieuw boog Albert zijn hoofd en maakte zich uit de voeten. Hij had zijn portie sociale contacten vandaag al ruimschoots gehad. Hij wilde niets liever dan zich in zijn werk begraven.

Albert was klaar met sorteren en deed zijn post in zakken. Daarna pakte hij een karretje en laadde alles in een bestelbus. Toen hij van het terrein af reed, verscheen er een glimlach op zijn gezicht. Hij ging aan zijn favoriete moment van de dag beginnen.

De zonsopkomst had een wolkeloze lucht onthuld. Het was zo'n heldere maar koude winterochtend waar Albert altijd energie van kreeg. Hij zag dat een van zijn collega's ter decoratie een sneeuwpopje aan de achteruitkijkspiegel had gehangen, controleerde even of er niemand keek en gaf de sneeuwpop een baldadig zetje.

Hij reed door de winkelstraat van Toddington, langs het victoriaanse stadhuis en de rijen met winkels en bedrijven die ooit het kloppende hart van het stadje hadden gevormd, maar die er nu verlaten bij lagen. Om en om was er een zaak dichtgetimmerd, als een gebit met slechte tanden. Wel waren er nog een zonnestudio, twee kappers, en – tot Alberts verbazing – drie nagelsalons. Aangevuld met een paar e-sigarettenwinkels, budgetwinkels, een pandjeshuis, en wel vijf bakkerijen van dezelfde keten. Maar het door een familie gerunde warenhuis waar klanten vanuit heel Lancashire op afkwamen was vijf jaar geleden gesloten – net als de boekhandel, de juwelier en de oude speelgoedwinkel waar hij altijd zijn tinnen soldaatjes kocht. Niet dat Albert nostalgisch was – verre van. Maar hij was er toch verdrietig over. De gemeenteraad had geprobeerd de straat voor de kerst wat op te fleuren met nieuwe feestverlichting en een overdadig versierde kerstboom, maar hij lag er nog steeds vergeten en verlaten bij.

Albert stond stil voor het stoplicht en tikte ritmisch op het stuur terwijl een vrouw, zo gerimpeld als een rozijn, paffend de straat overstak. Zijn moeder zei altijd dat het 'ordinair' was om rokend over straat te lopen. Ook al was ze al achttien jaar dood, hij hoorde nog steeds haar stem alsof ze naast hem in het busje zat. Hij schudde de gedachte aan zijn moeder van zich af, ze zou z'n dag alleen maar verpesten.

Het licht sprong op groen en Albert reed langs de bibliotheek – die open zou blijven, maar nooit open leek –, langs de oude kerk, die nu populairder was vanwege de kunstmarkten dan de kerkdiensten, en langs een beeld op het marktplein van een edelman die in het stadje was geboren. De politie was er nog niet toe gekomen om de verkeerspylon die al weken op het hoofd van de edelman prijkte weg te halen. Albert vond het er wel grappig uitzien en hij kon zich voorstellen dat degene die hem daar had neergezet elke keer stiekem moest grinniken als hij erlangs kwam.

Na een kort stuk tweebaansweg vol laatkomers op weg naar werk of terug van school reed hij een veel rustiger hoofdweg op met stenen rijtjeshuizen erlangs. Hier kon hij versnellen en via de incidentele zijstraat genieten van de doorkijkjes naar de Lancashire *moors*, een heidelandschap dat hem nooit verveelde. Hij reed langs de huisarts, de school en het tuincentrum, waar op de parkeerplaats nog steeds stapels kerstbomen te koop lagen. Niet dat hij de neiging had er een te kopen; noch Gracie, noch hij beleefde er plezier aan, dus waarom zou hij? Aan het einde van de straat parkeerde hij zijn busje voor Cod Almighty, de fish-and-chipszaak waar hij zichzelf elke week trakteerde. Hij laadde zijn karretje uit, controleerde of de veters van zijn stevige wandelschoenen goed vastzaten en deed zijn jas dicht vanwege de ijzige kou. Hij was klaar voor zijn ronde.

Hij bracht post bij bijna elk huis aan de oneven kant van de straat en onderbrak soms zijn route om de hofjes en zijstraatjes aan te doen. Hij deponeerde zijn post in brievenbussen van allerlei soorten en maten: sommige zaten aan de onderkant van de deur, waardoor hij moest bukken en een steek in zijn onderrug voelde die hij probeerde te negeren, andere waren zo smal dat alleen de dunste brieven erdoorheen konden, weer andere werden geblokkeerd door harde borstelharen die langs zijn vingers schraapten, en als laatste waren er de brievenbussen die hij het liefst had – breed, makkelijk te openen en op middelhoogte.

Soms werd de post door een overenthousiaste hond uit Alberts handen gerukt. Hij was wel eens door een paar felle terriërs die hun territorium bewaakten de tuin uit gejaagd, maar hij kende nu alle potentiële belagers op zijn route en was voorbereid met hondenkoekjes en ballen. Bij een wat groter huis dat door een bijzonder agressieve bordercollie werd bewaakt had Albert een stok in de bosjes verborgen om de hond met een paar zwiepen terug naar zijn kennel te kunnen jagen.

Vandaag moest hij vanwege de extra kerstpakketjes en -kaarten wat vaker tussen het busje en het karretje heen en weer lopen. Maar dat vond Albert niet erg – het gaf hem de gelegenheid de wereld om zich heen nog beter te bekijken. En door dat observeren voelde hij zich meer onderdeel van de gemeenschap.

Vanochtend fantaseerde hij over vensterbanken en schoorsteenmantels vol berichten over geboortes, begrafenissen, huwelijken en scheidingen. Bewijzen van nieuwe banen en toelatingen tot universiteiten gingen dagelijks door zijn handen, net als aanwijzingen dat mensen schulden hadden of ziek waren. Door alle rekeningen, juridische kennisgevingen en persoonlijke kaarten en brieven die hij bezorgde kreeg hij een inkijkje in hun leven – en soms dwaalden zijn gedachten af en probeerde hij zich de verhalen achter de correspondentie voor te stellen, verhalen die nooit op hem zouden slaan. Toch zorgde Albert ervoor dat hij zijn persoonlijke contact met mensen beperkte en oppervlakkig hield. Hij zwaaide naar mensen die niet aan het werk waren of zei beleefd hallo als hij moest aankloppen om een pakketje af te geven of een handtekening te vragen. Met zijn stevige pas wekte hij de indruk dat hij het te druk had om een praatje te maken. Als hij de post in een winkel over de toonbank aanreikte of bij de secretaresse van de school afleverde was hij altijd blij met de hartelijke begroetingen die hij kreeg, maar een gesprek aanknopen deed hij nooit.

'Ik moet voortmaken,' eindigde hij elk contact – en als hij ook maar enigszins het gevoel had dat hem een kletspraatje boven het hoofd hing, knikte hij naar zijn tas en zei vrolijk: 'Deze brieven gaan zichzelf niet bezorgen!'

Niemand sprak hem ooit tegen.

Hij moest vooral erg oppassen bij die paar mensen die snakten naar menselijk contact. Op ongeveer een derde van zijn route lag in een halve cirkel een rijtje bungalows met uitzicht op de moors. Een van de bewoners was een oudere vrouw van wie hij wist dat ze Edith Graham heette, hoewel ze weinig post kreeg. In de vijf jaar dat ze daar woonde had hij nog nooit bezoek bij haar gezien. Maar hij had haar wel een keer een moeizame poging tot een praatje met een paar vuilnismannen zien wagen, en op een ander moment had ze, schijnbaar geïnteresseerd, een geanimeerde discussie met een paar Jehova's getuigen gevoerd. Voor zover Albert kon beoordelen was Edith verder nooit anders dan in een zware leunstoel in de hoek van haar zitkamer genesteld, precies zo opgesteld dat ze én tv én naar buiten kon kijken. Elke ochtend zag ze Albert en zwaaide ze. En elke ochtend leunde ze wat naar voren en glimlachte ze verwachtingsvol.

Maar Albert hield altijd zijn hoofd gebogen, ook vandaag. *Ik kan niet blijven hangen, ik heb het druk*, zei hij een beetje schuldbewust tegen zichzelf. *En trouwens, wat moet ik tegen haar zeggen?*

Hij liep door, maar toen hij de chique vrijstaande huizen

aan de rand van het park had bereikt, moest hij plassen. Aan de andere kant van het hek stond een klein stenen openbaar toiletgebouw. Maar hij keek weg. In zijn jeugd had zijn vader – een politieagent – schande gesproken van de activiteiten die in zo'n gebouw schenen plaats te vinden. De verhalen van zijn vader hadden hem met afgrijzen en angst vervuld.

'Goor', 'smerig', 'beesten'…

Al die jaren later was Albert de woorden die zijn vader had gebruikt voor de mannen die elkaar in het toiletgebouw ontmoetten nog steeds niet vergeten. En al die jaren later durfde hij er nog steeds niet naar binnen. Hij zei tegen zichzelf dat hij zijn aandrang nog maar even moest negeren, greep het handvat van zijn karretje vast en liep door.

Toen hij de stenen leeuw bij de ingang van het park passeerde, wist hij dat hij halverwege zijn route was. Hij keek op zijn horloge en zag dat het drie over twaalf was.

Niet slecht voor een drukke dag.

Hij keek om zich heen om te controleren of niemand hem zag en gaf de leeuw een klopje op zijn kop. 'Alles goed, ouwe jongen?'

Terug op de hoofdweg bracht Albert de post bij de laatste paar adressen. Bij de huisartsenpraktijk maakte hij gebruik van het toilet, en bij het wedkantoor stond de manager verkleed als kerstelf met een rood hoofd zuchtend en steunend de kerstversiering op te hangen. Daarna keerde Albert terug naar zijn busje, startte de motor en zette de verwarming hoger zodat hij niet rillend van de kou hoefde te eten. Hij zette de radio op een lokale zender voor het nieuws, haalde een sandwich met kaas en pickles uit zijn trommeltje en draaide de dop van zijn thermoskan met thee.

Er was vandaag niet zoveel gebeurd in Lancashire; hij luisterde naar een item over een lid van de plaatselijke varkenspasteivereniging dat voor het eerst zitting mocht nemen in de jury van de Britse pasteiverkiezingen in Melton Mowbray, en naar een item over een man die was bekeurd omdat zijn papegaai scheldwoorden naar passerende kinderen had geroepen. Het was een prima tijdverdrijf. Toen Albert zijn sandwich op had, haalde hij zijn vaste traktatie uit de verpakking: een chocoreep. Het brosse binnenste deed hem aan de karamel denken die hij als klein jongetje zo lekker vond en waarvan hij op zijn eerste dag als postbode een grote brok had gekregen. Maar de winkels verkochten die karamel niet meer los. Dat hield hij zichzelf althans voor, zodat hij elke dag chocola kon eten. Bovendien kon hij zo de herinnering levend houden aan hoe gelukkig hij was geweest toen hij de karamel cadeau had gekregen.

Na het eten was het tijd om de even nummers af te werken. Dit deel van zijn route was korter, maar er lag wel een grote wijk met sociale woningbouw in. Die wijk werd de Bloemenwijk genoemd, omdat alle straten er bloemennamen hadden: Crocus Lane bijvoorbeeld ging over in Tulip Drive, en Buttercup Avenue werd Iris Street. In Alberts jeugd kwamen veel van de jongens op zijn school uit deze wijk; in die tijd woonden er voornamelijk mensen met lage inkomens, zoals arbeiders en fabrieksmedewerkers. Het was toen misschien een wat ruigere buurt, maar toch ook een vriendelijke plek waar mensen een praatje met elkaar maakten bij het tuinhek en waar de kinderen op straat slagbal speelden of voetbalden. Hij wist niet waar het mis was gegaan, maar de bewoners van de buurt waren veranderd in wat zijn moeder 'tuig van de richel' noemde. Opnieuw schudde hij de herinnering aan zijn moeder van zich af.

Terwijl Albert door de wijk liep, moest hij oppassen dat hij niet in glas of op kleine metalen cilinders stapte. Volgens de plaatselijke krant waren dat patronen voor lachgas, een nieuwe drug. Hij manoeuvreerde langs een roestige, verbogen oude fiets en een verzameling supermarktkarretjes die midden op de stoep waren achtergelaten. Elke tuin die hij passeerde leek een dumpplaats voor oude meubels. Op een van de verdorde gazonnetjes lag een driedelige badkamerset al zo lang dat het onkruid door het afvoerputje van de wasbak groeide. Op de toiletbril had iemand een opblaaskerstman neergekwakt die langzaam leegliep.

Elke dag probeerde Albert dit deel van zijn route zo snel mogelijk af te leggen en oogcontact met de bendes jongeren in trainingspakken te vermijden. Die jongeren hingen meestal bij de vervallen tuinmuurtjes rond en wierpen hem soms onmiskenbaar dreigende blikken toe. Hij boog zijn hoofd en negeerde de zwalkende dronkaard die bij de bushalte in zichzelf stond te mompelen. Ook schonk hij geen aandacht aan de twee vrouwen die elkaar de huid vol stonden te schelden.

Gek genoeg was er toch één bewoner tot wie Albert zich aangetrokken voelde. Nicole Ashton was een jonge en kennelijk alleenstaande moeder die in het laatste huis van zijn ronde woonde. Het huis lag maar een paar meter van een stenen steegje naar zijn eigen huis, aan het einde van een rijtje rode bakstenen huizen. Hij wist bijna zeker dat ze nog geen achttien was en dat ze met een peuter samenwoonde. Hij had geen idee wie de vader was of wat Nicole voor de kost deed, maar hij had wel begrepen dat ze een soort cursus volgde, omdat hij haar regelmatig brieven bezorgde van het plaatselijke centrum voor volwassenenonderwijs. Waarschijnlijk volgde ze de lessen in de avonduren, want elke dag stond ze rond de dezelfde tijd bij haar voordeur te roken en op haar telefoon te kijken. Ondanks de decemberkou was vandaag geen uitzondering. Nicole droeg grote pluizige sloffen en had een ochtendjas over haar legging en hoodie aangetrokken. Ze keek niet eens op toen Albert over het pad naar haar toe liep om haar een of andere laatste aanmaning van het elektriciteitsbedrijf te geven. Achter haar in de gang zag hij een klein mollig meisje op een speelmat zitten. Ze zong een kinderliedje voor een gehavende knuffel.

'Hé, hoi,' zei hij, terwijl hij Nicole de rekening gaf.

Ze keek op. In haar ogen zag hij een spoor van ongemak, dat ze snel camoufleerde met een chagrijnige blik. Ze rukte de brief uit zijn hand. Hij vroeg zich af waarom ze zo onvriendelijk deed en stelde zich heel even voor hoe het zou zijn om met haar te praten en het te vragen. Maar het idee alleen al bezorgde hem tintelingen van angst. *Nee, dat zou een slecht idee zijn.*

Er viel een ongemakkelijke stilte. Nicole drukte haar sigaret uit, draaide zich om en liep naar binnen.

'Nou, ik moet voortmaken,' flapte Albert eruit.

Nicole sloeg de deur achter zich dicht.

Hij knikte naar zijn tas en verkondigde tegen niemand in het bijzonder: 'Deze brieven gaan zichzelf niet bezorgen!'

Albert reed terug naar het sorteercentrum. Onderweg stopte hij om een paar brievenbussen op zijn route te legen. Hij gaf de pakketjes af die hij niet had kunnen afleveren en keek toen naar de klok aan de muur: dertien over twee. *Verdraaid zeg, helemaal niet slecht.*

Terug op zijn sorteerplek wilde hij zijn administratie gaan afronden. Maar net toen hij wilde gaan zitten hoorde hij het onmiskenbare geluid van Tsunami, die terugkwam van haar ronde. Hij keek op toen ze haar jas over haar bureau slingerde. Sue was begin dertig, had rood haar en haar gezicht en armen zaten vol sproeten. Vandaag had ze een rendiergewei op haar hoofd en kerstballen in haar oren – en ze maakte een opgewonden indruk.

'Je raadt het nooit,' zei ze terwijl haar jas op de grond gleed.

Jack en Smiler waren nog niet terug, dus Albert moest wel antwoord geven. 'Wat?' vroeg hij.

'Ik heb alweer een prijsvraag gewonnen – ik heb net een mail gekregen!'

'Gefeliciteerd,' zei Albert. En omdat dat van hem verwacht werd zei hij erbij: 'Wat heb je dit keer gewonnen?'

Sue begon te grijnzen. 'Voor een jaar gratis slasaus. Fantastisch, toch?'

Hoe bepalen ze in hemelsnaam hoeveel slasaus iemand in een jaar gebruikt? was Albert geneigd te vragen.

Gelukkig werd het gesprek onderbroken.

'Albert, schat,' zei Marjorie. Ze kwam bij zijn stoel staan en gaf hem een envelop. 'Je hebt een brief van HR.'

Albert trok verbaasd zijn wenkbrauwen op. Eén keer per jaar

kreeg hij een brief van personeelszaken ter voorbereiding op zijn jaarlijkse functioneringsgesprek. Hij moest dan eindeloze formulieren invullen over zijn wensen en ambities voor zijn carrière. In zijn ogen was het een zinloze exercitie: hij wilde gewoon blijven werken zoals hij de afgelopen negenenveertig jaar had gedaan. Maar dit was een andere brief. En schijnbaar was hij de enige die er een kreeg.

Hij nam de brief van Marjorie aan en bekeek hem aandachtig.

'Nou… ga je hem nog openmaken?' vroeg ze. Terwijl ze hem doordringend aankeek, viel zijn blik op de ader in haar nek. Die was opgezwollen als een slang die net een rat had doorgeslikt.

Opeens realiseerde hij zich dat dit de belangrijkste brief was die vandaag door zijn handen zou gaan. Hij kon hem onmogelijk nu openmaken; hij zou het thuis doen, bij Gracie.

'Ehm… nee, hoor, komt goed, dank je,' zei hij. 'Ik lees hem later wel.'

Marjorie leek teleurgesteld. 'Oké, schat, wat jij wilt. Maar weet dat ik er altijd voor je ben.' Ze glimlachte naar hem alsof hij een puppy met een zeer pootje was.

'Ja, dank je,' kon Albert nog net uitbrengen.

Terwijl ze wegliep vouwde hij de brief en stak hem in zijn zak. Aan haar blik te zien was het geen goed nieuws.

2

Albert haalde de brief van HR uit zijn zak en zette hem op de schoorsteenmantel.

Ik maak 'm zo open, zei hij bemoedigend tegen zichzelf. *Als ik me geïnstalleerd heb.*

Hij plaatste de verfrommelde envelop naast zijn schamele setje kerstkaarten. Hij had er dan wel duizenden bezorgd, maar zelf had hij er niet meer dan drie gekregen: een van Smiler, die al zijn collega's een kaart gaf, een van zijn moeders achternicht uit Blackburn die Albert al jaren niet had gezien en die hem altijd Alfred noemde, en een van zijn tandarts – maar die was niet eens handgeschreven, alle namen van de medewerkers van de praktijk waren erop gedrukt. Toch mocht hij niet klagen; hij had al sinds zijn moeder te ziek was geworden om nog kerstkaarten namens hen beiden te schrijven geen enkele kaart meer verstuurd. Sindsdien was het aantal kaarten dat op zijn adres werd bezorgd elk jaar verder afgenomen. Hij hield zich voor dat het beter was zo. Het kille feit dat er zo weinig mensen om hem gaven was triest, maar dat gevoel negeerde hij liever.

Albert had ook niet de moeite genomen om kerstversiering op te hangen. Hij zou niet weten voor wie of wat; er zou toch geen bezoek komen. Nu hij erover nadacht, besefte hij dat hij het hele jaar al geen visite had gehad. De man die de nieuwe slimme elektriciteitsmeter kwam installeren en de loodgieter die de afvoer kwam ontstoppen – en die hem een uitbrander had gegeven omdat hij zijn etensresten door het putje spoelde – telden natuurlijk niet mee. *O ja, en die keer in de zomer dat de buurkinderen hun bal in mijn achtertuin hadden gegooid.*

Hij weet nog hoe overdonderd hij toen was. Nadat er was aangebeld en Albert had opengedaan, was de vader van de kinderen gewoon zijn huis in gelopen en naar de tuin gebanjerd. Toen hij de bal had gevonden bleef hij met het ding onder zijn arm geklemd in de keuken staan. Hij vroeg Albert wat hij dacht dat Toddington FC dit seizoen zou gaan bereiken. Albert wist niet wat hij moest zeggen en was op het weer overgegaan. Toen dat gespreksonderwerp stagneerde, werd het zo ongemakkelijk dat de vader vertrok. Sindsdien had er niemand meer een voet over Alberts drempel gezet.

'Maar dat vinden we fijn toch, zo?' zei hij tegen Gracie. 'We vinden het fijn als we gewoon met z'n tweetjes zijn.'

Gracie was Alberts grijze poes, een kruising die hij, kort nadat zijn moeder was overleden, als kitten in huis had genomen. Hij had haar vernoemd naar Gracie Fields, zijn moeders favoriete zangeres uit haar jeugd. Ze zong haar liedjes toen hij klein was. Zoals na iedere werkdag tilde hij Gracie op en hield haar in zijn armen. Hij aaide haar lange vacht en krabde haar op haar favoriete plekje achter haar oren.

'Jij bent volmaakt gelukkig, hè, mijn kleine meisje?'

Met een spinnende Gracie in zijn armen liep hij zijn vertrouwde rondje door het huis, een hoekhuis waar hij al zijn hele leven woonde. Hij begon in de woonkamer, die in een vrolijke gele kleur was geverfd en vol stond met een pluchen driezitsbank, zijn moeders letterbakken met kristallen voorwerpen en een 40 inch-tv met geluidsbalk – de duurste aankoop van Alberts leven en verbazingwekkend moeilijk te bedienen. Hij begreep echt niet waarom hij drie afstandsbedieningen, een mobiele telefoon en een stabiel wifi-signaal nodig had om tv te kunnen kijken. *Is dat nou vooruitgang?*

Hij slenterde naar de achterkamer, waar ook de keuken was en de wasmachine stond, en de twee erfstukken: het dressoir en de eettafel. Albert at alleen met Kerstmis aan de tafel. Hij kon maar niet vergeten welke confrontatie daar bijna vijftig jaar geleden had plaatsgevonden. Die confrontatie had zijn verdere leven bepaald – en hij wilde er niet meer aan denken.

De poes lag nog steeds in zijn armen te spinnen. 'Heb je het druk gehad vandaag, Gracie?' vroeg hij zacht. 'Heb je het huis bewaakt?'

Gracie mauwde luid en sprong op de grond. Ze liep rondjes om haar etensbakje en gaf kopjes tegen Alberts schenen.

'Kom maar,' zei hij liefdevol, 'we gaan eten voor je maken. Je hebt vast honger.'

Hij liep naar de koelkast en haalde er een pakje kippenlevers uit die hij in een pan op het fornuis aan de kook bracht. 's Ochtends gaf hij haar kattenvoer uit blik, maar 's avonds wilde hij haar graag verwennen. Gracie raakte duidelijk opgewonden van de geur in de keuken. De laatste tijd had ze niet zo'n trek gehad, dus haar enthousiasme maakte Albert blij.

Toen herinnerde hij zich een gesprek op het werk, waarin Jack Brew grappen had gemaakt over een vrouw op zijn route die alleen woonde met drie katten.

'Er is vast iets mis met haar,' had Jack tegen zijn collega's gebruld, 'want je ziet haar nooit met andere mensen. Echt zo'n gestoord kattenvrouwtje.'

Albert haalde de pan van het vuur en probeerde er niet meer aan te denken.

Zodra Gracie tevreden haar levers naar binnen stond te werken, begon hij aan zijn eigen avondeten. Op maandag at hij altijd worst en aardappelpuree. Dinsdag ei en friet, woensdag en donderdag *cottage pie* (hij maakte altijd genoeg voor twee dagen), en vrijdag haalde hij wat af. Meestal was dat fish-and-chips en soms trakteerde hij zichzelf op een pizza. Eén keer had hij zelfs een curry gehaald – tikka masala, wat hij best lekker vond. Maar dat was vlak nadat zijn moeder was overleden en voordat hij steeds meer waarde begon te hechten aan een duidelijk schema.

Om zes uur, het moment dat op de BBC het nieuws begon, ging hij met een blad op schoot op de bank voor de televisie zitten. Gracie was achter hem aan gelopen en ging haar pootjes zitten likken. Albert probeerde zich op de uitzending te concentreren en de brief van HR te negeren.

Om halfzeven deed hij de afwas, trok de gordijnen dicht en

ging naar boven. Hij liep zoals altijd langs de gesloten deur van de slaapkamer aan de achterzijde van het huis, een kamer die hij als het enigszins kon probeerde te vermijden. Hij liep over de overloop naar de slaapkamer aan de voorzijde, waar hij als klein jongetje al sliep. Daar deed hij zijn uniform uit, trok zijn pyjama aan, die altijd netjes opgevouwen aan het voeteneinde van het bed lag, hulde zich in zijn bruine geruite kamerjas en stapte in zijn warme gevoerde sloffen. Daarna ging hij weer naar beneden en installeerde zich voor de tv.

Hoewel Albert de programmering van zijn favoriete zenders uit zijn hoofd kende, kon hij niet voorspellen wat Gracie zou doen. Vanavond had ze besloten om niet opgerold op zijn schoot te gaan liggen, maar voor de radiator – en dat stond hem helemaal niet aan. Hij zette de verwarming uit, omdat hij wist dat als alle warmte uit de radiatoren zou weglopen ze ergens anders haar heil zou zoeken – met wat geluk op zijn schoot. Een koude neus was een klein offer. En zowaar, tijdens de tweede aflevering van *Coronation Street* stond ze met haar pootjes tegen zijn knieën.

'Hallo, mijn kleine meisje. Wil je geknuffeld worden?'

De kat nestelde zich in het kuiltje tussen zijn benen, rekte zich uit en viel vrij snel diep in slaap. Albert tilde haar pootje op en hield het vast.

Gracie lag nog steeds diep te slapen toen om negen uur *I'm A Celebrity... Get Me Out Of Here!* begon. In deze aflevering zaten een cabaretier die Albert helemaal niet grappig vond, een zanger van wie hij nog nooit had gehoord en iemand die zichzelf een 'social media influencer' noemde, een beroep waar hij niets van begreep. Rond het kampvuur hadden ze het met elkaar over hun grootste angsten.

'Ik ben als de dood voor spinnen,' zei de zanger. Hij keek er heel vies bij.

'Ik voor slangen,' zei de cabaretier rillend. Hij richtte zich tot de influencer. 'En jij?'

'Voor mensen,' zei Albert hardop, waardoor het antwoord van de influencer niet verstaanbaar was. 'Mensen.'

Terwijl ze op de tv verder babbelden, dacht Albert na over zijn antwoord. Hij was niet altijd bang geweest voor mensen; op school was hij best sociaal geweest en had hij veel vriendjes gehad, zoals Tom Horrocks en Colin Broadbent. Toen ze klein waren speelden ze altijd met elkaar in de speeltuin, toen ze ouder werden gingen ze samen naar de film of naar de alcoholvrije bar. Weer later glipten ze pubs binnen en deden ze zich ouder voor dan ze waren om iets aan de bar te kunnen bestellen terwijl ze elkaar ophitsten en samen genoten van de kick van verboden dingen doen. Ze wisten dat het maar kleine vergrijpen waren, die hun vaders misschien zelfs wel trots maakten en hen deden denken aan vergelijkbare streken uit hun eigen jeugd.

Maar toen werd alles anders.

Albert had plompverloren te horen gekregen wat zijn vrienden vonden van mensen zoals hij, wat de wereld in het algemeen vond van mensen vond zoals hij – van zijn ware aard, die hij zo zorgvuldig verborgen had weten te houden. Daarna was hij zich steeds meer gaan terugtrekken en had hij zich in eerste instantie op zijn werk gestort en later op de verzorging van zijn moeder. Langzaam maar zeker bekroop hem een nieuw soort verlegenheid, een verlegenheid die werd gevoed door angst. Als een stroming waar hij niet tegenin kon zwemmen – en waar hij uiteindelijk in verdronk.

Maar daar moet ik niet meer aan denken.

'Afijn, we zijn er nog, nietwaar?' zei hij tegen Gracie. Ze gaf geen antwoord maar legde haar kop weer op zijn schoot. 'En we hebben het goed zo. Alleen wij tweetjes – mijn meisje en ik.'

Om tien uur was het programma afgelopen en moest Albert Gracie wakker maken om op te staan en de tv uit te schakelen. Het was bedtijd.

Maar voordat het zover was, gunde hij zichzelf een traktatie. Dat deed hij alleen op bijzondere momenten of als hij zichzelf wilde opvrolijken. *Of als ik mezelf wil afleiden van een enge brief op mijn schoorsteenmantel.*

Hij liep naar zijn oude stereo-installatie en pakte een cd met musicalliedjes van vroeger. Hij was niet zo'n fan van musicals, maar de liedjes deden hem denken aan gelukkiger tijden. Ze brachten hem terug naar zijn tienerjaren – en naar iemand die hem gelukkig had gemaakt.

Hij controleerde of de gordijnen goed dichtzaten en de deur stevig op slot was en drukte op 'afspelen'. Het volume zette hij niet al te hoog, omdat hij niet wilde dat de buren hem zouden horen. Toen schopte hij zijn sloffen uit en begon door de kamer te dansen op 'Shall we Dance?' uit *The King and I*, met een behendigheid en souplesse die zijn collega's nooit van hem zouden hebben verwacht. Gracie was gewend aan deze privévoorstellingen en tilde niet eens haar kop op, ook al maakte Albert al zijn bewegingen in haar richting. Als hij danste, voelde hij zijn verlegenheid en reserves als sneeuw voor de zon verdwijnen. Hij sprong en draaide in het rond met een energie die hem zelf verbaasde, en hij genoot van elk moment van deze vrolijke ontlading.

Daarna speelde hij 'I Could Have Danced All Night' uit *My Fair Lady* af en later 'Singin' in the Rain'. Hij voelde het geluk door zich heen stromen terwijl hij de laatste remmingen wegdanste. Hij had het grootste deel van zijn leven het gevoel alsof hij aan het verdrinken was, maar nu steeg hij boven het water uit als een prachtig dier dat zijn vrijheid tegemoet ging. *Kon mijn hele leven maar zo zijn. Kon ik me maar altijd zo vrij voelen.*

Toen viel zijn oog opnieuw op de brief op de schoorsteenmantel. Opeens realiseerde hij zich hoe hij eruit moest zien. Een beetje buiten adem controleerde hij nog een keer of de gordijnen echt goed dicht waren. Hij ving een glimp op van de slecht verlichte straat buiten en voelde het schaamrood op zijn kaken branden. *Tjongejonge, kerel, wat sta je daar in de woonkamer rond te huppelen? Wat bezielt je, terwijl je weet dat er belangrijk nieuws op je ligt te wachten?*

Hij zette de muziek uit en griste de brief van de schoorsteenmantel. Toen hij op adem was gekomen, scheurde hij de envelop open en trok er één enkel blaadje uit. Hij begon te lezen.

Geachte heer Entwistle,

Het is ons ter ore gekomen dat u over drie maanden uw vijfenzestigste verjaardag viert. Vooruitlopend op deze speciale dag wil de Royal Mail u van harte feliciteren en u tegelijkertijd bedanken voor de vele jaren trouwe dienst.

Nou, dat is nog niet zo erg.

Zoals u wellicht weet, is het standaard beleid binnen dit bedrijf dat medewerkers op hun vijfenzestigste met verplicht pensioen gaan.

Nee, nee, dat moet een vergissing zijn.

Hij probeerde verder te lezen, maar de woorden begonnen over het papier te dansen en hij voelde zich misselijk worden.

Wij begrijpen dat sommige medewerkers daar nog niet aan toe zijn en deze regeling misschien willen aanvechten.

Zeker weten.

Maar het spijt ons te zeggen dat er geen mogelijkheden zijn om het pensioen uit te stellen.

Hel en verdoemenis.

Mocht u hierover in gesprek willen gaan met uw manager, mevrouw Marjorie Bennett...

Albert hield de schoorsteenmantel vast om zich in evenwicht te houden. Dit kon niet waar zijn.

Ik kan niet stoppen met werken. Hoe kan ik nog mezelf zijn als ik geen postbode meer ben?

Hij bekeek de brief opnieuw, maar daar stond het echt, zwart op wit – zijn gedwongen pensionering. Hij dacht terug aan zijn vertrouwde ronde vandaag, hoe geruststellend die elke dag was. Hij bedacht hoe hij die ochtend op zijn werk was aangekomen, in de geruststellende wetenschap dat die dag precies zo zou verlopen als alle andere.

Hij had er finaal naast gezeten.

Want vandaag was de dag waarop alles veranderde.

3

Nicole Ashton wierp stiekem een blik op haar telefoon. Ze had geen nieuwe berichten, maar de gedachte dat er zomaar eentje binnen zou kunnen komen gaf haar kriebels in haar buik.

'Onthoud één ding, meisjes,' tjirpte haar docente, 'zonder manicure is een vrouw niet compleet!'

Nicole ademde een keer diep in om zichzelf te kalmeren en probeerde zich te concentreren. Ze knikte naar de docente. Joyce Bennett was een slanke vrouw van bijna zestig die haar platinablonde haar altijd veel uitgebreider föhnde dan nodig was voor de plek waar ze werkte. Haar huid had zoals gewoonlijk de kleur van karamel door de bruiningsspray die ze gebruikte. Een van de voordeeltjes van haar baan als hoofd van de opleiding Uiterlijke Verzorging op Toddington College, nam Nicole aan.

'En wat is mijn motto?' vroeg ze.

Al Nicoles medestudenten riepen in koor: 'Het leven is te kort voor lelijke nagels!'

Joyce straalde. 'Fantastisch. Kom, we gaan glitters aanbrengen!'

Nicole voelde de zenuwen door haar lijf gieren. Ze zat nu in haar derde cursusmaand en vanavond zou ze voor het eerst een manicure bij een echte klant uitvoeren. De meeste meisjes hadden bejaarde vrouwen toegewezen gekregen, omdat die vaak tijd over hadden en bereid waren om ongediplomeerde jongeren op hun nagels los te laten. Maar Nicole moest een moederlijke vrouw van in de vijftig onder handen nemen, ene Marjorie die bij het plaatselijke postkantoor werkte. Tot overmaat van ramp was het de schoonzus van Joyce, dus Nicole wist dat er over elk detail van haar werk gerapporteerd zou worden. Ze wilde goed voor de dag komen om een stap dichter bij haar einddoel te komen: een eigen schoonheidssalon. Misschien leek het op dit moment een onbereikbare ambitie, maar toch klampte ze zich eraan vast. *Ik moet laten zien wat ik in huis heb.*

Ze keek naar Marjorie en glimlachte met geforceerde zelfverzekerdheid. De handen van haar cliënte lagen al op twee witte handdoeken uitgespreid, en Nicole had haar producten en instrumenten klaargelegd.

'Ik ga beginnen met het schoonmaken van de handen,' zei ze hakkelend.

Ze pakte een ontsmettende spray, bracht hem op de handen van haar klant aan en veegde ze met een wattenschijfje weer droog.

'En nu ga ik de nagels vijlen om ze straks netjes af te kunnen werken.'

'Denk eraan, meisjes,' riep Joyce tijdens haar ronde door het lokaal, 'dat je tijdens je werk een praatje maakt met de klant en haar op haar gemak stelt. De salon moet een veilige plek zijn waar ze over alles kan praten. Wat zeg ik altijd?'

Alle meisjes keken op van hun nagels. 'Wat in de salon gebeurt, blijft in de salon!'

Nicole voelde de angst in haar buik kriebelen. Dit was het moeilijkste gedeelte. Maar als ze het wilde maken als schoonheidsspecialiste, moest ze zich over haar ongemak heen zetten en gewoon met vreemden leren kletsen. 'Dus... u bent de schoonzus van Joyce?' probeerde ze.

'Ja,' zei Marjorie, 'we kennen elkaar al vijfendertig jaar. Zij is met de ene broer getrouwd en ik met de andere. We werden wel de Di en Fergie van Toddington genoemd.' Marjorie glimlachte bij de herinnering, maar Nicole begreep niet wat ze bedoelde.

'Maar dat was lang voor dat gesabbel aan die tenen,' voegde Marjorie eraan toe.

Nicole had geen idee waar ze het over had.

Gelukkig praatte Marjorie onverstoorbaar verder. 'Dat is nu allemaal zo lang geleden,' zei ze weemoedig. 'Tegenwoordig heeft Fred aambeien zo groot als druiventrossen en zit ik in de overgang. Dat is zo afschuwelijk, dat wil je niet weten. 's Nachts zweet ik zo veel dat het lijkt alsof ik in een pierenbadje lig.'

O help, er zit geen rem op deze vrouw.

'En mijn libido is tot onder het vriespunt gezakt,' ratelde Marjorie verder. 'Maar dat is nog niet eens zo erg, want mijn poes is inmiddels zo droog dat ik 'm als schuurpapier kan gebruiken.'

Nicole wist niet hoe ze moest reageren. Ze voelde zich opgelaten, maar ze hoopte dat haar gemompelde antwoorden in ieder geval adequaat en beleefd genoeg waren.

Terwijl ze zich op de andere hand richtte, gleed haar blik even naar haar telefoon. *O alsjeblieft, ik word gek als hij niet snel iets stuurt.*

'Maar hoe zit het met jou?' vroeg Marjorie. 'Ik zie dat je een dochtertje hebt.'

'Wat?' Nicole was meteen op haar hoede. 'Hoe weet u dat?'

'Ik zag haar op je telefoon, lieverd. Op je screensaver.'

Voordat ze antwoord gaf, dacht ze aan de feedback die ze van Joyce had gekregen toen ze voor het eerst een klant had geföhnd. Ze had gezegd dat Nicole een van haar beste studenten was, maar dat de klant had geklaagd dat ze bot overkwam. Nicole had zich ingehouden en was niet dramatisch met haar ogen gaan rollen, zoals ze vaak deed; als jonge zwarte vrouw hoefde ze alleen maar een beetje afwachtend te zijn en witte mensen vonden haar al boos of agressief. En als ze ook maar iets zei wat naar politiek neigde, werd het probleem nog groter. Tijdens haar laatste cursus had ze een keer – heel beleefd – gevraagd waarom er geen les over afrohaar was, en toen had haar docent haar van een 'dreigende houding' beschuldigd. Waarom begrepen mensen niet dat ze niet agressief was, maar gewoon verlegen? *Niemand houdt er rekening mee dat ik misschien wel dingen heb meegemaakt waardoor ik minder makkelijk contact maak.*

Ze toverde een glimlach op haar gezicht. 'Ja, dat is Reenie,' antwoordde ze. 'Ze is net twee geworden. Op dit moment is ze helemaal wild van Peppa Pig. Ze zit beneden in de crèche als ik hierboven mijn cursus volg.'

Nicole wilde erbij zeggen dat ze zich de eerste lesdag de hele tijd zorgen om Reenie had gemaakt en naar het toilet was geglipt om even te huilen. Ze wilde zeggen dat ze haar dochter graag in de buurt had, maar dat ze ook bang was dat Reenie net zo verlegen zou worden als zij. Daarom wilde ze graag dat ze met andere kinderen omging. Maar ze voelde zich niet geroepen om dit allemaal te zeggen.

Ze was klaar met vijlen en legde de handen van Marjorie plat neer om haar werk te inspecteren. *Hmm, ik ben eigenlijk wel tevreden.*

Ze pauzeerde even en ademde diep in.

Ga het nou niet verpesten, blijf aardig…

'Ik ga wat crème op de nagelriemen aanbrengen,' legde ze allervriendelijkst uit. 'Dan worden ze zacht en kan ik ze daarna terugduwen.'

Marjorie knikte. 'En wie is de vader?' vroeg ze nieuwsgierig. 'Je bent wel erg jong voor huisje-boompje-beestje.'

Nicoles vingers verstijfden. Het ging Marjorie niets aan dat er geen sprake was van huisje-boompje-beestje. Het ging haar niets aan dat ze op haar vijftiende verliefd was geworden op een jongen die Dalton heette, tegen wie ze opkeek omdat hij een getalenteerde songwriter was en muzikant wilde worden. Maar een jaar later bleek ze zwanger en was de relatie opeens van alleen maar leuk naar serieus omgeslagen. Dalton was in het begin heel steunend geweest en had haar gesmeekt de baby te houden, ook al maakte ze zich zorgen of ze rond konden komen en wat een baby voor haar carrièreplannen zou betekenen. Hij had beloofd te blijven – en hij had woord gehouden. Totdat een platenlabel in Londen interesse had getoond in een paar liedjes die hij had geschreven en hij twee maanden voor haar uitgerekende datum plotseling naar het zuiden was vertrokken. Hij nam ook zijn telefoon niet meer op als ze belde. Nicole was er kapot van en moest haar opleiding afbreken en haar ambities in de ijskast zetten.

En nu was ze hier, helemaal opnieuw begonnen, in een sociale woning ver van haar vriendinnen, studerend aan deze avondschool waar ze niemand kende, zonder oppas, waardoor ze niet uit kon gaan en geen mensen kon ontmoeten – en de enige vorm van contact die ze met Dalton had, was het geld dat hij van de jeugdzorg elke maand aan haar moest overmaken. Nu de muziekcarrière waarvoor hij haar had verlaten op niets was uitgelopen kwam hij vaak niet met het geld over de brug. Hij had besloten om in Londen te blijven en had niet eens de moeite genomen om Reenie te ontmoeten. Maar dit wilde ze allemaal niet aan Marjorie kwijt; ze moest er niet aan denken dat mensen haar een dom wicht zouden vinden dat zo naïef was geweest om een man over zich heen te laten lopen. *Zo ben ik misschien ooit geweest, maar ik heb mijn lesje wel geleerd – naïef ben ik allang niet meer.*

'O, Reenies vader en ik zijn een tijdje geleden uit elkaar gegaan,' zei ze kortaf. 'Maar we zijn helemaal gelukkig zonder hem. We redden het prima met z'n tweetjes.'

Dit was natuurlijk niet helemaal waar. Nicole probeerde niet aan de rode cijfers op haar bankrekening te denken – of aan de vraag waar ze kerstcadeautjes van moest kopen. De angst sloeg haar om het hart. *Daar moet je nu niet aan denken. Concentreer je op je manicure.*

Ze was klaar met het inmasseren van Marjories nagelriemen en plaatste de linkerhand in een kom met warm water.

Marjorie keek haar met samengeknepen ogen aan. 'Als je niet samen bent met de vader van Reenie, wie is dan je nieuwe liefde?'

Mijn god, dit geloof je toch niet. Kent deze vrouw echt geen grenzen?

'Kom op, liefje, mij hou je niet voor de gek; ik zag je wel op je telefoon kijken. En die blik herken ik uit duizenden.'

Nicole zuchtte een keer diep en slikte haar sneer in. 'Ja, er is wel iemand die ik leuk vind,' zei ze met tegenzin. 'Maar als u het niet erg vindt wil ik het er liever niet over hebben... We kennen elkaar nog maar net, en ik weet nog niet waar het naartoe gaat.'

Beter gezegd: het gaat je geen donder aan!

'Kom op, liefje,' hield Marjorie vol, 'je kunt het mij toch wel vertellen. Denk je dat hij de ware is?'

'Kunt u er alstublieft over ophouden?' snauwde Nicole. 'Ik wil het er echt niet over hebben –'

Ze slikte de rest van haar zin in, omdat ze de verslagen uitdrukking op Marjories gezicht zag. *Verpest het nou niet, meid.*

'Sorry,' kon ze nog uitbrengen. 'We zijn gewoon nog zo kort bij elkaar en ik weet niet hoe het gaat lopen.'

Ze probeerde zo te glimlachen dat het duidelijk was dat dit onderwerp was afgesloten. Ze handelde snel Marjories rechterhand af en legde ook die in een kommetje.

'Ik ga nu voorzichtig de nagelriemen terugduwen,' zei ze, 'waardoor het nagelbed groter lijkt.'

Er viel een nadrukkelijke stilte. Voordat Marjorie die met een volgende persoonlijke vraag kon opvullen, stelde Nicole een tegenvraag.

'Hoe zit het eigenlijk met uw man?' vroeg ze. 'Hoe hebben jullie elkaar ontmoet?'

Ze slaakte stilletjes een zucht van verlichting toen Marjorie uitgebreid begon te vertellen over hoe de vonk was overgeslagen tijdens een nummer van Wham in een nachtclub in Toddington die al lang geleden was afgebroken. Nicoles gedachten dwaalden af naar de eerste keer dat zij haar nieuwe vriend Jamie had ontmoet. Ze hadden vorige zomervakantie een online match toen Jamie zijn familie in Toddington bezocht. Hij zat op de technische universiteit in Leeds en vanaf het eerste contact voelde Nicole zich op haar gemak. Hij was zo anders dan Dalton, en hun eerste date was geweldig verlopen. Ze had niemand gehad om op Reenie te passen, dus had ze haar meegenomen. Jamie en zij hadden met Reenie slapend in de buggy rond het plaatselijke reservoir gewandeld. Nicole was bang geweest dat Jamie daardoor zou afknappen, maar het had hem op geen enkele manier ontmoedigd. Hij was zelfs geïnteresseerd in haar leven en haar ideeën – en toen hij had aangeboden de buggy te duwen spande hij zijn spieren zo aantrekkelijk aan dat haar ademhaling ervan versnelde. En dat was niet het enige. Toen Reenie wakker was geworden, wist hij meteen hoe hij met haar om moest gaan en leek hij het oprecht leuk te vinden om met haar te spelen.

Al na een paar weken bleef Jamie regelmatig bij Nicole slapen en voelde ze zichzelf weer helemaal opbloeien. Maar in september was hij voor zijn laatste studiejaar weer naar Leeds vertrokken en hij had haar dat hele semester maar één keer bezocht. Ze waren tijdens een weekend begin november met Reenie naar een vuurwerkshow gaan kijken en Nicole had zich weer in de zevende hemel gevoeld. Maar toen hij weg was, miste ze hem nog meer. Ze had zich getroost met de gedachte dat hij met kerst weer in Toddington zou zijn. Vanavond was het dan eindelijk zover.

Zouden we nog steeds een klik hebben? Stel dat hij minder voor me voelt dan in het begin? Stel dat hij zich tussen al die studenten realiseert dat hij iemand zoekt die slimmer is – iemand die minder ballast met zich meedraagt?

Terwijl ze Marjories rechterhand uit het kommetje haalde en hem begon af te drogen, wierp ze opnieuw een blik op haar telefoon – maar hij had nog steeds niet geantwoord.

O kom op, Jamie, je had beloofd een berichtje te sturen zodra je thuis was. Je moet er nu toch wel zijn...

Toen Nicole de nagelriemen van de rechterhand terugduwde begon Marjorie in geuren en kleuren over haar trouwdag te vertellen. Nicole knikte af en toe en dacht aan het FaceTime-gesprek dat ze gisteravond met haar beste vriendin Lisa had gevoerd.

'Je hebt een soort muur om je heen gebouwd,' had Lisa gezegd. Ze gebruikte haar telefoon als spiegel om haar haar goed te doen. 'Na Dalton heb je blijkbaar alle vertrouwen in mannen verloren.'

Lisa was van gemengde afkomst en had bij Nicole in de klas gezeten. Ze woonde nog steeds in hun geboortestadje Huddlesden, waar ze in een damesmodezaak werkte. Dat ze Lisa en haar andere vriendinnen minder vaak zag, had de verhuizing voor Nicole wel zwaar gemaakt. Toddington was maar drie kwartier rijden, maar niemand had een auto, dus hun contact verliep via de Whatsapp-groep die ze had aangemaakt of via FaceTime.

'Hoe breek ik die muur dan af, Lisa?' vroeg ze. 'Hoe kan ik ervoor zorgen dat ik me niet overal zo druk om maak?'

Lisa liet haar stijltang zakken. 'Meid, je moet gewoon rustig aan doen. Ga hem in ieder geval niet de hele tijd met berichtjes bestoken. Zet hem niet onder druk – straks jaag je hem nog weg, weet je.'

Nicole had beloofd haar advies op te volgen – dankzij hun gesprek was haar zelfvertrouwen weer een beetje terug. Maar zodra ze had opgehangen, had de onzekerheid weer toegeslagen. Het maakte niet uit hoe vaak ze bedacht dat ze zich zo goed voelde bij Jamie – of dat hun relatie vast sterk genoeg was om de afstand te overleven – tegen de tijd dat ze naar bed ging was ze nergens meer zeker van.

En nu weet ik helemaal niet meer waar ik aan toe ben.

Ze pakte haar nagelriemknipper en bracht haar gezicht weer in de plooi. 'Ik zal de nagelriemen even schoonmaken; dan komt de lak beter tot zijn recht.'

Terwijl ze de overtollige stukjes huid aan de randen van Marjories nagels verwijderde, begon Marjorie aan een plastische beschrijving van de verwondingen die ze tijdens haar laatste bevalling had opgelopen.

'Eerlijk waar, schat, het was net alsof ik er een kerstkalkoen uit moest persen. Na afloop was het daar beneden één groot slagveld – ik was volledig uitgescheurd. Ik heb nog nooit zo veel bloed gezien –'

'En, hoe gaat het hier?' onderbrak Joyce haar. Ze trok haar wenkbrauwen verwachtingsvol op. 'Alles oké?'

Nicole voelde haar zelfvertrouwen wegsijpelen. Ze hoopte dat ze eerder niet te kribbig was geweest.

'O, ja hoor,' antwoordde Marjorie met een brede glimlach. 'Maak je geen zorgen, we kunnen het geweldig met elkaar vinden.'

Ze knipoogde naar Nicole en Nicole gaf haar een dankbare glimlach terug.

'Fantastisch,' zei Joyce, 'ga zo door. Zo te zien ga jij een topcijfer halen, Nicole.'

Nicole glimlachte van oor tot oor.

Ze liet de nagelriemknipper in het bakje met desinfectievloeistof vallen en veegde Marjories nagels schoon. 'Ik ga nu eerst de basislaag aanbrengen,' legde ze uit. 'Daarna doe ik de kleur.'

Maar Marjorie hoorde haar niet. 'Nou, wie die vent ook is,' zei ze, 'ik hoop dat hij de moeite waard is. En ik hoop dat hij beseft hoe blij hij met jou mag zijn.' Ze gaf Nicole een bemoedigend kneepje in haar hand.

Nicole voelde opeens de tranen in haar ogen springen. Ze slikte ze snel weg. 'Dank u,' zei ze met gesmoorde stem. 'Dank u wel.'

Ze doopte het kwastje in de nagellak en wierp nog een blik op haar telefoon – de laatste, beloofde ze zichzelf. Maar de enige die haar toelachte was Reenie in haar pyjama, met haar bantoeknotjes en met George Pig, de knuffel die ze overal mee naartoe nam.

Nog steeds geen bericht van Jamie.

4

'Potverdrie,' zei Albert een paar minuten nadat hij op zijn werk was aangekomen. 'Dat meen je niet!'

Marjorie bekeek haar net gelakte nagels en schonk hem een meelevende glimlach. 'Ik ben bang van wel, Albert. Je moet naar de kerstborrel komen, want het is jouw beurt om de geheime kerstman te zijn.'

'De geheime k-kerstman?' stotterde Albert. 'Maar wat is dat dan?'

'Het is een soort loting. Elke medewerker krijgt een naam door van een collega voor wie hij of zij een cadeautje moet kopen. Je besteedt maximaal tien pond en niemand weet door wie wat gekocht is, want alle cadeautjes komen van de geheime kerstman. Het is in ieder geval jouw beurt om de lootjes te regelen.'

Albert deed zijn mond open, maar er kwam geen geluid uit. Hij kon zijn oren niet geloven. Hij had nauwelijks geslapen; hij had te veel liggen piekeren over zijn gedwongen pensionering over drie maanden. En nu ontplofte er een tweede bom in zijn gezicht – verplicht gezellig doen met zijn collega's, die net zo weinig in hem geïnteresseerd waren als hij in hen.

'Ik weet het, schat, kerstborrels zijn niet jouw ding,' zei Marjorie troostend. 'Maar bekijk het eens van mijn kant: niemand wil de geheime kerstman zijn, omdat ze zich allemaal willen bezatten. Als ik zeg dat jij het niet hoeft te doen, wil niemand het meer doen. En wat zou dat voor het team betekenen – en voor het kerstgevoel?'

Albert moest hier even over nadenken en had er eigenlijk geen goed weerwoord op. Hij wilde in ieder geval niet dat ze dachten dat hij een vrek was. *Ook al zal ik elke minuut vervloeken.*

'Oké,' zei hij met klaaglijke stem. 'Ik zal het dan wel doen.'

Hij sjokte naar zijn sorteerplek.

'O, en dan nog iets,' riep Marjorie hem na.

Hij draaide zich om. 'Ja?'

'Iedereen moet een kersttrui aan.'

Marjorie schrok zichtbaar van de uitdrukking op Alberts gezicht.

'Het spijt me, schat,' zei ze. 'Het spijt me echt.'

Vol ongeloof schudde Albert zijn hoofd. Voor zijn voeten lag een verdwaalde kerstbal en hij kon het niet laten om hem weg te schoppen.

Een paar uur later had Albert de slechte berichten nog steeds niet verwerkt; hij kon aan niets anders denken tijdens zijn ronde. Hoe hard hij ook zijn best deed, het lukte hem dit keer niet om zich in zijn werk te verliezen. Hij dacht aan de kerstborrel toen hij met zijn stok naar de bordercollie zwaaide, die vandaag nog chagrijniger was dan anders. Hij dacht eraan toen hij het ene pakket kerstcadeautjes na het andere overhandigde aan huisvrouwen, die ze zo snel mogelijk wilden verstoppen voordat de kinderen thuiskwamen. En hij dacht eraan toen hij langs Edith Graham liep, die haar kerstboom stond te versieren en die nog smekender keek en zwaaide dan anders. Maar bij de vrijstaande huizen aan het park gebeurde er iets wat hem van zijn gepieker afleidde.

Op Pear Tree Street stond een grote bestelbus voor een van de mooie stenen huizen. GET A MOVE ON! las hij op het logo op de zijkant, met een adres en telefoonnummer in Londen. Voor het huis stond al maanden een bord met VERKOCHT en de bewoners waren vorige week vertrokken; de nieuwe eigenaren waren kennelijk gearriveerd. Albert zag dat de verhuizers zware fitnessapparatuur, een artistiekerig schuin bureau en dozen vol boeken naar binnen aan het sjouwen waren. Hij werd nieuwsgierig.

Twee vrouwen deden net alsof ze elkaar toevallig op straat tegenkwamen en begonnen terloops een gesprek. Albert herkende ze als Jean Carter en Beverley Liptrot, twee huisvrouwen die het jaarlijkse zomerstraatfeest organiseerden en die bekendstonden als roddeltantes. Hij kon het niet laten om zijn karretje stil te zetten en in de tas te rommelen zodat hij kon horen wat ze zeiden.

'Moet je dat zien!' zei Beverley terwijl ze haar vriendin een por gaf.

Albert keek op. Hij zag een jongeman uit de bestelbus stappen met een zwart-witschilderij van twee halfnaakte mannen met krulsnorren en zulke grote spieren dat ze wel opgeblazen leken. Toen hij beter keek, zag hij dat de spijkerbroeken van de twee mannen in het kruis flink op spanning stonden. Hij voelde zijn wangen donkerrood kleuren.

Maar Jean keek naar het schilderij zoals Gracie naar een vogel kon kijken. 'Hé,' zei ze tegen Bev, 'dat doet me denken aan de stripper die we voor jouw vrijgezellenfeest hadden ingehuurd.'

De twee dames barstten in lachen uit en Bev schoot in een rokershoest. Albert las de inscriptie op het schilderij toen de verhuizer langs hem liep: *Tom of Finland*.

'Kun je het je voorstellen?' zei Jean. 'Homo's in onze straat?'

'Ja, geweldig toch?' zei Bev. 'Ik ben dol op homo's.'

Terwijl Albert naar het enthousiasme van de dames stond te luisteren moest hij denken aan de woorden die zijn vader gebruikte voor de homoseksuele mannen die hij in de openbare toiletten had opgepakt.

'Goor', 'smerig', 'beesten'...

Natuurlijk wist hij dat het tegenwoordig niet meer normaal was om homo's zo te noemen, en je kon ook geen mensen meer arresteren omdat ze homo waren. Maar hij was nog nooit een homoseksuele man in Toddington tegengekomen, in ieder geval geen enkele man die ervoor was uitgekomen. Deze nieuwkomers zorgden voor een opgewonden stemming; nog twee andere vrouwen stonden bij de voordeur van het huis met twee schimmige figuren te praten, de nieuwe bewoners waarschijnlijk. De theatrale lach van de vrouwen schalde door de straat.

'Buurnichten?' zei de vrouw links. 'Jullie zijn echt hilarisch!'

Albert deed alsof hij iets in zijn tas zocht, zodat hij kon blijven luisteren. Hij keek op toen hij de vrouwen gedag hoorde zeggen en zag dat het Margaret Bainbridge en Sheryl Crowther waren. Met het zelfvertrouwen van supermodellen op de catwalk kwamen ze de oprit af lopen.

'Nou, die vonden ons duidelijk leuk,' kirde Margaret.

Sheryl knikte. 'Laten we ze te eten vragen. Homo's zijn dol op feestjes.'

Terwijl de vrouwen voorbij zoefden zag Albert dat Beverley haar sigaret uittrapte en haar make-up controleerde in een spiegel. Hij kon niet langer doen alsof hij het druk had; hij moest in actie komen. In zijn hand had hij een pakketje dat bestemd was voor de vorige bewoners, die geen adreswijziging hadden doorgegeven. Het was zijn taak om het te bezorgen.

Kom op, kerel. Doe het gewoon.

Toen hij het pad op liep, voelde hij zijn hart tekeergaan en het zweet over zijn rug lopen. Hij ademde diep in.

De deur stond open, zodat de verhuizers makkelijk in en uit konden lopen. Hij belde aan en stapte opzij om ruimte te maken voor de jongeman die het expliciete schilderij naar binnen had gedragen. Toen kwam er een fris geschoren dertiger met een Chinees uiterlijk met verende tred door de gang aanlopen.

'Voorzichtig met onze Tom of Finland,' instrueerde hij de verhuizers. Hij had een hoog stemmetje en een accent dat Albert in Essex plaatste. 'Ik weet dat het eruitziet als porno, maar het is echt kunst!'

Toen hij dichterbij kwam, zag Albert dat hij kort haar had dat aan de zijkanten was opgeschoren, en dat hij oogmake-up en een soort lipgloss droeg.

'Dag, lieverd,' zei de man met een glimlach.

'Ik ben je lieverd niet.' Het was eruit voordat Albert het wist. Hij had geen idee waar die woorden vandaan kwamen; het was alsof ze zichzelf hadden uitgesproken.

Er viel een ongemakkelijke stilte. De man leek niet beledigd, maar keek hem nieuwsgierig aan. 'Oké, nou ja, wat kan ik voor je doen?'

'S-S-Sorry,' stamelde Albert. 'Het spijt me. Ik kom alleen maar een pakketje afgeven – het is voor de vorige bewoners.'

'Wie is het, Danny?' riep een stem uit het huis. Er verscheen een andere man; hij was een paar jaar ouder dan de man bij de deur, met een bruine baard en een bril met een dun metalen montuur. Hij had een paar schroevendraaiers in zijn hand. 'O, goedemorgen,' zei hij toen hij Albert zag.

Hij klonk niet zoals de andere man, zijn accent was bekakter. Hij kwam door de gang naar hen toe lopen en wees op zijn gereedschap. 'Eerlijk waar, ik ben echt een hopeloze klusser. Ik weet nooit welke ik moet gebruiken.'

'Hé, hoi,' zei Albert. Hij voelde dat hij verstijfde. 'Ik zei net tegen je... uhm... huisgenoot...'

'Eigenlijk,' onderbrak de jongere man hem, 'ben ik zijn partner.' Maar er klonk geen venijn in zijn stem. Hij glimlachte vriendelijk naar Albert.

Albert keek weg en richtte zijn blik op zijn voeten. 'Sorry... eh... ja. Ik zei net dat ik een pakketje had voor de vorige bewoners.'

'Okidoki,' zei de oudere man terwijl hij zijn schroevendraaiers neerlegde om het pakketje aan te pakken. 'Ze zeiden dat ze volgende week even langs zouden komen, dus dan kunnen we het aan ze geven.'

'Doei,' zei Albert. 'Ik moet weer voortmaken.'

'Wacht even,' zei de oudere man, 'nu we hier komen wonen zullen we elkaar wel vaker gaan tegenkomen.'

O, laat me alsjeblieft gewoon gaan.

'Ik ben Daniel,' vervolgde de man, 'en dit is Danny.'

De mannen staken hun hand uit en Albert schudde ze beiden de hand. Hij hoopte dat ze niet doorhadden hoe klam zijn handen waren. Er viel een onbeholpen stilte.

'De meeste mensen vinden het grappig,' zei Danny, 'dat we een stel zijn en dat we feitelijk dezelfde naam hebben.'

'Ah, oké, ik vat 'm,' zei Albert. 'Sorry, ik ben niet zo goed in grapjes.'

'We zijn net uit Londen hierheen verhuisd,' legde Daniel uit. 'We hopen dat we hier wat rustiger kunnen leven. Ik ben schrijver en Danny is ontwerper, dus we kunnen makkelijk vanuit huis werken. Hoewel ik soms ook college moet geven aan de universiteit van Manchester.'

Albert wist niet zo goed wat hij moest antwoorden. 'Ik ben Albert,' zei hij uiteindelijk. 'Ik ben postbode.' *O, waarom moest je dat nou zeggen? Ze snappen heus wel wat je doet!*

Danny glimlachte weer naar hem. Hij had een ondeugende blik in zijn ogen. 'Hé, jij kunt ons vast een paar verhalen vertellen. Je moet heel wat rare dingen tegenkomen op je rondes...'

'Ja, nou... ik moet gaan.' Albert verhief zijn stem. 'Deze brieven gaan zichzelf niet bezorgen!'

Hij draaide zich om en vluchtte de oprit af.

'Oké, dag hoor!' riep Daniel hem na.

Maar Albert bleef naar de grond kijken en antwoordde niet.

Eenmaal terug bij het sorteercentrum probeerde Albert zoals gewoonlijk ongezien langs het kantoor te sluipen. Maar Marjorie was hem natuurlijk weer te slim af. Ze riep hem en duwde een sok in zijn hand, samen met een lijst met medewerkers die naar de kerstborrel zouden komen, en zei dat hij als geheime kerstman met de organisatie moest beginnen.

Hij droop af naar zijn bureau, waar hij een leeg stuk papier pakte. Daar schreef hij alle namen op, knipte ze uit en deed ze in de sok. Hij begon aan de andere kant van het gebouw met lootjes trekken en probeerde het zo snel mogelijk achter de rug te hebben. Elke minuut was een kwelling.

Toen hij bij zijn eigen plek in het centrale deel van het gebouw terugkwam zag hij Jack Brew. Hij zat een broodje met friet te eten en scrolde op zijn telefoon door een fanforum van Toddington FC.

'Oké, Jack,' zei hij voorzichtig. 'Ik ben de geheime kerstman dit jaar. Wil je weten voor wie jij iets moet kopen?'

Jack fronste en slikte een mondvol friet door. 'Niet echt, maar kom maar op.'

Er liep bruine saus uit zijn mondhoeken en er waren een paar druppels op zijn overhemd gevallen. Albert probeerde er niet naar te kijken terwijl hij de sok aanbood. Jack stak zijn hand er helemaal in en rommelde een minuut rond voordat hij met een papiertje naar boven kwam.

'Barbara?' zei hij. 'Wie is in godsnaam Barbara?'

Tijdens het praten vloog er een stukje friet uit Jacks mond, dat op Alberts hand belandde. Albert wilde een kreet van afgrijzen slaken, maar veegde in plaats daarvan zijn hand schoon voordat Jack doorhad wat er was gebeurd.

'Dat is een van de schoonmaaksters,' antwoordde Albert.

'Maak je geen zorgen,' zei Jack. 'Ik stuur Doreen wel op pad; zij weet wat vrouwen leuk vinden.'

Daarmee was het gesprek afgesloten en richtte hij zijn aandacht weer op zijn broodje friet en zijn telefoon.

Albert liep weg, plotseling geïrriteerd. Jack wist hem soms zo te kwetsen met de dingen die hij zei. Hij zag ineens zijn vader voor zich, maar dat beeld duwde hij meteen weg. Aan hem wilde hij vandaag al helemaal niet denken.

Hij sjokte naar Sue en zij trok de naam van de beveiliger, Ste. 'O, ik hoopte al dat ik hem zou krijgen,' zei ze. 'Ik zag laatst dat ze bij de Aldi proteïneshakes met de smaak van *Christmas pudding* verkochten – lijkt me echt iets voor hem.'

De volgende was Smiler, die Marjorie trok. 'Makkie,' zei hij terwijl hij van de ene voet op de andere wipte. 'Ik koop zo'n waaier waar Spaanse ouwe vrouwen altijd mee lopen. Daar kan ze mee wapperen als ze een opvlieger heeft.'

Eenmaal weer op zijn eigen plek voelde Albert zich enorm opgelucht dat het lootjes trekken voorbij was. *Nou ja, bijna voorbij*. Hij moest er zelf nog eentje trekken – en hij had niet bijgehouden welke namen er al voorbij waren gekomen.

Hij probeerde enig enthousiasme op te brengen toen hij zijn hand in de sok stak. Hij moest op z'n minst een poging doen om in een feeststemming te komen.

Hij haalde de laatste naam uit de sok. Jack.

Opeens voelde de kerstborrel als een nog grotere kwelling dan hij in eerste instantie had verwacht.

Terwijl hij door de hoofdstraat liep, begon de angst toe te nemen. Albert vroeg zich af wat er erger kon zijn dan naar de kerstborrel gaan. Zouden mensen die zonder problemen met anderen konden borrelen enig idee hebben wat een marteling dat was voor iemand als hij?

Kom op, kerel, stop met dat zelfmedelijden.

Hij passeerde het standbeeld van de edelman, nu zonder verkeerspylon op zijn hoofd, en sprak zichzelf moed in door het van de positieve kant te bekijken. Het cadeau voor Jack bleek verrassend makkelijk gevonden. Hij was direct naar de fanwinkel in het voetbalstadion gelopen en zag meerdere opties die onder de o zo belangrijke prijslimiet van tien pond lagen: een heupflesje, een waterfles, een ijsmuts, een sjaal, slippers en een kalender, allemaal met het logo van Toddington FC. Maar toen zijn oog op een slabbetje met het logo viel, ontwaakte er iets ondeugends in hem. Hij moest aan de bruine saus denken die uit Jacks mondhoeken was gelopen en aan het stukje friet dat op zijn hand terecht was gekomen. Jack zou toch niet weten van wie het cadeautje kwam, dus was hij, voordat hij zich kon bedenken, naar de kassa gelopen. Eenmaal terug in de hoofdstraat probeerde hij zich gesterkt te voelen door dit kleine succesje.

Hij ging op weg naar Klobber, de enige modieuze herenkledingzaak die nog over was in Toddington – en een winkel waar hij normaal gesproken met een grote boog omheen liep. Maar hij had een paar collega's horen zeggen dat het de enige plek was waar je kersttruien kon krijgen. Toen hij voor de winkel stond, knalde er dreunende muziek door de ingang naar buiten: een man rapte dat hij allerlei seksuele handelingen op zijn 'ho' wilde uitvoeren. Albert balde zijn vuisten en liep naar binnen.

Overal om hem heen hingen felgekleurde trainingspakken, doorschijnende tops van een materiaal dat ook voor visnetten wordt gebruikt, en broeken die om de een of andere duistere reden met een schaar waren bewerkt. Juist op het moment dat hij de handdoek in de ring wilde gooien, vond hij wat hij zocht; op een tafel lag een stapel kersttruien.

Bingo!

Albert liep erop af en begon de stapel gretig door te spitten, als een net vrijgelaten gevangene die bij een all-you-can-eat buffet was beland. Zijn vingers gingen langs rendieren, kerstmannen, elven en sneeuwvlokken – er was zelfs een trui bij met een kerstsok en twee kerstballen en het woord KLOKKENSPEL eronder. Hij moest even slikken.

'Alles goed, schat?' klonk een meisjesachtige stem achter hem.

Hij draaide zich om en zag een jonge vrouw staan met een perfecte coupe – een soort blonde Kate Middleton.

'Hé, hoi,' zei hij. 'Ik zoek iets voor onze bedrijfskerstborrel.'

Hij bekeek het naambordje van de vrouw; ze heette Scorpia.

'Dat moet lukken,' zei ze. 'Wat vind je hiervan?'

Ze hield een felrode trui omhoog met drie kerstbellen en de kreet JINGLE BALLS.

'Deze staat je zeker weten super,' verzekerde ze hem.

Albert moest nog een keer slikken en hij wist zeker dat het dit keer hoorbaar was. 'Nou, dat weet ik zo net nog niet. Misschien iets minder opvallends?'

Hij zocht een paar minder seksueel getinte exemplaren uit en gaf ze aan haar. Scorpia liep met hem mee naar de kleedhokjes. *Hoe eerder ik dit kan afhandelen, hoe eerder ik hier weg ben.*

Maar toen hij een spiegel passeerde bleef hij staan. Het viel niet te ontkennen dat hij er met zijn onpersoonlijke kleren en zijn korte kapsel behoorlijk suf en saai uitzag. Hij zag eruit als een man die mensen 'een zoutzak' zouden noemen. Maar zo voelde hij zich niet vanbinnen; er zat heus nog wel wat pit in hem. *Nu nog een manier vinden om het eruit te krijgen.*

Hij stopte zijn hemd in zijn broek en trok de eerste trui aan. Maar de kleur maakte zijn gezicht bleek en flets. Hij paste de tweede. Hiervan was de kraag te hooggesloten, waardoor die in zijn nek jeukte.

‘Hoe gaat het daar, schat?’ riep Scorpia vanaf de andere kant van de winkel.

Schat? Waarom noemt ze me steeds ‘schat’?

‘Bijna klaar!’ schreeuwde hij boven de muziek uit. De derde trui was het minst uitgesproken van de drie – donkerblauw met sneeuwvlokjes – en paste hem goed. Hij stapte het kleedhokje uit om hem aan Scorpia te laten zien.

‘Die is echt cool,’ zei ze. ‘Je ziet eruit om te knuffelen.’

Albert probeerde zijn afgrijzen te verbergen. Knuffelen was wel het laatste wat hij wilde. *Stel dat iemand me straks echt wil knuffelen?*

Hij besloot het er maar op te wagen in de hoop dat dat niet zou gebeuren, want dit was de enige trui die enigszins door de beugel kon. ‘Oké, ik neem deze.’

‘En wat doe je eronder aan?’

Albert keek naar zijn broek en Scorpia volgde zijn blik.

‘Je bent toch zeker niet van plan om in die opabroek te gaan?’

Opabroek? ‘Eh... eigenlijk wel ja,’ stotterde hij.

‘Schat,’ zei Scorpia, ‘we moeten een nieuwe spijkerbroek voor je uitzoeken.’

Ze keek hem doordringend aan, alsof ze over een gijzeling stond te onderhandelen in plaats van over een spijkerbroek. ‘Geen paniek, ik weet precies wat je nodig hebt.’

Ze vroeg Alberts maten en haalde een blauwe Levi’s 501 tevoorschijn. ‘En ik zoek ook nog een paar schoenen voor je uit,’ kirde ze. ‘Met die brogues kun je echt niet naar dat feestje.’

Albert wilde protesteren, maar Scorpia legde hem het zwijgen op door hem te informeren over de korting bij meerdere aankopen die die dag in de winkel gold. ‘Dus de schoenen krijg je bijna voor niets!’ riep ze opgewonden.

‘Fantastisch,’ was het enige dat Albert kon uitbrengen.

Hij verdween weer in het kleedhokje. De spijkerbroek en de schoenen pasten perfect, en hij moest toegeven dat ze goed gekozen waren. Als hij zichzelf zo in de spiegel bekeek, zag hij toch op z’n minst een zoutzak met pit.

Hij stapte het hokje uit om het resultaat aan haar te laten zien.

Ze begon te stralen. 'Schat,' zei ze, 'je ziet er echt gewéldig uit!'

Tot zijn verbazing voelde Albert een glimlach op zijn gezicht verschijnen.

Hij herpakte zich. *Laat je niet meeslepen, kerel.*

5

Albert glimlachte krampachtig naar een paar collega's die hij nauwelijks kende en hield een zak open waar ze hun geheime kerstcadeaus in konden laten vallen. 'Dank, dank,' zei hij. Hij hoopte dat hij een beetje jolig klonk.

Hij bevond zich samen met de andere medewerkers van het Royal Mail-sorteercentrum in een zaaltje boven The Boot and Slipper, de plaatselijke pub. Albert was blij dat er geen reclameposters voor de ramen hingen waarop shotjes felgekleurde sterke drank voor één pond werden aangeprezen. Volgens de plaatselijke krant leidden zulke aanbiedingen regelmatig tot straatgevechten en lagen er op zondagochtend overal plassen lichtgevende kots. The Boot and Slipper was een gezellige oude pub met een balkenplafond en een oude, vanbinnen betegelde smeedijzeren kachel waar nu een kerstboom op was gezet die zo groot was dat hij de hele ruimte domineerde. Albert hield niet zo van pubs, maar als hij dan toch ergens rustig een biertje moest drinken, dan in een kroeg zoals deze. *Misschien valt het vanavond allemaal wel mee.*

Terwijl hij keek welke mensen hun cadeautje nog moesten inleveren, viel het hem op dat hij ongeveer hetzelfde aanhad als de rest van het team. Hij voelde ineens een golf van genegenheid voor Scorpia in zich opwellen.

Tijdens het vullen van de postzak die hij uit het sorteercentrum had meegenomen werd hij hier en daar geplaagd. 'Aan het werk op je vrije dag, Albert?' was favoriet. Tot nu toe kon hij het hebben en bleek zijn taak minder ongemakkelijk dan hij had gevreesd.

Juist op het moment dat hij dacht dat hij zich misschien wel zou gaan vermaken, riep Marjorie dat ze aan tafel gingen – ze had een tafelschikking gemaakt om 'teambuilding' te stimuleren. Albert zette zijn zak met cadeautjes weg en liep langs de tafels om zijn naambordje te ontdekken.

Daar stond het.

Hij knipperde vol ongeloof met zijn ogen; Marjorie had bedacht dat hij uitgerekend tussen Jack en de nieuwe uitzendkracht Tyger moest gaan zitten. *Het valt vanavond dus helemaal niet mee.*

Hij zeeg neer op zijn stoel.

'Hiero, pak 'm beet,' zei Jack, terwijl hij het uiteinde van een knalbonbon in Alberts gezicht duwde. Albert pakte het ding slapjes vast en liet het grootste gedeelte van het trekwerk aan Jack over. Terwijl Jack de flauwe grap voorlas die erin verborgen zat keek Albert om zich heen. Hij zat tussen Jack en Tyger en tegenover Ste, de beveiliger. Met deze mannen had hij helemaal niets gemeen. Misschien behoorde hij wel tot een andere soort, of was er iets mis met hem – misschien was er ooit kortsluiting in zijn brein geweest. Hij nam een slok van zijn cider. *Dit wordt een lange avond.*

Albert voelde dat hij alle remmen los zou kunnen gooien als hij nog een paar glazen achterover sloeg en dronken werd. Maar hij dronk niet meer zo veel als in zijn tienerjaren. Hij hield niet van het controleverlies dat ermee gepaard ging; de gedachte dat hij los zou gaan en te veel van zichzelf zou laten zien was ondraaglijk.

Nee, ik moet het gewoon uitzitten.

Toen alle knalbonbons uit elkaar waren getrokken, richtte hij zich op het gesprek tussen Ste en Tyger.

'Ga mee naar de sportschool om spieren te kweken, man. Je weet wat ze zeggen: met een sixpack heb je succes bij de vrouwtjes.'

Albert peinsde zich suf over wat hij aan dit gesprek zou kunnen bijdragen. Hij wist niets te verzinnen en dat maakte hem nog moedelozer.

Jack vertelde zijn vrienden over een vrouw die hij tijdens zijn rondes vaak tegenkwam en die hem 'absoluut zag zitten'.

'Ze noemen haar Annabel Wilwel, wist je dat?' vroeg een van zijn vrienden.

'Ja, tuurlijk, ik ben niet gek,' zei Jack. 'Ze heeft vaker genaaid dan vijftig illegalen in een naaiatelier bij elkaar.'

De drie mannen lagen dubbel van het lachen.

Albert vond het vreselijk dat Jack en zijn vrienden zo over vrouwen praatten. Hij wilde dat hij zelfverzekerd genoeg was om er iets van te zeggen, maar opnieuw werd hij door zijn verlegenheid tegengehouden.

Hij vroeg zich af hoelang het nog zou duren voordat het eten kwam.

Dit wordt een lange avond.

Op het moment dat de dessertborden werden afgeruimd zag Albert zijn kans schoon om van tafel te vluchten; hij pakte de zak van de geheime kerstman en ging de cadeautjes uitdelen.

Tijdens zijn ronde langs de tafels merkte hij dat de meeste collega's behoorlijk ongeremd waren geworden door de drank. Het vrij onschuldige geplaag van eerder was overgegaan in schunnige grappen over 'natte dozen'. Toen hij bij de dames van de financiële afdeling was beland, stortten zij zich op hem als hyena's op een weldoorvoed wildebeest.

'Wil de kerstman zijn zak bij ons legen?' vroeg er een. Ze gierden van het lachen.

Gelukkig begonnen sommige mensen hun cadeautjes open te maken. Iemand had een honkbalpet voor Smiler gekocht met een lachende emoji erop; Tyger pakte een eigen theemok uit, waar hij teleurgesteld over leek maar wat Albert wel leuk vond; Tsunami kreeg tot ieders hilariteit een grootverpakking slasaus.

'Nou, je hád gezegd dat je er dol op was!' schreeuwde Jack.

Barbara de schoonmaakster kreeg een intrigerend cadeau: een schort met daarop de tekst ACHTER ELKE MAN STAAT EEN VROUW MET HAAR OGEN TE ROLLEN. Albert vroeg zich af of Jacks vrouw Doreen wel zo'n voetveeg was als ze leek.

Jack nam zijn slabbetje sportief in ontvangst en poseerde er vrolijk mee voor zijn collega's.

'Jammer dat je die niet een paar uur geleden hebt gekregen,' zei Sue, terwijl ze op een sausvlek op zijn trui wees.

De hele groep barstte in lachen uit, maar Albert boog zijn hoofd. Toch had het hem wel een bepaalde voldoening gegeven dat er door zijn toedoen even wat reuring was ontstaan. Dat had deze zoutzak toch maar voor elkaar gekregen.

Uiteindelijk pakte hij zijn eigen cadeautje uit de zak en nam het mee naar een kruk aan het verste uiteinde van de bar. Hij kon zich niet herinneren wanneer hij voor het laatst een cadeau had gekregen.

Terwijl zijn collega's de tafels opzij schoven om een dansvloer te maken, opende hij zijn pakje.

Het hart zonk hem in de schoenen.

Het was een legpuzzel.

Hij draaide de doos om en zag dat het plaatje dat in elkaar gezet moest worden een foto van de Lancashire moors was. Albert herinnerde zich dat een van zijn jongere collega's had gezegd dat zijn tante Mabel puzzelde als tijdverdrijf en hij besefte dat degene die dit cadeautje voor hem had gekocht hem wel echt zielig moest vinden. Op dat moment realiseerde hij zich hoe graag hij naar huis wilde.

Een dj met stroblond haar had zijn apparatuur uitgestald en draaide 'Merry Christmas Everyone' van Shakin' Stevens. Heel even overwoog Albert van zijn kruk op te springen, de dansvloer op te rennen en een paar van zijn beste moves te laten zien. Hij stelde zich de gezichten van zijn collega's voor en moest toch even glimlachen. Maar geen kans natuurlijk dat hij dat echt ging doen. Zijn fantasie ebde weg.

Hij zag dat Tsunami met een plastic maretak in haar hand langs de dansvloer liep om iedereen te zoenen die ze te pakken kreeg. In een hoek van het zaaltje had Ste zijn trui uitgetrokken. Vol trots toonde hij zijn buikspieren aan de vrouwen van de financiële afdeling. Een van hen ging met haar vinger langs zijn buik en gaf een gilletje van opwinding. En Smiler stond aan het andere uiteinde van de bar de ene na de andere collega te omhelzen en te vertellen hoe geweldig iedereen was, ook al had hij de meesten nog nooit ontmoet. 'Weet je,' zei hij tegen Barbara, 'ik hou echt ontzettend veel van jou.'

Ik weet zeker dat het niemand zou opvallen als ik nu wegglip.

Hij dronk zijn glas leeg, maar toen hij van zijn barkruk stapte werd hij door Marjorie teruggeroepen.

'Hé, waar denk jij heen te gaan?'

Ze baande zich een weg naar hem toe. Ze had haar kersttrui uitgetrokken en haar te strakke topje was omhoog gekropen, zodat de vetkwabben rond haar middel ontbloot waren.

'Ga zitten, lieverd!' zei ze met dubbele tong. 'Wij moeten even kletsen.'

Albert voelde een knoop in zijn maag, maar hij kon geen kant op. Hij ging weer op zijn kruk zitten en legde de puzzel op zijn schoot.

Marjorie klom op de kruk naast hem en kneep haar ogen tot spleetjes. 'Jij bent een rare, Albert Entwistle, wist je dat? Jij laat niet veel los, hè?'

'Ik ben gewoon erg op mezelf,' zei hij voorzichtig.

Ze pikte de hint niet op. 'Dat kan wel wezen, maar ik wil wedden dat je een paar lijken in de kast hebt. Kom op, je houdt wat verborgen.'

Albert merkte dat de alcohol Marjorie nog opdringeriger maakte, ook al was dat bijna niet mogelijk. Hij voelde dat hij de puzzel als een soort schild tegen zich aan gedrukt hield.

'Geef dat hier!' zei Marjorie. Ze trok de doos uit zijn handen en deponeerde hem op de bar. Toen ze zich naar Albert toe boog blies ze een walm van witte wijn in zijn gezicht. 'Zo, wat zijn jouw kerstplannen?' vroeg ze.

'Ik doe niet zoveel met de feestdagen.' Hij schoof ongemakkelijk heen en weer op zijn kruk.

Er viel een stilte en Marjorie keek hem onderzoekend aan. 'Wat is jouw verhaal, Albert? Ik weet dat je geen familie meer hebt en dat je alleen woont...'

O nee, moet dit echt?

'Klopt,' zei hij schoorvoetend. 'Mijn vader stierf toen ik vijfentwintig was en mijn moeder is achttien jaar geleden overleden. Sindsdien woon ik alleen.'

Marjorie knikte. 'En klopt het dat je voor je moeder moest zorgen toen ze ziek was?'

'Ze was ziek, ja. Dat heeft lang geduurd.' Albert voelde zich een beetje schuldig dat het hem toentertijd best goed was uitgekomen dat zijn moeders ziekte de aandacht van zijn persoonlijke leven had afgeleid; mensen hadden jarenlang gedacht dat hij het te druk had met de zorg voor haar om een eigen leven te hebben. Hij hoopte vurig dat Marjorie dezelfde conclusie zou trekken.

'Er is dus geen speciale persoon in je leven?' vroeg ze.

'Nee,' zei hij zo nadrukkelijk mogelijk.

Er viel weer een stilte. 'En dat vriendinnetje dan, uit je jeugd, over wie ik heb gehoord? Een meisje uit Chorley?'

Albert verstijfde. Hij had al heel lang niet meer aan Susan gedacht en had haar al veertig jaar niet meer gezien. Susan was een boekenwurm geweest, een paar jaar jonger, en ze hadden elkaar via vrienden van zijn moeder ontmoet. Ze waren een paar keer gaan wandelen op de moors en een of twee keer wat gaan drinken in een pub als deze. Maar na een paar maanden had Susan het uitgemaakt en had ze verkering gekregen met een leraar met wie ze uiteindelijk ook was getrouwd. Het laatste bericht was dat ze naar Cumbria waren verhuisd en een paar kinderen hadden gekregen. Nu Marjorie de herinnering weer oprakelde, bekroop hem een gevoel van ongemak.

'Ehm... ik heb ooit een vriendinnetje gehad, ja,' zei hij uiteindelijk. 'Maar dat is al heel lang geleden.'

Marjorie leunde weer naar hem toe, te dronken om Alberts ongemak op te merken. 'Wat is er dan gebeurd... waarom werd het niks? Was je niet verliefd op haar?' vroeg ze.

Nee, ik ben nooit verliefd geweest op Susan, wilde Albert zeggen. Maar het liefst wilde hij iets heel anders zeggen. *Ik was ooit verliefd op iemand, maar dat was geen meisje.*

Hij had de woorden niet hardop uitgesproken, maar ze leken door de zaal te galmen.

De liefde van mijn leven was een man, geen vrouw.

Albert vroeg zich af wat Marjorie zou zeggen als hij daar openlijk voor uit zou komen. Als hij zou vertellen dat hij niet alleen verliefd was geweest op een jongen, maar dat het heel ongelukkig was geëindigd – heel pijnlijk – en dat hij had besloten dat hij nooit meer zoiets wilde meemaken.

Hij ademde hortend in. 'Sorry,' zei hij, 'het is al zo lang geleden. Ik wil er niet meer aan denken.'

'Je weet dat het helpt om erover te praten, hè,' drong Marjorie aan. 'Het is niet goed om emoties op te kroppen.'

Maar wat heeft het voor zin om het er nu over te hebben? Je zult het toch nooit begrijpen.

Hij mompelde: 'Het gaat prima met me, Marjorie, echt waar.'

Ze legde haar hand op Alberts schouder en kneep er vriendschappelijk in. Hij liet haar begaan. Hun stilzwijgen werd opgevuld door het geluid van dronken gelach op de dansvloer.

'Kom op, laten we dansen,' zei Marjorie.

Albert wist dat er afgrijzen in zijn ogen te lezen stond. Zijn fantasie van eerder op de avond kwam weer naar boven en hij bedacht hoe ontzettend belachelijk dat plan was geweest. 'Nee, dank je,' zei hij. 'Ik zit hier prima.'

Maar Marjorie liet zich niet afschepen. 'Onzin!' protesteerde ze. Ze liet zich van haar stoel glijden en trok aan zijn arm. 'Kom op, dit is de kerstborrel! Je moet dansen!'

'Als je het niet erg vindt,' zei hij, 'doe ik dat liever niet.'

'Nu moet je ophouden! Ik accepteer geen nee.'

Ze begon harder aan zijn arm te trekken en het kostte Albert moeite om zijn evenwicht op de kruk te bewaren. 'Alsjeblieft, Marjorie, niet doen.'

Doordat ze aan hem bleef trekken moest hij haar wel van zich af schudden.

'Laat me nou eens een keer met rust!' schreeuwde hij zomaar ineens. 'Ga weg en laat me met rust!'

Marjorie liet haar hand zakken en bekeek hem geschokt en beledigd – en niet zo'n klein beetje ook. Albert keek snel de zaal rond om te controleren of iemand het had gezien. Gelukkig braakte Ty net op dat moment over een tafel heen, waardoor de aandacht was afgeleid.

Ik moet hier nu echt weg.

Bij de start van Cliff Richards 'Mistletoe and Wine' pakte Albert zijn legpuzzel en maakte zich behendig uit de voeten.

Hoe had hij ooit kunnen denken dat het feestje wel mee zou vallen? Het was nog erger geweest dan hij had gevreesd. Het had allerlei gevoelens opgeroepen die hij diep in het verleden dacht te hebben begraven, maar die nu opeens dubbel zo heftig naar boven kwamen.

6

Gewoon doen alsof er niets aan de hand is, zei Albert tegen zichzelf toen hij aan zijn favoriete wandeling begon. *Gewoon doen alsof er niets aan de hand is, dan komt alles goed.*

Het was een bewolkte ochtend, maar aan de lucht te zien leek het niet te gaan regenen. Hij wurmde zijn voeten in de zware wandelschoenen, deed zijn handschoenen aan en trok de capuchon van zijn houtje-touwtjejas over zijn hoofd. Toen hij de voordeur op slot deed, zag hij Gracie voor het raam zitten. Hij controleerde of er niemand keek en zwaaide naar haar.

'Tot straks, mijn lieve meisje.'

Vanavond was het kerstavond en dat viel dit keer op een gewone werkdag. Albert was gevraagd om vrij te nemen, omdat hij dit jaar te weinig dagen had opgenomen. Hij had besloten te doen alsof het zondag was. Om negen uur was hij naar de buurtwinkel gelopen, had een krant gekocht en was weer naar huis gegaan. Daar had hij zijn gebruikelijke zondagse ontbijt gemaakt: twee gebakken eieren met zachte dooiers, twee plakjes ontbijtspek met het vet er nog aan, twee varkensworstjes, een klein blikje bonen en drie plakken van zijn favoriete bloedworst. De restjes veegde hij met een paar geroosterde witte boterhammen van zijn bord. Het was veel, dat wist hij ook wel, maar dit was zijn wekelijkse uitspatting – en trouwens, hij hoefde dan de hele dag niets meer te eten tot het tijd was voor de avondmaaltijd.

Toen de grote wijzer op zijn horloge twaalf uur aangaf, vertrok hij van huis en liep naar het einde van de straat. Daar sloeg hij rechts af en wandelde de hoofdweg op, die de stad uit leidde. Na een kwartier stak hij over en kwam hij bij het toegangshek van Toddington Hall, een groot landhuis in tudorstijl – hij moest schuldbewust bekennen dat hij er nog nooit binnen was geweest.

Zijn doel was het natuurgebied achter het gebouw.

Hij stak een spoorbrug over en nam een voetpad dat langs een paar verwaarloosde boerderijen liep en de heuvels in voerde. In de zomer, als hij echt zeker wist dat hij alleen was, neuriede hij soms 'The Hills Are Alive' uit *The Sound of Music* en draaide dan met uitgestrekte armen in het rond, bij wijze van een kortstondige ultieme ontlading. Maar vandaag was dat wel het laatste wat hij wilde doen. Het was trouwens december – het pad was modderig en de winterwind had er vrij spel, en die was zo koud dat hij Albert bijna de adem benam.

Tijdens het beklimmen van de heuvel dacht hij heel even terug aan hoe heerlijk hij kerstavond als klein jongetje had gevonden. Hij werd dan de hele dag in beslag genomen door de vraag of de kerstman wel zou komen met de cadeautjes die hij had gevraagd. Voor het slapengaan liet hij samen met zijn moeder een groot glas bier en een pasteitje achter op het kleine tafeltje onder aan de trap – en een grote, dikke, knobbelige wortel voor Rudolf het rendier natuurlijk. Daarna kwam Alberts vader naar boven om hem in te stoppen en keken ze samen uit het raam naar de hemel om te zien of ze de kerstman langs zagen komen op zijn slee. Maar zulke gelukkige momenten kon hij zich nog maar vaag herinneren. Ze werden overschaduwd door de ongelukkige gebeurtenissen van daarna. *En die wil ik onderdrukken. Die mogen niet meer boven komen drijven.*

Niet lang daarna kwam hij bij een grenssteen. De inscriptie was weggevaagd, dus hij had geen idee welke grens de steen moest aangeven. Hier bleef hij staan en keek om zich heen. De lucht was donkergrijs – de kleur van een bijzonder pijnlijke blauwe plek. Het stugge lange gras van de moors die zich voor hem uitstrekten had zijn weelderige groene kleur ingeruild voor een roodbruine of diep gouden gloed. Hier en daar waren door de vele zomerse bosbranden delen van de begroeiing weggeschroeid. De zware herfstregens hadden de grond op sommige plaatsen drassig gemaakt, waardoor Albert moest oppassen waar hij liep. Hij begreep wel waarom veel mensen dit landschap kaal en onherbergzaam vonden, maar hier was hij het liefst.

Voor zich kon hij de gebouwen in de buurdorpen en -stadjes in de dalen tussen de glooiende Pennines zien liggen. Toen hij zich omdraaide richtte hij zijn blik op Toddington, dat aan de voet van de heuvel stevig in het landschap was ingebed. De kerk en de klokkentoren van het stadhuis staken boven alles uit. Het stadje was verrassend weinig veranderd sinds zijn jeugd – er waren alleen een voetbalstadion en een paar flats bij gekomen en bijna alle fabrieksschoorstenen die vijftig jaar geleden als herkenningspunten van de stad dienden waren afgebroken. Het beeld was vertrouwd en stelde hem gerust. Maar ook al stond hij op precies dezelfde plek als elke zondag rond deze tijd, tenzij het hagelde of sneeuwde, vandaag voelde hij zich anders – alsof er iets in hem was veranderd.

Hij ademde diep in en liep verder.

Bij het volgende hekje nam hij het pad rechts naar beneden. Maar in plaats van dat helemaal naar het laantje onder aan de heuvel te volgen, nam hij een omweg naar een groepje bomen. Zijn hart bonsde in zijn keel toen hij het bosje in liep. Als door een magneet aangetrokken zocht hij over de ongelijke grond zijn weg door het struikgewas en duwde alle losse takken opzij die hem tegenhielden. Toen hij aan de andere kant uitkwam, zag hij waar hij naar op zoek was.

Een paar meter voor hem lag een bunker uit de Tweede Wereldoorlog. Albert snakte bij de aanblik naar adem. Hij zag er nog precies zo uit als de laatste keer – op die desastreuze avond in zijn tienerjaren.

O, wat doe ik hier?

Hij wilde hier eigenlijk helemaal niet zijn, maar hij kon zich er ook niet toe brengen om weg te lopen.

De bunker was een zeshoekig bouwwerk met een plat dak. Hij leek gemaakt uit een mal waar beton in was gegoten. Albert vroeg zich af hoe dat ding de heuvel op was getransporteerd en in positie was gezet voordat het in de grond was gefixeerd. Als hij wist hoe hij via zijn telefoon op het internet kon komen, zou hij vast een website kunnen opzoeken van een van de organisaties die zich met de plaatselijke oorlogsgeschiedenis bezighielden. Maar voor hem had zich in deze bunker een heel andere geschiedenis afgespeeld. Hij had de aantrekkingskracht van de plek jarenlang genegeerd, maar vandaag was die sterker dan hij.

Hij herpakte zich en klauterde de helling naast het bouwwerk op om de ingang te bereiken, die zich op het hoogste punt van de heuvel bevond. Hij moest bukken om naar binnen te komen.

Eenmaal binnen voelde hij een steek in zijn maag. Maar ook dat weerhield hem er niet van om verder te gaan.

Er viel een zwak schijnsel door de smalle openingen halverwege de muren. Waarschijnlijk hadden hier de soldaten gestaan als het land werd aangevallen, bedacht Albert. Het bouwwerk was op de heuvel achtergebleven, en vijfentwintig jaar na de Tweede Wereldoorlog was de tiener Albert een trouwe bezoeker geworden.

Hier had hij tijdens een lange lente en zomer – in het geheim – afgesproken met de jongen op wie hij verliefd was geweest. Hier had de lust hem in zijn machtige greep gekregen en had hij niet langer de neigingen kunnen onderdrukken die hij al zo veel jaren had proberen te negeren. Hier was hij duizelig, bijna high van liefde geworden – en was hij zo gelukkig geweest als hij nooit voor mogelijk had gehouden.

Maar hier was ook iets verschrikkelijks gebeurd dat zijn geluk had vernietigd – en waarvoor een allesomvattend verdriet in de plaats was gekomen dat hij sindsdien niet meer van zich af had kunnen schudden.

Hij had deze plek al bijna vijftig jaar niet meer bezocht, maar nu hij er was, werd de pijn in zijn buik erger en erger. Hij liet zijn vingers langs de muren glijden; ze waren nog net zo ruw en hobbelig als al die jaren geleden. Hij schopte tegen de grond en er kwamen wat lucifers en sigarettenpeuken los. Destijds had hij van een paar oude dekens die hij van thuis had meegesmokkeld een soort matras gemaakt. Op die dekens had hij een jongen in zijn armen gehad, voorzichtig zijn voorhoofd gekust, in zijn oor gefluisterd hoe gelukkig hij hem maakte, met zijn vingers door zijn haren gewoeld en hem naar zich toe getrokken om zijn geur te ruiken. Daar had hij zich zo dicht bij een jongen gevoeld en zo versmolten met diens ziel dat hij zich niet had kunnen voorstellen dat ze ooit zonder elkaar zouden zijn. Maar dit soort herinneringen waren te pijnlijk om te verdragen.

Albert had het gevoel dat hij moest overgeven. Hij zocht zijn weg naar de uitgang en nam een teug frisse lucht. Opeens werd hij overvallen door een ander fragment uit zijn herinnering: twee jongens dansend op de heuvel, hun armen om elkaar heen geslagen, een van hen luidkeels zingend. Ze voelden zich veilig omdat ze te ver van de stad waren om gezien of gehoord te worden. Alberts pijn werd zo hevig dat hij er bijna van dubbelklapte.

Ik had hier niet moeten komen. Wat heeft het voor zin om dit allemaal op te rakelen?

Hij strompelde de heuvel af en ging met zijn rug tegen de bunker zitten. Daar probeerde hij een paar minuten lang zijn ademhaling onder controle te krijgen en alles te vergeten.

Toen sloeg hij met zijn vuist tegen de muur en stond abrupt op. Zonder achterom te kijken liep hij het bosje weer in. Pas toen hij op zijn vaste route aan de andere kant was beland begon zijn hartslag wat te vertragen.

Tijdens zijn tocht naar beneden probeerde hij zichzelf ervan te overtuigen dat hij gewoon moest doen alsof er niets aan de hand was – zoals hij al jaren deed – en dat alles dan goed zou komen.

Maar ergens diep vanbinnen wist hij dat doen alsof er niets aan de hand was geen optie meer was.

Op weg naar huis was Albert van slag en voelde hij zich ontheemd. Opeens stond hij in de buurtwinkel.

'Gaat het wel, Albert?' vroeg de eigenaar. Ted Hardacre was een stevige, betrouwbare man die al zo lang de winkel bestierde dat Albert niet eens meer wist wie dat vóór hem had gedaan.

'Ik had je hier vandaag niet meer verwacht. Alles in orde?'

'Ja, ja,' zei Albert met nadruk. Hij wees naar een chocoreep en gooide wat munten op de toonbank. 'Het gaat prima, dank je.'

Toen Ted de munten in de kassa had laten vallen, griste Albert de chocoreep uit zijn handen en haastte zich naar de deur.

'Ik weet dat ik het al eerder heb gezegd,' riep Ted hem na, 'maar fijne k–!' Albert had de deur al achter zich dichtgetrokken voordat Ted zijn zin had kunnen afmaken.

Doorlopen, zei hij tegen zichzelf, *gewoon doorlopen.*

Hij stak de chocoreep in zijn zak, versnelde zijn pas en nam de korte route via de Bloemenwijk. Hoewel het al donker – en dus kouder – begon te worden, waren er nog redelijk wat kinderen buiten aan het spelen. Op de hoek van Tulip Drive hield een moeder haar kinderen in het oog terwijl haar man een paar boodschappentassen uit de achterbak haalde en achterom liep naar hun huis. Op dat moment realiseerde Albert zich met een schok dat hij met kerst alleen zou zijn. Hij wist net weer hoe het was om geliefd te zijn, en plotseling leek hij die liefde opnieuw kwijt te raken.

Zijn benen voelden slap, maar hij vermande zich en liep door.

Blijven lopen. Gewoon door blijven lopen.

Vlak voor het steegje naar zijn huis kwam hij langs het huis van Nicole Ashton. Het verbaasde hem niet dat ze in de deuropening stond. Dit keer stond ze niet te roken of op haar telefoon te kijken, maar bevond ze zich in een gepassioneerde omhelzing met een jongeman. Hij kende de man niet – maar hij kon ook niet zoveel van zijn gezicht zien omdat Nicole haar handen op zijn wangen had gelegd en hem uitvoerig aan het kussen was. Wat ze tussen het kussen door tegen hem fluisterde kon Albert niet verstaan, maar de blik in haar ogen deed het lege gevoel in zijn maag weer opspelen. Hij wilde niet staren, maar hij kon er niet mee ophouden. En hij wist dat hij ze niet hoorde af te luisteren, maar hij deed het toch.

'Ik hoop dat je een leuke kerst hebt,' zei Nicole hardop.

'O, dat weet ik zo net nog niet,' zei de jongen. 'Hoe kan het nou leuk zijn als jij er niet bij bent?'

Opeens zag Nicole over de schouder van de man Albert staan.

'O, hallo postbode!' riep ze.

Albert schrok en het duurde even voordat hij reageerde. Toen zwaaide hij naar haar en ze schonk hem een brede glimlach.

Het geluk dat van Nicoles gezicht droop, was zo intens dat het lege gevoel Alberts hele maag vulde. Hij had zich al jaren niet meer gelukkig gevoeld – of door iemand begeerd of aangeraakt. Dat was zo lang geleden dat het bijna leek of het iemand anders was overkomen. Hij trok zijn capuchon over zijn hoofd en richtte zijn ogen weer op zijn voeten.

'Fijne feestdagen!' riep Nicole en de man naast haar stak zijn hand op als groet.

Albert knikte, maar zijn hoofd voelde zwaar. Zijn hele lichaam voelde zwaar. Hij moest zich bijna naar huis slepen.

Zodra hij binnen was, zou hij de ophaalbrug omhoogtrekken en de wereld achter zich laten – al die opwinding over kerst buitensluiten, al dat geluk op al die gezichten buitensluiten.

Kon hij zijn herinneringen maar buitensluiten.

George Atkinson. Zo heet de nieuwe jongen.

Hij is lang en slank met fijne gelaatstrekken, en zijn haar lijkt wel gevlamd goud als het licht erop schijnt, net als het gras op de moors in de winter. Maar het opvallendst aan hem zijn zijn ogen; die zijn zo intens blauw dat ze violet lijken. Albert vindt het moeilijk om zijn eigen ogen ervan af te houden.

George zit sinds kort bij Albert op school. Het is september 1969 – Alberts examenjaar is net begonnen – en het gerucht ging al rond dat er een nieuwe jongen vanuit Yorkshire naar Toddington was verhuisd. Albert hoorde van de andere jongens dat George Atkinson van musicals, Hollywood-films en kleding maken houdt – hij heeft zich bij de plaatselijke toneelclub aangesloten. Het duurt niet lang of zijn nieuwe klasgenoten grijpen dit aan om hem 'homo' te noemen.

Op een ochtend staat Albert met de andere jongens van zijn jaar in de gang op de dagelijkse samenkomst in de aula te wachten. George komt te laat aanrennen en probeert zonder op te vallen de gang nog in te glippen en zich bij zijn jaar te voegen. Maar een paar van de luidruchtiger jongens zien hem.

'Daar hebben we Georgina,' roept er een.

'Ruggen tegen de muur, jongens!' roept een ander.

De jongens steken hun benen uit om hem tegen te houden. George moet stoppen, maar hij weigert ze aan te kijken.

'Hé, Georgina, we hebben het tegen jou!' Een van de jongens spuugt de woorden zo ongeveer in zijn gezicht.

'Yep,' zegt een ander. 'Heeft je moeder je nooit verteld dat het onbeleefd is om mensen te negeren?'

Maar George zegt nog steeds geen woord; hij doet een paar stappen naar achteren en buigt zijn hoofd.

Albert wil ingrijpen om hem te beschermen, maar hij durft het niet. Straks denken de jongens nog dat hij hetzelfde geheim heeft als George – dat hij zich aangetrokken voelt tot jongens en niet tot meisjes. Want in tegenstelling tot George weet Albert zijn geheim te verbergen.

'Hé jij, jij gaat toch naar een tonéélclub?' vraagt een van de jongens. Hij spreekt het woord uit alsof het een besmettelijke ziekte is.

'Ja,' zegt een ander, 'ben je een soort *showgirl*?'

Ze schudden met hun billen en laten hun handen wapperen, als een soort belachelijke parodie op vrouwelijkheid.

Weer reageert George niet.

'Waarom ineens zo verlegen?' treitert een van de jongens.

'Kom op,' jouwt een ander, 'dans voor ons.'

'Kun je de cancan?'

'Kom op, Georgina, gooi die benen in de lucht!'

Ze schoppen tegen zijn voeten. Ze schoppen tegen zijn voeten om hem te laten dansen. Ze schoppen tegen zijn voeten zodat ze hem kunnen blijven treiteren.

Er zit niets anders op voor George. Hij moet doen wat ze vragen.

Terwijl het gelach zich door de hele gang verspreidt, merkt Albert dat zijn vrienden Tom en Colin ook meedoen. Hij wil tegen ze zeggen dat ze moeten stoppen, maar alle jongens lachen – allemaal, behalve hij.

Hij voelt het onrecht als een vlijmscherp mes in zich steken. Hij begrijpt niet waarom ze allemaal zo naar doen tegen George, waarom niemand beseft dat George een mens is met gevoelens en dat hij zich waarschijnlijk gebroken en vernederd voelt. Alberts hartslag versnelt en hij kookt van woede.

Ik kan hier niet zomaar staan toekijken. Ik kan niet zwijgend blijven aanzien hoe iedereen hem uitlacht.

Maar iets houdt hem tegen.

'Hé, dat zag ik,' zegt een van de jongens. 'Ik zag je wel naar mijn piemel kijken.'

Alsof hij bloed ruikt.

'Jij smerige klootzak,' schreeuwt een van zijn vrienden met een waanzinnige blik in zijn ogen. 'Jij smerige, vuile flikker!'

Op het moment dat Albert zich niet meer kan inhouden en zijn mond open wil doen, komt er gelukkig een leraar de hoek om. 'Wat is er hier aan de hand, jongens?'

De jongens staan meteen weer in het gelid en drukken zich tegen de muur.

'Niets, meneer,' zeggen ze in koor.

De leraar kijkt naar George. 'Atkinson?'

'Niets, meneer,' herhaalt George.

De leraar fronst bedenkelijk en haalt zijn sleutels tevoorschijn. Terwijl hij de deur van de aula opendoet, sluipt George weg. Hij krijgt nog snel een duw na van een van de jongens. Maar hij weigert zijn hoofd te laten hangen.

Als hij langs Albert loopt, kruisen hun blikken elkaar vluchtig. Hij moet de mengeling van empathie, schuldgevoel en verlangen in Alberts ogen hebben gelezen – want in dat korte moment lijken ze elkaar volledig te begrijpen. En Albert voelt dat hij zijn geheim voor de andere jongens misschien verborgen kan houden, maar dat dat hem bij deze jongen niet gaat lukken.

7

Kerstochtend brak aan en Albert was extra vastbesloten om zijn herinneringen buiten te sluiten. Hij was van plan om zich in zo veel mogelijk feestelijke tradities te storten als hij maar kon.

De meeste mensen begonnen eerste kerstdag met cadeautjes, dus hij gaf Gracie haar presentjes. Hij was naar de grote dierenwinkel in het winkelcentrum aan de rand van de stad gegaan om een sok vol kattensnoepjes en een zacht kerstspeeltje voor haar te kopen.

'Alsjeblieft, meisje,' zei hij en hij stalde de aankopen voor haar uit. 'Fijne kerst.'

Hij pakte de sok voor haar neus uit. Gracie leek zich even te vermaken met het inpakpapier, maar om de een of andere reden keurde ze de snoepjes geen blik waardig. Het kerstspeeltje vond ze wel leuk, en Albert trok het bijna een halfuur steeds voor haar neus weg, vlak voordat ze het kon bespringen. Het verbaasde hem dat Gracie de spelletjes die ze als kitten speelde nog steeds leuk vond, ook al had ze er inmiddels genoeg kattenjaren op zitten om van haar oude dag te mogen genieten.

Hij probeerde zichzelf net wijs te maken dat hij het niet erg vond dat hij zelf geen cadeautjes kreeg toen hij bedacht dat hij er wel eentje had gehad – de puzzel tijdens de kerstborrel. Op het moment zelf was hij misschien teleurgesteld geweest, maar daar zette hij zich nu overheen, en hij ging aan de slag. *Iets anders heb ik toch niet te doen.*

Hij opende de doos en maakte wat ruimte op de salontafel zodat hij alle stukjes met de goede kant naar boven voor zich kon uitspreiden. Terwijl hij met de puzzelstukjes het plaatje van de Lancashire moors reconstrueerde, kwamen in zijn hoofd stukje voor stukje de herinneringen terug aan de beste kerstcadeautjes die hij als kind had gekregen.

De groene tractor waar hij zo graag op reed toen hij vier was. Hij gebruikte zijn voetjes om zich ermee over de stoep voort te bewegen, en hij kon ternauwernood zijn vader bijhouden als die bij de buurtwinkel sigaretten ging halen. Hij mocht er zelfs mee in huis rondrijden, over het linoleum in de keuken en tegen de meubels aan. In die tijd vond zijn moeder dat niet erg. In die tijd zag ze overal de lol van in en had ze een aanstekelijke, rollende lach die Albert altijd blij maakte. Hij had er toen nog geen idee van hoe alles zou veranderen, hoe de sfeer in huis volledig zou omslaan.

Dan had hij nog een felrode fiets gekregen toen hij zeven was. Op eerste kerstdag was hij de straat op gegaan met zijn vader, die naast hem bleef rennen terwijl hij zijn eerste, erg wiebelige, ritje maakte. Zijn moeder had in de deuropening gestaan, in haar handen geklapt en hem aangemoedigd. Ze was hoogzwanger en iedereen had het erover dat Albert de volgende kerst een broertje of zusje zou hebben om mee te spelen. Maar dit was niet de eerste keer dat hij dat had gehoord – en hij had toen al zijn twijfels of het echt ging gebeuren. De nervositeit in zijn moeders stem was hem niet ontgaan en hij merkte dat de sfeer in huis aan het veranderen was.

Zonder twijfel zijn mooiste kerstcadeau aller tijden had hij gekregen op zijn negende. Hij was op kerstochtend de trap af gerend en had het houten fort met tinnen soldaatjes gevonden dat de kerstman voor hem had achtergelaten. Er zat zelfs een ophaalbrug bij die je op en neer kon bewegen. Maar zijn moeder had niet in zijn vreugde gedeeld, ze had die hele eerste kerstdag een droevige, afwezige blik in haar ogen gehad. Albert wist nog dat zijn vader had gezegd dat een nieuw broertje of zusje de anderen in de hemel gezelschap was gaan houden. Hij wist niet waarom dit steeds gebeurde, maar hij merkte wel dat elk kindje dat wegging telkens een stukje van zijn moeder leek mee te nemen. Ze was langzaam maar zeker gestopt met het zingen van de liedjes van Gracie Fields en daarna was ze langzaam maar zeker gestopt met lachen – totdat alle vreugde uit het huis was verdwenen. Op deze eerste kerstdag had hij zijn fort gepakt en had hij er eindeloos veldslagen omheen gespeeld, teruggetrokken in zijn eigen wereld.

Toen hij de kantjes af had en naar het midden van de puzzel toewerkte, bedacht hij dat hij altijd dankbaar was geweest voor elk cadeau dat hij voor Kerstmis had gekregen. Weken voor de grote dag begon zijn vader hem er al aan te herinneren dat als hij niet braaf was, de kerstman hun huis zou overslaan en hij een zak kolen zou krijgen. Maar hoe ouder Albert werd, hoe meer zorgen hij zich begon te maken dat er onder de boom een kolenzak op hem zou staan wachten, ook al was hij braaf geweest. Toen hij niet meer in de kerstman geloofde en doorhad dat zijn ouders de cadeautjes regelden, werd die angst alleen maar groter. Hij was diep vanbinnen bang dat hij slecht was – dat het geheim dat hij met zich meedroeg hem slecht maakte. En hij maakte zich ernstig zorgen dat zijn ouders dat slechte in hem op een dag zouden ontdekken.

Hij stopte even om de herinnering uit zijn hoofd te krijgen.

Toen hij het laatste puzzelstukje op zijn plaats had gelegd, leunde hij naar achteren om zijn prestatie te bewonderen. Maar het plaatje bracht alleen maar meer herinneringen aan George en hemzelf op de moors naar boven. Hij liet de puzzel op de salontafel liggen en liep naar de keuken.

Sinds zijn moeder was overleden braadde Albert elke kerst een kalkoenborst en at de restjes op tweede kerstdag. Hij had zich moeite kunnen besparen door een kalkoenbraadstuk voor één persoon te kopen, maar hij vond het leuk om alle stappen van het prepareren van het vlees te doorlopen en te bedenken wanneer de groente, vulling en aardappelpuree bereid moesten worden. Gracie vond de ingewanden trouwens heerlijk, dus hij kon het niet over zijn hart verkrijgen haar haar kerstdiner te ontzeggen. Terwijl de aroma's de keuken vulden, gaf ze luid ronkende kopjes tegen zijn schenen.

'Nog even wachten, meisje,' zei hij teder, 'het is nog niet klaar.'

Albert ging aan tafel zitten en gaf tegelijkertijd Gracie haar eten. Terwijl zij de ingewanden uit haar bakje op de vloer oppeuzelde, at hij zijn gebraden kalkoen. Uit de radio klonken kerstliedjes.

Samen met zijn moeder luisterde hij tijdens hun kerstdiner altijd naar kerstliedjes op de radio. Nadat zijn vader aan een hartaanval was overleden, was ze steeds kwetsbaarder geworden, steeds minder vaak de deur uitgegaan, en meer en meer op Albert gaan leunen. Mettertijd had hij geleerd schoon te maken, boodschappen te doen en te koken. Tegen het einde had hij haar eten op bed moeten brengen. Maar zelfs toen wilde ze met kerst per se naar beneden geholpen worden om aan de eettafel haar kerstdiner te nuttigen. Albert kon zich nog zijn laatste kerst met haar herinneren, toen ze geklaagd had dat de kalkoen niet gaar was en de spruitjes te lang hadden gekookt, ook al was hij zelf best tevreden geweest. Ze was in niets meer de moeder die hij als jongetje had gekend. Die laatste jaren was ze veranderd in een zure, oordelende oude vrouw – en haar naarste beledigingen bewaarde ze voor Albert.

'Je bent nutteloos, Albert.'

'Je bent een mislukkeling, Albert.'

'Kun je dan niets goed doen, Albert?'

Zelfs toen ze kanker kreeg, leek dat voor haar een volgende stok om hem mee te slaan: hij begreep niet wat ze doormaakte; hij was niet voorzichtig genoeg; hij gaf haar niet genoeg pijnstillers.

Alsof ze me ergens voor wilde straffen. Alsof ze me nog slechter over mezelf wilde laten voelen dan ik al deed.

Terwijl hij zijn eten opat en de schalen afruimde, bedacht hij dat hij het thuis veel leuker vond nu hij alleen met Gracie woonde. Het was vreselijk om toe te geven, maar hij miste zijn moeder absoluut niet.

Hij waste af, deed de restjes in tupperwarebakjes en ging naar de woonkamer om televisie te kijken. Gracie liep achter hem aan en sprong op zijn schoot. Hij pakte haar pootje vast en aaide met zijn duim over haar zachte, warme kussentjes. Maar waar hij ook naar keek, hij kon zich niet concentreren. Door zijn hoofd spookte maar één gedachte. *Wat gaat er na de kerst met mij gebeuren?*

Dit was zijn laatste kerst als postbode Hij staarde naar de brief van HR, die ingeklemd stond tussen zijn kerstkaarten. Hij kon het niet laten de brief weer te pakken en te herlezen.

Albert liet de betekenis van de woorden tot zich doordringen. Er zat niets anders op: hij moest wel gaan nadenken over hoe zijn leven eruit zou zien als hij geen werk meer had. Hoe zou hij zijn dagen vullen? Zou het altijd zijn zoals vandaag? Zou hij al zijn tijd doorbrengen zonder een greintje menselijk contact?

Hij voelde een steek in zijn hart en hij wist wat het was: eenzaamheid.

'Daar heb je het,' zei hij hardop. 'Ik geef het toe: ik ben eenzaam.'

Gracie trok haar pootje uit zijn hand, alsof ze zich van hem afkeerde.

Ik ben eenzaam en het heeft geen zin meer dat te ontkennen.

Hij wist wat hem te doen stond.

Hij zette zijn muziekinstallatie aan. Dit keer koos hij geen cd met blije musicalliedjes. Hij koos de soundtrack van *West Side Story*. Hij controleerde of de deur en de gordijnen goed dichtzaten, zodat niemand hem kon zien of horen. Hij spoelde door tot hij bij het liedje 'Somewhere' was.

Hij drukte op 'afspelen'.

Hij tilde Gracie van de vloer en zwierde met haar rond op het ritme van de muziek. Het bracht hem terug naar de lente waarin hij niet eenzaam was geweest, waarin hij zijn leven met George deelde, waarin George ditzelfde liedje voor hem had gezongen terwijl ze samen op de heuvel dansten.

De herinnering troostte hem even, maar daaronder schuilde de angst. Want één gedachte liet hem maar niet los.

Als ik nu al eenzaam ben, hoe erg gaat het dan straks worden?

8

'Hoger!' gilde Reenie met een grote grijns op haar gezicht. 'Hoger!'

Nicole zou willen dat elke dag zo kon zijn. Ze stond in de deuropening naar de woonkamer en keek hoe Reenie op haar kleine trampoline op en neer sprong terwijl Jamie haar hand vasthield. Ze wist niet of ze ooit gelukkiger was geweest.

Twee weken geleden had Jamie haar een berichtje gestuurd waarin hij zei dat hij laat thuis was gekomen omdat zijn trein vertraging had en zich verontschuldigde dat hij niet eerder iets had laten horen – de batterij van zijn telefoon was leeg. Sindsdien was hij vier keer bij haar thuis langsgekomen – en nu de vijfde keer op tweede kerstdag. Deze bezoekjes waren zo heerlijk dat Nicole haar twijfel over Jamies bedoelingen overboord had gegooid. Ze vond het niet meer dan normaal dat ze zich onzeker voelde na haar ervaringen met Dalton. *Maar meid, nu moet je relaxed doen en je gevoelens voor Jamie niet meer door het verleden laten beïnvloeden.*

Ze leunde tegen de deurpost en volgde hun spel met haar ogen.

'Nog een keer,' zei Jamie, 'maar dit keer ga ik je ronddraaien.'

Haar hart maakte een sprongetje toen ze hem naar haar dochter zag glimlachen.

Jamie had een lief, jongensachtig gezicht en een stevig postuur met een dikke laag spieren die hij had getraind als lid van de zwem- en roeiploeg van de universiteit. Hij had een bleke huid en lichtblond haar dat meestal over zijn voorhoofd hing, maar rechtop ging staan als hij zijn hand erdoorheen haalde. En zijn ogen zaten tussen blauw en groen in, niet één kleur, maar een bijzondere mengeling – ogen die Nicole buitengewoon aantrekkelijk vond, vooral wanneer hij ze gebruikte om naar haar te lachen. Ze had wel eens gehoord van mensen die met hun ogen lachten, maar ze was er nog nooit een tegengekomen. Totdat ze Jamie had ontmoet.

Reenie was klaar met haar eerste pirouette. 'Nog een keer!' gilde ze tegen Jamie. 'Nog een keer!'

Rondom de trampoline lagen de cadeautjes die Nicole Reenie voor kerst had gegeven. De meeste sloten aan bij Reenies nieuwste obsessie: Peppa Pig. Er lagen een Peppa Pig-theeservies, een speelhuis, een kassa, een knutselset, een haardroger en een ijskarretje. Nicole had de plaatselijke kringloopwinkels afgestruind op zoek naar tweedehandsspullen en had ook een paar dingen met de kortingsbonnen en -codes gekocht die ze via online acties en een app op haar telefoon had bemachtigd. Toch had ze meer uitgegeven dan ze zich kon veroorloven. Maar ze had berekend dat ze het wel zou redden als ze de komende maanden de broekriem aantrok en minder aan zichzelf besteedde. Ze was in ieder geval van plan te stoppen met roken. Toen ze zwanger was, ging dat haar prima af; ze was alleen maar weer begonnen omdat het leven als alleenstaande moeder haar zo zwaar viel. Maar nu leek die stress niet meer dan een vage herinnering. Eerder die middag had Jamie met een cadeau voor Reenie op de stoep gestaan. Hij had een Peppa Pig-trampoline voor haar gekocht en die had alle andere cadeaus doen verbleken en was nu haar favoriete kerstcadeau. Ze vond het heerlijk om Reenie zo blij te zien, maar ze genoot er vooral van om Jamie met zijn ogen naar haar dochter te zien lachen. Nicoles hart sloeg over van blijdschap.

Door al dit geluk zou ze bijna vergeten hoe erg ze dit huis haatte waarin ze met Reenie woonde. Het was een halfvrijstaande sociale huurwoning van rode baksteen met regenvlekken met een verwaarloosde heg eromheen en een zielloos interieur van witgepleisterde muren en bruine vloerbedekking. Toen ze hier kwamen wonen had ze zo weinig geld dat ze alleen het broodnodige kon kopen, zoals een functionele tafel, wat stoelen en een slaapbank die zo ongemakkelijk zat dat ze de houten latten door de kussens heen voelde. Elke keer dat ze erop neerplofte had ze het gevoel dat ze op een boek of een harde rand van een van Reenies speeltjes was gaan zitten. Het was er gewoon niet gezellig – en het voelde na zes maanden nog steeds niet als thuis. Een paar weken geleden had ze van haar net ontvangen uitkeringsgeld een paar goedkope lampenkappen voor de kale peertjes gekocht en dat had wel iets uitgemaakt. Maar er was veel meer voor nodig om het naarste aspect van het huis te kunnen vergeten – de Bloemenwijk waarin het stond.

Nicole voelde zich niet veilig als ze in de wijk over straat liep, omdat de jongens die op de muurtjes blikjes bier zaten te drinken naar haar floten, sisgeluiden produceerden of seksueel getinte opmerkingen maakten, zelfs als ze Reenie in haar buggy voortduwde, wat bijna altijd zo was. Een keer was zo'n jongen haar een paar straten gevolgd en had haar bestookt met opmerkingen over wat hij allemaal met haar zou doen – tot ze tegen hem had geblaft dat als hij niet zou opzouten ze de politie zou bellen. Haar hand had getrild toen ze haar telefoon had gepakt. Sindsdien liep ze vaak met een omweg naar huis, via het steegje achter de rijtjeshuisjes aan de noordkant.

Toen ze het huis aangeboden had gekregen, had ze even getwijfeld. Maar ze was destijds ten einde raad geweest. Nadat Dalton haar had verlaten, had haar moeder beloofd om te helpen met de baby zodat Nicole haar opleiding kon afmaken, al was het in deeltijd. Nicole had zich van het begin af aan zorgen gemaakt omdat haar moeder nooit zo betrouwbaar was geweest. En toen had haar moeder, in lijn met de verwachtingen, een man ontmoet, die een bar op Lanzarote had. Binnen een paar maanden na Reenies geboorte was ze naar de Canarische Eilanden vertrokken, had haar dochter achtergelaten en het familiehuis te koop gezet. Ze had tegen Nicole gezegd dat ze zich op haar veertigste nog niet als oma zag en ze wist ook niet zeker of ze wel klaar was voor die rol. Haar moeders instelling was allesbehalve een verrassing voor Nicole; voor de rol van moeder was ze destijds ook niet klaar geweest, en die had ze ook niet echt met verve vertolkt. Kortom, Nicole was gedwongen om zich op een wachtlijst voor een sociale huurwoning te laten plaatsen en had het eerste aanbod, hier in de beruchte Bloemenwijk, direct moeten aannemen. En hoe erg ze het hier ook haatte, er zat niets anders op dan zich erbij neer te leggen. *Voor nu in ieder geval. Totdat mijn carrière op stoom komt.*

'Schatje,' riep ze naar Jamie, 'wil je een glas wijn?'

Hij zwaaide Reenie terug en zette haar voorzichtig weer op de trampoline. 'Ja, dank je, Nic. Heerlijk.'

Ze liep naar de keuken en pakte een fles witte wijn uit de koelkast. Ze had niet zoveel verstand van wijn en ze had alleen de goedkoopste aanbieding bij de Lidl kunnen kopen. Jamie was in financiële zekerheid opgegroeid en ze was een beetje bang dat hij een goedkope wijn direct zou herkennen. Maar het was niet anders. Ze schonk twee glazen in en bracht ze naar de woonkamer.

'Ik hoop dat deze oké, is,' zei ze terwijl ze het glas aan hem gaf. 'Iets anders kan ik me helaas niet veroorloven.'

Jamie kuste haar op de lippen. 'Nic, maak je geen zorgen. Je hoeft me niet te imponeren; dat heb je al genoeg gedaan.'

Ze glimlachte en voelde haar schaamte wegebben.

'O, en dat je het weet,' zei Jamie, 'het kan me helemaal niets schelen wat ik te drinken krijg. Als ik maar bij jou ben.'

Zijn woorden raakten Nicole. Voordat haar emoties de overhand zouden krijgen, liep ze terug naar de keuken om het eten te controleren.

Het was weliswaar al tweede kerstdag, maar toch was ze een uitgebreid diner met kalkoen aan het bereiden, omdat Jamie eerste kerstdag bij zijn ouders, broer en grootouders had moeten doorbrengen. Ze moest zich concentreren op de timing, maar voelde zich vrij zeker van haar kookkunsten; haar moeder was een ramp in de keuken, dus had ze zich als tiener al in het vak moeten verdiepen. Nu kon ze laten zien wat ze had geleerd.

'Oké, jongens,' verkondigde Nicole. 'Het eten is klaar!'

Ze wees naar de tafel en Jamie sprong overeind.

Nicole stak haar armen naar Reenie uit. 'Kom, grote meid,' zei ze, 'dan help ik je in je kinderstoel.'

Reenie trok een pruillip. 'Nee,' zei ze, 'Jamie doen.'

Nicole keek Jamie aan en slaakte een liefdevolle zucht.

'Je hebt het er zelf naar gemaakt,' zei ze. 'Ik ben bang dat je gewoon moet doen wat ze zegt.'

Terwijl Jamie Reenie optilde en in haar Peppa Pig-kinderstoel vastzette, bracht Nicole het eten binnen. Ze was heel benieuwd wat Jamie ervan vond. Ze had even overwogen om hem het vlees te laten snijden, maar ze wilde hem niet het gevoel geven dat ze het soort vrouw was dat een man in huis nodig had. *Als hij die rol op zich wil nemen, kan het geen kwaad dat hij daar eerst een beetje moeite voor doet.*

'Wow!' zei Jamie toen ze zijn bord voor zijn neus zette. 'Dit ziet er geweldig uit!'

Nicole glimlachte. Voordat ze zelf ging zitten, boog ze zich over Reenie om haar eten in kleine stukjes te snijden.

'Nee!' gilde Reenie. 'Jamie doen!'

Nicole moest ervan grinniken. 'Oké, oké!' Ze keek naar Jamie. 'Zou jij het willen doen?'

Ze deed net alsof ze geërgerd was, maar stiekem was ze blij dat Reenie steeds om Jamie vroeg. Aan de uitdrukking op Jamies gezicht zag ze dat hij het ook leuk vond.

'Mmm, het ziet er niet alleen geweldig uit,' zei hij terwijl hij begon te eten, 'het smaakt ook nog eens geweldig.'

Nicole glom van trots. 'Ik neem aan dat het in niets lijkt op een avondje bij je studentenvereniging?' vroeg ze.

Jamies ogen twinkelden. 'Ja, je moest eens weten hoe mijn maten er na een paar drankjes aan toe zijn – ik denk dat je dan een zinniger gesprek met Reenie kunt voeren.'

Ze keken allebei naar het meisje, dat met haar vork en lepel op tafel sloeg. 'Jammie, jammie!'

Er liep kwijl over haar kin en Nicole veegde het met een stukje keukenpapier weg.

'Ze kwijlt ook minder dan mijn maten,' zei Jamie.

Nicole moest lachen, maar realiseerde zich ineens iets. 'O nee! Ik ben de jus vergeten!'

Ze rende de keuken in en pakte de juskom van het aanrecht. Terug in de woonkamer zag ze hoe Jamie en Reenie samen aan het lachen waren. Ze bleef even staan om van het moment te genieten. Voor het eerst was ze blij dat ze naar Toddington was verhuisd – ook al betekende het dat ze in de Bloemenwijk moest wonen en haar vriendinnen had moeten achterlaten. Want als ze hier niet naartoe was verhuisd had ze Jamie nooit ontmoet. En dan zouden ze nu niet met z'n drieën samen zijn.

Samen eten, als een gezin.

Een paar uur later lag Nicole in bed dicht tegen Jamie aan.

Na het eten had hij afgewassen terwijl zij Reenies speelgoed had opgeruimd. En toen ze Reenies bedtijd had aangekondigd, had die erop gestaan dat Jamie haar voorlas. Opnieuw had Nicole haar van harte haar zin gegeven. Ze was naar buiten geglipt om een sigaret te roken, zich voornemend dat dit haar laatste was. Daarna had ze zich opgefrist en haar make-up bijgewerkt. In haar slaapkamer had Jamie haar verrast met een paar kristallen oorbellen. Ze had geen idee hoe hij zo'n duur kerstcadeau had kunnen betalen als hij alleen van een studentenlening moest leven. Maar ze had ze tegen haar oren gehouden en ze stonden zo prachtig dat ze het moment niet wilde verpesten door ernaar te vragen. In plaats daarvan had ze hem gekust en hij had haar gekust. En toen waren ze elkaar opeens steeds intenser gaan kussen en voordat ze het wist waren ze op het bed gevallen en hadden ze elkaars kleren uitgetrokken.

Hun kleren lagen verspreid over de grond, alsof de seks gehaast en onstuimig was geweest, maar het was juist het tegenovergestelde. Ze voelde zich altijd veilig en gerespecteerd bij Jamie – bij Dalton had ze zich nooit zo gevoeld. De eerste paar keer dat ze hun kleren in elkaars aanwezigheid hadden uitgetrokken was ze nerveus geweest. Zijn lichaam was zo sterk en strak dat het haar onzeker had gemaakt. Ze was de zwangerschapskilo's al kwijtgeraakt, maar ze had toch nog wel een buikje. En haar borsten waren nooit groot geweest maar ze leken sinds de bevalling wel te zijn gekrompen, dat had niemand haar van tevoren verteld. Maar het leek Jamie allemaal niets te kunnen schelen. Wat zij als haar tekortkomingen zag, scheen hem alleen maar op te winden. De seks was warm, teder en – zo durfde ze het pas sinds kort te noemen – liefdevol.

Maar durf ik dat ook al hardop te zeggen?

Na vandaag had ze geen twijfels meer, ze was verliefd op hem aan het worden. Maar durfde ze dat te vertellen?

Dit was het perfecte moment om eerlijk tegen hem te zijn. *Ik kan gewoon zeggen: 'Ik* denk *dat ik verliefd op je aan het worden ben', om het allemaal een beetje luchtig te houden.*

Ze besloot te wachten tot Jamies hartslag en ademhaling een beetje tot rust waren gekomen – dan zou ze het gesprek beginnen.

'Nic?' Hij was haar voor.

'Ja, schatje?'

'Het spijt me, maar ik moet echt gaan.'

Ze probeerde niet te verstijven in zijn armen. 'Wat?' Haar stem klonk erg hoog en ze probeerde hem een paar octaven naar beneden te krijgen. 'Hoe bedoel je?'

Hij kuste haar zachtjes op haar voorhoofd. 'Het spijt me, maar ik kan vannacht niet blijven.'

Nou, daar gaat mijn liefdesverklaring.

Ze ging rechtop zitten en keek hem aan. 'Waarom niet?'

'Ik moet gewoon naar huis.'

Ze zag dat hij op het punt stond om iets te zeggen, maar de boodschap bereikte zijn lippen niet. 'Waarom dan? Sorry, maar ik snap het niet.'

Zijn gezicht verstrakte. 'Het heeft met mijn vader en moeder te maken, Nic. Ik wilde het niet zeggen, maar ze willen niet dat ik met je omga.'

Nicole voelde zich opeens erg naakt en reikte naar de grond om haar bh op te rapen. 'Maar waar komt dit opeens vandaan? Waarom zeg je dat nu pas?'

‘Sorry,’ zei hij, ‘maar ik wilde de dag niet verpesten. En ik wilde niets zeggen waar Reenie bij was. En toen zij in bed lag en we hier waren beland… lieten we ons een beetje meeslepen.’

Nicole deed haar bh aan en maakte hem vast, daarna sloeg ze de deken om haar middel. Ze nam zich voor om niet naar hem uit te halen of de confrontatie aan te gaan.

‘Oké, wat zeiden ze dan?’ vroeg ze zakelijk. ‘Als ze me niet zien zitten, mag ik toch wel weten waarom?’

Weer trok hij een bedenkelijk gezicht. ‘Het is gisteren allemaal geëscaleerd. Omdat ze hadden gemerkt dat we steeds meer tijd samen doorbrengen gingen ze vragen stellen. En de antwoorden bevielen hun niet.’

Nicole trok een wenkbrauw op. ‘Wat dan? Vinden ze me niet goed genoeg voor jou?’

Jamie keek naar beneden en ontweek haar blik. ‘Zoiets, ja.’

‘Maar waarom, Jamie? Wat is er in hun ogen dan mis met mij?’

Ze wist donders goed wat zij dachten dat er mis was met haar, maar ze wilde het Jamie horen zeggen. Ze wilde het hem hardop horen zeggen, zodat hij zelf zou horen hoe naar het klonk – en dan zou hij hopelijk net zo verontwaardigd zijn als zij.

‘O, weet ik veel,’ was zijn enige antwoord. ‘Ik weet het niet.’

‘Je weet het best. Je weet het heus wel.’

Hij haalde zijn hand door zijn haar, waarna het zoals gebruikelijk rechtovereind bleef staan. Normaal gesproken zou ze erom moeten lachen, maar nu niet.

‘Oké, nou, als jij het niet wilt zeggen, dan doe ik het,’ zei ze gedecideerd. ‘Jouw ouders vinden mij niet goed genoeg omdat ik een alleenstaande moeder ben en ik een sociale huurwoning heb en rond moet komen van een uitkering. Jouw ouders zijn snobs, Jamie.’ *Misschien zijn ze ook racistisch*, wilde ze nog zeggen, maar ze hield zich in; ze had inmiddels wel door dat witte mensen erg gevoelig waren voor deze beschuldiging en als het onderwerp eenmaal ter sprake was gekomen, sloeg de hele conversatie dood.

Jamie verraste haar door te knikken. ‘Ik weet het, Nic. Je hebt gelijk; dat zijn ze ook. Maar eerlijk gezegd trek ik me niets van ze aan.'

Ze probeerde kalm te blijven. 'Waarom ga je dan naar huis?'

Zijn zucht klonk ongemakkelijk. 'Omdat ik voorzichtig te werk moet gaan. Ik wil ze niet tegen me in het harnas jagen, Nic. Ze moeten wel mijn toelage blijven betalen totdat ik afgestudeerd ben.'

Ze moest zich bedwingen om niet naar hem uit te vallen. *Sorry dat ik geen medelijden met je heb, maar een toelage heb ík nooit van mijn leven gehad. Ik wist niet eens dat je er een kreeg.*

Hij wreef met zijn duim over haar schouder. 'Heb nog even geduld met mij terwijl ik probeer ze tevreden te houden. Het komt uiteindelijk allemaal goed, dat beloof ik.'

Ze schudde hem van zich af en schoof bij hem vandaan. 'Wat? En in de tussentijd moet ik me verstoppen alsof ik je smerige geheimpje ben? Als een soort sloerie waar jij je voor schaamt?' Ze was ongemerkt gaan schreeuwen. *Pang, daar gaat mijn goede voornemen.*

Jamie boog zich naar haar toe en stak zijn arm naar haar uit. 'Nee, Nic, helemaal niet. Je weet dat ik zo niet over je denk... en ik ga je ook niet minder vaak zien. Ik moet gewoon proberen ze te vriend te houden, meer niet.'

Er viel een beladen stilte. Nicole voelde dat de spanning een muur tussen hen optrok.

'Echt,' ging Jamie verder, 'ik weet hoe ik met mijn ouders moet omgaan. Vertrouw me nou, alsjeblieft.'

Vertrouw me nou, alsjeblieft.

Bij die woorden dacht ze meteen aan alle mannen die haar hadden teleurgesteld in haar leven. Niet alleen aan Dalton, die haar had gevraagd hem te vertrouwen voordat hij naar Londen vertrok en had beloofd weer terug te komen – maar dat nooit had gedaan. Maar ook aan haar vader, die haar moeder had verlaten toen Nicole nog maar een paar jaar oud was en die in het begin nog wel af en toe op bezoek was gekomen, maar die uiteindelijk steeds minder vaak kwam om uiteindelijk helemaal weg te blijven. En dan waren daar al die mannen die haar moeder, kortstondig, aan haar had opgedrongen, die Nicole papa moest noemen en die op het moment dat ze dat ook daadwerkelijk zelf wilde met de noorderzon vertrokken. En het waren niet alleen de mannen die haar hadden teleurgesteld, ook op haar moeder had ze nooit kunnen rekenen. Dat die haar in de steek had gelaten op het moment dat ze haar het hardst nodig had, had haar gesterkt in de overtuiging dat ze dat haar eigen dochter nooit zou aandoen. Ze had besloten als een leeuwin voor haar welpje te vechten. En dat betekende dat ze alleen overwoog een relatie te beginnen met een man die betrouwbaar was – en op wie ook Reenie kon vertrouwen. Maar Jamie had vandaag zijn best gedaan om Reenie aan zich te binden en nu, een paar uur later, vertelde hij Nicole doodleuk dat zijn ouders wilden dat hij de relatie zou verbreken en dat hij hen wel tevreden moest houden.

Ben ik gewoon dom? Houdt hij me aan het lijntje?

Ze duwde zijn arm weg en stond op om zich aan te kleden.

'Luister, als je moet gaan,' zei ze, 'dan heb ik het liefst dat je gewoon definitief gaat.'

Hij keek haar aan en knikte.

Ze kon niet geloven dat de dag zo moest eindigen.

Daar gaan al die voornemens om nergens meer in te trappen. Om geen enkele man meer over me heen te laten lopen!

Terwijl Jamie opstond en ze hem zijn kleren zag aantrekken, sprongen de tranen in haar ogen. Als hij weg zou zijn, zou ze buiten een sigaret opsteken. Stoppen deed ze wel een andere keer.

9

Toen Alberts wekker om vijf uur afging, wist hij meteen dat er iets niet klopte.

Stel je niet aan, probeerde hij zichzelf gerust te stellen. *Het voelt alleen maar raar omdat je een paar dagen uit je normale routine bent.* De gedachte dat hij binnenkort helemaal geen routine meer zou hebben duwde hij weg. Dan zou zijn leven voorbij zijn.

Het was 27 december en de eerste werkdag na de kerstvakantie. Hij had ernaar uitgekeken om zijn normale werkschema weer te kunnen aanhouden, al was het maar voor drie maanden. Hij zette het alarm uit, maar hij bleef het gevoel houden dat er iets mis was.

Hij deed het licht aan en kwam moeizaam overeind.

Waar is Gracie?

De poes sliep altijd aan het voeteneinde. Ze ging niet op hetzelfde tijdstip naar bed als hij, vaak glipte ze nog even door het kattenluik naar buiten om een laatste ronde over haar territorium te doen. Als hij dan 's ochtends wakker werd, lag ze opgerold aan zijn voeteneinde te slapen. Maar vandaag was ze er niet.

'Gracie?' riep hij. 'Waar ben je, meisje?'

Er klonk geen gemiauw, hij hoorde niets bewegen. Hij stond op en trok zijn ochtendjas aan, stapte in zijn sloffen en ging naar het toilet. Normaal gesproken liep Gracie dan achter hem aan de badkamer in en ging op de rand van het bad zitten wachten tot hij de koude kraan opendraaide zodat ze wat kon drinken; ze dronk alleen maar rechtstreeks uit de kraan. Maar ze was nog steeds in geen velden of wegen te bekennen.

Hij liep de trap af en slofte naar de keuken. Gewoonlijk zou ze nu klaarstaan voor haar ontbijt, maar de stukjes vlees die hij voor haar had achtergelaten lagen onaangeroerd in haar bakje. Er liep een rilling over zijn rug.

Hij haastte zich naar de woonkamer. Daar lag ze – uitgestrekt voor de verwarming.

'Gracie,' zei hij opgelucht. 'Wat doe je daar nou?'

Ze verroerde zich niet.

Hij pakte de radiator vast en hurkte naast haar neer. Toen hij haar een aai gaf opende ze nauwelijks haar ogen. Er klonk alleen een klaaglijke mauw. Het viel hem op dat ze aan het hijgen was.

'Potverdrie, Gracie, wat is er met je?'

Hij pakte haar voorzichtig op, maar toen zijn hand zich om haar buik sloot slaakte ze een kreet. Hij voelde met zijn vingers onder haar vacht. Het bultje dat al langer op haar buik zat was een stuk groter geworden. *Hel en verdoemenis.*

Ze moest meteen naar de dierenarts. Hij belde de praktijk en een stem op een bandje vertelde hem dat ze om acht uur opengingen.

Hij moest Marjorie laten weten dat hij niet naar het werk kon komen. Ze hadden elkaar sinds hun aanvaring tijdens de kerstborrel niet meer gesproken, maar dat deed er nu niet toe. En hij wist dat ze via het uitzendbureau moeiteloos iemand als Ty zou kunnen inhuren. Maar wat moest hij tegen haar zeggen? Hij had geen zin in de medelijdende blikken als hij weer aan het werk ging – en in het gefluister: een zielige oude man die alleen woonde met zijn kat. Hij moest een smoes verzinnen.

Hallo Marjorie, typte hij op zijn telefoon, hier Albert Entwistle. Het spijt me, maar ik voel me niet lekker en kom vandaag niet werken. Ik hoop er morgen weer te zijn. Bedankt, Albert.

Het was volkomen ongepast om met een kusje te eindigen en hij zou niet eens weten hoe je zo'n emoji, die iedereen scheen te gebruiken, moest invoegen. Hij drukte op het pijltje voor verzenden en richtte zich weer op zijn kleine meisje.

Ze zag er heel ziek uit – hij begon zich echt zorgen te maken. Het kwam op dat moment nog niet bij hem op om zich zorgen te maken over zichzelf.

Albert arriveerde precies toen de dierenartspraktijk openging, en een arrogant ogende receptioniste schreef zijn gegevens op. Het kostte hem moeite om zijn naam en adres te geven: hij had al dagen niet meer dan een paar woorden gesproken en het duurde even voordat zijn lippen en tong waren opgewarmd. Toen het hem eindelijk was gelukt vroeg de receptioniste hem in de wachtkamer plaats te nemen.

'Meneer Hoggett is wat later, maar hij is in aantocht.'

Albert ging zitten en tilde Gracies reismand op de stoel naast hem. 'Het komt goed, meisje,' fluisterde hij tegen haar, 'de aardige dierenarts komt zo en die gaat je beter maken.'

Hij sloeg zijn armen over elkaar en wachtte. Had hij eerder met Gracie moeten komen, toen hij de bult op haar buik had ontdekt? Hij boog zich voorover om in haar mand te kijken, maar ze lag doodstil met haar ogen gesloten. Het schuldgevoel drukte als een steen op zijn maag.

Na een halfuur waarin zijn angst steeds grotere proporties aannam, kwam meneer Hoggett binnengerend. Hij was een gezette man van in de dertig, met dunner wordend haar dat al grijs werd bij de slapen.

'Sorry dat ik zo laat ben,' zei hij. 'Je weet hoe het is deze tijd van het jaar.'

De walm van alcohol die meneer Hoggett verspreidde bracht Albert in herinnering dat de meeste mensen eerste en tweede kerstdag met familie en vrienden hadden gevierd, terwijl hij zich had teruggetrokken met zijn kat. *Mijn prachtige meisje dat haar kopje nauwelijks kan optillen. Mijn prachtige meisje dat alles is wat ik heb in deze wereld.*

Meneer Hoggett excuseerde zich en ging zijn onderzoekskamer klaarmaken. Tien minuten later riep hij Albert binnen.

Zonder te aarzelen overhandigde Albert hem de mand met Gracie. 'Hier is ze, meneer Hoggett,' zei hij terwijl hij voorzichtig het deurtje opendeed.

'Alsjeblieft,' zei de dierenarts, 'noem me Duncan.'

Albert knikte. 'Dit is Gracie,' zei hij. Hij tilde haar op en ze opende haar ogen. 'Wees alsjeblieft voorzichtig met haar – ze is heel bijzonder.'

Duncan zette haar op de onderzoekstafel. Alle andere keren dat ze bij de dierenarts was geweest, had ze nieuwsgierig rondgekeken. Maar nu ging ze liggen en rolde ze zich op alsof ze wilde gaan slapen. Albert voelde een paniekaanval opkomen.

'En wat scheelt eraan?' vroeg Duncan.

Albert legde uit wat er die ochtend was gebeurd.

De dierenarts voelde aan Gracies buik en de bult. Ze kermde zwakjes.

'Wanneer heeft u voor het eerst gemerkt dat er een zwelling zat?' vroeg Duncan.

'Een maand geleden ongeveer,' zei Albert schuldbewust. 'Maar ze leek er geen last van te hebben, dus ik heb er niets mee gedaan.'

'En is ze minder gaan eten?'

'Nee. Ja, toch wel. Maar ik dacht dat het door het weer kwam.' Nu Albert erover nadacht, ging Gracie nooit minder eten als het koud was. De steen in zijn maag groeide uit tot een rotsblok.

'Oké,' zei Duncan, 'ik denk dat we een paar onderzoeken moeten doen.'

Albert trok wit weg, maar knikte en stapte opzij.

Duncan maakte een echo en duwde, prikte en porde in Gracies buik om een monster van de bult te kunnen nemen. Albert keek weg en concentreerde zich op de vaas met kunstbloemen die in de onderzoekskamer stond.

'Oké,' zei Duncan, 'ik ga dit even bekijken. Ik ben zo terug.'

Toen ze alleen waren liep Albert naar Gracie toe en krabde haar op haar favoriete plekje achter haar oren. Ze reageerde nauwelijks.

De receptioniste stak haar hoofd om de deur en vroeg of hij zin had in een kopje thee.

'Nee, dank u,' antwoordde Albert. 'Ik wil gewoon dat dit voorbij is, en dan naar huis.'

Ze schonk hem een warme glimlach en opeens leek ze helemaal niet zo naar. Albert verraste zichzelf door heel even te hopen dat ze een arm om hem heen zou slaan. Hij had geen idee waar die gedachte vandaan kwam. Hij kon zich de laatste keer dat iemand een arm om hem heen had geslagen niet eens herinneren. *Kom op, kerel, doe normaal.*

Duncan kwam de kamer weer in en keek ernstig.

'Oké, meneer Entwistle,' zei hij, 'ik ga er geen doekjes om winden. Ik ben bang dat Gracie kanker heeft.'

Kanker. Alberts hart zonk in zijn schoenen.

Hij keek naar Gracie, ze lag er zo vredig bij. *Hoe kan ze nou kanker hebben?* In de wachtkamer blafte een hond. Gracie tilde niet eens haar kop op. Albert sloeg beschermend zijn arm om haar heen.

'Maar het is toch wel te opereren?' vroeg hij. 'Je kunt het er toch uit snijden?' Hij hoorde zelf hoe wanhopig hij klonk.

Duncan pakte zijn koffiebeker en dronk die in één teug leeg. 'Ik ben bang dat dat niet gaat. Hoe oud is ze nu, achttien?'

Albert knikte.

'Nou, dat is een behoorlijke leeftijd voor een kat. Ik vrees dat haar lichaam dat niet aankan.'

Alberts hart zonk nog dieper. Duncan keek hem bezorgd aan. Voor het eerst leek hij sympathiek.

'Het is misschien een schrale troost,' zei hij, 'maar het had niets uitgemaakt als u eerder was gekomen.'

Dat verlichtte Alberts schuldgevoel een beetje, maar hij was te erg van slag om zich opgelucht te voelen.

'Dus wat gaat er nu gebeuren?' vroeg Albert. Hij ging rechtop staan. 'Wat zijn de mogelijkheden?'

Duncan fronste. 'Het spijt me, maar ik denk dat we haar het best kunnen laten inslapen.'

Duncan begon uit te leggen hoeveel pijn Gracie had en dat die pijn alleen maar erger zou worden, maar Albert was al afgehaakt. De woorden van de dierenarts kwamen gedempt binnen, alsof hij onder water zat. Hij keek weer naar de kunstbloemen en wreef een paar blaadjes tussen zijn vingers. Er zat een laagje stof op. Hij vroeg zich onwillekeurig af wat zijn moeder daarvan zou zeggen.

'Meneer Entwistle?'

Albert schakelde terug naar het hier en nu. 'Sorry, wat?'

'Ik zei net dat u bij haar kunt blijven als ik haar het spuitje geef. Maar voordat ik dat doe, wilt u misschien nog even alleen met haar zijn. Om afscheid te nemen.'

Albert knikte alleen maar.

Duncan liep de kamer uit.

Zodra de deur achter hem dichtviel, boog Albert zich naar Gracie en legde zijn hoofd tegen haar kop. Ondanks de pijn begon ze te spinnen.

'Dag, mijn kleine meisje,' zei hij. 'Mijn prachtige, bijzondere, kleine meisje.'

Hij streek over haar zachte vacht, snoof haar vertrouwde nootachtige geur op en kon niet geloven dat dit de laatste keer zou zijn dat hij dit kon doen. Kon hij haar maar voor eeuwig blijven aaien en ruiken.

Hij probeerde zich niet in zijn verdriet te verslikken. *Kom op, kerel, niet instorten nu.*

'Je weet dat je mijn beste vriendin bent op de hele wereld,' zei hij. 'En ik zal altijd van je blijven houden.'

Hij keek of er niemand bij de deur stond en besnuffelde haar zoals zij hem altijd besnuffelde. Ze ging harder spinnen. Zijn ogen vulden zich met tranen en hij haalde zijn neus op in een poging ze tegen te houden.

Hij pakte haar pootje en aaide haar zachte, warme kussentjes zoals hij altijd deed als ze samen op de bank zaten.

'Ik zal altijd van je blijven houden, Gracie, en ik zal je nooit vergeten.'

Hij hoorde Duncans voetstappen in de gang.

'Dag meisje,' zei hij. Hij liet haar pootje los en stapte bij de onderzoekstafel vandaan.

Toen de deur openging, lukte het hem om zijn gezicht in een soort glimlach te plooien.

Duncan stapte naar binnen. 'Oké,' zei hij zachtjes, 'we zullen haar niet langer laten lijden. Maar eerst moet u weten dat het verlies van een huisdier een traumatische ervaring kan zijn, zeker als u daarna thuiskomt. Als een huisdier sterft is het net alsof de ziel uit een huis is. De meeste mensen vinden het dan moeilijk om alleen te zijn. Is er iemand die u wilt bellen?'

Albert ademde beverig in. Hij kon niemand bellen, ook al zou hij dat willen. Zonder Gracie zou hij helemaal alleen zijn. Maar dat zei hij niet. Hij schaamde zich.

Hij tilde Gracie nog één keer op en drukte haar tegen zich aan. 'Nee, nee,' zei hij dapper. Hij vocht tegen de golf van verdriet die hem dreigde te overspoelen. 'Het is oké. Het komt allemaal wel goed.'

Maar zodra hij die woorden had uitgesproken voelde hij de twijfel toeslaan.

10

Albert wist meteen toen hij thuiskwam dat het helemaal niet goed zou komen.

In de keuken maakte hij een kop thee voor zichzelf. Hij zeeg neer op een stoel om de thee op te drinken, maar het enige wat hij deed was naar Gracies voerbak staren, waar de etensresten van gisteren nog in zaten. Zo bleef hij een hele tijd zitten. Uiteindelijk stond hij op en goot de thee in de gootsteen.

Hij slofte naar de zitkamer, waar hij op de bank neerplofte. Het verdriet brandde een gapend gat in zijn maag. Hij wilde de tv aanzetten, maar had geen puf om zich op iets te concentreren. Zijn ogen vielen op de kerstsnoepjes die Gracie niet had willen eten, en op het kerstspeeltje dat op het tapijt lag. Hij probeerde zich te herinneren hoe ze er op kerstochtend mee had gespeeld, maar hij zag alleen haar kleine snoetje voor zich: haar blik toen de dierenarts haar het spuitje had gegeven, de glans die uit haar ogen verdween toen het leven uit haar sijpelde.

De ochtend ging over in de middag en Albert voelde zich uitgewrongen en uitgeput. Zo kon hij echt niet aan het werk. Hij stuurde Marjorie een berichtje en zei dat hij griep had en pas na Nieuwjaar weer terug zou komen. Hij voelde zich niet schuldig; er mocht dan fysiek niets met hem aan de hand zijn, hij had nog nooit zo veel pijn gevoeld.

Hij sleepte zichzelf de trap op en ging een paar uur op bed liggen. Door de muren heen klonk het geluid van de spelende buurkinderen. Maar hun gegiechel maakte hem alleen maar ongelukkiger. Hij realiseerde zich dat hij met geen enkel mens op aarde een connectie had.

Er zijn miljarden mensen op de wereld en niet één van hen geeft om mij.

De eenzaamheid doorboorde zijn ziel. Langzaam gleed hij in een diepe slaap.

‘Hallo, Albert, gaat het?’
Met die woorden was alles begonnen.

Het is paasvakantie, zes maanden na Alberts eerste ontmoeting met George. Het is kermis in de stad en Albert is er met een paar vrienden naartoe gegaan. Tussen de attracties door slaan ze het ene na het andere biertje achterover. Het is de eerste keer dat Albert alcohol drinkt, dus hij is al vrij snel dronken. Op de een of andere manier verliezen zijn vrienden en hij elkaar uit het oog en omdat hij voelt dat hij de controle gaat verliezen en kwetsbaar wordt, wankelt hij naar huis. Maar hij kan niet goed lopen en moet op de stoeprand gaan zitten om zijn tollende hoofd op zijn knieën te leggen. In deze positie treft George hem aan. Hij is op weg naar huis na zijn toneelrepetitie en vraagt of het gaat.

‘Hier, pak mijn hand,’ zegt George.

Hij trekt Albert omhoog en slaat zijn arm om hem heen. Hij vraagt waar Albert woont en begint hem langzaam in die richting te leiden. Albert is zo dronken dat hij maar weinig besef heeft van wat er gebeurt, maar één ding is glashelder: het voelt heerlijk om tegen George’ hals en schouders aan te leunen.

Wat is hij lief. Hij is zo lief dat ik hem wil kussen…

En tot zijn verbazing, als ze het steegje achter zijn huis hebben bereikt, doet hij dat ook. Hij kust hem. Hij heeft geen idee wat hem bezielt, maar hij is kennelijk opgehitst door de drank. Het is maar een kort kusje op de lippen, maar het is een overmoedige daad en hij zal er later zo van moeten bijkomen dat hij nooit meer zo dronken wil worden. De angst overvalt hem al tijdens de zoen. Maar het geeft hem ook een ontzettende kick. Zijn hart bonkt in zijn borstkas en zijn maag keert om alsof hij in een achtbaan zit. Maar zijn genot maakt al snel plaats voor een gevoel van schaamte, een gevoel van afkeer over wat hij net heeft gedaan. Hij doet een stap naar achteren en kijkt weg.

'Sorry,' zegt hij en hij slaat zijn armen over elkaar. 'Ik weet niet waar dat vandaan kwam.'

Er valt een korte stilte.

'Je hoeft je nergens voor te verontschuldigen,' zegt George opgewekt. 'Ik vond het eigenlijk wel fijn.'

Met al die alcohol in zijn bloed heeft hij geen verdere aansporing meer nodig. Zijn schaamtegevoel is hij direct kwijt.

Hij voelt iets in zich ontwaken en hij kust George opnieuw. Nu hij weet dat hij niet wordt afgewezen, laat hij zich meer gaan. Hij opent zijn mond en als George hetzelfde doet, duwt hij zijn tong naar binnen. Maar hij heeft geen idee hoe hij moet zoenen, laat staan hoe je dat met een andere jongen doet. *Als je tong er eenmaal in zit, moet je er dan rondjes mee draaien?*

'Sorry,' zegt hij en hij trekt zich terug. 'Ik heb geen idee wat ik aan het doen ben. Ik hoop niet dat ik je heb ondergekwijld.'

'Natuurlijk niet, sukkel.'

George glimlacht naar hem. Het is een prachtige glimlach die zijn hele gezicht doet oplichten en die ook in zijn ogen zichtbaar is. Hij pakt Albert beet en trekt hem naar zich toe. 'Hou nu je mond en kus me opnieuw.'

Als Albert dit keer zijn mond opendoet, voelt hij George' tong tegen de zijne. Hij is zo overdonderd dat hij sterretjes ziet. Hij merkt dat George begint te hijgen, een teken dat die hetzelfde voelt als hij. De lucht knettert als elektriciteit en het lijkt alsof ze uit hun alledaagse omgeving worden opgetild.

Maar dan horen ze het geluid van stemmen in de verte. Ze rukken zich los en Albert moet even met zijn ogen knipperen. Hij is weer terug in het hier en nu.

'Wie zijn dat in godsnaam?' fluistert George.

'Ik weet het niet,' zegt Albert. 'Maar we moeten dit niet doen.'

Hij stapt wat verder bij George vandaan; hij krijgt bijna geen adem meer. *Ik moet naar binnen en mijn roes uitslapen.*

Maar George lijkt geen spijt te hebben. 'We moeten het niet *hier* doen,' corrigeert hij Albert.

Albert kijkt verbaasd. 'Hoe bedoel je?'

'Het betekent niet dat we het niet moeten doen,' zegt George. 'We moeten het alleen ergens doen waar we niet betrapt kunnen worden.'

Hij kijkt om zich heen en zijn oog valt op een opening tussen de bakstenen in de muur. Hij zegt dat hij daar de volgende dag een briefje voor Albert zal achterlaten – met instructies over hoe en waar ze elkaar in het geheim kunnen ontmoeten.

'Maar ik wil je nergens toe dwingen,' zegt George. 'Alleen als je het zelf ook wilt.'

Hij glimlacht weer naar hem, maar dit keer met een hongerige glinstering in zijn ogen. Dan loopt hij weg.

Albert ontwaakte, alleen, in een donkere kamer, en even werd hij overvallen door de opwinding die hij had gevoeld toen hij in het steegje dat eerste briefje van George had gevonden. Het was een opwinding die vermengd was met angst. Angst voor datgene waaraan hij zich ging overgeven, angst voor wat dit over hem zei, angst voor de gevolgen van een eventuele ontdekking. Maar de opwinding was zo sterk dat die de angst overwon.

Toen herinnerde hij zich alles weer.

Hij had George al bijna vijftig jaar niet meer gezien. Zijn leven was leeg. Gracie was dood.

Hij voelde de zware last van het verdriet meteen weer op zich drukken.

Er hing een beklemmende stilte om hem heen – zelfs uit het huis van de buren kwam geen geluid meer. Hij wist niet dat een mens zich zo eenzaam kon voelen.

Hij moest in actie komen.

Hij probeerde zich te herinneren wanneer hij zich met andere mensen verbonden had gevoeld. De meest recente herinnering was vlak voordat zijn moeder overleed. Toen was hij in ieder geval nodig, ook al wist hij niet zeker of hij geliefd was. Toen kon hij zich nog een voorstelling maken van het leven dat hij als jongeman had geleid.

Hij voelde zich genoodzaakt om iets te doen wat hij al heel lang niet had gedaan. Voordat hij het wist was hij opgestaan en de gang in gelopen.

Hij bleef staan voor de deur die hij al achttien jaar bijna nooit meer had geopend. Voor het eerst sinds lange tijd dacht hij aan wat zich erachter bevond.

11

Albert duwde de deur naar zijn moeders slaapkamer open. Hij zag het zware houten bed, de kast en de commode, in dezelfde stijl als de eettafel en buffetkast in de keuken. Hij ging op de rand van het bed zitten, de matras kraakte nog net zoals vroeger. Het geluid deed hem denken aan toen, aan de jaren die hij aan de verzorging van zijn moeder had besteed...

Hier ging hij zitten als hij kwam kijken hoe het met haar ging, als hij haar elke ochtend haar tabletten met een glas water gaf, als hij haar eten kwam brengen, of iets te drinken, of boeken. *Hier zat ik als ik haar na een werkdag gezelschap hield – en al haar kritiek moest aanhoren en me daardoor volkomen nutteloos voelde.*

Sinds zijn moeders dood kwam Albert hier bijna nooit meer. Hij dwong zichzelf om eens in de zoveel tijd de stofzuiger en een stofdoek door de kamer te halen. Verder had hij alles precies zo gelaten als toen zijn moeder nog leefde. Hij wist dat andere mensen dat morbide zouden vinden, maar sentimentele overwegingen speelden absoluut geen rol; opruimen leek hem gewoon niet zoveel nut te hebben – en nog steeds niet. *Ik heb toch nooit logés. En haar oude kleding en juwelen zijn waarschijnlijk niet veel waard.*

Hij pakte een foto in een zilveren lijstje die op het nachtkastje stond. Het was een foto van een jonge Albert, drie of vier jaar oud, met achter hem zowel zijn moeder als zijn vader. Een trieste glimlach begon zich over zijn gezicht te verspreiden, maar hij perste zijn lippen op elkaar om die te verdrijven. De foto was voor het huis genomen en hij had geen idee wie hem had gemaakt; in die tijd vielen er op alle momenten van de dag vrienden en buren binnen. Zijn ouders moeten in de twintig geweest zijn, ze zagen er zo jong uit, zijn moeder met haar dikke bruine haar en haar volle figuur en zijn vader met zijn grote harige snor waar hij zo trots op was. Ze zagen er gelukkig uit; zijn vader had zijn arm om zijn moeder heen geslagen en zijn moeder had een brede grijns op haar gezicht. Maar nog geen tien jaar later zou ze volledig stoppen met glimlachen, na het verlies van al die baby's die na Albert waren gekomen. Jaren later had hij een documentaire gezien over moeders en baby's van wie de bloedgroepen 'resusincompatibel' waren. Dat betekende dat, ook al had de eerste baby het overleefd, de volgende ongeboren baby's ziek zouden worden van de antistoffen die in de tussentijd waren aangemaakt. In die tijd had hij daar natuurlijk niets van begrepen; hij wist alleen dat zijn moeder zich na elke gestorven baby steeds meer was gaan terugtrekken, en steeds wanhopiger en bozer was geworden. Het leidde er in ieder geval toe dat hun oude vrienden en buren niet meer langskwamen. En toen ging ze zich op Albert afreageren.

Alsof ik het niet verdiende dat ik het had overleefd.

Alsof een van haar andere kinderen het beter zou hebben gedaan.

Alsof mijn leven nooit genoeg kon zijn om zo veel teleurstelling te compenseren.

Hij zette de foto terug op het kastje en zuchtte een keer diep.

Hij pakte de foto die ernaast stond, een professionele foto van zijn toen dertigjarige vader in politie-uniform met helm. Albert kon zich nog herinneren dat zijn vader hem de helm had laten opzetten, ook al was die veel te groot. Hij wist nog hoe zijn vader altijd zijn zilveren penning poetste en zijn schoenen schoonmaakte op een oude krant op de keukentafel. Hij was enorm trots op zijn vader geweest, en hij had de andere jongens op school verteld dat hij boeven ving en misdaden oploste, net als de personages in de politieseries van toen. Maar toen hij ouder werd, was Alberts trots veranderd in schaamte – niet voor zijn vader, maar voor zichzelf. Het was hem namelijk glashelder dat hij nooit de zoon zou zijn die zijn vader had willen hebben.

Albert kon zich nog heel goed zijn vaders afkeurende blik herinneren toen die tijdens het ontbijt had verteld over de nachtelijke inval in de openbare toiletten, waar hij met zijn collega's de 'beesten' had gearresteerd die zich schuldig hadden gemaakt aan verderfelijke handelingen met andere mannen. Handelingen die hij eerst niet wilde benoemen, maar die hij naarmate Albert ouder werd in steeds meer detail uit de doeken deed – tot zijn moeder ingreep en hem het zwijgen oplegde. Maar Albert begreep toen al dat hij zich tot andere mannen aangetrokken voelde. Hoe hij ook zijn best deed, het lukte hem niet de gevoelens voor meisjes op te brengen die zijn vrienden Tom en Colin hadden. De dingen die zij samen bespraken wilde hij gewoon niet met meisjes doen, hoe schuldig hij zich hier ook over voelde, hoe hij ook zijn best deed te doen alsof. Hij wist dat als zijn vader erachter zou komen, hij het niet zou begrijpen – hij zou hem net zo verderfelijk vinden als de mannen die hij in de openbare toiletten had gearresteerd.

Albert zette de foto neer en masseerde zijn slapen. Door hier te komen had hij inderdaad weer contact gemaakt met het verleden. Maar hij was er alleen maar verdrietiger door geworden.

Toch voelde hij zich genoodzaakt om door te gaan.

Hij deed de kledingkast van het slot en pakte de fotoalbums die zijn moeder op de bovenste plank bewaarde: foto's van vakanties uit zijn jeugd, en van de momenten dat ze zich alle drie voor een bruiloft of doop hadden opgedoft. Boven op deze fotoboeken lag een oud blikje dat hij nooit had mogen aanraken en dat zijn moeder haar 'schatkistje' noemde. Toen hij klein was, zei ze dat ze haar oude juwelen daarin bewaarde, en dus had hij het nooit opengemaakt, ook niet na haar dood. Maar nu had hij daar om de een of andere reden behoefte aan. Hij legde het doosje op het bed.

Albert maakte het blikje open en haalde er wat juwelen uit die wel een schoonmaakbeurt konden gebruiken. Daaronder lag een beduimelde familiebijbel, met op de voorkant de namen en geboortedata van alle familieleden van zijn vaders kant. Hij vond de haarlok die volgens zijn moeder van haar eigen moeder was geweest. En er lag een paar gebreide babysokjes in met een bijpassend mutsje, en zes polsbandjes uit het ziekenhuis met zijn moeders naam en geboortedatum erop. Toen hij die dingen eruit had gehaald en op het bed had uitgespreid, voelde hij het verdriet in zijn borst opwellen.

Maar toen zag hij iets dat hij niet had verwacht te vinden. Hij hapte hoorbaar naar adem.

Het was nog een oude foto.

Een foto waar hij met een andere jongen op stond.

Wat? Maar dat kan niet…

Hij had het gevoel alsof alle lucht uit zijn longen werd geperst.

George. Mijn George.

Albert had de foto al bijna vijftig jaar niet meer gezien; hij was ervan uitgegaan dat die was vernietigd. Maar hier lag hij voor hem en hier kwam George opeens weer tot leven, net zoals hij weer tot leven was gekomen in zijn herinneringen, met een intense, bijna hyperrealistische helderheid. Geschokt en ademloos bleef Albert naar de foto kijken. Hij kon zijn ogen er niet van afhouden.

Op de foto stonden de twee jongens toen ze als zestienjarigen stiekem een dagje naar Blackpool waren gegaan. Ze stonden in een fotostudio, verkleed als cowboys, en George had zijn arm om Alberts schouders heen geslagen. Het was een zwart-witfoto, dus het intense blauw van George' ogen was niet te zien, maar zijn lichtblonde haar en zachte gelaatstrekken waren duidelijk te herkennen. Ook zijn vroegere zelf herkende Albert direct. Eén ding viel hem met name op aan dc foto.

Toen was ik gelukkig. In die lente en zomer was ik volkomen gelukkig…

Hij probeerde zijn ademhaling onder controle te krijgen.

Maar wat doet die foto in mama's schatkistje? Waarom is hij niet vernietigd?

Hij legde de foto opzij en zocht verder, in de hoop iets te vinden dat zijn vragen zou beantwoorden. Onder een mapje met oude munten lagen een paar gerafelde bonnenboekjes, een versleten zilveren medaillon zonder inhoud en enkele vervaagde ansichtkaarten. Maar toen vond Albert tot zijn ontsteltenis nog iets dat van hem was – iets waarvan hij dacht dat het ook vernietigd was: een stapeltje briefjes met zijn initiaal 'A' erop. Ook al had hij ze bijna vijftig jaar niet gezien, hij herkende ze onmiddellijk. Zijn hart sloeg op hol. Voor hij het wist, was hij terug in de tijd.

Maar dat kan toch niet...? Ik begrijp het niet...

Daar waren ze, de briefjes die George voor Albert had achtergelaten, de briefjes die hij tussen de twee losse bakstenen in de buitenmuur van zijn tuin had verstopt. Albert was een paar keer per dag het steegje in gelopen en had zijn vingers in het gat gestoken om te voelen of er wat lag. Zo hadden ze hun relatie voortgezet en zo hadden ze die geheim kunnen houden. Maar nu lagen de briefjes hier in zijn handen en kwam zijn geheim in één klap opnieuw tot leven. Ze herinnerden hem aan het geluk dat hij had gevoeld als hij er een openvouwde. Dat geluksgevoel had hem ertoe gebracht om postbode te worden; hij had bedacht dat hij door brieven te bezorgen zijn leven kon wijden aan het gelukkig maken van anderen. Als hij niet zo gechoqueerd was geweest door de vondst van de briefjes, zou hij geglimlacht hebben om zijn jeugdige idealisme.

Met bonzend hart vouwde hij het bovenste briefje open.

Kom naar de spoorbrug achter Toddington Hall, om 7 uur. Ik weet waar we heen kunnen.

Meteen doken er allerlei herinneringen aan die eerste afspraak op. Maar hij hield ze op afstand.

Hij pakte het tweede briefje.

Als je zin hebt in nog een keer, ik ben vanavond vrij. Je weet waar je moet zijn.

Alberts hart bonsde in zijn keel.

Niet te geloven, ze zijn er allemaal. En ze liggen nog op volgorde ook.

Zijn vingers zochten naar het laatste briefje op de stapel. Hij vouwde het open, het briefje dat George hem op die verschrikkelijke avond had geschreven, die verschrikkelijke avond die het einde van hun relatie had betekend. Dit briefje had Albert helemaal niet gelukkig gemaakt. Het had hem in een put laten vallen die zo diep was dat hij er de rest van zijn leven niet meer uit had weten te klimmen.

Hij kon het niet lezen. Hij gooide het terug in het blikje alsof hij er zijn handen aan had gebrand.

Maar hij kon zich er niet van losrukken. Opnieuw vroeg hij zich af hoe het in hemelsnaam in zijn moeders kamer terecht was gekomen.

Dit kan toch niet kloppen?

Alles wat ik al die tijd heb geloofd komt in een ander daglicht te staan.

Alles wat ik al die tijd heb geloofd over het einde van mijn geheime leven…

Hij wist niet zeker of hij de vragen die in hem opkwamen wilde onderzoeken. Hij raapte alle sieraden en prullaria die op het bed lagen uitgespreid bij elkaar en legde ze terug in het blikje, samen met de foto van hem en George. Hij drukte het stapeltje briefjes er zorgvuldig bovenop, deed het deksel dicht en legde het blikje terug in de kledingkast. Daarna sloot hij zijn ogen en probeerde hij zichzelf weer rustig te krijgen.

Albert voelt het eerste briefje van George in zijn zak als hij naar de spoorbrug loopt.

Als hij George ziet staan, maakt zijn hart een sprongetje.

Ik doe dit. Ik ga dit echt doen.

Hoe dichterbij hij komt, hoe zenuwachtiger hij wordt. Zijn handen tintelen.

Als hij voor George staat, weet hij niet of hij hem de hand moet schudden of hem moet omhelzen. Uiteindelijk doet hij geen van beide, maar kijkt ongemakkelijk naar zijn schoenen.

'Je bent dus gekomen,' zegt George.

'Ja, natuurlijk ben ik gekomen.'

Albert zegt niet dat hij bijna niet was gekomen. Hij zegt niet dat hij sinds hij het briefje van George heeft gevonden, de drang om hiernaartoe te komen heeft proberen te onderdrukken. En hij gaat zeker niet zeggen dat hij met zichzelf heeft afgesproken dat het bij deze ene keer zal blijven.

Alleen deze ene keer, om het uit mijn systeem te verbannen. Deze ene keer, daarna ga ik weer gewoon doen.

George glimlacht voorzichtig, alsof hij Alberts onbehagen voelt. Hij raakt zacht zijn arm aan. 'Kom. Ga met me mee.'

George loopt vastberaden in de richting van de heuvelrug die naar de moors leidt en Albert volgt hem. Hij moet zijn pas versnellen om hem bij te kunnen houden. Het pad voor hen ziet er modderig uit en hij is blij dat hij zijn laarzen aanheeft.

'Waar gaan we heen?' vraagt hij.

'Dat zeg ik als we er zijn,' antwoordt George. 'Het is een geheime plek die niemand kent. Maar het is wel een eindje lopen. Ik hoop dat je zin hebt in een wandeling.'

Albert zegt dat hij dat heeft. Er valt een korte stilte, die ze hakkelend proberen op te vullen met een geforceerd gesprek over school en hun favoriete leraren en vakken. George vraagt wat Alberts vader en moeder voor werk doen en of ze altijd in Toddington hebben gewoond. En Albert vraagt George naar zijn eerste indruk van de stad en of zijn familie zich al een beetje thuis voelt.

'Ik denk dat mijn vader en moeder het hier nu wel leuk vinden,' antwoordt hij. 'We zijn verhuisd omdat mijn vader een baan in de beddenfabriek aangeboden kreeg en dat was voor hem een promotie. Mijn moeder is naaister en werkt vanuit huis; ze doet herstel- en naaiwerk voor dat chique warenhuis in de stad.'

Albert knikt, maar hij is zo nerveus – en opgewonden – dat hij zich niet goed kan concentreren. Terwijl ze verder lopen gaat zijn hartslag twee keer sneller dan zijn stap. Hij weet dat als ze bij de geheime plek zijn aangekomen ze weer zullen kussen, net als de vorige keer. Hij heeft geen idee wat er daarna gaat gebeuren en dat maakt hem zenuwachtig. Maar tegelijkertijd is hij zo opgewonden over het vooruitzicht dat hij alle spieren in zijn lichaam voelt samentrekken.

Na een tijdje komen ze bij een klein bosje. George houdt een tak omhoog, zodat Albert eronderdoor kan.

'Potverdrie,' zegt Albert. De spanning in zijn lijf neemt toe. 'Waar gaan we heen?'

George lacht. 'Geen paniek, we zijn er bijna.'

Als ze aan de andere kant het bosje uitkomen, wijst George naar een bunker die eruitziet alsof hij in de Tweede Wereldoorlog is neergezet.

'Daar is het,' zegt hij. 'Wat vind je ervan?'

'Eh, geweldig,' zegt Albert. Hij loopt een rondje en doet alsof hij de bunker bestudeert.

Hel en verdoemenis, ga ik dit echt doen?

Ga gewoon naar binnen en laat het over je heen komen, jongen.

'Hier komt nooit iemand,' stelt George hem gerust. 'Zeker 's avonds niet. Het ligt mijlenver van alles vandaan.'

Hij loopt naar binnen en Albert volgt hem.

'Het is een beetje laag,' waarschuwt George, 'dus je moet bukken –'

Maar voordat hij verder naar binnen kan lopen werpt Albert zich op hem en begint hem hongerig te kussen.

George schrikt en moet dan lachen. 'Mijn hemel, jij bent ongeduldig! En ik maar denken dat we hier voor het uitzicht waren gekomen.'

Albert zegt niets, maar kust hem weer. Hij zoent veel zelfverzekerder dan de eerste keer in het steegje. Hij begraaft zijn handen in George' prachtige, lichtblonde haar. Hij is zo gretig en opgewonden dat hij bang is dat hij te opdringerig overkomt.

Na een tijdje maakt George zich los. 'Rustig aan!' plaagt hij. 'Je lijkt wel een stier achter een hek.'

Albert fronst zijn voorhoofd. 'Sorry, ik laat me een beetje

meeslepen. Ik heb dit nog nooit eerder gedaan.'

'Nou, het is geen wedstrijd,' zegt George. 'We hebben geen haast. Probeer te ontspannen.'

Hij kust Albert wat langzamer. En tot Alberts verbazing maken zijn zachte, voorzichtige kussen meer indruk dan al die onstuimige zoenen bij elkaar. Hij geeft zich over aan George en laat hem het tempo bepalen. Een warm, wazig gevoel maakt zich van hem meester en al zijn zenuwen zijn verdwenen. Het lijkt alsof de randen van zijn wereld vervagen.

'Dat is beter, toch?' vraagt George.

'Ja,' zegt Albert, 'dat is heerlijk, echt.'

Dit is zo heerlijk, hoe kan het ooit slecht zijn?

George trekt de hals van Alberts shirt opzij en begint zijn nek te strelen. Albert voelt de aanrakingen op zijn huid branden. Hij wist niet dat zulke simpele handelingen zo erotisch konden zijn. Hij wist niet dat zijn huid zo gevoelig was.

Voordat hij het in de gaten heeft, trekt hij zijn trui uit. George doet hetzelfde. Ze gooien ze op de grond en zodra hun huid elkaar raakt voelt Albert de warmte in een laaiend vuur veranderen.

Op dat moment weet hij: aan die afspraak met zichzelf zal hij zich nooit kunnen houden.

Bij deze ene keer kan het onmogelijk blijven.

12

Nadat Albert de deur van zijn moeders kamer achter zich had dichtgetrokken bleef hij drie dagen lang alleen thuis om in zijn verdriet te zwelgen.

Hij dacht aan de comédienne die tijdens een tv-optreden de periode tussen kerst en oud en nieuw het 'perineum' van het jaar had genoemd. In eerste instantie had hij niet begrepen wat ze had bedoeld, maar toen hij het woord had opgezocht zag hij dat het een heel accurate beschrijving was en had hij er alsnog hardop om gelachen. Maar nu vond hij het helemaal niet meer grappig.

Hij had nergens zin in, dus sleepte hij zijn deken naar beneden en ging op de bank liggen. Ook tot koken kon hij zich niet zetten, dus at hij zijn eten rauw of maakte gewoon pap. Hij bedacht dat hij een was moest draaien en had een stapel werkuniformen in de wasmachine gestopt, maar hij was vergeten ze eruit te halen. Toen hij er weer aan dacht, besloot hij ze gewoon in de machine te laten zitten. Hij voelde zich absoluut niet geroepen om de planten water te geven of Gracies onaangeroerde eten op te ruimen. De stukjes vlees waren zo uitgedroogd dat het wel karton leek. 's Ochtends kon hij zelfs het openen van de gordijnen niet aan, dus liet hij ze dicht.

Na dagen geen woord met iemand te hebben gewisseld, kreeg hij enorm de behoefte om zijn stem te gebruiken. Hij zag een reclame op tv over een 'virtuele assistent' die Alexa heette en overwoog er een te kopen zodat hij ertegen kon praten – maar hij was heel slecht met techniek, zoiets zou hij natuurlijk nooit kunnen installeren. Uiteindelijk besloot hij maar met Gracie te praten, ook al was ze er niet meer.

'Hallo, meisje,' zei hij, 'zou het niet fijn zijn als we even konden knuffelen?'

Het gebrek aan respons maakte hem nog bewuster van zijn eenzaamheid.

Op zondag was de melk op en was er niets meer te eten in huis. Hoe graag hij ook thuis wilde blijven, hij moest zijn pyjama uittrekken, douchen en zich aankleden. Hij moest boodschappen doen.

Toen hij de kou in stapte en de voordeur achter zich dichtdeed, voelde hij zich kwetsbaar en een beetje angstig. *Doe normaal, kerel. Je hebt al duizenden keren over deze straten gelopen.*

Hij begroef zich diep in zijn jas en ging op pad. Op de hoofdweg zag hij aan de overkant het homostel dat op Pear Tree Street was komen wonen. Ze liepen in de richting van Toddington Hall. De mannen kregen hem in het vizier en begonnen enthousiast naar hem te zwaaien. Albert bleef ingespannen naar de stoep kijken en deed net of hij hen niet had gezien.

In de buurtwinkel stond Ted Hardacre met iemand te bellen. Albert reageerde teleurgesteld, terwijl hij normaal gesproken opgelucht zou zijn. Hij pakte een pak melk, wat havermout, een wit brood en een blik bonen en legde ze met een briefje van tien pond op de toonbank. Ted gaf hem zijn wisselgeld zonder zijn telefoongesprek af te breken. Albert glipte stilletjes de winkel uit.

Hij besloot de korte route naar huis te nemen. De Bloemenwijk was rustiger dan ooit, ook al stond Nicole Ashton zoals gewoonlijk in haar grote pluizige sloffen en haar ochtendjas voor haar deur. Ze stond al rokend op haar telefoon te typen. Toen hij dichterbij kwam zag hij dat ze huilde.

Voordat hij zich kon bedenken riep hij naar haar: 'Is er wat? Gaat het wel?' De woorden leken te ontsnappen uit een lang vergeten en diep begraven compartiment in zijn hersenen, een compartiment dat hij nu net weer had ontdekt.

Nicole keek op en leek verbaasd dat iemand haar had aangesproken. Ze liet de telefoon in haar zak vallen en wreef de tranen uit haar ogen. 'O, hallo, postbode.'

Albert bleef aan het begin van haar pad staan en plantte zijn brood en melk op haar hek. 'Hé, hoi,' zei hij. 'Ik vroeg me af of het wel goed met je ging?'

Met elk woord dat hij uitsprak nam zijn verwondering over zichzelf toe.

Albert, wat bezielt je?

Nicole nam een trek van haar sigaret en blies de rook langzaam uit. 'Eerlijk gezegd,' zei ze, 'heb ik me wel eens beter gevoeld. De ouders van mijn vriend willen niet dat ik met hem omga. Volgens mij word ik aan het lijntje gehouden.'

Albert wist niet precies wat dat betekende, maar hij snapte de strekking. 'Dat spijt me,' zei hij. Er viel een stilte.

Als ik met haar blijf praten gaat ze elke keer dat ik haar tegenkom een gesprek met me aanknopen. Dan denkt ze dat ik vrienden met haar wil zijn. Heel even – zo kort dat hij niet eens zeker wist of het wel echt was gebeurd – vroeg hij zich af of dat misschien was waar hij op hoopte, of dat de reden was waarom hij was blijven staan en naar haar had geroepen.

'Ik ben bang dat hij niet trots op me kan zijn, weet je,' ging ze verder. 'Ik ben bang dat hij me wil verstoppen als een soort smerig geheimpje. Heb je enig idee hoe dat voelt?'

Albert keek naar zijn schoenen en trapte tegen een steentje op het pad. 'Dat weet ik, ja,' zei hij ernstig. 'Ik weet precies hoe dat voelt.'

Nicole drukte haar sigaret uit tegen de muur. 'Ik zou stoppen met roken,' zei ze, 'maar dat kan ik nu even niet aan.'

Albert knikte. Hij wilde weg. Maar het leek alsof hij op zijn plek was vastgenageld.

'Ik wil echt graag met hem samen zijn, weet je,' zei Nicole, 'en ik vind hem zeker weten de moeite waard om voor te vechten. Maar ik weet niet of ik mezelf nu voor de gek hou. O, misschien moet ik er maar gewoon mee stoppen.'

Albert voelde een steek in zijn borstkas. Het beeld van George en hem samen op de foto flitste voorbij.

'Geef niet op,' zei hij plotseling.

Nicole keek hem verwachtingsvol aan.

'Lang geleden… nou ja… héél lang geleden, was ik verliefd op iemand op wie ik volgens andere mensen niet verliefd mocht zijn. We moesten het geheimhouden.'

Er viel een korte stilte.

'Maar het hield geen stand. En daar heb ik nog altijd spijt van.'

Albert dacht even na over de betekenis van wat hij had gezegd. Hij kon niet geloven dat hij net iemand, praktisch een vreemde, een kijkje in zijn grote geheim had gegeven, het geheim dat de loop van zijn leven had bepaald. Ineens besefte hij wat hij zojuist had gedaan.

Hij moest weg.

Maar Nicole liep over het pad naar hem toe. 'Wat is er met haar gebeurd? Waarom ging het mis?'

Albert wist dat hij geen antwoord kon geven. In ieder geval geen antwoord waar hij zich comfortabel bij zou voelen. 'Sorry, ik moet ervandoor.'

Hij pakte zijn brood en melk en liep weg.

Albert verliet nog één andere keer zijn huis. Dat was om Gracies as bij de dierenarts op te halen. Hij had een houten kistje gekregen met een naamplaatje erop en toen hij thuiskwam had hij dat op de schoorsteenmantel gezet zodat hij haar vanaf de bank kon zien.

'Zo, dat is fijn,' had hij tegen haar gezegd. 'Alleen wij tweeën, weer samen.'

Het was oudejaarsavond, hij had bonen op toast gemaakt en was op de bank gaan zitten. Hij zette een talkshow aan waarin een Hollywood-acteur de presentator zat te vertellen dat hij verliefd was geworden op zijn laatste tegenspeelster, ook al was er een leeftijdsverschil van twintig jaar en waren ze allebei getrouwd.

'We wisten wel dat mensen commentaar zouden hebben,' zei hij tegen de presentator, 'maar we konden er geen weerstand aan bieden.'

Opeens zag Albert zichzelf op het scherm. De woorden van

de acteur deden hem denken aan de moeite die hij had gedaan om zijn gevoelens voor George te onderdrukken.

Hij stond op en ging terug naar zijn moeders kamer. Daar opende hij de kledingkast en haalde het blikje tevoorschijn. Deze keer nam hij het mee naar beneden in plaats van ermee op zijn moeders bed te gaan zitten en de inhoud uit te spreiden.

Hij zette de tv uit en liet zich op de bank zakken. Hij haalde de briefjes tevoorschijn en pakte het bovenste briefje van de stapel. Het handschrift van George staarde hem weer aan, net als bijna vijftig jaar geleden. Elke letter, elk streepje en elke krul brachten hem terug bij de jongen die hij toen voor het eerst had gezien. Hij weet nog dat hij George' handschrift veel vrijer en sierlijker vond dan dat van hemzelf. Zijn handschrift was netjes en vierkant, en al zijn letters zouden waarschijnlijk ook nu nog prima in de vakjes passen van het papier waarop hij ze had leren schrijven. Maar uit dat van George sprak een veel opstandiger, vrijgevochten persoonlijkheid.

Net als alle latere briefjes van George was de eerste alleen ondertekend met het initiaal 'G'; het zou te gevaarlijk zijn om zijn naam voluit te schrijven. Albert legde het weg en begon de andere te lezen. In het begin waren de teksten kort, omdat ze geen van beiden gevoelens aan het papier wilden toevertrouwen waardoor ze, als ze ontdekt zouden worden, in de gevangenis zouden belanden. Nog geen drie jaar daarvoor had Alberts vader gefulmineerd dat homoseksualiteit gelegaliseerd was. Maar toen Albert het verhaal geïntrigeerd in de krant had opgezocht, had hij gelezen dat de minimumleeftijd eenentwintig was, een leeftijd die de jongens nog lang niet hadden bereikt. Dus waren de eerste briefjes van George niet meer dan korte berichtjes over afspraakjes of kattenbelletjes om Albert te laten weten dat hij aan hem dacht.

De zon schijnt en ik ben blij omdat ik weet dat hij ook op jou schijnt.

Bij een van de briefjes ging hij rechtop zitten. Zijn adem stokte.

De boshyacinten die je me hebt gegeven zijn prachtig. Elke keer als ik ze zie moet ik aan jou denken.

Albert slaakte een diepe zucht.

Op de vijfde avond is Albert op weg naar de moors voor een ontmoeting met George. Terwijl hij door het bos loopt, ziet hij een dik tapijt van boshyacinten om zich heen. Hij heeft nooit zo op boshyacinten gelet; het waren gewoon wilde bloemen die elke lente in de bossen van Lancashire verschenen. Maar opeens ziet hij dat ze niet zomaar blauw zijn; ze hebben zo'n intense blauwtint dat ze violet lijken – en dat doet hem aan de ogen van George denken. Hij plukt een bosje en neemt het mee naar de bunker.

Als hij George ziet, houdt hij de bloemen omhoog, zodat ze de laatste zonnestralen opvangen. En hij ziet dat het blauw echt exact de kleur van George' ogen is.

'Hé, hoi, George,' zegt hij. 'Ik heb deze voor jou geplukt.'

George glimlacht van oor tot oor. 'O Albert, ze zijn prachtig!'

'Precies de kleur van je ogen,' zegt Albert erbij.

George slaakt een luide zucht. 'Albert Entwistle, ik wist niet dat je zo romantisch was.'

Albert haalt zijn neus op als George hem een kusje op zijn wang geeft. 'Ja, nou, verwacht er niet te veel van. Veel romantischer word ik niet.'

Maar hij is zo in zijn nopjes dat George blij is met de bloemen, dat hij die lente elke keer een bosje boshyacinten voor hem meeneemt.

Albert legde het briefje op de bank en voelde een brok in zijn keel. Voordat hij er erg in had begon hij met grote uithalen te huilen. Het was voor het eerst in tientallen jaren dat hij van zichzelf mocht huilen en nu hij eenmaal was begonnen kon hij niet meer stoppen.

Als hij als jongetje moest huilen zei zijn vader altijd dat hij op een 'gerimpelde pruim' leek. Nu leek het niet alleen alsof er allemaal rimpels in zijn gezicht waren getrokken, maar hij merkte ook dat het snot uit zijn neus liep en dat er een klaaglijk jankgeluid uit zijn mond kwam. De warmte prikte in zijn gezicht en hij begon over zijn hele lichaam te trillen, alsof hij de schok van zo'n intense emotie na zoveel jaren niet kon verwerken. Albert voelde een acute pijn, die ergens ook wel fijn was. Die bracht hem namelijk terug naar de tijd waarin hij net zulke intense gevoelens voor George had beleefd. Langzaam begon de kloof tussen zijn vroegere ik en zijn huidige ik zich te sluiten.

Ben ik eigenlijk wel zo veel veranderd?

Toen de tranenstroom eindelijk wat afnam en hij zijn ogen met een zakdoek had gedroogd, vroeg Albert zich af waar George nu zou zijn. En of hij misschien ook niet zoveel verschilde van de jongen die hij al die jaren geleden was geweest. Hij probeerde zich voor te stellen hoe George er nu uit zou zien en wat hij nu deed.

Zou het kunnen dat ons verhaal nog niet afgelopen is?

Toen riep hij zichzelf een halt toe. Hij kon zich de laatste keer dat hij George had gezien nog goed herinneren; de jongen van wie hij meer had gehouden dan van wie dan ook ter wereld had hem aangekeken met een compleet andere emotie dan de emotie die hun leven sinds de avond van de kermis had beheerst.

George had Albert aangekeken met een emotie die hij had herkend als haat. En hij had luid en duidelijk gezegd dat hij Albert nooit meer wilde zien.

Albert wist weer waarom hij geen hoop moest hebben. Hij wist weer waarom hij zijn gevoelens moest begraven, ze in het verleden moest laten en niet meer achterom moest kijken. En hij voelde hoe George hem opnieuw ontglipte.

O, ik heb er zo'n zootje van gemaakt. Ik had alles wat ik wilde en ik heb het uit mijn handen laten glippen.

Hij deed de briefjes terug in het blikje en sloot het deksel. Hij bedacht dat als hij zelf doodging, degene die het huis zou opruimen waarschijnlijk ook de briefjes zou tegenkomen en geen idee zou hebben wat voor passie erachter schuilging. Het zou dan net lijken alsof Albert nooit zulke gevoelens had gehad, alsof hij nooit van George had gehouden. *En het zou precies zo zijn als mam altijd had gezegd; mijn leven zou echt waardeloos zijn geweest.*

Hij liep naar de keuken en pakte een fles cider uit de koelkast. Op weg naar huis van de dierenarts was hij bij een drankhandel aan de andere kant van de stad gestopt; hij wilde een paar flessen kopen zonder dat Ted Hardacre vragen zou stellen. Hij schonk zichzelf een groot glas in en sloeg de helft in één teug achterover. Bijna zijn hele leven had hij alcohol gemeden. Maar nu hij erover nadacht was het enige goede dat hem ooit was overkomen een direct gevolg geweest van de alcohol, doordat zijn remmingen waren verdwenen.

En nu wil ik zelf verdwijnen.

Ik wil me niet meer zo voelen.

Ik wil dat het voorbij is.

Hij tilde het glas op en dronk het leeg.

13

'Ik hou van je, Albert.'

George spreekt de woorden zachtjes uit. De twee jongens liggen op de dekens die ze uit de bunker de heuvel op hebben gesleept. Het is begin mei en ze ontmoeten elkaar nu een maand op deze geheime plek. In die periode is het weer veranderd. De dagen zijn warmer geworden, ook al zijn de avonden nog fris, met name als het onbewolkt is zoals vanavond. Geen van beiden wil een vuurtje stoken – stel dat iemand beneden in de stad de rook zag en zich zou afvragen wie daar boven zaten. Maar met hun jassen over zich heen en in elkaars armen is het net warm genoeg om onder de sterren te kunnen liggen.

Ze zijn de hele avond bezig geweest de sterrenbeelden te herkennen, maar tot nu toe hebben ze alleen de Grote Beer kunnen ontdekken. Dus zijn ze maar hun eigen sterrenbeelden gaan verzinnen; ze wijzen elkaar op een zaag, een schaap, een hond en zelfs een kruiwagen. George probeert Albert ervan te overtuigen dat er sterren in de vorm van een hart te zien zijn. Daarop volgt zijn liefdesverklaring.

'Ik hou van je, Albert Entwistle,' zegt hij.

Albert trekt George dichter tegen zich aan en haalt zijn vingers door zijn fijne, lichte haar. 'Wat bedoel je met "ik hou van je"? Kunnen twee jongens dat tegen elkaar zeggen?'

'Ik zou niet weten waarom niet,' antwoordt George. 'Dat we het nog nooit twee jongens tegen elkaar hebben hóren zeggen, betekent nog niet dat het niet kan.'

Albert denkt even na. Niemand heeft ooit 'Ik hou van jou' tegen hem gezegd – en hij heeft nog nooit iemand die woorden tegen iemand anders horen zeggen. Alleen in bioscoopfilms hebben mensen het over de liefde, en dan is het altijd een man die van een vrouw houdt of andersom. Zijn ouders praten thuis niet over liefde; gezinnen als het zijne gebruiken dat soort woorden niet. Albert is al jaren bang dat als zijn ouders erachter komen wie hij echt is, ze niet meer van hem zullen houden. Dat is niet het enige. Hij weet maar al te goed wat iedereen om hem heen denkt van mensen zoals hij – niet alleen de jongens op school, maar ook volwassenen die het woord 'flikker' uitspugen alsof het woord ze al onpasselijk maakt. Daardoor is hij geleidelijk aan gaan geloven dat hij zo door en door verdorven en slecht is dat niemand ooit van hem zal kunnen houden. Dat er niet van hem gehouden mág worden. Dat hij nooit zal kunnen ervaren wat volgens alle films en popliedjes het mooiste is wat je kan overkomen. Dat hij afstevent op een leven vol eenzaamheid en ellende. En nu vertelt George hem niet alleen dat hij van hem houdt, maar dat hij van hem houdt zoals hij is, misschien zelfs juist om wie hij is. *Eindelijk hoef ik me niet meer verdorven of slecht te voelen*.

Het is veel om te verwerken en Albert weet niet hoe hij moet reageren. Toch geven de woorden hem een heerlijk gevoel. Alsof zijn hart opengaat en volstroomt.

George gaat rechtop zitten en kijkt hem met zijn felblauwe, bijna violette ogen aan. 'Nu jij,' zegt hij met een nerveuze glimlach.

'Wat nu jij?'

'Het is de bedoeling dat jij het ook tegen mij zegt.'

Albert aarzelt. Hij twijfelt niet over zijn gevoelens, hij twijfelt er niet aan dat hij hetzelfde voor George voelt. George doet iets met hem dat niemand anders in zijn leven ooit gelukt is. Alleen al bij de gedachte aan George zwelt hij op van intens, machtig geluk. Hij hoeft George' gezicht maar voor zich te zien en hij wordt bang van hoe ver hij zou kunnen gaan, wat hij allemaal zou opofferen om hem gelukkig te maken. Albert loopt al een tijdje met deze gevoelens rond zonder dat hij weet wat ze betekenen – maar nu heeft hij woorden om ze te beschrijven. Hij weet niet zeker of hij ze hardop uit kan spreken, zeker niet als George hem zo aankijkt. Hij voelt zich opgelaten.

'Maar vind je het niet een beetje suf klinken?' vraagt hij.

'O, wat maakt dat uit?' zegt George. 'Er zijn ergere dingen in het leven dan een beetje suf klinken.'

Kom op, jongen, zeg het. Zeg dat ene zinnetje.

Albert kijkt naar de sterren. 'In dat geval,' zegt hij, 'ik hou ook van jou.'

Hij had zich niet gerealiseerd dat het uitspreken van die woorden net zo fijn zou voelen als wanneer hij ze hoorde. Zijn hart stroomt over.

'Zo,' zegt George, 'nu zie je dat hart in de sterren zeker wel? Ik weet dat het er is.'

Albert lacht en kust George teder op zijn voorhoofd.

'Ja, ik zie het,' zegt hij. Dan kijkt hij hem aan. 'En ik hou echt van je, George.'

Albert werd wakker op de bank, zijn hoofd op de rand van een kussen en de rits in zijn wang gedrukt. Hij had al zijn kleren nog aan en zijn tong was verschrikkelijk droog. Naast hem lag zijn moeders schatkistje. Het deksel zat er scheef op en de briefjes lagen er opengevouwen in.

Hij had sterk het gevoel dat hij moest overgeven.

Albert had geen idee hoelang hij daar uitgeteld had gelegen, maar het daglicht stroomde tussen de gordijnen door naar binnen en hij moest met zijn ogen knipperen om aan het licht te wennen. Toen hij opstond begon zijn hoofd flink te bonken. Hij strompelde naar de spiegel en zag dat zijn huid de kleur had van erwtensoep.

Hel en verdoemenis, is dit een kater? Hij had er nog maar één keer eerder in zijn leven een gehad en dat was zo lang geleden dat hij het zich nauwelijks meer kon herinneren. Toch wist hij zeker dat deze erger was.

Hij had ontzettende dorst. Hij sleepte zich naar de keuken,

waar hij zich aan het aanrecht optrok en zo veel mogelijk water direct uit de kraan naar binnen klokte. De sterke pijnstillers die hij uit zijn EHBO-doos graaide, gooide hij in zijn mond en slikte hij met nog een slok water door. Hij draaide de kraan dicht en ademde een paar keer diep in en uit.

Potverdrie, ik voel me ellendig. Wat heb ik mezelf aangedaan?

Maar op de een of andere manier maakte de fysieke pijn iets in hem los; er trad een soort overlevingsinstinct in werking. Zonder bewust een beslissing te nemen, besefte hij dat hij niet in deze toestand kon blijven. Hij moest aan de slag om zich beter te voelen.

Hij sleepte zich naar de badkamer, waar hij zijn kleren uitdeed, de douche aanzette en veel langer onder de warmwaterstraal bleef staan dan nodig was om schoon te worden. Nadat hij zich had afgedroogd, poetste hij zijn tanden en liep naar de slaapkamer om zich aan te kleden.

Toen de pijnstillers hun werk begonnen te doen en zijn hoofdpijn afnam, wilde hij ook zijn huis aanpakken. Weer beneden viel het hem op dat het naar verstopte afvoer rook. Hij ruimde de lege flessen op en deed ze in de recyclingbak. Daarna ging hij met de stofzuiger en stofdoek als een wervelwind door het huis. Hij haalde zijn werkuniformen uit de wasmachine, rook eraan en stopte ze meteen weer met een dubbele dosis wasmiddel terug in de machine. De planten kregen water en de vuilnisemmers met de rotzooi die hij daar de laatste dagen in had verzameld werden geleegd. Hij gooide zijn kerstkaarten weg en schraapte zonder enig sentiment de voedselresten uit Gracies bakje en maakte het schoon. Hij verzamelde al haar kerstcadeautjes en een paar andere oude speeltjes, pakte het houten kistje van de schoorsteenmantel en deed alles in een oude schoenendoos. Boven in de slaapkamer schoof hij de doos onder het bed. Hij wilde niet dat haar spullen rond zouden blijven slingeren; als hij aan Gracie wilde denken, kon hij altijd naar haar foto's kijken.

'Maak je geen zorgen, meisje,' zei hij hardop, 'ik zal je niet vergeten.'

Er is nog een andere herinnering waar ik iets mee moet.

Hij liep direct weer naar beneden en raapte zijn moeders schatkistje op. Hij pakte de briefjes van George en de foto van hen samen eruit en zette ze op schoorsteenmantel waar Gracies kistje net nog had gestaan. Daarna nam hij het blikje weer mee naar zijn moeders kamer. Terwijl hij het terugzette in haar kledingkast, dacht hij weer aan gisteravond. Met het blikje tegen zich aan gedrukt had hij nagedacht over wat er na zijn dood zou gebeuren. Dat leek opeens een absurde gedachte; vandaag was het begin van een nieuw jaar en hij moest gaan nadenken over het leven, niet over de dood. *Ik moet goede voornemens verzinnen om mijn leven te verbeteren, niet denken aan opgeven.*

Voor hij het wist, was hij daar volop mee bezig.

En het grappige was dat hij ondanks zijn wazige hoofd de dingen al lang niet meer zo helder had gezien.

Eén gedachte sprong eruit.

Zo kan ik niet doorgaan. Misschien leef ik nog dertig jaar. Ik wil dat dat gelukkige jaren zijn.

Albert zag in dat hij zich al tientallen jaren halfslachtig vasthield aan een leeg, grijs bestaan. Maar vandaag was een nieuw begin. Vanaf vandaag wilde hij het leven met beide handen aangrijpen en stevig vasthouden, er het maximale uithalen nu het nog kon. Hij was klaar om alle veranderingen die daarvoor nodig waren door te voeren, hoe moeilijk dat ook zou zijn.

Terwijl hij als een wervelwind de rest van zijn huishoudelijke klusjes afhandelde, voelde Albert zijn nieuwe energie toenemen. Het was dezelfde energie die hem liet dansen op muziek als er niemand keek. En nu hij erover nadacht: het was ook de energie die tot leven was gekomen toen hij Jack Brew het slabbetje had gegeven tijdens de kerstborrel. Misschien was hij gisteren daarom wel dronken geworden – niet om in rook op te gaan, maar om zich weer net zo dapper te voelen als toen hij George had gekust. Toen hij de liefde van zijn leven had toegelaten.

Hij keek naar de foto waarop George zijn arm om hem heen

had geslagen en voelde zijn vastberadenheid toenemen. Hij ging de liefde weer een kans geven.

Zonder Gracie, en zonder zijn baan als postbode had hij het gevoel gehad dat er geen hoop meer voor hem was – maar nu zag hij weer een sprankje aan de horizon gloren. En hoe hij het ook bekeek, er was maar één manier waarop Albert zijn leven zou kunnen verbeteren. Er was maar één manier om weer gelukkig te worden.

Hij keek naar de foto.

'Ik zal je vinden, George.'

14

Nicole leunde op de buggy en duwde Reenie door de hoofdstraat. De lucht boven haar hoofd was als een massief grijze deken waar waarschijnlijk regen uit zou gaan vallen. Snoeren met kerstlichtjes zwaaiden nog vrolijk aan de lantaarnpalen, maar hadden gezelschap gekregen van allerlei reclameborden die deze januarimaand spectaculaire kortingen beloofden. Er was op vrijdagochtend alleen een handjevol ouderen op straat, op zoek naar een voordeeltje. Nu de noodzaak om er goed uit te zien voor kerst en oud en nieuw voorbij was, kwamen er nog maar weinig mensen naar de drie schoonheidssalons in de stad. Maar Nicole had juist de bus naar de hoofdstraat genomen om die te bekijken. Ze wilde zich op haar carrière gaan richten. *En mijn goede voornemen dit jaar is om daar een grote stap in te zetten.*

Ze bleef voor de eerste salon staan en deed alsof ze de lijst met behandelingen in de etalage bestudeerde. Maar haar blik dwaalde af naar de andere kant van het glas, naar een schoonheidsspecialiste die zich duidelijk met een bruiningscrème had uitgeleefd. Ze was bezig de nagels van een klant roze met glitters te lakken.

'Kijk eens, grote meid,' zei Nicole tegen Reenie. 'Dat gaat mama doen als ze klaar is met haar opleiding. Daarom moet mama je soms alleen laten, zodat ze later hetzelfde kan doen als die lieve mevrouw in die witte jas.'

Op dat moment keek de lieve mevrouw op en zag Nicole staan – van de blik die ze haar toewierp sprongen bijna de barsten in Nicoles tandglazuur.

Nicole stuurde haar een arrogante blik terug. 'Ik heb dit eigenlijk altijd al een beetje een ordinaire tent gevonden.'

Ze duwde de buggy voort, rechtte haar rug en stak haar kin in de lucht. Ze besloot zich niet te laten ontmoedigen.

Ze reed Reenie naar de volgende salon, een wat luxere zaak, en gaf haar een slokje van haar fles met sap terwijl ze door het raam naar binnen keek.

'Dit is nou een stijlvolle salon,' zei ze tegen Reenie. 'Hier komen de chique dames.'

Ze keek naar een groepje slanke witte vrouwen die met een strakgetrokken receptioniste stonden te praten. Toen de klanten de behandelkamers in waren verdwenen ging de receptioniste met kaarsrechte rug op een kruk zitten en begon driftig op een toetsenbord te tikken.

'Sjiek!' riep Reenie en ze zwaaide enthousiast naar de vrouw.

Hoewel Nicole duidelijk zag dat de receptioniste even opkeek, deed de vrouw net alsof ze hen niet opmerkte.

'Let niet op haar,' zei ze tegen Reenie. 'Mama's salon wordt ook heel anders dan deze. Deze tent is veel te stijf voor mensen zoals wij.'

Ze haalde de buggy van de rem en liep door.

Dit jaar was ze wat later met haar goede voornemens, omdat ze naar een oud-en-nieuwfeest was geweest. Lisa had haar en haar oude klasgenoten bij haar thuis uitgenodigd en dat was Nicole goed uitgekomen, omdat Reenie in Lisa's logeerkamer had geslapen en ze geen oppas had hoeven vinden – en betalen. Dus had Nicole wat spullen in een tas gestopt en de bus naar Huddlesden genomen, opgewonden over haar eerste avondje uit sinds ze was verhuisd. Haar vriendinnen waren nieuwsgierig geweest naar hoe het met Jamie ging, zeker na de grote ruzie op tweede kerstdag. Ze had ze verteld dat ze, ondanks haar bedenkingen, de relatie nog een kans wilde geven.

'Nou, dat is geweldig,' had Lisa gezegd. 'Ik hoop dat hij zich aan zijn woord houdt. Maar zet hem niet onder druk; wacht tot hij eraan toe is om zich te binden. Relax en laat hem naar jou toe komen.'

Nicoles eerste reactie op dit soort tips was altijd haar hakken in het zand zetten, maar Lisa klonk zo overtuigend dat ze haar bedenkingen liet varen en Lisa's advies opvolgde. Dus toen Jamie haar de volgende dag een berichtje had gestuurd met de vraag of ze elkaar konden ontmoeten, had ze ingestemd. Toen hij die avond bij haar thuis was langsgekomen, had ze ervoor gezorgd dat ze zich hadden vermaakt zonder de confrontatie aan te gaan – en de avond daarna had ze hetzelfde gedaan. Ze had niet eens geklaagd toen hij aan het einde van de avond was vertrokken om bij zijn ouders te slapen. Maar het kostte haar wel moeite om zo'n passieve houding aan te nemen. Ter compensatie had ze besloten zich op een ander gebied in haar leven te concentreren, waar ze wél controle op kon uitoefenen. Dat had haar naar de hoofdstraat gebracht; ze zocht naar iets wat haar ambitie zou aanwakkeren, zodat ze zich een beeld kon vormen van haar toekomst.

Ze zette de buggy pal voor het raam van de derde salon en hurkte naast Reenie.

'Deze heet Van Top tot Teen,' zei ze tegen haar, 'en het is mijn favoriete salon in Toddington.'

De twee vielen stil terwijl ze een paar vrolijke meisjes in bedrijfskleding vriendelijk met hun klanten zagen praten. Toen een van de meisjes hen opmerkte zei ze iets tegen haar collega en ze zwaaiden allebei naar hen.

'Kijk eens, grote meid!' zei Nicole. 'Ze zwaaien naar je! Ooit wil ik hier werken, en ooit wil ik net zo'n salon zelf runnen. Eentje die met ons soort haar uit de voeten kan!'

Reenie klapte in haar handjes.

'Mama belooft dat ze heel erg haar best gaat doen om dat te bereiken. Mama gaat heel hard werken, zodat jij en ik ons geen zorgen meer hoeven te maken over geld, zodat jij en ik kunnen kopen wat we willen.'

Ze gaf Reenie een kus op haar hoofd en voelde de leeuwin in zichzelf wakker worden. Na de onrust van de laatste jaren wilde ze niets liever dan haar welpje in een stabiele omgeving laten opgroeien. *En ik ben bereid daar alles voor te doen.*

De eerste regendruppels vielen op haar voorhoofd. 'Kom op, we gaan.'

Ze liep verder. Ondanks de regen wilde ze haar hoofd niet

buigen, ze wilde rechtop blijven lopen. Ze ademde diep in om moed te verzamelen.

Ze was klaar voor Jamie.

'Goede reis, schatje,' zei Nicole. 'Ik hoop dat je me niet te veel gaat missen.'

Ze schonk hem een plagerige grijns.

'O, dat kan ik je niet beloven,' antwoordde hij. 'Misschien *wil* ik je wel missen.'

Hij lachte naar haar met zijn ogen en Nicole voelde dat de vlinders in haar buik begonnen te fladderen.

Ze stonden met z'n tweeën in de centrale hal van het treinstation van Toddington. Jamie ging terug naar Leeds om aan het nieuwe semester te beginnen en Nicole had ervoor gezorgd dat Reenie in slaap was gevallen in haar buggy voordat ze hem ging uitzwaaien. Ze keek naar de digitale klok naast het bord met de vertrektijden; ze hadden nog een kwartier voordat zijn trein naar Leeds vertrok. Om hem heen stonden een grote koffer met zijn kleren, toiletspullen en boeken, een rugzak en een stevige supermarkttas met de kerstcadeautjes die hij had gekregen. Nicole had een glimp opgevangen van een doos met cups voor een of andere luxe koffiemachine. Ze vroeg zich af hoe rijk zijn familie eigenlijk was. Zijn moeder was arts en zijn vader advocaat, maar ze had geen idee wat mensen met dat soort beroepen verdienden. Als zijn ouders haar niet wilden zien, betekende dat waarschijnlijk dat ze in een heel andere wereld leefden – een wereld die ze ver boven Nicoles niveau vonden. *Maar daar ga ik me niet door uit het veld laten slaan.*

Ze deed haar best om nonchalant over te komen. 'Nog bedankt voor de oorbellen,' zei ze. Ze draaide een voor een haar oren naar hem toe zodat hij ze kon zien. 'Ze zijn prachtig.'

'Graag gedaan,' zei hij. 'Ze staan je fantastisch.'

Terwijl ze glimlachte, realiseerde Nicole zich hoe onwennig het was om met Jamie op een openbare plek te staan; hun relatie had zich tot nu toe voornamelijk in haar huis afgespeeld, omdat ze geen oppas kon vinden buiten de lestijden van haar opleiding. Opeens voelde ze de behoefte om te testen hoe hij zich met haar en Reenie in het openbaar zou gedragen, en om zich ervan te verzekeren dat de afkeuring van zijn ouders niet op hem was overgeslagen. *Ik wil zeker weten dat hij ons niet geheimhoudt.*

Ze pakte Jamies hand, gaf er een kus op en legde hem tegen haar wang. Toen hij glimlachte en haar gezicht begon te strelen, voelde ze zich enorm opgelucht. Hij leek zich er geen moment druk om te maken of iemand hen had gezien; zijn blik bleef op haar gericht.

'Het spijt me dat er de laatste tijd wat spanningen waren,' zei hij. 'Ik weet dat het niet makkelijk voor je is geweest en ik vind het heel fijn dat je zo veel geduld met me hebt.'

Nicole was blij dat hij het onderwerp aansneed, maar ze onderdrukte haar glimlach. 'Geen probleem, schatje,' zei ze. 'Ik vind het allemaal chill.'

Dat is niet helemaal waar, maar ik zou het wel willen.

'Ik moet maandag toch weer naar school, dus ik zal ook snel genoeg mijn handen weer vol hebben.'

'Nou, succes,' zei hij. 'Ik zal aan je denken als ik met mijn neus in de boeken zit.'

Hij streelde nog een keer haar gezicht en boog zich naar haar toe om haar vol op haar mond te kussen.

O, het is toch duidelijk wat hij voor je voelt. Wees nou gewoon écht chill over alles.

Opeens herinnerde ze zich dat de postbode haar iets heel anders had geadviseerd dan Lisa. Hij had haar verrast door haar op straat aan te spreken en te vertellen dat ze voor haar relatie moest vechten. Dat advies – van zo'n onwaarschijnlijke bron – had ook zoveel indruk op haar gemaakt omdat haar oma precies hetzelfde zou hebben gezegd.

Nicole had een hechte relatie gehad met haar oma. Zij had Nicole leren koken en haar haar leren vlechten. Haar oma had op haar gepast als haar moeder weer eens op een date was. Haar oma was er altijd geweest als haar moeders zoveelste vriendje ervandoor was gegaan. Maar haar oma had niet alleen voor haar gezorgd; ondanks het grote leeftijdsverschil had Nicole altijd het gevoel gehad dat haar oma een verwante ziel was die van haar hield en haar nooit veroordeelde. Daarom had ze haar dochter naar haar vernoemd – hoewel ze 'Irene' tot 'Reenie' had afgekort zodra de persoonlijkheid van haar dochter zich had geopenbaard. Helaas had haar oma haar naamgenote nooit ontmoet; ze was pas halverwege de zestig geweest toen ze stierf, vlak voordat Nicole erachter kwam dat ze zwanger was. Maar door alle hectiek in die tijd was Nicole eigenlijk niet aan rouwen toegekomen – pas sinds haar verhuizing naar Toddington had ze haar verdriet toegelaten. En juist toen ze zo graag met haar oma over Jamie had willen praten, was die postbode verschenen. Het leek alsof hij haar oma's plaats had ingenomen, alsof haar oma via hem tegen haar sprak.

Maar nu stond ze hier op het station met Jamie, en die goeie ouwe postbode en haar oma leken ver weg.

'Nic,' zei Jamie opeens, 'eigenlijk wil ik voordat ik wegga zeggen dat ik je fantastisch vind.'

Ze snoof spottend. 'Hè? Wat bedoel je daarmee?'

'Gewoon. Zoals je alle ballen in de lucht houdt – als moeder, als student, als huisvrouw. Je bent geweldig. En ik ben heel trots op je. Ik ben er trots op dat je mijn vriendin bent.'

Nicole voelde zich warm worden van geluk. Ze probeerde kalm te blijven. 'O, nou ja, soms weet ik ook niet hoe ik het allemaal doe. Maar dank je, schatje, dank je.'

Ze namen afscheid en Jamie bukte zich om de slapende Reenie een kus op haar voorhoofd te geven. Daarna pakte hij zijn bagage en kuste Nicole voor de laatste keer. Ze keek hem na en zag hoe hij zijn kaartje bij een poortje hield en zich nog een keer omdraaide om te zwaaien.

'Laat hem zijn eigen ding doen en hij komt bij je terug,' had Lisa gezegd.

Maar hoe vaak ze dit ook tegen zichzelf zei, het voelde nog steeds niet goed.

En ze miste haar oma.

15

Albert fietste door de hoofdstraat naar het centrum. Hij was zenuwachtig voor de nieuwe fase in zijn leven. Maar voor het eerst sinds die lente en zomer in zijn tienerjaren had hij hoop voor de toekomst.

Het was een koude ochtend, dus hij had zich warm aangekleed met een dikke sjaal, wollen handschoenen en twee paar sokken. Het was zijn eerste werkdag sinds Kerstmis; op nieuwjaarsdag had hij Marjorie een berichtje gestuurd met de vraag of hij de rest van de week wat vrije dagen mocht opnemen. Hij had zich ervoor verontschuldigd dat het zo kort dag was, maar hij ging ervan uit dat ze het niet erg zou vinden omdat hij nog een heleboel dagen had staan. Na haar toestemming begon hij zich direct voor te bereiden op de zoektocht naar George.

Hoewel Albert geen idee had wat die zoektocht zou inhouden, wist hij dat George Toddington had verlaten. Hij zou dus moeten reizen, waarschijnlijk naar een plek waar hij nog nooit eerder was geweest. Op tv hoorde hij mensen vaak zeggen dat ze uit hun comfortzone waren gestapt, en Albert wist dat wat hij ging doen nog best meeviel. Als hij dan toch grensoverschrijdend te werk zou gaan, kon hij zich maar beter goed voorbereiden.

Allereerst was hij een telefoonwinkel binnengelopen om een nieuwer model smartphone te kopen. De verkoper had hem een toestel met meer geheugen en opslagcapaciteit verkocht, en hem ook laten zien hoe hij iets op internet kon opzoeken. Hij wist nu ook hoe de Appstore werkte, zodat hij een e-mailaccount kon aanmaken. Albert realiseerde zich best dat de meeste mensen deze handelingen gedachteloos uitvoerden, maar toch kon hij het niet laten zich uitermate tevreden te voelen over zijn eerste overwinning.

Daarna had hij via de website van Amazon een boek besteld over zelfvertrouwen, dat hij al twee keer had gelezen. Op YouTube had hij inspirerende video's bekeken met allerlei praktische tips.

'Vecht tegen je demonen.'

'Voel de angst en doe het toch.'

'Doe elke dag iets wat je eng vindt.'

Gesterkt door al deze informatie had hij op een ochtend 'George Atkinson' in Google ingetypt. Maar hij had alleen een paar artikelen over een beroemde Amerikaanse footballspeler gevonden. Het was hem niet meteen duidelijk dat het niet 'zijn' George was, maar toen hij de bijnaam van de man las, 'Butch', was zijn hoop direct vervlogen. Albert had zich door eindeloze pagina's met zoekresultaten geworsteld, maar George was nergens te vinden. Hij had elke mogelijke spelling van zijn naam uitgeprobeerd, inclusief zijn tweede naam en zijn initialen, maar het had allemaal niets opgeleverd. Hij had zelfs naar George' ouders en zus gezocht. Maar ook dat was op niets uitgelopen.

Toch liet Albert zich niet uit het veld slaan. Hij liet zich niet ontmoedigen of in de war brengen. Hij had George al bijna vijftig jaar niet gezien, dus hij had ook niet verwacht dat het makkelijk zou zijn om hem te vinden.

De volgende stap was zoeken op sociale media – maar dat was nog moeilijker gebleken. Hij had de apps voor Facebook, Twitter en Instagram gedownload en accounts aangemaakt met zijn naam, e-mailadres en het wachtwoord GeorgeAtkinson1953. Zijn enthousiasme was helaas al snel in teleurstelling omgeslagen toen hem gevraagd werd om zijn privacy-instellingen te selecteren, vrienden te vinden die hij niet had, foto's te uploaden en een locatie toe te voegen. Het begon hem toch wat te veel te worden.

Hij zou hulp moeten vragen. Dat zou betekenen dat hij iemand veel dichterbij moest laten komen dan hij gewend was. Maar hij dacht terug aan de YouTube-adviezen: je moet elke dag iets doen wat je eng vindt.

Terwijl hij door de donkere, lege straten fietste, vroeg hij zich af bij wie van zijn collega's hij kon aankloppen. Jack, Smiler en Sue vielen meteen af; zij zaten naast hem, en als hij het gevoel had dat hij ze wat verschuldigd was, zou hij zich de hele tijd ongemakkelijk voelen. Dan had je nog Ste, die zat de hele dag op sociale media, maar Albert kon de gedachte aan de zoveelste verhandeling over zijn fitnessroutine niet verdragen.

Ineens kwam er een ander, veel verrassender idee bij hem op. Het leek misschien wat vergezocht, maar hij voelde dat hij op de goede weg zat.

Het ging om iemand die hij later die dag op zijn ronde zou tegenkomen. Hij had die persoon eerst wat hard gevonden, maar hij was er laatst achter gekomen dat ze eigenlijk heel gevoelig was. Bovendien had ze hem verteld dat ze in een relatie zat die niet geaccepteerd werd en geheim moest blijven – net als die van hem en George destijds.

Nicole Ashton.

Op het eerste gezicht was Nicole totaal anders dan Albert en eigenlijk zo'n onwaarschijnlijke kandidaat dat hij zich afvroeg of hij niet gewoon aan het doordraaien was. Maar hij legde zijn bedenkingen naast zich neer en volgde zijn intuïtie. *Ik heb tenslotte besloten dat ik wat leven in de brouwerij moet brengen en uit de sleur moet breken.*

Hij verzekerde zichzelf ervan dat hij er klaar voor was.

In het sorteercentrum hing een lamlendige sfeer. Alle activiteit van voor de kerst was weggeëbd, het gekwetter van zijn collega's had plaatsgemaakt voor een futloos gebrom, en de werknemers die de postzakken afhandelden deden dat in een soort trance.

Albert liep naar zijn sorteerplek en hing zijn jas en zijn veiligheidsvest op, zoals hij gewend was. Maar vanaf dat moment besloot hij het over een andere boeg te gooien: hij zou zijn collega's aanspreken en ze niet meer mijden.

'Hé, hoi,' zei hij in het algemeen. En daarna: 'Gelukkig nieuwjaar.'

'Oké, Albert,' klonk het gemompelde, gezamenlijke antwoord.

Sommigen hadden uit nieuwsgierigheid hun hoofd opgericht. 'Gelukkig nieuwjaar.'

Hij keek om zich heen en zag dat Tsunami volledig in beslag werd genomen door een prijsvraag waarmee een vakantie te winnen was, waarschijnlijk om haar nieuwe jaar op te vrolijken. Jack zat tegen een vriend te klagen over zijn vrouw Doreen, die hem op een gezond dieet had gezet. Zelfs Smiler was niet vrolijk; hij had het met een andere postbode over gedoe met zijn tienerdochter.

'Ik had dit echt nooit verwacht,' zei hij met een zucht, 'maar ze schaamt zich voor me.'

Niemand leek geïnteresseerd in Alberts belevenissen, hoewel hij een hele extra week vrij was geweest. *Zien ze niet dat ik twee gedenkwaardige weken achter de rug heb? Valt dat niet van mijn gezicht af te lezen?*

Het kwam waarschijnlijk doordat hij er zo goed in was geworden om ze op afstand te houden. Maar vandaag was hij vastbesloten om gesprekken met collega's aan te knopen – al was het alleen maar om te oefenen voor het gesprek dat hij later met Nicole hoopte te hebben. Hij besloot allereerst op Marjorie af te stappen; hij had haar niet meer gezien sinds hun aanvaring bij de kerstborrel en hij moest de confrontatie toch een keer aangaan. En van al zijn collega's was zij degene die altijd het meest om een praatje verlegen zat.

Kom op, kerel, ze bijt niet. Ze heeft alleen een grote mond, dat is alles. Het is misschien wat ongemakkelijk, maar je kunt het.

Hij liep naar Marjories kantoor en zoals altijd stond de deur wijd open. Toen hij dichterbij kwam zag hij dat de ramen ook wagenwijd open stonden, waardoor er vlagen koude buitenlucht naar binnen waaiden. Marjorie zat achter haar bureau en probeerde zich koelte toe te wapperen met de waaier die ze bij de kerstborrel had gekregen.

'Hé, hoi, Marjorie.'

Ze keek op van haar computer. 'O, hallo, Albert. Geef me even een minuutje, ik sta in de fik.'

Ze sloot haar ogen en begon nog driftiger te wapperen. Intussen wipte Albert van de ene voet op de andere. Om zijn zenuwen de baas te blijven probeerde hij zichzelf af te leiden. Hij zag een ingelijste foto van Marjories gezin, een gebreide kat, waarschijnlijk gemaakt door een kind, en zo'n anti-stressspeeltje waar je in kan knijpen in de vorm van een penis. Hij keek snel weg, want hij voelde dat hij begon te blozen.

Na ongeveer een minuut opende Marjorie haar ogen en vertraagde haar gewapper. 'Dat was het, het neemt nu af.'

Ze depte haar voorhoofd met een tissue. 'Oké, schat, wat kan ik voor je doen?'

Albert deed een stap naar voren en haalde diep adem. 'Ik kwam alleen maar mijn excuses aanbieden voor de kerstborrel. Ik had niet zo naar je moeten uitvallen.'

Zie je wel, dat viel best mee.

Marjorie klapte haar waaier met een klik dicht. 'Doe niet zo gek, schat, ik ben zelf te ver gegaan. Ik was echt stomdronken. Ik kan niet tegen witte wijn.'

'Zo dronken was je niet,' hield Albert vol. Hij hoopte dat hij oprecht klonk.

Marjorie kneep in de waaier. 'Voorlopig word ik toch niet dronken – ik doe mee met Dry January.'

Albert zweeg terwijl hij koortsachtig zocht naar wat hij moest zeggen.

Kom op, als je George wilt vinden zul je met mensen moeten kunnen opschieten.

'En, hoe gaat dat?' vroeg hij. 'Bevalt het een beetje?'

Marjorie reageerde met een spottend lachje. 'Echt niet. Het is een marteling. Nog een reden om deze ellendige maand te haten.'

Albert knikte, maar kon geen reactie verzinnen. Tot nu toe was deze januari hem beter bevallen dan welke andere maand ook.

'Ik weet niet of het je is opgevallen,' vervolgde Marjorie, 'maar iedereen hier heeft last van een zware januaridepressie.'

Voordat Albert kon antwoorden had ze haar waaier weer opengeklapt.

'Sorry,' zei ze, 'het begint weer. Werkelijk waar, ik voel me net een heteluchtoven.'

Albert fronste en deed een paar stappen naar de deur. 'Nou, dan laat ik je met rust.'

'Dag, schat. We mogen ons dan allemaal ellendig voelen, het is in ieder geval fijn dat jij er weer bent.'

Het verbaasde Albert hoe prettig hij het vond om dat te horen. 'Het is ook fijn om terug te zijn,' zei hij met een glimlach. En hij meende het nog ook.

Albert reed door de hoofdstraat. Nu het licht was geworden, merkte hij dat de lamlendige sfeer niet alleen in het sorteercentrum hing, maar op de hele stad leek overgeslagen. De lucht had de kleur van beton en het verkeer kroop tergend langzaam vooruit, ook al was het helemaal niet druk. De kerstlichtjes en de versieringen waren weggehaald, maar de reclameborden voor de januari-uitverkoop, met hun beloftes over levensveranderende kortingen, hingen er nog steeds. Er liepen maar een paar mensen door de winkelstraat en ze leken er totaal niet warm voor te lopen om ergens wat te kopen.

Na de hoofdstraat kwam Albert bij de straat die zijn ronde in tweeën deelde. Aan beide kanten lagen verlepte kerstbomen die uit de stenen rijtjeshuizen op de stoep waren gegooid, waar ze door de gemeente zouden worden opgehaald. Het was een mistroostig beeld, maar Albert liet zijn humeur er niet door verpesten.

Hij parkeerde en begon vol enthousiasme aan zijn route, vast van plan om iedereen vriendelijk toe te lachen. Maar de straten waren verlaten, en de enige mensen die hij passeerde waren twee nukkige tieners in schooluniform die spijbelden en in een achterafstraatje stonden te roken. Zelfs de bordercollie die hem normaal gesproken terroriseerde bleef in zijn kennel liggen en tilde nauwelijks zijn kop op toen Albert de post kwam brengen.

Alleen Edith Graham leek blij om hem te zien. Toen Albert bij haar bungalow aankwam, zat ze niet zoals gewoonlijk in haar stoel, maar stond ze voor het raam naar buiten te kijken. Toen ze hem in de gaten kreeg zwaaide ze enthousiaster dan normaal. Albert deed hetzelfde.

Ze wees naar de deur en wenkte hem.

O jee, kan ik dit wel?

Maar Albert herinnerde zich weer hoe eenzaam hij tijdens de kerst was geweest – en hij bedacht zich opeens dat zij zich misschien ook rot had gevoeld. Als ze zich nog steeds zo voelde zou hij haar misschien kunnen helpen.

Met haar praten zou ook een goede oefening zijn voor het gesprek met Nicole.

Hij liep het tuinpad op en bleef voor haar deur staan wachten. Toen hij haar silhouet door de deur heen zag naderen, ademde hij diep in.

Edith deed de deur open; van dichtbij waren haar witte haar en haar delicate, gerimpelde gezicht nog opvallender. Ze droeg een lichtgroene rok en trui en haar parfum rook naar bloemen, maar Albert wist niet welke.

'Hallo,' zei ze. 'Ik hoopte al dat je zou komen.'

Ze glimlachte naar hem en Albert kon niet anders dan vrolijk reageren. 'Wat leuk,' zei hij. 'Edith toch?'

'Ja, Edith Graham.'

'Ik ben Albert, Albert Entwistle.' Hij stak zijn hand uit en zij schudde hem. Toen besefte hij dat hij niets had om af te leveren.

'Het spijt me, ik heb geen post voor je vandaag.'

Ze schudde haar hoofd. 'O, dat maakt niets uit – ik vroeg me af wat er met je gebeurd was. Ik maakte me zorgen. Normaal gesproken kom je elke doordeweekse dag langs, en die andere man op zaterdag. Gaat het wel goed?'

Het was een simpele vraag, maar Albert was zo ontroerd dat hij even niet wist wat hij moest zeggen. 'O, sorry, ja,' stamelde hij. 'Ik moest wat dingen regelen na de kerst dus had ik een week extra vrij genomen.'

Ze leek opgelucht. 'Dat is fijn. En heb je alles voor elkaar gekregen?'

Albert dacht aan zijn zoektocht naar George en voelde zich ongemakkelijk worden. Hij deed zijn best om het gevoel te onderdrukken. 'Nou, ik ben in ieder geval begonnen. Maar het zal nog wel even gaan duren.'

Hij herinnerde zich zijn gesprek met Nicole en bedacht dat hij beter kon gaan.

Blijf nog even, zei een stem in zijn hoofd. *Edith heeft misschien al dagen niemand gesproken. Je hebt toch nog wel een paar minuten?*

'En hoe is het met jou? Heb je een fijne kerst gehad?'

Ze slaakte een zucht. 'Ach, het was hetzelfde als altijd. Er valt niet zoveel te vieren als je alleen bent.'

Albert wilde zeggen dat hij ook alleen was geweest. Maar om de een of andere reden deed hij dat niet. Hij zei: 'Dat spijt me. Heb je geen familie?'

Meer dan dat had Edith niet nodig: ze begon aan een gedetailleerd relaas over haar leven. Ze vertelde dat ze tachtig jaar geleden in Toddington was geboren en dat ze uit een hecht gezin kwam waarvan nu iedereen overleden was. Ze had jaren als coupeuse gewerkt, en in haar vrije tijd had ze kostuums ontworpen voor de plaatselijke toneelvereniging. Ze stond bekend als een schoonheid en had vele aanbidders die haar 's avonds mee uit namen. Maar ondanks meerdere huwelijksaanzoeken was ze nooit getrouwd. 'Ik denk dat ik er een beetje een zootje van heb gemaakt,' zei ze droevig. 'Ik wachtte aldoor op iets beters en uiteindelijk heb ik de boot gemist.'

'Nou,' zei Albert, 'we hebben allemaal wel ergens spijt van.' Hij hoopte dat zijn antwoord niet te afgezaagd was.

'Ja, daar heb je gelijk in...' Edith zweeg even en fronste. 'Ik denk in mijn geval dat ik gewoon zo veel aandacht kreeg dat ik dacht dat dat nooit zou stoppen. En voor ik het wist was ik een oude vrijster. Ik wed dat de meeste mannen die met me uit zijn geweest niet eens meer weten wie ik ben.'

'Dat moet je niet zeggen,' zei Albert.

'Waarom niet?' zei Edith. 'Zo is het nu eenmaal.'

Maar Albert wilde helemaal niet dat het zo was. Diep vanbinnen voelde hij een herinnering naar de oppervlakte drijven. Hij herinnerde zich weer waarom hij postbode had willen worden; hij was zo gelukkig geweest als hij een briefje van George had gekregen, dat hij dat geluk graag ook aan andere mensen wilde bezorgen. Hij wist dat mensen niet meer dat soort brieven schreven, maar de herinnering bracht hem op een idee.

Maar ik kan toch niet...

Of zou ik – ?

'Waar denk je aan?' onderbrak Edith zijn gedachten.

Albert moest zijn plan geheimhouden als hij wilde dat het zou slagen. 'O, niets bijzonders hoor, ik dacht aan iets wat ik moet afleveren,' zei hij.

Hij wilde nog langs Nicole en hij keek op zijn horloge.

'Nou, het spijt me dat ik je zo lang heb opgehouden,' zei Edith.

'Geen probleem, hoor,' zei Albert vol overtuiging. 'Ik vond het leuk je gesproken te hebben.'

Heb ik dat echt net gezegd?

Toen hij afscheid van haar nam en het pad af liep, merkte hij dat hij het ook echt leuk had gevonden om met haar te praten.

Aan het einde van het pad draaide hij zich om voor een laatste vraag. 'Dat parfum dat jij op hebt,' zei hij, 'dat is erg lekker. Maar ik kan de geur niet helemaal thuisbrengen – waar ruikt het naar?'

Edith wreef over haar wang en glimlachte. 'O, naar orchideeën, mijn lievelingsbloemen.'

Hij knikte en zwaaide. Hij had zin om zijn idee uit te voeren.

Albert knabbelde aan zijn chocoreep terwijl hij het tweede deel van zijn ronde afwerkte, zenuwachtig over het gesprek dat hij straks hopelijk met Nicole zou hebben. Maar toen hij bij haar huis in de Bloemenwijk aankwam, stond ze niet buiten. Hij keek op zijn horloge en realiseerde zich dat hij haar rookpauze na de lunch had gemist.

Zijn blik viel op de bel naast de deur en hij daagde zichzelf uit om erop te drukken.

Op weg naar haar voordeur herhaalde hij het advies uit een van de YouTube-video's. *Bang zijn is niet erg. Maar laat het je er niet van weerhouden om te doen wat je wilt doen.*

Hij drukte op de bel en hoorde hem rinkelen.

Eerst kwam er geen reactie, maar op het moment dat hij voor de tweede keer op de bel wilde drukken, werd de deur opengerukt. Een boze Nicole siste hem toe dat hij stil moest zijn.

'Gebruik nooit meer die deurbel!' fluisterde ze.

Het zelfvertrouwen dat Albert had opgebouwd was in één keer verdwenen.

'S-S-Sorry,' stamelde hij. 'Het was niet mijn bedoeling om...'

Tot zijn verbazing keek Nicole hem glimlachend aan. 'Geeft niet, ik ben niet boos op jou. Mijn dochter is verkouden, weet je, dus had ik haar even op bed gelegd voor een middagdutje. Ik wil niet dat ze wakker wordt.'

Albert hield zich muisstil terwijl Nicole luisterde of ze binnen iets hoorde. 'Volgens mij,' zei ze, 'is het goed gegaan.'

Albert voelde een last van zich af vallen. Maar zijn zelfvertrouwen had hij nog niet terug, dus er viel een stilte. Hij stak haar een envelop toe die duidelijk dun genoeg was om door de brievenbus te passen. 'Ik wilde dit aan je geven,' zei hij.

Nicole pakte hem aan. 'Oké. Maar waarom belde je aan?'

Haar directheid maakte Albert onzeker. 'Ehm... zomaar eigenlijk... niets aan de hand. Het spijt me dat ik je heb gestoord.'

Hij draaide zich om en liep weg.

'Het spijt me dat ik je afsnauwde!' riep Nicole hem na.

Maar het was al te laat. De angst had de overhand gekregen.

16

Het is een warme avond in juni en Albert is met George op hun geheime plek op de moors. Ze hebben het over hun favoriete films – voor George is dat *West Side Story*. Hij legt uit dat het een moderne versie van Shakespeares *Romeo en Julia* is, die zich afspeelt in de jaren vijftig in New York en die gaat over een verboden liefde tussen Tony en Maria, twee jonge mensen die lid zijn van rivaliserende bendes uit verschillende culturen. George heeft de film in de bioscoop gezien en zijn moeder en hij vonden hem zo geweldig dat ze meteen de lp met de soundtrack hadden gekocht.

'Ik luister er de hele tijd naar,' zegt hij. 'Het is zo romantisch!'

Albert trekt een lang gezicht. 'Sorry, maar ik heb die film nog nooit gezien.'

'Wat? Je moet hem zien, Albert! Het is bijna ons verhaal!'

George vindt het zo belangrijk dat Albert iets van *West Side Story* meekrijgt dat hij een paar van zijn favoriete nummers van de soundtrack wil zingen. Hij laat Albert op een steen plaatsnemen en springt op het platte dak van de bunker.

'Ik begin met "Tonight",' zegt hij. 'Tony en Maria zingen dit samen op de brandtrap aan de buitenkant van hun appartement. Zie je het voor je?'

'Wat moet ik voor me zien?' zegt Albert.

'Het is net als de balkonscène in *Romeo en Julia*! Die ken je toch wel, de beroemde balkonscène? Maakt niet uit, kijk gewoon naar mij.'

George barst in gezang uit. Hij heeft een krachtige stem met een groot bereik, waardoor hij zowel de mannelijke als de vrouwelijke partij voor zijn rekening kan nemen. Hij doet zelfs een Puerto Ricaans accent na als hij Maria is. De film speelt weliswaar in de jaren vijftig, maar George draagt er zijn eigen jaren-zeventigoutfit bij: een overhemd met brede kraag en psychedelische print, en een nieuwe hippe spijkerbroek met wijde pijpen. Maar hij zingt zo vol overgave dat het eigenlijk niets uitmaakt – en Albert laat zich al vrij snel door het optreden meeslepen.

Het volgende nummer dat George ten gehore brengt is 'I Feel Pretty'. Hij legt uit dat het een komisch nummer is dat Maria zingt als ze haar vriendinnen vertelt dat ze zich door haar liefde voor Tony het mooiste meisje van de wereld voelt. Tijdens het zingen huppelt George over het dak met overdreven vrouwelijke maniertjes die Albert aan een travestie-act doen denken. Hij ligt dubbel van het lachen.

Als het nummer voorbij is zegt George dat hij nog één nummer ten gehore gaat brengen: 'Somewhere'.

'Dit is mijn lievelingsnummer,' zegt hij. 'Hierin zingen Tony en Maria hoe oneerlijk het is dat ze niet verliefd mogen zijn. Ze hopen dat er ergens in de wereld een plek voor hen is, een plek waar ze in vrijheid van elkaar kunnen houden.'

Na de eerste paar regels wordt de sfeer meteen een stuk ernstiger. Albert voelt zijn emoties in zijn keel stokken.

O, wat een prachtig lied. En George heeft gelijk – de tekst lijkt voor ons te zijn geschreven.

George laat zich van het dak van de bunker glijden en loopt naar Albert. Als hij dichterbij komt, staat Albert op en neemt George in zijn armen. Langzaam beginnen ze te dansen. Op de helling in de moors hoog boven Toddington dansen ze op de melodie van 'Somewhere'. En ze dromen dat ze ooit een plek zullen vinden waar hun liefde wordt geaccepteerd, een plek waar ze in vrijheid van elkaar kunnen houden.

Een dag na het bezoek aan Nicole zat Albert in zijn busje te luisteren naar 'Somewhere'. Hij voelde een hernieuwd zelfvertrouwen in zich ontwaken.

Hij baalde dat hij het gesprek met Nicole had afgebroken en had besloten een nieuwe poging te wagen. Deze keer zou hij de angst niet de overhand laten krijgen. Toen het nummer was afgelopen zette hij de cd af en stapte uit.

Ook deze keer was Nicole nergens te zien. Maar nu besloot Albert op de deur te kloppen in plaats van aan te bellen. Ze reageerde bijna meteen.

'O, hallo,' zei ze. 'Leuk dat je er weer bent.' Ook vandaag fluisterde ze. Ze legde uit dat haar dochter een middagdutje lag te doen omdat ze nog steeds niet van haar verkoudheid was hersteld.

'Wat vervelend voor je.' Albert verplaatste zijn gewicht van de ene voet op de andere. 'Moet je vandaag niet roken?'

'Nee,' zei ze trots. 'Ik ben gestopt.'

'Goh, gefeliciteerd.'

'Dank je.'

Ze vertelde dat ze haar haar net had ingevlochten. Albert complimenteerde haar met het resultaat, maar wist niet zo goed wat hij er verder over moest zeggen.

'En hoe gaat het met je vriend?'

Nicole glimlachte weer. 'Veel beter, dank je. Zijn ouders hebben me nog steeds niet geaccepteerd, maar daar probeer ik gewoon niet aan te denken. Hij is trouwens weer aan de studie, dus er zit niets anders op dan relaxed blijven.' Ze fluisterde nog steeds, en tussen de zinnen door schoot haar blik naar boven. Haar zenuwen maakten Albert ook nerveus.

'Toen je de vorige keer langsliep, weet je nog,' vervolgde ze, 'was ik er helemaal klaar mee. Maar door jou heb ik doorgezet.'

Albert voelde een glimlach op zijn gezicht verschijnen. 'Nou, dat is leuk om te horen. Daar ben ik blij om.' Zijn zelfvertrouwen groeide en hij pauzeerde even om moed te verzamelen voor zijn volgende vraag. 'Ik hoopte eigenlijk dat je mij ook met iets kon helpen.'

De woorden klonken Albert volkomen belachelijk in de oren. *Waarom zou iemand als Nicole mij willen helpen?*

Gelukkig dacht zij er anders over. 'Tuurlijk,' zei ze. 'Maar dan niet hier. Waarom kom je niet even binnen?'

Albert had die uitnodiging niet verwacht en voelde de paniek toeslaan. *Zijn er regels voor het betreden van het huis van een klant? Kan ik hier problemen mee krijgen?*

Hij wuifde zijn zorgen weg. *Ach, wat maakt het uit als je een keer een regel overtreedt? Je laat je hele leven toch niet bepalen door de Royal Mail? Nou ja, binnenkort in ieder geval niet meer.*

Nicole sloop de gang in en Albert stapte naar binnen.

Eenmaal veilig in de woonkamer deed Nicole de deur achter hen dicht. Haar stem kreeg weer zijn normale volume. 'Dat is beter,' zei ze. 'Nu kan ik ontspannen.'

Albert merkte dat hij ook een beetje ontspande.

'Ik ben Albert,' zei hij en hij stak zijn hand naar haar uit. Nicole schudde hem.

'Ik ben Nicole. Leuk om eindelijk echt kennis met je te maken.'

Zie je nou wel, jongen, het gaat goed!

Albert keek om zich heen en zag allerlei speeltjes op de grond liggen. Allemaal hadden ze de vorm van een roze varken.

'Sorry,' zei Nicole. 'Het is hier een zwijnenstal. Maar ik verwachtte geen bezoek. Meestal zijn Reenie en ik hier alleen.'

Hij wilde haar vertellen dat hij ook nooit bezoek kreeg, maar de woorden bleven in zijn keel steken.

'Wil je een kop thee?' vroeg Nicole.

'Nee, dank je. Ik blijf niet lang.'

'Nou, ga in ieder geval even zitten.' Ze wees naar een lage bank.

Albert ging op het randje zitten en zette zijn tas ernaast.

'Sorry,' zei hij, 'ik denk dat ik ergens op ben gaan zitten.' Hij hees zichzelf omhoog en veegde met zijn hand over de bank.

'O, je zult er niets vinden,' lachte Nicole, 'dat is gewoon mijn goedkope slaapbank. Net of je op een zak aardappelen zit, echt waar.'

Daar moesten ze allebei voorzichtig om grinniken.

'Oké, wat kan ik voor je doen?' vroeg ze.

Alberts ademhaling werd een beetje trillerig.

'Ik wil iemand vinden,' zei hij. 'Ik ben met een online zoektocht bezig.'

Nicole knikte. 'Oké...' Ze viel even stil. 'Gaat het om de persoon over wie je mij de vorige keer vertelde?'

Albert verstijfde. 'Ja, dat klopt.' Hij wilde niet dat ze meer vragen zou stellen, dus hij praatte snel verder: 'Ik heb geprobeerd me aan te melden bij sociale media, maar dat wil niet echt lukken. Ik ben niet zo van de techniek.'

Nicole glimlachte. 'Nou, daar kan ik je wel mee helpen. Mag ik je telefoon eens zien?'

Albert gaf hem aan haar en Nicole kwam dichter bij hem zitten. Binnen een paar seconden scrolde ze door zijn lege accounts en stelde ze hem vragen over zijn voorkeuren voor beveiligings-, privacy- en locatie-instellingen. Ze zei dat als hij naar iemand op zoek was, hij beter alle accounts zo openbaar mogelijk kon houden. Daarna leunde ze naar achteren en richtte de telefoon op hem.

'We moeten een foto maken.'

Albert verstijfde weer. 'Moet dat?'

'Absoluut!' zei Nicole. 'Zonder profielfoto ben je nergens.'

Ze stond op en nam hem mee naar het raam, waar het licht volgens haar beter was. Daarna hield ze de telefoon omhoog om hem van zijn beste kant te fotograferen.

'Kijk eens aan,' zei ze terwijl ze het resultaat bekeek, 'dat is cool. Wie ze ook is, ik weet zeker dat als ze je foto ziet ze je meteen met DM's bestookt.'

Albert wist niet waar ze het over had, maar dat deed er niet toe; zijn aandacht was blijven steken bij 'ze'. Hij realiseerde zich opeens dat als hij George wilde vinden, hij meer van zichzelf moest blootgeven dan hem lief was.

Gelukkig merkte Nicole zijn ongemak niet op. Ze was weer gaan zitten om de foto in zijn verschillende accounts te uploaden en er, zoals zij het noemde, 'de shit uit te filteren'.

'Zo,' zei ze. 'Nu zal ik je laten zien hoe je iemand zoekt. Het is vrij simpel. Alle socials werken bijna op dezelfde manier.'

Ze logde in bij Facebook en liet hem de zoekbalk boven aan het scherm zien. 'Als ik bijvoorbeeld op mijn naam zoek, komen er meerdere opties boven.' Ze legde uit dat een algoritme berekent welke mensen met de gezochte naam dichtbij wonen, en die worden boven aan de lijst geplaatst. 'En als je al je vrienden hebt toegevoegd, komen hun vrienden weer boven aan de lijst te staan.'

Albert wilde haar niet vertellen dat hij geen vrienden had. De slaapbank voelde ineens nog harder dan daarvoor.

'Dit ben ik,' ging Nicole verder, en ze liet hem haar profiel zien. Ze vertelde dat ze een vriendschapsverzoek van zijn account naar het hare had verstuurd. Daarna pakte ze haar eigen telefoon en accepteerde het verzoek.

'Kijk,' zei ze, 'nu zijn we vrienden.'

Albert keek naar zijn profielpagina. *Eén vriend*, stond er onder zijn naam. Hij voelde zich zo dankbaar dat hij bijna begon te huilen.

Terwijl hij zich probeerde in te houden vroeg Nicole: 'Hoe heet ze?'

'Wie?'

'De vrouw die je zoekt.'

Alberts maag draaide om. Hij sprong op en greep zijn tas. 'O, dat hoeft niet, dat doe ik thuis wel.'

Nicole keek hem bezorgd aan. 'Sorry, heb ik wat verkeerds gezegd?'

'Nee, nee,' flapte hij eruit, 'ik herinner me opeens hoeveel post ik nog moet bezorgen.'

Ze keek naar zijn openhangende tas en zag dat er maar drie brieven in zaten.

'Albert,' zei Nicole voorzichtig. 'Zoek je misschien naar een man?'

Opnieuw kreeg Albert het gevoel alsof hij verdronk, maar deze keer in een golf van schaamte.

'Waarom denk je dat?' vroeg hij met zijn blik op de vloer gericht.

Nicole haalde haar schouders op, alsof het niet belangrijk was. 'Ik weet niet, ik denk door hoe je reageerde toen ik haar een vrouw noemde.'

Kom op, zeg dat ze gelijk heeft.

Kom op, dit is je kans.

Kom op, laat die ophaalbrug zakken.

'Ja, het is een man,' zei Albert uiteindelijk.

Zijn woorden bleven ongemakkelijk tussen hen in hangen. Hij hoorde alleen het geluid van zijn hartslag in zijn oren.

Nicole keek hem aan en glimlachte. Het was geen meelevende glimlach. Het was geen afwijzende glimlach. Het was de glimlach van een vriendin.

Albert wist niet zeker of hij zo'n glimlach verdiende.

''t Is maar dat je het weet,' zei Nicole, 'maar dat maakt mij helemaal niks uit. En je zult merken dat het de meeste mensen tegenwoordig niks meer uitmaakt.'

Albert raapte zijn tas op en liep naar de deur. 'Ja, nou, als je het niet erg vindt wil ik niet dat iemand anders het weet. Ik heb het nog nooit aan iemand verteld.'

'Prima hoor,' stelde Nicole hem gerust. 'Helemaal cool.'

Albert deed de deur open en liep de gang in.

'O, en Albert,' zei Nicole weer met haar fluisterstem, 'laat het me weten als ik nog iets voor je kan doen.'

'Dank je wel,' antwoordde hij, en hij opende de voordeur. 'Bedankt voor alles.'

Terwijl hij Nicoles tuintje verliet en de straat weer op liep, tuimelden de gedachten door zijn hoofd.

Aan de ene kant was hij enorm opgelucht; hij had zijn geheim voor het eerst in bijna vijftig jaar met iemand gedeeld – en die persoon had het helemaal niet erg gevonden. Integendeel, ze leek hem zelfs aardiger te vinden toen hij zich zo open had opgesteld.

Aan de andere kant voelde hij zich nu wel heel erg naakt.

Ik ben pas een paar dagen naar George op zoek en ik doe nu al allerlei dingen die ik niet had verwacht.

Hij durfde niet te denken aan wat er nog meer zou gaan gebeuren.

17

Die avond zat Albert uren op social media om George te zoeken. Hij probeerde weer elke mogelijke spelling van zijn naam en zocht naar elk mogelijk familielid. Maar weer vond hij geen enkele aanwijzing.

Ik begrijp het niet… hij kan toch niet zomaar verdwenen zijn.

Maar een ander stemmetje in Alberts hoofd zei dat George wel degelijk verdwenen zou kunnen zijn. Stel dat hij geëmigreerd was of een nieuw leven was begonnen, ergens waar niemand hem kon vinden… *stel dat hij dood was?*

Zijn hart kromp ineen toen hij dacht aan alle mensen uit zijn jeugd die aan allerlei oorzaken waren gestorven: kanker, hartinfarcten, auto-ongelukken… Daarna schoten er beelden door zijn hoofd van uitgemergelde homoseksuele mannen die in de jaren tachtig en negentig aan aids waren overleden. Maar die gedachte was te eng – die moest hij zien te onderdrukken.

Om zijn hoop niet te verliezen pakte hij de briefjes die George hem had gestuurd. Hij spreidde ze uit op de bank en las ze een voor een. Al snel stuitte hij op een terugkerend thema.

Nog één week, dan gaan we naar Blackpool.

Ik hoop dat het mooi weer is in Blackpool.

Ik heb zo'n zin in ons eerste uitje samen!

Hij nam de foto die op die dag van hen was gemaakt in zijn handen en zonk weg in zijn herinneringen.

Ze slenteren over de boulevard. Albert kan bijna niet geloven dat hij de hele dag met George mag doorbrengen.

'Wie had dat ooit gedacht?' zegt hij. 'Wie had ooit gedacht dat jij en ik een hele dag samen zouden kunnen zijn?'

'Ja, hè?' zegt George. 'Is het niet heerlijk? Ik voel me zo vrij!'

Ondanks de mensen om hen heen steekt hij zijn armen uit en maakt een pirouette.

Albert is geneigd om te controleren of er niemand kijkt, maar weet zich nog net te bedwingen.

We zijn in Blackpool – hier maakt het niets uit.

Om te voorkomen dat ze in Toddington samen gezien zouden worden, hadden ze allebei een andere trein genomen en elkaar op station Blackpool North ontmoet. Nu ze hier eenmaal zijn, gaan ze ervan uit dat ze geen bekenden zullen tegenkomen. Het is juli, en Toddington Wakes-week – als alle fabrieken dicht zijn en de meeste stedelingen naar Blackpool gaan voor hun jaarlijkse vakantie – is voorbij. Natuurlijk letten ze erop dat ze zich in het openbaar als gewone vrienden gedragen, maar toch voelen ze zich vrij van de zorgen die ze thuis hebben als ze elkaar willen zien.

'Ik voel me een zorgeloze, prachtige vlinder!' roept George.

Albert rolt met zijn ogen. 'Er zijn niet zoveel vlinders in Blackpool, George. Ik vind je eerder een zeemeeuw.'

'Oké,' zegt George. 'Dan voel ik me een zeemeeuw. Een grote, knappe zeemeeuw die zijn vleugels spreidt en het luchtruim kiest!'

Alsof ze het gehoord hebben, beginnen een paar zeemeeuwen boven hun hoofd luid te krijsen. Albert en George barsten in lachen uit.

Het is een heldere, zonnige dag en ze slenteren verder over de Golden Mile-boulevard in de richting van Fleetwood, tot ze bij een oud oorlogsmonument aankomen. Daar springen ze in een van de antieke beige-met-groene open trams. Bovenin hebben ze een prachtig uitzicht en zo rijden ze terug naar het strand. Ze beschermen hun ogen met hun handen tegen het zonlicht en passeren het luxe Metropole Hotel, het stijlvolle moderne warenhuis Lewis, de rijen met koetsen op de busparkeerplaatsen direct aan de boulevard, de vele winkeltjes met lollige hoedjes en ondeugende ansichtkaarten, en de talloze tentjes die burgers en gefrituurde uienringen verkopen. Albert zegt dat hij het nog nooit zo druk heeft gezien; de mensenmassa is zo groot en ondoordringbaar dat hij nauwelijks iets van het goudkleurige zand kan zien waarnaar de boulevard is vernoemd.

Maar dat kan me helemaal niets schelen. Niets kan me schelen, want ik ben hier met George.

Bij de kermis aan het strand springen de jongens uit de tram, rennen naar de overkant van de straat en gaan in zo veel mogelijk attracties. George gilt dat het een lust is, maar zijn angstkreten worden overstemd door het lawaai van hun schreeuwende medepassagiers. Op het moment dat hun karretje het steilste stuk van de achtbaan af dendert, gilt hij: 'Ik hou van je, Albert!' en Albert voelt zich dapper genoeg om terug te schreeuwen: 'Ik hou van je, George!' Na het ritje stapt Albert met trillende benen uit. De adrenaline giert door zijn lijf en hij weet niet zeker of dat komt door de opwinding van de attractie of door de opwinding van zijn openlijke liefdesverklaring aan George.

Na een snel spelletje kamelenrace, dat Albert als kind vaak speelde – de kameel van George wint – halen ze fish-and-chips en lopen ze terug naar het strand en de pieren. Op de South Pier gaan ze de amusementshal binnen om te flipperen en wat spelletjes op de gokkast te spelen. Ze belonen zichzelf met een zuurstok die ze in tweeën breken en oppeuzelen terwijl ze tegen de reling leunen en uitkijken over het strand. Paartjes liggen op houten ligstoelen te zonnebaden, gezinnen zijn cricket aan het spelen of zandkastelen aan het bouwen en er zitten kinderen op ezels, het geluid van hun gelach klatert door de lucht.

Als ze bij de Central Pier aankomen is het eerste wat ze zien een fotostudio die adverteert met foto's van mensen in verkleedkleren.

George grijnst van oor tot oor. 'Kom op, Albert, ik ben dol op verkleden.'

Maar Albert wil helemaal niet opvallen en reageert terughoudend. 'Echt? Weet je het zeker?'

'Ja! Kom op, dat is lachen.'

Zonder op hem te wachten huppelt George naar binnen en begint door de rekken met kostuums te struinen. Uit het western-rek trekt hij de felroze jurk van een ondeugende saloonserveerster en houdt hem voor Albert omhoog.

'Oeh, deze vind ik leuk. Wat vind jij ervan?'

Albert trekt een lang gezicht. 'Meen je dit?'

'Of ik het meen? Denk je nou echt dat ik dat hier zou doen?'

Uiteindelijk kiest George twee cowboykostuums uit.

'Bingo!' zegt Albert. 'Dat lijkt er meer op.'

Ze kleden zich om en als hun foto wordt gemaakt voelt Albert zich opvallend rustig. De fotograaf vertelt hoe ze moeten staan en George slaat zijn arm om hem heen. Maar Albert blijft ontspannen. De gedachte dat elke voorbijganger zal denken dat George hem omarmt zoals een vriend een andere vriend zou omarmen, stelt hem gerust. Het voelt net zo opwindend als dat ritje in die achtbaan.

'Lachen, jongens!' roept de fotograaf.

En Albert lacht.

Hij voelt zich trots met George' arm om zich heen en hij kijkt met een stralende blik in de camera.

Albert keek naar de foto en wist dat hij de inspiratie had gevonden die hij nodig had. Hij was er nog sterker van overtuigd dat hij George wilde vinden.

Hij hield de zwart-witfoto dicht bij zijn gezicht en keek George in de ogen. Hij wilde dat hij de kleur kon zien; de intens blauwe kleur van de boshyacinten die hij vaak voor hem had geplukt.

Hij zag George' zachte, gevoelige glimlach voor zich als hij hem weer een bosje gaf. En hij voelde weer hetzelfde geluksgevoel door zich heen stromen.

Hij deed zichzelf een belofte.

Ik ga hem niet alleen vinden, ik ga hem in de lente vinden – voordat ik de eerste boshyacinten zie.

De volgende dag tijdens zijn postronde besloot Albert dat nu de zoektocht online was vastgelopen, hij offline verderging – hij zou de wijde wereld in trekken. Hij wilde beginnen bij de laatste plek waar George bij zijn weten was geweest; zijn oude huis.

In plaats van na zijn ronde direct naar het sorteercentrum terug te rijden, nam hij een omweg naar het westen van de stad, naar een straat met bescheiden rijtjeshuisjes die wel wat weg had van zijn eigen straat. Hij parkeerde voor het huis waar George had gewoond. Het was tientallen jaren geleden dat hij het voor het laatst had gezien, en het duurde even voor hij durfde uit te stappen.

Daar sliep George. Daar at hij en keek hij tv en deed hij zijn huiswerk. Daar lag hij in bed van ons te dromen.

Hij haalde diep adem. Toen hij zich er klaar voor voelde, stapte hij uit zijn busje.

Albert wilde niet de aandacht trekken en bleef dus niet te lang voor George' oude huis staan. Hij had hem trouwens nooit thuis opgezocht. De enige keren dat hij in deze straat was geweest, was om een briefje af te geven aan de achterkant. Dan liep hij nonchalant het steegje in en bukte hij zich als hij de lege kolenschuur aan de achterkant van George' tuin had bereikt. Daar legde hij een briefje in, terwijl hij zich de blijdschap op George' gezicht voorstelde als die het zou vinden.

Ook nu liep hij het steegje in. Omdat het precies breed genoeg was voor een auto, hadden ze mettertijd de muren en de kolenschuren afgebroken en de stukken grond achter de tuinen geasfalteerd om meer parkeerruimte te creëren. Albert slenterde door het steegje en probeerde zich weer voor te stellen hoe het had gevoeld om hier als jongen briefjes te brengen aan de jongen op wie hij verliefd was. Maar alles zag er totaal anders uit, hij herkende zelfs George' huis niet meer. Hij had net zo goed in een andere straat kunnen lopen.

Wat doe ik hier eigenlijk? De kans is klein dat ik hier na zo'n lange tijd nog een aanwijzing vind.

Hij liep langzaam terug naar de voorkant van de huizen en naar zijn busje. Toen hij het knopje op zijn autosleutel wilde indrukken om het portier te openen, viel zijn blik op het bordje TE HUUR op een van de huizen. Dat bracht hem op een idee.

'Marjorie, kan ik je even spreken?'

In Alberts buik fladderden de vlinders wild in het rond.

'Ja, natuurlijk schat,' zei ze, opkijkend van haar computer. 'Wat is er?'

Albert stapte haar kantoor binnen en sloot de deur. Toen het lawaai van de centrale sorteerhal was buitengesloten, merkte hij ineens hoe stil het was.

'Ehm... ik vroeg me af of ik even in het archief mag kijken,' zei hij.

'Het archief? Wat moet je daar dan?'

'Ik ben naar iemand op zoek. Iemand die jaren geleden uit Toddington is verhuisd. Dat gebeurde toen allemaal een beetje gehaast en ik wil weten of ze een nieuw adres hebben achtergelaten.' Hij zweeg bewust over het geslacht van de persoon die hij zocht.

Marjorie keek zuinig. 'Nou, je weet dat ik daar niemand mag binnenlaten.'

'Ja, sorry, dat weet ik.'

'En ik ben geen muggenzifter of zoiets...'

Hij moest iets meer aandringen. 'Ik zou het echt heel erg waarderen, Marjorie. Kun je niet voor één keer een uitzondering maken...'

Ze liep om haar bureau heen en ging op het blad zitten. 'Naar wie ben je op zoek?'

Albert wist dat ze vragen zou gaan stellen.

Marjorie kneep haar ogen tot spleetjes, zoals ze ook tijdens de kerstborrel had gedaan. 'Is het dat meisje uit Chorley? Susan of hoe ze ook heette?'

Kom op, Albert, hou vol.

'Nee,' zei hij moeizaam, 'het is niet Susan.'

Marjorie boog zich naar hem toe.

'Wie is het dan?' vroeg ze.

Hij schraapte zijn keel. Opeens was het alsof zijn lippen vanzelf begonnen te bewegen.

'Het is een man. Degene die ik zoek is een man.'

In de verte hoorde Albert een stalen karretje over de vloer van het sorteercentrum ratelen.

'En is dit een man op wie je... verliefd was?' vroeg Marjorie.

Albert ademde diep in. *Kan ik dit wel?*

'Ja,' zei hij. 'Ja, dat klopt.'

Zo, dat is eruit.

Ik heb het eindelijk gezegd.

Nu kan ik niet meer terug.

Marjorie begon breed te grijnzen. 'Mijn hemel, Albert, dat werd tijd!'

Hij was zo verrast dat hij bijna zijn angst vergat. 'Wat bedoel je? Wist je het?'

Marjorie pakte haar waaier en begon zichzelf koelte toe te wuiven. 'Nou, ik had wel mijn verdenkingen, als dat het juiste woord is. Ik wist dat je iets verborgen hield.'

Albert merkte dat hij de ID-kaart om zijn nek stevig had vastgegrepen. Hij liet de kaart los en liet zijn armen langs zijn lichaam hangen. 'Ja, nou, je had gelijk.'

'Ik begrijp het nu allemaal veel beter, weet je.' Marjorie werd steeds enthousiaster. 'Waarom je nooit iets over jezelf vertelde, waarom je je zo hardnekkig voor anderen afsloot.'

'Ik denk dat ik gewoon een beetje... maar het geeft niet, toch? Jij vindt het toch niet erg?'

'Erg? Waarom zou ik het erg vinden?' Ze liet haar waaier zakken en bracht haar gezicht dichter bij het zijne. 'Albert, het is geweldig. Het is rete geweldig!'

De adrenaline stroomde door zijn lijf. 'O, fijn, dank je,' zei hij enthousiast. 'Dank je voor je begrip.'

'Doe niet zo mal, man! Kom hier!' Ze stak haar armen uit en omhelsde hem. 'O, ik weet dat we elkaar niet mogen knuffelen op het werk, maar schijt daaraan! Dit is een bijzonder moment – ik ben zo blij dat je het gezegd hebt!'

Albert verstijfde in haar omhelzing. Het was de eerste keer in jaren dat hij geknuffeld werd – de eerste keer sinds George.

Marjorie merkte dat hij zich ongemakkelijk voelde. 'Sorry, je bent geen knuffelaar, hè?'

'Nee, niet echt.'

Ze liet hem los en wreef met haar handen over haar heupen. 'Nou, ik hoop dat je hem vindt, schat. En voordat je iets zegt: ik begrijp heel goed dat je dit nieuws niet hier op het werk wilt rondbazuinen. Ik weet dat ik een flapuit ben, maar ik kan echt wel een geheim bewaren. Als het om iets belangrijks gaat, althans.'

Ze knipoogde naar hem en hij wist dat hij haar kon vertrouwen. Hij voelde zich schuldig dat hij haar in het verleden verkeerd had ingeschat. Het viel hem opnieuw op hoe positief mensen reageerden als hij zich opener opstelde. In een flits besefte hij hoe zijn leven eruit zou kunnen zien. En hij besefte dat hij het kon delen met andere mensen – en dat hij zich minder eenzaam hoefde te voelen.

Albert stond bij de deur naar het archief met de sleutel in zijn hand geklemd. Hij stak hem in het slot en draaide hem om.

Hij was hier nog nooit binnen geweest en had geen idee hoe het geordend was. Maar de eerste aanblik zei hem dat er helemaal geen orde was. Zijn blik gleed over tafels vol archiefdozen. Op de grond lagen stapels onderdelen van oude computers en microfilmlezers, en er stonden rijen ongemarkeerde grijze archiefkasten.

Hel en verdoemenis, waar moet ik beginnen?

Hij begon wat door de dossiers op de dichtstbijzijnde tafel te bladeren; ze bevatten informatie over de rekeningen van het sorteercentrum. Ernaast stond een doos propvol bonnetjes die klanten hadden ondertekend voor pakketjes die ze waren komen ophalen. Daarachter stond een wandrek met de urenregistraties van alle postbodes, plus de stapels papierwerk die ze aan het einde van de dag moesten invullen.

Terwijl hij zich afvroeg hoe ver terug de dossiers gingen, herinnerde hij zich dat het team pas ergens in de jaren tachtig in dit gebouw was neergestreken. George had de stad in september 1970 verlaten. *Dus waar waren de dossiers van voor die tijd?*

Hij struinde door de ruimte, keek dossiers in, trok lades open en tilde stapels op. Maar hij kon geen informatie van vóór 1986 vinden. Toen viel zijn oog op een wandrek waar wél iets op stond: het adres van wat ooit het hoofdpostkantoor was geweest. In dat oude gebouw in het centrum van Toddington was Albert in diezelfde zomer van 1970 begonnen.

Hij voelde een schok door zijn lichaam gaan.

Bingo!

Hij zocht tussen de spullen op de planken tot hij een rijtje oude notitieboekjes vond. Hij trok er eentje uit en herkende het meteen; het was zo'n notitieboekje waarin de postbodes het nieuwe adres van de klanten op hun ronde noteerden. Op de rug van elk boekje zat een sticker met de naam van de postbode. Het exemplaar dat hij vast had was van een medewerker die hij niet kende. Hij zette het terug in het rijtje en probeerde zich alle postbodes te herinneren die in het team hadden gezeten toen hij daar was begonnen met werken. *Wie bracht de post naar George' adres?*

Hij zag vaag een chagrijnige oude man voor zich die hem op zijn eerste dag had afgesnauwd. *Maar hoe heette die ook alweer?*

Albert bekeek de ruggen van meerdere notitieboekjes tot hij de naam herkende. *Gerald Flitcroft, dat is hem!*

Hij tilde alle boekjes met die naam van de plank en legde ze op de dichtstbijzijnde tafel. Hij begon ze door te nemen, steeds verder terug in de tijd.

1985...

1978...

1970.

Hij opende het notitieboekje van 1970 en bladerde door naar de maand september. Het oude adres van George sprong van het papier. In de kolom ernaast stond zijn achternaam.

Atkinson.

Alberts hoofd begon te tollen en hij moest zijn best doen om scherp te stellen.

In de kolom rechts van de achternaam stond een adres.

Het was in Bradford.

Eindelijk had hij zijn aanwijzing.

18

De volgende ochtend stapte Albert vrolijk en vol hoop het sorteercentrum binnen. Het had flink geregend tijdens zijn fietstocht naar het werk, maar dat had zijn humeur niet verpest.

'Hé, hoi,' zei hij tegen Ste terwijl hij zijn regenjas uittrok. 'Mooie dag, hè?'

Voor de verandering keek Ste op van zijn telefoon. 'Waar heb je het over?' zei hij. 'Het komt met bakken uit de hemel.'

Maar Albert reageerde niet. Toen hij de sorteerhal binnenging zag hij Marjorie achter haar bureau zitten en zwaaide naar haar. Hij zei Barbara gedag die bijna klaar was met haar dienst. Ook de jongere medewerkers, die de postzakken aan het sorteren waren, kregen een glimlach.

'Goedemorgen, jongens,' zei hij vrolijk, 'hebben jullie ook zo'n zin in deze nieuwe dag?'

Ze keken hem verbouwereerd aan. Terwijl hij doorliep kon hij ze achter zich horen fluisteren. 'Wat heeft Albert?'

Plezier, antwoordde hij in zichzelf. *Ik heb plezier omdat ik George ga vinden.*

Voor het eerst bleef hij bij het mededelingenbord staan om de aankondigingen te lezen. Er hingen de gebruikelijke reclames voor cursussen en vakbondsvergaderingen, maar ook iets wat zijn aandacht trok: een poster voor een pubquiz voor alle medewerkers van Royal Mail. Met dit evenement, dat volgende week zou plaatsvinden, wilde Marjorie geld inzamelen voor haar kleinzoon voor de reis van zijn leven naar Disney World. Voordat hij van gedachten kon veranderen pakte Albert de pen die aan de poster hing en voegde zijn naam toe aan de lijst.

Bij zijn werkplek werd Albert begroet door Smiler, die al druk bezig was zijn post te sorteren. Onder tafel wiebelde hij met zijn been. 'Alles goed, vriend?' zei hij.

Albert wachtte even met antwoorden. *Kom op, maak een praatje met hem.*

'Hoe gaat het met je dochter?' vroeg hij. 'Is ze al een beetje bijgetrokken?'

Smiler trok een wenkbrauw op, duidelijk verrast dat Albert zich voor hem interesseerde. Hij vertelde dat zijn dochter hem net te kennen had gegeven dat ze niet meer met de zondagse gezinsuitjes mee wilde, omdat ze meer tijd met haar nieuwe vriendje wilde doorbrengen.

'Het is een hele nare toestand geweest,' zei hij. 'Ik doe alles voor mijn kinderen. Vroeger was ik haar held.'

Albert vroeg zich af wat hij kon zeggen om Smiler op te vrolijken. Hij probeerde uit zijn eigen ervaringen als tiener te putten om hem iets van troost te bieden.

'Vergeet niet hoe moeilijk het is om tiener te zijn,' zei hij toen maar. 'Er valt zo veel over jezelf te ontdekken. En het is misschien wel de leeftijd waarop je weinig liefde krijgt, terwijl het tegelijkertijd de leeftijd is waarop je de meeste liefde nodig hebt.'

Albert zag dat Smiler verbaasd met zijn ogen stond te knipperen. Die neiging had hij zelf eigenlijk ook. *Waren die woorden echt uit zijn mond gekomen?*

'Je zou haar vriendje kunnen meenemen op jullie gezinsuitjes,' hoorde Albert zichzelf voorstellen. 'Misschien kun je het prima met hem vinden, je weet het nooit.'

Voordat Smiler kon antwoorden stormde Sue binnen. Ze droop van de regen omdat haar regenjas nog thuis lag en haar paraplu was gebroken. 'God, het regent echt pijpenstelen,' zei ze terwijl ze haar haar met een handdoek droogdepte. 'Ik ben echt helemaal doorweekt.'

Albert zag een opening voor een gesprek met haar, maar wist niet zeker of hij het durfde. Gek genoeg wílde hij het wel.

'Denk maar aan alle zon die je gaat krijgen als je die vakantie wint,' zei hij uiteindelijk.

Sue maakte een prop van de vochtige handdoek en gooide hem in een hoek. 'Ja, dat zou fijn zijn. Het is onze enige mogelijkheid om op vakantie te gaan dit jaar. We kunnen het anders niet betalen; John zit nog steeds zonder werk.'

'O, dat is vervelend,' zei Albert. 'Maar ik weet zeker dat John veel steun aan jou heeft. Hij weet tenminste dat hij er niet alleen voor staat.'

Sue keek hem aan alsof hij iets op zijn gezicht had zitten. Albert wist zelf ook niet waar hij het vandaan haalde. Maar Sues eerste schrik veranderde al snel in een glimlach.

'Albert,' zei ze, 'wat lief dat je dat zegt.'

Diep vanbinnen besefte hij dat hij dit al veel eerder had willen horen.

Toen hij ging zitten voelde hij zijn hele lichaam aangenaam gloeien. Hij wilde nog niet aan zijn post beginnen. Hij wilde eerst nog even met Jack praten.

Jack was in een anekdote verwikkeld toen Albert zijn kant op keek. Hij vertelde zijn vrienden dat hij zijn januaridieet had onderbroken om met zijn vrouw Doreen bij een nieuw Chinees restaurant te gaan eten.

'En, hoe was dat?' vroeg Albert, die tussen Jacks vrienden was gaan staan. 'Was het lekker?'

'O, hallo, Albert,' zei Jack verbijsterd. 'Ja, het was echt goed. En je krijgt er gigaporties – de borden zijn zo groot als het deksel van een vuilnisemmer.'

'Klinkt als iets voor mij,' zei een van zijn vrienden.

'O, en je raadt nooit wie er ook zaten,' zei Jack. 'Die homo's die op Pear Tree Street zijn komen wonen.'

Jacks vrienden kwamen dichterbij staan, maar Albert deed net of het hem niet interesseerde.

'Jullie weten dat ik niks tegen homo's heb,' zei Jack, 'ik heb thuis alle cd's van Elton John. Maar die twee rammen het ongeveer door je strot. Op een gegeven moment zaten ze hand in hand aan tafel – midden in een restaurant!'

Zijn vrienden sputterden verontwaardigd.

'Er zijn grenzen, toch?' zei er een.

'Waarom doen ze dat niet gewoon thuis?' zei een ander.

Albert voelde zijn plezier wegsijpelen.

'Ik stond niet te springen, maar Doreen wilde per se met ze praten,' ging Jack verder.

'O ja? En hoe waren ze?'

'Laat ik het zo zeggen: je kunt duidelijk merken wie het mannetje is en wie het vrouwtje.'

Het hele idee van een homostel is toch dat niemand het vrouwtje is? wilde Albert zeggen. Maar hij hield zijn mond.

'De oudere is duidelijk het mannetje,' verduidelijkte Jack. 'Hij lijkt eigenlijk helemaal geen homo. Maar de jongere is een echte. Met dat taaltje en dat loopje, weet je wel.'

Zijn vrienden knikten.

'Maar weet je wat ik zo raar vind?' vervolgde Jack. 'Als je dan met zo iemand gaat, kun je toch net zo goed iets met een vrouw beginnen?'

'Ja,' zei een van zijn vrienden, 'het slaat nergens op.'

'Maar goed, Doreen zei op de terugweg dat ze ze voor een borrel wilde uitnodigen. Ik heb natuurlijk geweigerd. Ik bedoel, stel dat een van hen mij zou proberen te versieren?'

Nou, die kans schat ik heel klein.

'En wat zei Doreen toen?' vroeg de andere vriend.

'Ze zei dat ik homofoob was! Homofoob? Ik? Eerlijk waar, je kan tegenwoordig niks meer zeggen. Het gaat alleen maar over homorechten zus en Gay Pride zo. Maar hoe zit het dan met hetero's, dat zou ik wel eens willen weten. Ik bedoel, waarom is er geen Hetero Pride?'

Misschien omdat hetero's zich nooit hebben hoeven schamen voor wie ze zijn. Misschien omdat het nooit verboden is geweest om hetero te zijn.

Albert werd verrast door de kracht van zijn eigen woede. Maar hij hield zijn verontwaardiging voor zich en droop af naar zijn sorteerplek.

Jacks verhaal over het homostel had hem niet alleen zijn plezier ontnomen, hij wist ook weer waarom hij zijn ware aard zo lang verborgen had gehouden. Hij wist weer waarom hij zich had teruggetrokken.

Hij slaakte een diepe zucht.

Hij had zichzelf voor de gek gehouden toen hij dacht dat hij in de toekomst vrienden met zijn collega's zou kunnen worden.

Hij pakte een brief en begon zijn post te sorteren.

De regen hield de rest van de dag aan en werd zelfs heviger toen Albert zijn tas omhing en aan zijn ronde begon. Vandaag ging hij volgens plan Edith opvrolijken.

Terwijl hij door de regen naar haar bungalow ploeterde, haalde hij een plastic doos uit zijn tas met daarin een orchidee in een pot.

'O, hallo, Albert,' zei Edith toen ze de deur opendeed. 'Wat een leuke verrassing.'

Haar glimlach leek haar gezicht eerder gladder te maken dan rimpeliger.

'Maar is het geen afschuwelijk weer?' zei ze, terwijl ze naar de lucht wees.

'Nat is het zeker,' antwoordde hij. 'Maar ik heb iets voor je dat je dag misschien wat zal opvrolijken.' Hij gaf haar de plastic doos.

Ze maakte de doos open en tilde de paarse bloem eruit. Terwijl ze hem van alle kanten bekeek, begon haar gezicht te stralen. Albert voelde eenzelfde emotie in zich opborrelen.

'O, Albert, ze is prachtig,' kirde Edith. 'Maar van wie?'

'Ik zou het niet weten,' zei hij. 'Zit er geen briefje bij?'

Ze stak haar hand in de lege doos. 'Voor de onvergetelijke Edith,' las ze, 'die voor altijd mijn hart heeft veroverd.'

Albert was best tevreden. Hij had niet geweten wat hij moest schrijven, maar Edith had gezegd dat alle mannen in haar leven haar waarschijnlijk waren vergeten en daar had hij op voortgeborduurd.

'Het is ondertekend met "een anonieme aanbidder",' zei ze.

Ze keken elkaar verbaasd aan.

'Waarom kom je niet even binnen?'

Albert stapte naar binnen, trok zijn jas uit en veegde zijn voeten. Edith zette thee in de keuken en nodigde hem uit in de woonkamer.

Albert ging op de bank tegenover haar leunstoel zitten en keek om zich heen. Hij had de typische inrichting van een oude vrijster verwacht, maar er was helemaal niets oude-vrijsterachtigs aan. Aan de muren hingen ingelijste posters van oude theaterproducties, de lampen waren bekleed met chiffon en overal lagen kussens, dekens en doeken die Noord-Afrikaans van origine leken. Naast de tv stond een antieke paspop op een houten standaard met om haar nek een meetlint en verschillende repen stof. In het midden van de kamer stond een salontafel met een prachtige handgeblazen glazen vaas en stapels boeken over kunst en mode erop. Edith zette de orchidee ertussen.

'Zo,' zei ze, 'staat dat niet mooi?'

'Schitterend,' beaamde Albert. 'Heb je enig idee van wie je dit gekregen kan hebben?'

Ze keek hem ondeugend aan en blies in haar theekopje. 'Om eerlijk te zijn, kan het iedereen zijn geweest. Je zou het nu niet meer zeggen, maar in mijn tijd was ik een soort femme fatale.'

Albert sputterde tegen dat dit hem helemaal niet verbaasde, maar het kostte hem moeite zijn verbazing te verbergen.

'Misschien is het Harold,' zei ze. 'Dat was mijn eerste liefde. Hij was monteur en leek op Paul Newman. Maar zijn handen waren erg ruw en ze roken naar groene zeep.'

Albert glimlachte. 'Wat is er met hem gebeurd?'

'Ik was nog erg jong toen we wat kregen, en ik wilde me nog niet binden – ook al werd dat wel van vrouwen verwacht in de jaren vijftig van de vorige eeuw. De wilde jaren zestig waren nog lang niet in zicht. Maar weet je, ik denk dat die hele seksuele revolutie meer iets voor Londen was dan voor hier. De sixties hebben ons hier pas in de seventies bereikt.'

'Ja,' zei Albert zonder droevig te willen klinken. 'Dat denk ik ook.'

Edith nipte aan haar thee. 'Of misschien,' zei ze, 'is het Dennis.'

Ze vertelde dat Dennis een zanger was die ze had ontmoet toen ze als twintiger in Manchester werkte. 'Hij behandelde me als een echte dame,' zei ze. 'En hij leek op Sidney Poitier.'

'O, dus hij was zwart?' flapte Albert eruit voordat hij er erg in had. 'Sorry, ik bedoelde alleen... ik kan me niet herinneren dat ik zulke relaties in die tijd hier heb gezien.'

'Hij was zwart, ja,' zei Edith. 'Maar toen gebruikten we dat woord niet; dat was onbeleefd. De correcte term was "gekleurd", maar nu gebruikt niemand dat meer. Daar ben ik wel blij mee; Dennis vond dat woord respectloos.'

Terwijl ze kleine slokjes van haar thee nam vertelde ze dat Dennis uit West-Indië kwam en haar meenam naar de Caribische nachtclubs in Moss Side en Hulme. 'Maar je hebt gelijk,' zei ze, 'gemengde relaties kwamen toen niet zoveel voor. We veroorzaakten behoorlijk wat ophef.'

'Wat vervelend,' zei Albert. 'Is de relatie daarop stukgelopen?'

Edith fronste. 'Helemaal niet. Ik verliet hem voor een andere man. Ik moet helaas bekennen dat ik zijn hart heb gebroken. Ik denk dat ik er nog steeds niet aan toe was om me te binden.'

Albert grijnsde. *Het beeld dat ik van haar had klopt echt voor geen meter.*

'Dus waarom denk je dat Dennis je de orchidee gestuurd kan hebben?'

'Nou, dat zou echt iets voor hem zijn... maar de meest waarschijnlijke kandidaat is William.'

Ze vertelde dat William een advocaat uit Preston was die haar zijn 'hertogin' noemde en haar meenam voor ritjes in zijn Triumph Herald. 'Hij zoog altijd op een pepermuntbal,' zei ze, 'dat vond ik wel een beetje een afknapper. En hij was waarschijnlijk de minst knappe man met wie ik ooit uit ben geweest. Maar het was wel de aardigste – en mijn vader en moeder waren dol op hem.'

Op Alberts vraag hoe de relatie was geëindigd vertelde ze dat ze William gewoon niet spannend genoeg had gevonden en hem daarom had laten gaan. 'Maar achteraf besef ik dat hij me is ontglipt.'

Ze keek uit het raam. Albert volgde haar blik en zo zaten ze even naar de regen te kijken die langs het raam naar beneden sijpelde. Hij bedacht dat Edith net als hij een verleden had waarin ze dingen had meegemaakt die haar hadden gevormd. Zij kende net zo goed als hij een verdriet dat haar gevoel en haar gedrag bepaalde.

'Maar,' zei ze terwijl ze haar lege kopje op de salontafel zette, 'genoeg over mij. Hoe zit het met jou? Ik zie dat je niet getrouwd bent. Heb jij ook iemand die jou is ontglipt?'

Albert dronk zijn kopje leeg en zette het naast dat van Edith. 'Grappig genoeg wel, ja. En ik ben onlangs begonnen met pogingen om hem terug te vinden.'

Hij verstijfde op zijn stoel. Hij was helemaal niet van plan geweest om 'hem' te zeggen; het woord was eruit voordat hij het wist.

Hij zei niets, en zijn onthulling bleef in de lucht hangen. Op Ediths gezicht was geen reactie te lezen. Albert probeerde de angst op afstand te houden.

'Dat vind je niet erg, toch?' vroeg hij voorzichtig. 'Dat het een man is die ik zoek?'

Ze haalde haar neus op. 'Waarom zou ik dat erg vinden? Ik zat in de theaterwereld, weet je, dus ik was omringd door homo's. Maar ook dat was een woord dat we in die tijd niet gebruikten.'

'Nee,' zei Albert. In zijn hoofd klonken echo's van alle woorden die mensen gebruikten – en dat waren allemaal scheldwoorden.

'Flikker', 'mietje', 'viespeuk'...

'Als we er respectvol mee om wilden gaan, gebruikten we er volgens mij helemaal geen woord voor,' zei Edith.

Albert slikte. 'Daarom heb ik mezelf denk ik nooit als homo gezien,' zei hij.

'Hoe bedoel je?' vroeg Edith.

'Nou, als tiener werd ik verliefd op een andere jongen. Maar dat was iets wat ik deed, niet wie ik was. En toen ik ouder werd, wist ik dat ik me tot mannen aangetrokken voelde en niet tot vrouwen, maar ik heb nooit meer iemand anders ontmoet die hetzelfde voelde. De enigen van wie ik het wist, waren de mannen die elkaar in het openbare toilet ontmoetten. Maar dat deden ze in het geheim; ze waren er niet trots op. En met hen wilde ik niets te maken hebben –'

Hij zweeg en slaakte een diepe zucht. 'Sorry,' zei hij. 'Dit is helemaal nieuw voor mij. Ik weet niet zeker of ik het goed uitleg.'

'Ik begrijp het,' zei Edith. 'Maar tegenwoordig is het niet meer zo. Zo is het al jaren niet meer.'

'Nee,' zei Albert, 'en dat is geweldig, echt waar. Maar toen de dingen begonnen te veranderen, had ik dat deel van mezelf al afgesloten.'

Er viel opnieuw een stilte.

'Ik weet het niet,' zei Edith na een tijdje, 'kijk eens naar ons. We hadden allebei de kans om gelukkig te zijn en we hebben hem allebei laten gaan.'

Albert merkte dat de kamer zich met een zekere droefheid had gevuld. Maar hij was hier gekomen om Edith op te vrolijken.

'We hebben het geluk dan misschien door onze vingers laten glippen,' zei hij, 'maar we kunnen het nog terugvinden. Het is duidelijk dat degene die jou de orchidee heeft gestuurd nog om je geeft.'

Ze hield haar hoofd schuin, alsof ze erover nadacht. 'Ja, misschien heb je gelijk. Het heeft in ieder geval mijn dag goed gemaakt.'

Toen Albert haar glimlachend naar de orchidee zag kijken, besloot hij dat hij dit plannetje elke week ging uitvoeren.

Elke week zou hij iets langsbrengen dat Edith een beetje hoop zou geven.

Het was opnieuw een rustige dag, en Albert had veel minder post te bezorgen dan voor kerst. Maar een paar straten na Edith moest hij een ander pakketje persoonlijk afleveren. Het was voor Daniel en Danny.

Terwijl hij het tuinpad op liep, voelde Albert zich wel wat zenuwachtig, maar hij was niet zo gespannen als de vorige keer. Hij ging onder het afdakje staan en stampte de regen van zijn schoenen. Hij drukte op de bel.

Daniel deed de deur open en Albert legde uit dat hij een handtekening nodig had voor een pakketje. Toen Daniel voor het pakketje stond te tekenen, verscheen Danny achter hem.

Kom op, dit is het moment om je excuses aan te bieden.

'Hoe was jullie eerste kerst in Toddington?' begon hij.

De mannen waren verrast dat hij een gesprek begon.

'Het was geweldig,' zei Daniel. 'We waren voor verschillende feestjes uitgenodigd.'

De twee mannen wierpen elkaar een veelzeggende blik toe en giechelden.

'Het was een gekkenhuis,' zei Danny. 'Maar iedereen was even hartelijk.'

Albert zag dat Danny weer make-up op had en probeerde niet te staren.

'Fijn om te horen,' zei hij. 'En het spijt me dat ik jullie niet zo hartelijk heb ontvangen.'

Er viel een ongemakkelijke stilte.

'Dat geeft niet,' zei Daniel. 'Niet iedereen wil een praatje maken. Niet iedereen houdt van feestjes.'

'Nee, maar ik was ronduit onbeschoft,' zei Albert. 'Het is geen excuus, maar ik had een heleboel aan mijn hoofd rond Kerstmis.'

Daniel wreef over zijn baard. 'Nou, wat het ook was, ik hoop dat het nu opgelost is.'

'Laten we zeggen dat het de goede kant op gaat,' zei Albert.

Danny grapte dat het nooit meer zou ophouden met regenen en dat ze vanochtend een lange wandeling hadden willen maken, maar dat ze die noodgedwongen hadden moeten uitstellen.

'O, ik wist niet dat jullie wandelaars waren,' zei Albert enthousiast.

'Jazeker,' zei Daniel. 'Ik ben opgegroeid in het Lake District, ik kom uit een wandelfamilie. We hadden gehoopt dat hier vaker te gaan doen.'

Albert vertelde dat hij ook een fervent wandelaar was en zij vroegen hem naar mooie routes. Hij nam zijn standaard zondagwandeling in het gebied achter Toddington Hall met ze door en gaf ze nog een paar andere tips.

'Laat me weten hoe het gaat,' zei hij. 'En geef maar een gil als jullie nog meer tips willen.'

Danny glimlachte naar hem. 'Dank je, lieverd –' Hij verstijfde van schrik.

Albert herinnerde zich hoe hij de vorige keer had gereageerd toen Danny hem 'lieverd' had genoemd.

'Geeft niet, hoor,' zei hij. En uit het niets zei hij ineens: 'Je mag me altijd "lieverd" noemen als je dat wilt.'

De twee mannen staarden hem verbijsterd aan.

Als George me nu eens kon zien.

19

Het was vrijdagmiddag en Nicole zat met Reenie in een speelparadijs dat Pandemonium heette. Ze nam Reenie daar vaker mee naartoe als ze het huis wilde ontvluchten; op doordeweekse middagen mocht je zo lang blijven als je wilde, de wifi was er gratis en ze hoefde niet veel geld uit te geven – de toegang was niet duur en ze kon wel een paar uur met één kopje thee doen.

Nicole en haar kleine meisje vermaakten zich op Reenies favoriete glijbanen, in de veilige draaimolens en met de klimtouwen. Maar toen Reenie ervandoor ging naar de peuterzone en zich voorover in de ballenbak liet vallen, besloot ze haar even alleen te laten. Ze haalde een kop thee en vond een leeg tafeltje.

'Mama zit hier,' riep ze naar Reenie.

Was ik hier maar niet in mijn eentje.

Ze keek de hal rond om te zien of ze iemand kende. Het eerste wat haar opviel was dat ze de enige zwarte vrouw was, maar dat was geen verrassing. Er waren twee of drie grootouders die ze eerder had gezien en een paar tafeltjes met kletsende moeders. Ze ving de blik van een van de moeders op en probeerde naar haar te glimlachen. Maar de vrouw bekeek haar van top tot teen en trok een zuur gezicht, alsof ze direct na het tandenpoetsen een glas sinaasappelsap had opgedronken.

Voor het eerst sinds ze gestopt was met roken had Nicole ineens enorme zin in een sigaret. Op dit soort momenten miste ze Lisa en haar vriendinnen uit Huddlesden het meest. Ze kon het best goed vinden met de meisjes van haar opleiding en ze zagen elkaar af en toe om koffie te drinken, maar ze was nooit in staat de vriendschap verder uit te bouwen. Ze kon 's avonds nooit mee uit omdat ze nog steeds geen oppas had. De meisjes hadden haar een paar keer mee gevraagd, maar waren daar uiteindelijk mee gestopt.

O, had ik maar iemand om mee te praten.

Ik kan natuurlijk altijd nog mijn moeder bellen…

Ze pakte haar telefoon en scrolde door haar contacten. Haar moeder woonde weliswaar op Lanzarote, maar een Whatsappgesprek via de wifi zou haar niets kosten. Ze tikte op haar moeders nummer en binnen een paar seconden nam haar moeder op.

'Nicky!' kweelde ze. 'Wat fijn dat je belt!'

Nicole schrok zichtbaar van deze onverwacht hartelijke reactie. 'Hoi… ja… eh… dank je, mam.'

Ze legde uit dat ze in een speelparadijs was en haar moeder zei dat ze achter de bar stond. Nicole zag helemaal voor zich hoe haar moeder daar stond: in haar lievelingstopje met luipaardprint en haar flinke decolleté na haar borstvergroting.

'Hoe gaat het daar?' vroeg Nicole. 'Amuseer je je nog een beetje?'

Haar moeder zette haar op de speaker. 'Ja, ja, het werk is prima. Maar Dave is wel weer bezig geweest. Gisteravond was hij uit met de jongens van de dartclub en hij was pas vanochtend om tien uur terug. God weet wat hij allemaal heeft uitgespookt.'

Nicole probeerde haar ergernis voor zich te houden. 'Mam, ik snap niet hoe je het volhoudt.'

Ze hoorde deuren opengaan en glazen rinkelen. 'Laat maar, Nicky,' antwoordde haar moeder licht geïrriteerd, 'hij is zo slecht nog niet. Hij moet alleen af en toe even los kunnen gaan.'

'Dat weet ik wel –'

'Oké,' snauwde haar moeder. 'Ik heb het druk dus ik kan niet zo lang praten. Ik moet alles klaarzetten voordat de horde van vijf uur binnenkomt.'

Maar mam, we hebben elkaar weken niet gesproken.

'Waarom belde je eigenlijk?'

Nicole opende haar mond om haar moeder te vertellen hoe eenzaam ze was, hoe erg ze Jamie miste sinds hij terug was gegaan naar zijn studentenstad. Maar het leek allemaal opeens vrij zinloos.

'Nee, niets bijzonders,' antwoordde ze gemaakt vrolijk. 'Alles is oké.'

Ze hoorde het geluid van stromend water, alsof er een kraan werd opengedraaid. Ze voelde zich een lastpost.

'Oké, mam, ga lekker je ding doen.'

Bij het afscheid realiseerde ze zich dat haar moeder helemaal niet naar Reenie had gevraagd.

Ze zag op haar scherm dat ze een bericht had gekregen via Facebook. Ze klikte op het icoontje. Het was van Albert.

Waar ben je? stond er, nogal lomp. Het was duidelijk dat hij nog niet gewend was om zo te communiceren. Ik wil ergens met je over chatten.

Nicole kon een glimlach niet onderdrukken.

Ben in Pandemonium, typte ze. Dat is een binnenspeeltuin. Ze eindigde haar zin met een emoji met rollende ogen.

Dat bracht haar op een idee.

Nee, dat kan niet.

Ach, waarom ook niet?

Kom anders hierheen, typte ze.

Er verschenen drie stipjes die aangaven dat Albert een antwoord aan het typen was.

Ik ben aan het werk.

En na je ronde?

Dan moet ik terug naar het werk.

Kom dan daarna, hield ze vol. Ik ben hier de hele middag. Ze dacht weer aan de keer dat hij zo geraakt leek toen ze zijn vriendschapsverzoek op Facebook had geaccepteerd. Zou chill zijn om je te zien, voegde ze eraan toe.

De drie stipjes flikkerden weer.

Oké, kwam het antwoord, zie ik je straks.

Nicole glimlachte en dronk haar thee op terwijl ze Reenie door de ballenbak zag kronkelen. Ze deed haar schoenen uit zodat ze met haar dochter kon spelen. Als Albert er eenmaal was, zou ze er weer uit komen en van wat volwassen gezelschap genieten. Dan had ze eindelijk iemand om mee te praten.

Een uur later had Reenie vriendschap gesloten met een mollig jongetje met een snotneus en een bril met zulke vieze glazen dat het een wonder was dat hij er überhaupt iets door kon zien. Nicole liet de twee samen spelen, zodat zij terug naar het tafeltje kon om op Albert te wachten.

Een paar minuten later stond hij bij de ingang zoekend rond te kijken. Hij leek nerveus en niet op zijn plek. Ze zwaaide naar hem en hij reageerde opgelucht.

'Mijn god,' zei ze toen hij bij haar tafeltje aankwam, 'je stond daar als een bang konijn.'

'Sorry,' zei hij, 'ik ben nog nooit op zo'n plek geweest.'

'Nou, dan heb je wat gemist.'

Ze omhelsde hem veel enthousiaster dan ze van plan was – ze wist dat hij het niet gewend was om mensen zo te begroeten. Maar hij beantwoordde haar omarming en dat maakte haar blij.

'Ik hoef mijn schoenen toch niet uit te doen?' vroeg hij.

'Niet als je hier blijft zitten,' antwoordde ze. 'Maar wel als je de ballenbak in wilt.'

Ze lachte ondeugend naar hem en hij leek wat te ontspannen.

Vanuit haar ooghoeken zag Nicole dat sommige moeders nieuwsgierig naar hen keken. Ze zouden hen wel een gek stel vinden – zij een negentienjarige alleenstaande moeder en hij een zestigplusser in een postbode-uniform. Het kon haar niets schelen.

Waar kijken jullie naar? wilde ze schreeuwen. Maar ze toverde een ijzige glimlach tevoorschijn.

Albert liep naar het buffet om thee voor hen te bestellen. Toen hij terugkwam ging hij tegenover Nicole zitten.

'Zo, is alles nog oké met je vriend?' vroeg hij.

Ze besefte dat ze hem nooit had verteld hoe Jamie heette, of naar welke universiteit hij ging. Ze bracht hem op de hoogte en praatte hem bij over de laatste ontwikkelingen. 'Het is dus wel oké, denk ik. Ik bedoel, ik wist vanaf het begin dat hij zijn laatste jaar aan de universiteit nog af moest maken. Ik had gewoon niet gedacht dat ik hem zo zou missen.'

Albert staarde in zijn theekopje. 'Ja, ik snap dat dat moeilijk is. Maar je hoeft toch niet stilletjes op hem te zitten wachten? Je kunt jezelf toch bezighouden?'

Nicole stak haar benen onder haar stoel. 'Op dit moment probeer ik hem gewoon wat ruimte te geven. Hij heeft beloofd dat hij zijn best gaat doen, dus ik moet hem de mogelijkheid bieden het met zijn ouders op te lossen. In de tussentijd probeer ik me er niet te veel over op te winden of onzeker te worden. Weet je, mijn oma zei altijd dat een relatie hebben met een man die helemaal niet bij je wil zijn net zo zinloos is als een kat vasthouden die dat niet wil.'

'Ik had een kat,' zei Albert. 'Ze is afgelopen kerst gestorven.'

Shit!

'O, sorry,' zei Nicole. 'Ik wilde je niet van streek maken.'

'Geeft niet hoor,' zei Albert. 'Ik mis haar wel, maar je hebt me niet van streek gemaakt. Het is zelfs de eerste keer dat ik aan haar denk zonder er verdrietig van te worden. Het voelt nu gewoon fijn haar voor me te zien.'

Gelukkig maar.

'En wat was het voor dier?' vroeg ze.

'Gracie? O, ze was geweldig.' Er verscheen langzaam een glimlach op zijn gezicht. 'En je oma had helemaal gelijk: als een kat niet wil worden vastgehouden, kun je niets doen om te voorkomen dat ze zich uit je greep wurmt.'

'Ja, mijn oma zei dat elke keer als mijn moeder weer verlaten was door een of andere kerel, wat ongeveer elk jaar gebeurde. Niet dat ze er ooit naar luisterde.'

Eerlijk gezegd was ze een waardeloze moeder, wilde ze zeggen. En toen realiseerde ze zich tot haar schrik dat ze het echt had gezegd.

'O, sorry,' zei ze snel. 'Dat hoor je eigenlijk niet over je moeder te zeggen.'

Albert glimlachte. 'Maak je geen zorgen. Nu we het er toch over hebben, mijn moeder was ook geen lieverdje.'

Ze barstten tegelijk in lachen uit.

'Nou ja, ik ben er wel sterker door geworden, denk ik,' zei Nicole. 'Het deed er trouwens niet toe dat ze waardeloos was, want mijn oma was fantastisch. Ik heb Reenie naar haar vernoemd – ze heette Irene.'

Nu ze het over Reenie hadden stond Nicole op om te kijken of die nog steeds tevreden met haar nieuwe vriendje aan het spelen was. Toen het kleine meisje haar in het oog kreeg, kwam ze aangerend.

'Drinken!' schreeuwde ze.

Nicole haalde een waterfles tevoorschijn en Reenie dronk er gulzig uit.

'Reenie,' zei ze, 'dit is Albert. Zeg je even hallo?'

Reenie dronk de fles helemaal leeg en duwde hem terug in haar moeders handen. 'Hallo, Albert,' zei ze. Ze schonk hem een brede glimlach en rende toen terug naar haar vriendje.

'Hoe gaat het eigenlijk met jouw man?' vroeg Nicole. 'Al iets gevonden op de socials?'

Albert keek haar ongemakkelijk aan en ze zag hoe hij rondkeek om te zien of niemand op hen lette.

Terwijl hij met beide handen zijn theebekertje vasthield, vertelde hij haar dat hij op sociale media niets gevonden had en dat hij dat een veeg teken vond. Maar hij had wel het adres waar het gezin bijna vijftig jaar geleden naartoe was verhuisd.

Nicoles hart sloeg over. *Vijftig jaar? Leidt hij dan al vijftig jaar een leven zonder liefde?*

'Grappig genoeg wilde ik het daar net met je over hebben,' zei Albert. 'Ik wil je nergens mee lastigvallen, maar het adres is in Bradford. Ik vroeg me af of jij me kunt laten zien hoe ik de kaart op mijn telefoon moet gebruiken. Ik kan natuurlijk ook de trein pakken en een taxi nemen als ik er ben. Maar ik wil weten waar ik naartoe ga – ik wil het goed voorbereiden.'

Nicole knikte. 'Natuurlijk kan ik je dat laten zien, Albert. En je valt me helemaal niet lastig.'

Ze pakte zijn telefoon en verbond hem met de wifi van Pandemonium. Daarna legde ze aan hem uit hoe hij de navigatie-app kon gebruiken en ook hoe hij treintijden kon opzoeken en van tevoren een kaartje kon kopen.

Net toen ze klaar waren kwam er een groep oudere kinderen in schooluniform binnenstormen. Ze schopten hun schoenen uit en renden als een stel hazewindhonden naar de speeltoestellen. Binnen een paar minuten hadden een paar oudere jongens de peuterzone ingenomen. Reenie liet haar vriendje achter en vluchtte naar hun tafeltje. Nicole probeerde haar op schoot te nemen, maar ze begon zich los te wurmen en te schreeuwen.

'Albert! Albert!'

'Wat is er?' vroeg Albert. 'Wat wil ze?'

'Wat denk je dat ze wil? Ze wil jou.'

Hij keek haar aan alsof ze had voorgesteld dat hij al zijn kleren moest uittrekken en naakt door de hoofdstraat moest rennen. 'O, ik weet niet –'

Maar voordat hij verder kon tegensputteren, had Nicole Reenie al op zijn schoot gezet. Hij verstijfde helemaal, maar Reenie keek hem glimlachend aan.

'Ze is dol op mannen,' zei Nicole met een zucht. 'Als ze wat ouder is moet ik haar echt in de gaten gaan houden.'

Terwijl Reenie zich tegen hem aan nestelde, zag Nicole dat Albert ontspande.

'Ja, ze vindt je echt leuk,' bevestigde ze. 'Ze vindt je heel erg leuk.'

Zie ik daar een traan in zijn oog glinsteren of verbeeld ik het me maar?

'George!' riep Reenie opeens. 'George!'

Alberts hart kromp ineen. Hij keek haar niet-begrijpend aan. 'George? Waarom zegt ze dat?'

Nicole rommelde in haar tas en haalde Reenies versleten knuffel tevoorschijn. 'Ze wil deze. Het is de broer van Peppa Pig, George.'

Albert fronste. 'Weet je dat de man die ik zoek ook George heet?'

'Echt? Nou, dat is dan duidelijk een teken. Mijn oma zit ons daarboven berichten te sturen.'

Albert trok een vies gezicht. 'Dat geloof je toch niet echt?
'Ja! Daar geloof ik echt in!'

Daar moest hij toch om glimlachen. Hij liet zijn kin op Reenies hoofd rusten en trok haar dichter tegen zich aan. 'In dat geval: wat wil ze ons vertellen?'

Nicole zuchtte theatraal. 'Dat is toch duidelijk! Ze zegt dat je voor hem moet gaan!'

20

De volgende ochtend zat Albert in de trein naar Bradford. Het was de eerste keer dat hij zich buiten Toddington begaf sinds hij zeven jaar geleden een cursus in Preston had gevolgd. Hoe verder de trein hem bracht, hoe minder er van zijn zelfvertrouwen overbleef. Hij keek op zijn horloge. Het was 10.28 uur. *Maar drie minuten later dan de vorige keer dat ik keek.*

Hij kon niet geloven dat hij na bijna vijftig jaar George misschien weer zou zien. Het was te veel om te bevatten. Elke keer als hij eraan dacht, voelde hij zijn hart overslaan en het bloed in zijn oren suizen.

Hij keek uit het raam, maar hij werd misselijk van de voorbijrazende natuurtaferelen.

Aan de andere kant van het gangpad zaten een jongen en een meisje hartstochtelijk te zoenen. Albert probeerde niet te staren; ze waren ongeveer even oud als hij toen hij George had ontmoet. Maar ze leken de liefde totaal anders te beleven. Ze waren zalig onwetend van hun omgeving, en hun zorgeloze gedrag contrasteerde sterk met de angst die híj in die tijd over de mogelijke ontmaskering van zijn geheime leven had gevoeld. Albert kreeg een bittere smaak in zijn mond.

Opeens werd hij door paniek overvallen. Misschien hield hij wel ergens aan vast waar George allang overheen was. *Was het niet gewoon kalverliefde geweest? Heb ik al die jaren een herinnering levend gehouden die bij George misschien allang is vervaagd?*

George kon een paar jaar na zijn vertrek uit Toddington zomaar verliefd zijn geworden op een andere man. Homoseksuele mannen mochten tegenwoordig ook trouwen, dus misschien had hij wel een echtgenoot.

Hel en verdoemenis, waar ben ik aan begonnen?

Hij dacht terug aan zijn laatste ontmoeting met George. Toen

George had gezegd dat hij Albert nooit meer wilde zien, had de haat van zijn gezicht gedropen. Daarom had hij niet eerder de moed gehad om hem te zoeken. Hij was er altijd van uitgegaan dat het kansloos was om te proberen deze liefde nieuw leven in te blazen. Dit had het schuldgevoel gevoed dat sinds die tijd aan hem knaagde, dat hem van binnenuit opvrat.

En wat is er nu eigenlijk veranderd? Denk ik nou echt dat George blij zal zijn me te zien?

Hij slikte en sprak zichzelf vermanend toe. Het zou trouwens heel ongebruikelijk zijn als hetzelfde gezin bijna vijftig jaar in hetzelfde huis was blijven wonen, helemaal als het een huurhuis was. Hij ging ervan uit dat hij hoogstens een nieuwe aanwijzing zou vinden voor zijn zoektocht.

Hij zocht in zijn rugzakje naar de thermosfles met thee. *En waar zijn die boterhammen met bacon die ik had klaargemaakt?* Hoewel het pas 10.37 uur was en de boterhammen voor zijn avondeten bedoeld waren, vouwde hij het aluminiumfolie open en begon ze met grote happen in zijn mond te proppen. Hij spoelde de stukken brood weg met een enkele slok thee. Intussen klopte hij op zijn jaszak, waar hij de brief voelde zitten. Het was een van de latere briefjes van George waarin die zijn gevoelens explicieter had uitgesproken. Dit was zijn lievelingsbriefje. Hij hoefde het niet tevoorschijn te halen om te weten wat erin stond.

'Hoeveel hou je ook alweer van me, Albert?' vraagt George. Ze zijn weer op de matras gaan liggen en het is een bewolkte maar warme juli-avond. 'Herhaal dat nog eens?'

Albert rolt met zijn ogen en grijnst. 'Ontiegelijk veel,' zegt hij. 'Ik hou ontiegelijk veel van je, voor eeuwig en altijd.'

George sputtert luid. 'Is dat alles?'

'Oké,' zegt Albert. Ineens krijgt hij een ingeving. 'Wat vind je hiervan? Ik hou zo veel van je dat ik zelfs nog van je zal houden als je in een zombie bent veranderd.'

George barst in lachen uit. 'Wat? Dat klinkt niet erg romantisch!'

Albert steunt op zijn ellebogen. 'Hoezo niet romantisch! Heb je *Night of the Living Dead* niet gezien dan?'

'Nee, zeker niet! Je weet toch, ik hou van romantische films met glamour!'

'Ja, maar zombies vallen mensen aan en maken ook zombies van ze. Dus als jij een zombie was en ik zou je dichtbij laten komen, zou dat echt bewijzen hoeveel ik van je hou. *Ik* vind dat een heel romantisch idee.'

'Albert Entwistle, je maakt me wel aan het lachen.'

George buigt zich naar hem toe en kust hem. Albert proeft de kruidige frisdrank die hij naar de moors had meegenomen. George heeft de hele avond zo uit de fles gedronken. Normaal gesproken vindt Albert de smaak ervan helemaal niet zo lekker, maar wel als hij die op George' lippen proeft.

'Oké,' zegt Albert, 'nu ben jij aan de beurt. Hoeveel hou jij van mij?'

George wuift de vraag nonchalant weg. 'O, ik zou niet weten hoe ik dat moet bepalen.'

'Dat is gewoon een smoes!' protesteert Albert. 'Je ontwijkt mijn vraag.'

'Oké, laat me even nadenken,' zegt George. Hij knijpt zijn ogen tot spleetjes en gluurt naar Albert alsof hij naar aanwijzingen op zijn gezicht zoekt.

'Ik hou iets meer van je dan gisteren,' zegt hij ernstig, 'en een beetje minder dan morgen. Hoe klinkt dat?'

Albert barst bijna uit elkaar van geluk en wil George de breedst mogelijke grijns geven. Maar hij houdt zijn gezicht in de plooi en haalt zijn schouders op. 'Nou ja, daar moet ik het dan maar mee doen.'

George geeft hem een por. '*Er maar mee doen*? Volgens mij kan het niet beter. En het is heel romantisch.'

'Ik maak maar een grapje,' geeft Albert toe. 'Het kan niet beter.' En hij leunt voorover om George te kussen.

Hij herhaalt de woorden in zijn hoofd.

Ik hou iets meer van je dan gisteren en een beetje minder dan morgen.

Voortaan zal hij, als hij George mist of als ze niet samen kunnen zijn, aan deze woorden denken.

Voor het station opende Albert het portier van de taxi en plofte op de achterbank. De chauffeur was een man met een verweerde huid en blond haar met de kleur van urine. Zonder hem zelfs maar te groeten gaf Albert hem op norse toon het adres. Toen de auto wegreed en de straten aan hem voorbijgleden, begon zijn angst zulke vormen aan te nemen dat hij helemaal niets van zijn omgeving meekreeg. Hij opende de navigatie-app op zijn telefoon en concentreerde zich op de blauwe stip die zich naar het zuidwestelijke deel van het stadcentrum bewoog, in de richting van de rode speld op de plek van zijn bestemming.

Na een tijdje sloegen ze van de hoofdweg af en reden een woonwijk binnen met lange rijen rijtjeshuizen. Op een lantaarnpaal had iemand een bordje opgehangen met de tekst: U BENT NU IN BRADFORDISTAN.

De chauffeur zag blijkbaar zijn verwarring. 'U weet dat dit de Aziatische wijk is?'

Albert reageerde niet. Het kon hem helemaal niets schelen wie hier woonden.

De man vatte zijn stilte als een aanmoediging op. 'Ja, bijna alleen maar Pakistani – en het wordt steeds erger. Net een grote olievlek die zich over de stad verspreidt.'

Alberts ogen werden groot en hij opende zijn mond om te protesteren.

'Ik ben geen racist, hoor,' zei de man voordat Albert een woord had kunnen zeggen. 'Maar die mensen zijn niet zoals wij, weet je. Ze zijn gewoon anders.'

De chauffeur zette de auto aan de kant en Albert duwde een briefje in zijn hand.

'Dank je, makker,' zei de chauffeur.

Ik ben je makker niet, wilde Albert zeggen, maar hij hield zich in. Het enige wat hij wilde was zo snel mogelijk de auto uit.

De man gaf hem een kaartje met zijn telefoonnummer erop en zei dat hij hem kon bellen als hij terug wilde naar het station. Albert deed het portier dicht en liep bij de taxi vandaan.

Godzijdank zit dat er ook weer op.

Hij nam zijn omgeving in zich op en zag dat de straten met rijtjeshuizen verrassend veel op die in Toddington leken. Er was een wicket op een muur geschilderd, zodat de kinderen cricket konden spelen als het lekker weer was. Voor een van de huizen stond een container gevuld met vuilniszakken, waaruit de armleuning van een versleten bank omhoogstak. In de verte kwam een moeder met een buggy aanlopen, aan elk handvat hing een Lidl-tas te bungelen.

Tot nu toe erg herkenbaar.

Het enige verschil was dat deze vrouw een boerka droeg. Albert had zoiets wel eens op televisie gezien, maar nog nooit op straat in Toddington. Hij hoorde de woorden van de taxichauffeur weer in zijn hoofd.

'Die mensen zijn niet zoals wij. Ze zijn gewoon anders.'

Hij dacht aan een tv-documentaire waarin werd beweerd dat er onder Britse moslims meer homofobie voorkwam.

Wat zullen ze zeggen als ik aanklop?

Ach, laat het gaan – je moet niet alles geloven wat je op televisie ziet.

Hij stopte het kaartje van de taxichauffeur in zijn zak en ging op zoek naar nummer 51.

Toen hij het adres had gevonden klopte hij op de deur.

De deur werd bijna meteen opengedaan door een Aziatische man met een baard. Hij had een witte broek aan met een lange witte tuniek erover en een witte tulband op zijn hoofd.

'H-H-Hallo,' stamelde Albert. 'Het spijt me dat ik u stoor. Ik ben op zoek naar iemand die hier ooit gewoond heeft.'

De man keek hem achterdochtig aan. 'En wie is dat dan?'

Hij had een sterk Pakistaans accent en Albert vroeg zich af of dat betekende dat hij nog niet zo lang hier woonde. De moed zonk hem in de schoenen.

'George Atkinson,' probeerde hij. 'Zijn familie is hier in 1970 komen wonen.' Nu hij de woorden hardop uitsprak, klonken ze behoorlijk kansloos.

'Ik heb dit huis gekocht van iemand die Sethi heette,' zei de man.

'En hoe lang geleden was dat?' Albert zag dat de man zich begon te ergeren. 'Hopelijk vindt u het niet erg dat ik dat vraag.'

'Acht jaar geleden.'

'En u hebt geen idee wie hier voor die tijd woonde?'

'Nee, geen idee. Waarom wilt u dat weten?'

'O, laat maar,' zei Albert. 'Het is niet belangrijk. Het spijt me dat ik u heb lastiggevallen.'

Voordat hij gedag kon zeggen sloeg de man de deur voor zijn neus dicht.

Albert deed een paar stappen van het huis vandaan en haalde een keer diep adem. Hij zette zijn handen op zijn knieën, boog voorover en sloot zijn ogen.

O nee, het gaat helemaal mis.

Toen hoorde hij een stem uit het huis ernaast komen.

'Meneer?'

Albert keek op. In de deuropening stond een andere bebaarde man, in dezelfde traditionele kledij.

'Zei u dat u op zoek was naar de familie Atkinson?' vroeg hij.

Deze man had een zwaar Yorkshire-accent. *Zou dat een goed teken zijn?*

Albert ging rechtop staan en liep naar hem toe. De man was in de dertig en achter hem stond een vrouw van in de vijftig met een hoofddoek.

'Ja,' zei hij, 'ja, dat klopt.'

'Mijn moeder kent ze nog,' legde de man uit. Hij stapte opzij om plaats te maken voor de vrouw.

'Ik woon hier sinds 1974,' zei ze tegen Albert. 'En ik herinner me de Atkinsons, ja.'

Albert wilde een vreugdedansje maken op de stoep. De vrouw merkte zijn enthousiasme op en glimlachte.

'Wilt u even binnenkomen?'

In de hoop dat ze niet zagen hoe nerveus hij was, volgde Albert de man en zijn moeder naar de woonkamer. Hij stelde zich voor en zij vertelden hem dat ze Tariq en Mina Chaudhry heetten. Tariq gebaarde naar Albert dat hij kon gaan zitten.

Hij nam plaats op de bank en keek om zich heen. Aan het plafond hing een best chique kroonluchter en aan de muur boven de open haard zag hij een klok met een afbeelding van een stad – Mekka zo te zien. In de alkoof ernaast stond een lijstje met een paar regels in wat Arabisch leek, en in de andere hoek een enorme flatscreen-tv met de afstandsbedieningen op een voetenbankje ervoor. Albert probeerde te ontspannen.

'De Atkinsons woonden hier al toen mijn familie hiernaartoe verhuisde,' legde Mina uit. 'Ik was toen nog maar een klein meisje. Ze waren niet echt vriendelijk, maar u moet zich realiseren dat er maar weinig witte mensen met ons wilden praten in die tijd. Ze zeiden dat we "alles in kwamen pikken".'

Helaas zijn er nog steeds mensen die dat zeggen.

Albert wist niet hoe hij moest reageren. 'Dat spijt me,' zei hij uiteindelijk. 'Dat moet niet makkelijk zijn geweest.'

'Nee, dat was het inderdaad niet,' zei Mina. 'Maar de Atkinsons hebben lang naast ons gewoond en op het laatst heb ik wel eens met Edna gesproken. Toen was ik zelf al veel ouder en had een gezin. Maar ik ben bang dat ze een jaar of dertig geleden zijn verhuisd.'

'En weet u waar ze nu wonen?'

'Het laatste wat ik hoorde was dat Mike was overleden en dat Edna in een bejaardenhuis woonde. Maar inmiddels schijnt zij ook overleden te zijn.'

Hel en verdoemenis.

Albert probeerde positief te blijven. 'Wat verdrietig om te horen,' zei hij. 'Maar ik ben eigenlijk op zoek naar de zoon – George.'

'Ja,' zei Mina, 'dat begreep ik.'

Er viel een lange stilte. Ze plaatste haar vingertoppen tegen elkaar.

'Ik heb George nooit ontmoet,' zei ze uiteindelijk. 'Tegen de tijd dat wij hier kwamen wonen was hij het huis al uit. Hij kon niet zo goed met zijn ouders opschieten – ze waren wat je noemt van elkaar vervreemd.'

Albert schoof wat naar voren. 'Ja,' zei hij, 'dat verbaast me niets. Maar heeft Edna wel eens iets gezegd over hem, of over wat hij deed?'

Mina keek naar Tariq voor bevestiging. Hij knikte.

'Edna en Mike waren niet zo blij met hoe George was,' zei ze. 'Hij was namelijk homo. Ik weet niet of u dat wist.'

Albert voelde zijn angst opflakkeren. Hij koos zijn woorden zorgvuldig. 'Ja, dat wist ik.'

Mina fronste. 'Nou, ze hebben een aanvaring gehad en Edna en Mike hebben hem de deur gewezen. Dus is hij vertrokken – en in al die jaren dat ze hiernaast woonden is hij nooit meer teruggekomen.'

'Hebt u enig idee waar hij naartoe is gegaan?' vroeg Albert. Hij zat intussen op het puntje van de bank.

'Gek genoeg weet ik dat, ja. Het laatste wat ik hoorde was dat hij naar de Gay Village in Manchester is verhuisd.'

Alberts hart sloeg op hol. 'Echt?'

'Ja. Ik herinner het me nog goed. Ik was nog maar een tiener in die tijd en ik was verbaasd dat er een hele wijk met homoseksuele mannen bestond. Ik probeerde me voor te stellen hoe dat eruit moest zien. Toen leek het me allemaal heel opwindend, exotisch bijna. Maar nu ik erover nadenk besef ik dat er vooral mannen woonden die door hun familie het huis uit waren geschopt. Best triest eigenlijk, vind je niet?'

Albert gaf geen antwoord; zijn hart bonsde zo hard dat hij het tot in zijn vingertoppen kon voelen.

'Is er nog iets anders wat u me kunt vertellen?' vroeg hij.

'Ja,' zei ze, 'hij werkte in een bar. Dat weet ik toevallig omdat zijn vader op een avond naar Manchester is gegaan om hem te overtuigen naar huis te komen. Ik herinner me nog dat Edna zei dat hij zich zo vies voelde dat hij meteen daarna in bad is gegaan.'

Albert voelde de gal in zijn keel lopen. 'Kunt u zich herinneren in welke bar hij werkte?'

Ze schudde haar hoofd. 'Sorry, nee.'

Albert merkte dat hij oppervlakkiger was gaan ademen. Hij probeerde zijn longen helemaal met lucht te vullen en goed uit te ademen. 'Dat geeft niet, u hebt me erg goed geholpen. Heel erg bedankt.'

Op dat moment klonk er gestommel op de trap. Albert draaide zich om en zag een jongen van een jaar of zeven, acht de kamer binnenkomen. Hij droeg een Disney-prinsessenjurk en een volwassen maat hoge hakken. Zijn nagels waren bedekt met glitterlak en zijn gezicht was volgesmeerd met make-up.

Tariq stond op. 'Amir, wat doe je beneden?'

O, schreeuw alsjeblieft niet tegen hem.

'Ik wilde weten met wie jullie aan het praten waren,' antwoordde het jongetje kalm.

'Dit is Albert,' legde Tariq uit. 'Hij kende een man die hiernaast heeft gewoond.'

Albert schraapte zijn keel. 'Hallo. Leuk om je te ontmoeten, Amir.'

De jongen glimlachte en strompelde naar de keuken.

'Amir is mijn kleinzoon,' zei Mina. 'Hij wil een meisje zijn, dus laten we hem zich thuis verkleden.'

'Hij heeft veel problemen op school,' legde Tariq uit, 'en ook met de buurtkinderen. Daarom laten we hem zich alleen binnen verkleden. Maar als hij echt zo is, willen we niet dat hij ongelukkig is...'

Er viel een stilte en Albert voelde zich opeens schuldig. Hij herinnerde zich weer wat de taxichauffeur had gezegd en hij had gewild dat hij moediger was geweest en hem de waarheid had durven zeggen – of dat hij de taxi tot stoppen had gedwongen en was uitgestapt zonder te betalen. Maar hij realiseerde zich dat hij zich door de angst voor vooroordelen had laten weerhouden. *Zoals ik mijn hele leven heb gedaan.*

'Nou,' zei hij monter, 'konden alle ouders maar zijn zoals u.'

Mina en Tariq gaven hem een warme glimlach en Albert voelde zich weer schuldig.

'George en ik hadden iets met elkaar,' flapte hij eruit. 'Daarom wil ik hem vinden.'

Heb ik dat echt net gezegd? Wat is er allemaal met me aan de hand?

De glimlach van Mina en Tariq werd nog breder.

'Nou, in dat geval hoop ik dat u hem vindt,' zei Mina.

'Ja, veel geluk, vriend,' zei Tariq.

Albert liep over van blijdschap. Wat er ook met hem aan de hand was, hij werd er blij van.

Hij stond op en bedankte ze nog een keer. Op weg naar de voordeur riep hij in de richting van de keuken: 'Dag, Amir!'

Het jongetje stak zijn hoofd om de hoek van de deur, de lippenstift zat meer naast zijn lippen dan erop. Hij grijnsde en Albert kon aan zijn blik zien hoe gelukkig hij was.

'Dag!' zwaaide Amir.

Albert liep de straat op en hoorde de deur achter zich dichtgaan.

Hij haalde het kaartje van de taxichauffeur uit zijn zak, scheurde het in stukjes en gooide het in de container. Op zijn telefoon tikte hij op het navigatie-icoontje. Hij ging lopen naar het station.

Albert nam plaats in de laatste wagon omdat het daar het rustigst was en hij alleen wilde zijn met zijn gedachten.

Terwijl de trein het station verliet, merkte hij dat hij zijn nieuws met iemand wilde delen; hij pakte zijn telefoon en stuurde Nicole een berichtje. Toen hij haar vertelde dat George naar de homowijk in Manchester was verhuisd reageerde ze met een hele rij emoji's: gezichtjes die hun tong uitstaken, regenbogen, twee mannen hand in hand, een paar cocktailglazen, slingers, een Spaanse danser en zelfs een aubergine – maar die had ze vast per ongeluk aangeklikt.

Hij besloot haar de rest persoonlijk te vertellen en vroeg of ze de volgende dag vrij was. Dat was ze, dus nodigde hij haar bij hem thuis uit.

Waarom niet? Ik voel me sterk.

Hij voelde zich zelfs zo sterk dat hij een kusje onder zijn bericht zette. Het was de eerste keer dat hij dat deed, maar het was ook de eerste keer dat hij het vond passen. Hij glimlachte en drukte op 'versturen'.

Terwijl het winterse landschap aan hem voorbijtrok dacht hij aan het huis in Bradford waar George naartoe was verhuisd. Het maakte hem verdrietig om hem zich daar met zijn ouders voor te stellen, in dat huis waar zijn levensvreugde onder de druk van hun afkeuring was gedoofd. En hij dacht ook aan de keuzes die hij na het vertrek van George in zijn leven had gemaakt.

Het is een gewone doordeweekse avond in 1975 en Albert is eenentwintig. De familie Entwistle zit zoals gewoonlijk in de woonkamer televisie te kijken.

Zijn vader en moeder zitten in hun favoriete leunstoel, en Albert zit op de bijbehorende bank tussen hen in. Het bankstel van de familie is bekleed met bruin velours en heeft kwastjes aan de randen, waar Albert graag aan friemelt als hij tv kijkt. De kamer hangt vol rook. Zijn vader paft gestaag door en tikt zo af en toe zijn sigaret af in een asbak die binnen bereik van zijn rechterhand staat.

De omroeper kondigt een nieuwe dramaserie aan die *The*

Naked Civil Servant heet. Albert noch zijn ouders kennen de serie, maar er speelt een man in, Quentin Crisp, die make-up draagt en door de straten van Londen flaneert; een man die zich aangetrokken voelt tot andere mannen en die het niet uitmaakt dat iedereen dat weet, zelfs niet als zijn openheid over zijn seksuele voorkeur hem in allerlei problemen brengt.

Als duidelijk wordt waar de serie om draait, begint Alberts vader met zijn vingers puntjes aan de uiteinden van zijn snor te draaien. 'Dit is misselijkmakend,' briest hij. 'Waarom laten ze ons deze viezigheid zien?'

De haren op Alberts armen gaan rechtovereind staan en hij friemelt aan de kwastjes van de bank. Hij wil dat het programma ergens anders over gaat. Hij wil dat het voorbij is.

Maar het gaat door. Elke seconde is een lijdensweg.

Op een gegeven moment zegt Quentin Crisp dat hij 'een van de deftigste homo's in Engeland' is.

'Waarom,' sputtert Alberts vader, 'denken ze dat mensen zoals wij naar deze viespeuk willen kijken?'

Alberts moeder reageert niet. Als zijn vader in een van zijn tirades uitbarst laat ze hem meestal begaan. En rond deze tijd heeft ze vaak een paar tabletten ingenomen die haar een glazige, lege blik bezorgen.

'Stel dat er kinderen kijken?' Alberts vader blijft doorgaan. 'Stel dat ze besluiten om later aan deze smeerlapperij mee te doen?'

Albert voelt zich misselijk worden van schaamte. Hij wil de kamer uit, maar hij wil geen aandacht trekken. Hij blijft zitten en zwijgt. Hij blijft zitten en trekt aan de kwastjes van de bank.

'Dit programma is echt een aanfluiting,' foetert zijn vader. 'Misschien ga ik wel een klacht indienen.'

'O, zet 'm toch uit,' zegt Alberts moeder uiteindelijk. 'We willen er niet naar kijken, dus waarom zet je 'm niet gewoon uit?'

Godzijdank!

Zijn vader hijst zich uit zijn stoel en zet de televisie uit. De kamer hult zich in stilte. Albert laat de kwastjes los en wrijft met zijn handpalmen over de kussens op de bank.

Zijn vader steekt weer een sigaret op. 'Ik heb medelijden met de ouders, weet je. Wat moeten de vader en moeder van die kerel wel niet denken als hij zo rond paradeert? Hoe iemand dat zijn ouders kan aandoen ontgaat mij totaal.'

Waarom zegt hij dat? Probeert hij me te waarschuwen? Alberts gedachten schieten terug naar die verschrikkelijke avond in september, die verschrikkelijke avond dat er een einde kwam aan zijn geluk met George, die verschrikkelijke avond dat hun geluk werd vernietigd.

'Gelukkig ben jij een echte knul, Albert,' zegt zijn vader terwijl hij rook de kamer in blaast.

Albert weet niets beters dan zijn vader na te praten. 'Ja, nou, ik snap niet hoe je zo kan zijn,' zegt hij. 'Je hebt gelijk, pap, het is misselijkmakend.'

Als hij de woorden uitspreekt wordt hij opnieuw door schuldgevoel overvallen. Schuldgevoel over wat hij George heeft aangedaan.

'Ik was vergeten te zeggen,' zegt zijn moeder zachtjes, 'dat ik June Burton laatst bij de groentewinkel zag. Haar dochter Susan heeft momenteel geen verkering, weet je. Dus als je haar mee uit zou vragen denk ik dat ze ja zegt.'

Opnieuw voelt Albert zich verdorven en slecht. Hij wil er gewoon vanaf zijn.

Hij schraapt zijn keel. 'Dat lijkt me wel wat, mam. Heel erg bedankt.'

Zijn vader zegt niets. Hij neemt een trek van zijn sigaret en laat zijn hand over de armleuning hangen.

Alberts blik blijft bij het uiteinde van de sigaret hangen. Hij blijft kijken tot de sigaret helemaal is opgebrand.

Albert schudde de herinnering van zich af en wachtte tot zijn maag weer tot rust was gekomen.

Hij moest in een positieve stemming zien te komen.

Bij Mina en Tariq had hij weer gezien dat de opvattingen in de loop der tijd veranderd waren. Hij was zich er steeds meer van bewust dat hoe opener hij zich opstelde, hoe aardiger de mensen hem vonden en hoe warmer ze op hem reageerden.

De trein raasde terug naar huis en hij vroeg zich af of al zijn kennissen en collega's zo zouden reageren. Tot nu toe had iedereen die hij had verteld dat hij op zoek was naar zijn vroegere vriendje positief gereageerd, ongeacht leeftijd, achtergrond of religie. Hij begon er steeds meer in te geloven dat hij op een dag misschien kon doen wat hij nooit voor mogelijk had gehouden. Dat hij op een dag in staat zou zijn om zijn geheim met iedereen te delen.

Nou ja, er zullen altijd bekrompen mensen zoals die taxichauffeur zijn. Er zullen altijd bekrompen mensen zoals Jack Brew zijn.

Hij dacht terug aan Jack en zijn vrienden, die Daniel en Danny belachelijk hadden gemaakt terwijl hij zijn mond had gehouden.

Stel dat ze dat met mij zouden doen?

Kan ik mezelf daar al aan blootstellen, of aan iets ergers?

Maar zijn missie was om George te vinden – dat was voor nu genoeg. Hij ging zich op zijn doel concentreren. Zodra hij terug was in Toddington zou hij deze nieuwe aanwijzing verder uitzoeken.

En het is pas halverwege januari. Er is nog tijd genoeg om hem te vinden voordat ik de eerste boshyacinten zie.

21

'Kom binnen, kom binnen!'

Albert deed een stap opzij, zodat een hyper uitziende Reenie de gang in kon rennen.

'Misschien heb je straks spijt dat je ons hebt uitgenodigd,' grapte Nicole terwijl ze haar dochter volgde en naar binnen liep.

Alsof het de normaalste zaak van de wereld was, stak Albert zijn armen naar Nicole uit en omhelsde haar. 'Ben je gek, kind. Het is fijn om jullie te zien.'

Ze glimlachte wrang. 'Laten we hopen dat je dat nog steeds vindt als we weg zijn.'

Albert hing hun jassen op en nodigde hen uit in de woonkamer, waar Nicole wat speelgoed uitpakte en Reenie op de grond naast de bank installeerde.

Hij voelde zich toch wat zenuwachtig; hij had al zo lang geen gasten gehad in zijn privédomein. Maar dat wilde hij hun niet laten merken, dus trok hij zich terug in de keuken om thee te zetten. Even later kwam hij terug met de thee en een bord vol koekjes. Hij had er eigenlijk wel lol in gehad om rond te neuzen in de supermarkt en niet zoals gewoonlijk de gangpaden stelselmatig af te werken en altijd dezelfde hoeveelheden van altijd dezelfde producten te selecteren. Wat was zijn leven in een paar weken tijd toch veranderd!

Nicole stond naar de foto van hem en George te kijken die op de schoorsteenmantel stond.

'Is dat 'm?' vroeg ze. 'Is dat George?'

'Ja, dat is 'm.'

Ze knikte goedkeurend. 'Hij is leuk. En je kunt ook zien hoe gelukkig jullie zijn.'

'Dank je,' zei Albert. 'Dat waren we ook.'

Hij zette het dienblad op de salontafel en nodigde zijn gasten uit om toe te tasten. 'Hier, neem een pennywafel.'

Nicole pakte er een. 'Dank je, maar ik moet wel een beetje uitkijken. Als Jamie ziet dat ik te veel ben aangekomen is hij meteen weg.'

'Schei uit,' zei Albert. 'Je bent een prachtige meid. Ik weet zeker dat het Jamie niet uitmaakt wat je eet.' Hierna stak hij een haverkoekje in één keer in zijn mond.

Nicole trok een wenkbrauw op. 'Toe maar – je kunt wel zien dat jij al een tijdje single bent.'

'Echt?' zei hij. 'Waarom zeg je dat?'

Ze keek hem plagerig aan. 'Al dat eten dat je naar binnen werkt! Wat moet George wel niet denken als hij je na vijftig jaar terugziet en je in Humpty Dumpty bent veranderd?'

Ze moesten allebei lachen.

Reenie keek op van haar speelgoed. 'Humpty Dumpty!' riep ze. 'Humpty Dumpty!' Nicole gaf haar George Pig, waarna Reenie op de armleuning het kinderrijmpje begon na te spelen.

Vanuit zijn leunstoel pakte Albert een chocoladekoekje van het bord. Dat was zijn laatste, besloot hij. Ook al plaagde Nicole hem maar, ze had ergens wel gelijk; hij was al zo lang alleen dat hij er niet eens meer bij stilstond of iemand hem nog aantrekkelijk zou kunnen vinden.

Het napluizen van de laatste aanwijzing in zijn zoektocht naar George was niet erg succesvol geweest. Hij had online naar George Atkinson in de Gay Village in Manchester gezocht, maar dat had geen hits opgeleverd, en hij wist niet zo goed wat hij verder nog kon doen omdat hij de omgeving niet kende. Hij had wel eens mensen horen praten over een tv-serie die zich daar afspeelde, *Queer as Folk* – maar dat was in de jaren negentig geweest en in die tijd had hij er niet naar durven kijken. Zijn enige kennismaking met de Gay Village was de paar keer dat de wijk in *Coronation Street* was voorgekomen. Maar toen had hij er alleen van meegekregen dat er in die wijk veel homobars en nachtclubs waren – en iedereen die ze bezocht was jong, modieus en beeldschoon. Hij hoopte dat Nicole hem meer kon vertellen. Hij praatte haar bij over zijn bezoek aan Bradford en over alles wat Mina over George en zijn verhuizing naar Manchester had verteld.

Ze slaakte een gilletje van opwinding. 'Weet je wat dat betekent? Je móét naar de Village. Ik ben er een paar keer geweest – je weet niet wat je meemaakt.'

Albert verschoot van kleur. 'Het idee alleen al maakt me nerveus. Zullen ze me daar niet uitlachen?'

'Uitlachen? Waarom?'

Albert wees naar zichzelf. 'Kijk eens naar me – ik ben een oude man. Naast die trendy jongeren lijk ik wel een hobbezak.'

'Heus niet! Trouwens, niet alle bars in de Village zijn voor jongeren. Sommige zijn in trek bij een ouder publiek. Waar had George gewerkt?'

Albert fronste. 'Dat weet ik niet. Mina kon het zich niet herinneren.'

'Shit. Je weet dat de Village groot is, hè Albert? Echt heel groot?'

Nicole pakte haar telefoon. Ze zocht wat op en begon de beschrijving hardop voor te lezen. 'Manchesters Gay Village bestaat uit een reeks bars en bedrijven die zich allemaal binnen een paar honderd meter van het Rochdale Canal bevinden. Veel van de beroemdste gelegenheden liggen aan Canal Street, hoewel een paar andere over de omliggende gebieden zijn verspreid. Het totaal aantal etablissementen bedraagt meer dan veertig.'

'Véértig?' Albert ging naast Nicole zitten. 'Zei je veertig?'

Nicole knikte en liet hem het scherm zien. 'Ik zei toch dat het groot was.'

'Hel en verdoemenis. Hoe ga ik in godsnaam George vinden in veertig bars?'

Nicole beet op haar lip. 'Laten we nu niet meteen in paniek raken. Misschien kunnen we de zoektocht wat beperken.'

Op internet vond ze een lijst met alle bars en clubs in de omgeving. Het werd meteen duidelijk dat sommige pas een paar jaar open waren. Terwijl ze de details hardop voorlas, haalde

Albert een notitieblok en pen tevoorschijn en begon een lijst op te stellen met de gelegenheden die er misschien al in de jaren zeventig waren. Ze vonden een artikel over de geschiedenis van de Village, maar er bleek verrassend weinig over de wijk te zijn geschreven. Volgens de auteur van het artikel kwam dit waarschijnlijk door de geheimzinnigheid waarin de meeste homo's zich voor de jaren negentig moesten hullen. Toen ze hun lijstje bijna klaar hadden, rook Albert een nare lucht. Hij stopte met schrijven en vroeg Nicole of ze ook iets rook.

Ze tilde Reenie op en snuffelde aan haar billen. 'Sorry, ik moet haar luier verschonen.'

Ze vroeg waar de badkamer was, greep haar tas en droeg Reenie naar boven. Intussen ging Albert door met zoeken. Bij elke bar die hij ontdekte werd hij bestookt met foto's van homo's die het erg naar hun zin leken te hebben: ze dansten in hun blote bast, zwierden met dragqueens en omhelsden en kusten elkaar alsof de rest van de wereld hun gestolen kon worden. Hij begreep het niet. Het kostte maar een halfuur om van Toddington naar Manchester te komen. *Waarom wist ik niet dat dit bestond?*

'Albert?' riep Nicole van boven.

Hij liep de trap op en zag haar in de deuropening van zijn moeders kamer staan.

O nee.

'Sorry,' zei Nicole, 'ze is op onderzoek uitgegaan toen ik mijn handen stond te wassen.'

Albert kwam naast haar staan. Nicole staarde naar de zware houten meubels en de ouderwetse sprei met bijpassende gordijnen en lampenkap.

'Wat moet dit voorstellen?' vroeg ze enigszins angstig. 'Het lijkt wel een decor voor een horrorfilm.'

'Dit is mijn moeders kamer,' stamelde Albert. 'Nou ja, dat was het tot haar dood.'

'O, wat rot. Wanneer is ze overleden?'

'Achttien jaar geleden.'

'*Achttien jaar geleden?* En je hebt het nog steeds niet opgeruimd?'

Albert schaamde zich kapot. 'O, Nicole, ik weet wat je denkt – dat ik een zielige ouwe man ben die zich aan de spulletjes van zijn moeder vastklampt.'

Ze schudde krachtig haar hoofd. 'Nee hoor, dat denk ik helemaal niet –'

'Nou, dat zou helemaal niet vreemd zijn, want het is gewoon waar. Ik zit hier al mijn hele leven en ik ben nog nooit naar een homobar geweest – en nu blijkt dat er maar een paar kilometer verderop een hele wijk is vol met dat soort tenten.'

Hij slaakte een diepe zucht. Opeens miste hij Gracie. Hij wilde terug naar hoe het was toen ze zich nog met z'n tweeën verstopten voor de rest van de wereld.

'Albert, wat heb je?' vroeg Nicole. 'Waar komt dit ineens vandaan?'

'Laten we eerlijk zijn, deze hele exercitie is één grote grap. Ik bedoel, wat heeft iemand zoals ik in de Gay Village te zoeken?'

Nicole tilde Reenie van het bed. 'Nou, dat weet ik ook niet, maar daar komen we snel genoeg achter.'

Albert keek op. 'Wat bedoel je met "we"?'

'Ik laat jou toch niet alleen lol maken – ik ga met je mee.'

Zijn hart sloeg even over. 'Maar Nicole, waarom zou je dat doen?'

'Omdat ik dat wil. Omdat ik het leuk vind om met je om te gaan. Dat weet je zo langzamerhand toch wel?'

Hij glimlachte onzeker. 'Serieus? Meen je dat?'

'Ja! En ik ben trouwens dol op Canal Street. Het wordt chill.'

'O, Nicole, dat is geweldig. Nu voelt het helemaal niet zo eng meer.'

'Goed zo. Maar je moet me waarschijnlijk wel helpen met het vinden van een oppas.'

Hij grinnikte. 'Ja, natuurlijk.'

'Maar dan gaan we ook echt los. Op naar de Village!'

Een paar uur later had Albert het lijstje tot acht of negen bars terug weten te brengen. Maar hij was er nog steeds niet achter waar George had gewerkt. Als afleiding had hij besloten zijn moeders kamer leeg te halen.

Het heeft geen zin dat nog langer uit te stellen.

Hij trok de lades uit haar oude dressoir en kieperde al haar ondergoed en panty's in een paar vuilniszakken. Daarna pakte hij de gordijnen en de lampenkap en deed deze samen met het beddengoed in nog meer vuilniszakken, die hij naast elkaar boven aan de trap neerzette. De ingelijste foto's en snuisterijen legde hij op de bovenste plank van de kledingkast en haar kleren stapelde hij op het bed om straks naar de kringloopwinkel te brengen. De meubels konden nog wel blijven staan, maar het behang moest eraf. Hij herinnerde zich dat zijn collega Sue hem had verteld dat haar man John zich tot schilder en behanger liet omscholen, en dat hij wat opstartklussen nodig had. Albert besloot dat hij hem zou inhuren om hem een kans te geven.

Het uitruimen van de kamer vond Albert eigenlijk best fijn en helemaal niet emotioneel. Het gaf hem de gelegenheid om zijn relatie met zijn moeder te overdenken. Er kwamen allerlei herinneringen boven aan gesprekken die hij hier in deze kamer had gevoerd.

'Die hachee was verschrikkelijk,' snauwt zijn moeder hem toe. 'Het was veel te zout en er zat bijna geen cornedbeef in.'

Albert buigt zich over het bed en haalt het dienblad bij haar weg. Haar bruine haar is inmiddels vervaagd tot mat grijs en haar volle figuur is gereduceerd tot een geraamte.

'Ik heb het net zo klaargemaakt als anders,' zegt hij kalm. 'Ik heb precies het bekende recept gevolgd.'

'Nou, dan is het misschien altijd verschrikkelijk,' krast ze. De pezen in haar nek spannen aan. 'Misschien ben ik normaal gesproken te beleefd om er wat van te zeggen.'

Albert loopt naar de deur en ontwijkt haar blik. Hij weet precies hoe ze naar hem kijkt. De blik in haar ogen is niet langer leeg en de pillen die ze vroeger nam zijn verdwenen. Ze zijn vervangen door een arsenaal aan veelkleurige tabletten die ze voor haar kanker moet slikken, en door de medicijnen voor haar hoge bloeddruk en voor het vocht dat ze vasthoudt. Hij legt ze elke ochtend voor haar klaar, voordat hij haar naar de badkamer brengt. Daarna positioneert hij haar weer in bed voor de rest van de dag. Ondanks dit alles, ondanks alles wat hij kookt en schoonmaakt, ondanks de talloze bezoeken die hij met haar aan het ziekenhuis aflegt – en ondanks het feit dat hij nog nooit heeft geklaagd – kan zijn moeder alleen maar verbitterd en geïrriteerd naar hem kijken.

'O, voordat je gaat,' zegt ze. 'Er hangt een spinnenweb aan het plafond.'

Albert zet het dienblad op het oude dressoir. 'Echt? Waar?'

Ze knikt in de richting van de lampenkap. 'Daarboven. Je was al dom, en nou word je nog blind ook.'

Albert gaat op het voeteneinde van het bed staan en hoort de matras kraken. Hij haalt zijn zakdoek tevoorschijn en veegt wat spinrag weg.

'Het verbaast me eigenlijk niks dat je nog alleen bent,' blijft zijn moeder op hem inhakken. 'Je kunt niet koken, je kunt niet schoonmaken, je kunt helemaal niets.'

Albert loopt weer naar het dressoir en pakt het dienblad.

Niet reageren. Je weet dat ze ziek is. Je weet dat ze al die baby's heeft verloren. Je weet hoe zwaar ze het heeft gehad.

'Je bent waardeloos, Albert.' Ze gaat maar door. 'En je hebt een zootje van je leven gemaakt. Ik snap wel waarom niemand je wil.'

Als je eens wist...

Ooit was er iemand die me wilde. Ooit was er iemand die van me hield.

Maar hij kan zijn moeder nooit over George vertellen. Terwijl hij de kamer uit loopt, denkt hij aan het offer dat hij van zichzelf vraagt. Het offer dat hij moest brengen op de avond dat zijn geluk met George uit zijn handen glipte.

Maar was het dat offer wel waard? Verdiende mama het wel?

Sinds hij haar schatkistje had gevonden met daarin de briefjes en de foto van hem en George, werd Albert steeds door dit soort gedachten overvallen. Ze brachten een gevoel van verbittering met zich mee.

Maar ik wil me helemaal niet verbitterd voelen.

Ik wil die verbittering samen met alle andere troep wegkieperen.

Hij sloeg zijn armen over elkaar en bekeek de kamer die hij zojuist had ontdaan van alles wat hem aan zijn moeder deed denken.

Hij dacht aan de Gay Village, die al die tijd zo dichtbij was geweest. En hij dacht aan de foto's van al die homo's die zo'n plezier leken te hebben.

Hij besloot dat hij er klaar voor was om zich bij hen aan te sluiten.

De dagen daarna bleef Albert naar George zoeken – hij kon bijna nergens anders aan denken. Maar hij kwam niet verder. Hij probeerde de moed niet te laten zakken of de teleurstelling de overhand te laten krijgen, maar hij voelde de tijd doortikken.

Op woensdagmiddag kwam hij terug in het sorteercentrum en zag dat Jack in gesprek was met twee van zijn vrienden. Toen hij dichterbij kwam, hoorde hij waar ze het over hadden; Jack praatte hen bij over zijn flirt met de vrouw die hij Annabel Wilwel noemde.

'Ik bedoel, ze kan geen genoeg van me krijgen, weet je,' pochte hij. 'Maar ik wil haar met geen vinger aanraken. Wedden dat haar doos helemaal is uitgewoond.'

Albert voelde woede opborrelen.

'Vast,' zei de ene vriend. 'Wedden dat ze er daaronder uitziet als een ontplofte open haard?'

'Echt wel,' zei de andere. 'Als de opengesperde bek van een nijlpaard.'

De drie mannen bulderden van het lachen.

Albert dacht terug aan de kerstborrel toen dezelfde mannen hetzelfde soort beledigingen rondstrooiden. Toen had hij niet ingegrepen. Maar nu moest hij moeite doen om zich in te houden.

'Nou, ik kom in ieder geval niet bij d'r in de buurt,' zei Jack. 'Wedden dat ze vaker is gevingerd dan een bowlingbal?'

Er klonk weer een lachsalvo. Albert probeerde zich ervoor af te sluiten, maar opeens was hij terug op school, wachtend in de gang voor de aula terwijl de andere jongens George pestten en hij zijn mond hield.

Nou, dit keer ga ik mijn mond niet houden.

'O, hou toch op, Jack,' flapte hij eruit. 'Je moet niet zo over Annabel praten!'

Jack keek alsof hij in zijn gezicht was geslagen. 'Albert?'

'Hoe kun je over die vrouw oordelen als je geen idee hebt wat er zich in haar leven afspeelt?'

De drie mannen waren totaal verbijsterd.

'Ze is ook een mens, Jack. Daar zou je eens rekening mee kunnen houden.'

Albert keek om zich heen om te zien of er iemand was die hem steunde, maar Sue was nog niet terug van haar ronde en Smiler was alweer weg om zijn kinderen van school te halen.

'Albert, wat is er met je?' zei Jack. 'We maken maar een geintje. Gewoon voor de lol.'

Maar Albert wist dat pestkoppen hun gedrag altijd goedpraatten. 'Denk je dat zij het grappig had gevonden? Denk je dat zij de lol ervan had ingezien?'

De drie mannen keken elkaar vragend aan alsof ze dachten dat Albert gek was geworden.

'Het kan me eigenlijk helemaal niets schelen wat je denkt,' zei Albert. 'Maar kap ermee en laat die vrouw met rust.'

Daar hield hij het bij. Hij draaide zich om en begon zijn administratie af te maken.

Al snel dacht hij weer aan zijn zoektocht naar George, die zich in een nieuwe richting begon te bewegen. Jack had Albert onbedoeld op een idee gebracht.

22

Albert drukte op Ediths deurbel.

Hij hield een doos cupcakes in zijn handen die hij bij The Muffin Top had gekocht, een schattig bakkertje dat net was geopend. In de doos had hij een briefje gestoken met de tekst: *Voor Edith, die net zo mooi van binnen is als van buiten.*

Toen Edith de deur opendeed en hij haar het cadeau overhandigde, leek ze aangenaam verrast. Ze nodigde Albert uit om samen een cakeje te eten. Ze gingen in de woonkamer zitten met de doos open op de salontafel, naast de orchidee.

'En, bevat het nieuwe briefje nog aanwijzingen?' vroeg Albert. 'Heb je enig idee van wie de cadeaus zijn?'

Edith overpeinsde de vraag. 'Nee, niet echt. Maar hierdoor ben ik wel gaan nadenken over al die mannen met wie ik iets heb gehad. En tussen jou en mij gezegd en gezwegen: het was heel prettig om weer even te voelen hoe het was om geliefd te zijn.'

'O, dat is fijn,' zei Albert. Hij wilde net een tweede cakeje pakken, maar dacht aan het grapje van Nicole over Humpty Dumpty. Hij liet zich terugzakken in zijn stoel en sloeg zijn armen over elkaar.

'Maar genoeg over mij. Hoe gaat het met de zoektocht naar jóúw vent?' vroeg Edith.

'O, niet zo goed, ben ik bang. Ik begin een beetje gefrustreerd te raken, en het voelt alsof de klok maar doortikt.'

Hij vertelde haar over zijn tripje naar Bradford, het gesprek met Nicole en zijn online zoektocht naar de bars in de Gay Village. Toen viel hij even stil en schoof wat dichter naar haar toe.

'Het klinkt misschien gek, maar ik hoopte eigenlijk dat jij me zou kunnen helpen.'

Op Ediths voorhoofd vertrok een spiertje. 'Ik? Waarmee zou ik jou nou kunnen helpen?'

Hij legde haar uit dat hij de dag ervoor een paar collega's grappen had horen maken over een vrouw en dat hem dat deed denken aan de pesterijen die George op school had moeten ondergaan. 'George vertelde me destijds dat de toneelclub de enige plek was waar hij zich veilig en geaccepteerd voelde. En had jij niet gezegd dat je voor een theatergezelschap had gewerkt?'

Edith knikte langzaam. 'Ja, dat klopt. Ik ontwierp kostuums voor ze.'

Alberts hart sloeg op hol. 'Misschien is het vergezocht, maar heb je hem gekend? Zijn naam is George Atkinson.'

Er viel een lange stilte en Edith kneep haar ogen tot spleetjes. 'Ik weet het niet, het is erg lang geleden. Weet je nog in welke voorstelling hij heeft gespeeld?'

Albert vertelde dat George maar een jaar in Toddington had gewoond en dus maar aan één productie had kunnen meewerken – Shakespeares *Romeo en Julia*.

Edith sloeg haar hand voor haar mond. 'Dat is hem, George Atkinson! Hij speelde Mercutio!'

'Ja, dat klopt. Dat was George!'

Albert kon zijn oren bijna niet geloven. Stamelend vertelde hij haar dat ze elkaar hadden ontmoet toen George bezig was met de repetities voor dat toneelstuk. Tegen de tijd dat de productie werd opgevoerd, waren ze verliefd geworden. Hij wilde George heel graag zien optreden, dus was hij op een avond naar binnen geglipt om de show op een stoel achter in de zaal te bekijken. In de veiligheid van de duisternis had hij de tranen over zijn wangen laten rollen.

'Ik was zo trots op hem,' zei hij geëmotioneerd. 'Hij was echt geweldig.'

'Ja, dat was hij zeker,' zei Edith. 'Ik weet nog dat hij me opviel. Hij was geïnteresseerd in wat ik met de kostuums deed en hij was erg blij met het thema van het toneelstuk.'

Als Albert geluk had, zei ze, lag er misschien nog ergens een poster van de voorstelling. Ze wees hem op een grote rieten mand die in de hoek van de kamer stond. Hij ging er voorzichtig naast zitten en tilde het deksel op. De mand zat vol met Ediths schetsen en kostuumontwerpen, samen met vervaagde posters en beduimelde programma's. Hij begon de mand te doorzoeken en het duurde niet lang voordat hij de poster van *Romeo en Julia* vond. Het was maar een grove zwart-witillustratie met informatie over het theater en de data voor de voorstellingen – in april 1970. Maar hij was ook volgeklad met handtekeningen. Die waren er, zo vertelde Edith, door de cast en het team tijdens het feest na de laatste voorstelling op geschreven. Albert zocht George' handschrift en zijn ogen vielen op een flamboyant gekrulde G die hij herkende van de briefjes. Zijn maag maakte een soort radslag.

'Potverdrie, dat is hem.'

Terwijl hij naar de poster staarde, voelde Albert de frustratie van de afgelopen paar dagen afnemen. Zijn vastbeslotenheid was weer helemaal terug.

Ik zal hem vinden.

Ik zal hem koste wat het kost vinden.

Ik zal hem vinden, al moet ik me langs elke bar in Manchester slepen.

Hij richtte zich weer tot Edith. 'Ik kan niet geloven dat jij zijn handschrift in je huis hebt liggen. Ik kan niet geloven dat jij hem gekend hebt.'

'Nou, laten we niet overdrijven,' zei Edith. 'Zo goed kende ik hem niet. We hebben maar een paar passessies gehad, en hij was een tiener en ik was in de dertig in die tijd.'

Albert steunde op de rieten mand en hees zich omhoog. 'Hij vond het heerlijk om naar zijn toneelclub te gaan, weet je.'

'Ja, ik denk dat het voor hem een toevluchtsoord was.'

'Dus je wist dat hij homo was?'

'Ik vermoedde het wel, maar daar zouden we nooit over hebben gesproken. En zoals je al zei, was hij maar een jaar bij ons gezelschap.'

'Wie zou er contact met hem kunnen hebben gehouden, weet je dat?'

Edith staarde naar het plafond. 'Er was een jongen die Victor heette. Wat was zijn achternaam ook alweer?'

Albert keek onderzoekend naar de poster en de uitbundige handtekeningen waarvan de extravagante uithalen elkaar deels overlapten. Zijn blik viel op een hoofdletter V die bijna in het papier gebrand leek. Daarachter zag hij een achternaam staan.

'Hier heb ik het,' zei hij. 'Victor Hargreaves. Klinkt dat bekend?'

'Ja! Victor Hargreaves. Hij speelde Romeo en hij was een beetje de ster van ons gezelschap. Ik weet dat hij nog leeft, want ik zag hem laatst op televisie.'

Edith legde uit dat Victor in de jaren zeventig een tijdje furore had gemaakt als professioneel acteur, met een kleine rol in *Coronation Street*. Ze was hem een keer tegengekomen op een feestje ter ere van de première van een toneelstuk in Manchester. Ze hadden elkaar kort gesproken, maar Victor was dronken geweest en had meer belangstelling getoond voor een van de obers. Sindsdien had ze niets meer van hem vernomen – tot ze op televisie een plaatselijk nieuwsbericht zag over een voormalig acteur die een winkel in feestkleding had geopend in Blackpool.

'Weet je nog hoe die winkel heette?' vroeg Albert.

Edith schudde haar hoofd. 'Nee, maar kun je dat niet op internet opzoeken?'

Albert haalde zijn telefoon tevoorschijn en begon te zoeken. Al snel stuitte hij op het nieuwsbericht. Hij ging op de armleuning van Ediths stoel zitten, zodat ze er samen naar konden kijken. Het was precies zoals ze het zich herinnerde; het ging over een voormalig acteur die naar Blackpool was verhuisd om een winkel te openen – en de winkel heette Escapade.

Albert stopte zijn telefoon weg en ging weer op de bank zitten. 'Waarom denk je dat hij misschien nog contact met George heeft gehouden?'

Ze glimlachte voorzichtig. 'Ik weet het niet. Ze waren bijna even oud; Victor was misschien drie of vier jaar ouder. En hij was altijd bij George in de buurt.'

Opeens kreeg Albert een zure smaak in zijn mond. 'Hoe vond

George dat? Voelde hij zich ook tot hem aangetrokken?'

Ze wuifde zijn suggestie weg. 'Nee, integendeel. Ik kan me herinneren dat hij hem altijd probeerde af te schudden. En nu weet ik ook waarom.'

Edith glimlachte en Albert slaakte een zucht van opluchting.

'Maar daardoor liet Victor zich niet afschrikken,' zei ze. 'Hij kon echt een roofdier zijn – en heel vasthoudend.'

'Denk je dat hij daarom contact met George kan hebben gehouden?'

'Eerlijk gezegd heb ik geen idee. Maar ik weet wel dat Victor in Manchester werkte en toen ik hem weer tegenkwam zat hij openlijk achter de jongens aan – nou ja, in ieder geval bij theaterfeestjes. Dus het zou me niets verbazen als hij uitging in de homoscene, die destijds maar uit een paar bars bestond. En daar zal hij George waarschijnlijk wel zijn tegengekomen.'

Albert knikte en zuchtte een keer diep. Wat hij net had gehoord was aan de ene kant spannend, maar aan de andere kant ook zorgwekkend.

Stel dat deze Victor George was tegengekomen en ze een relatie waren begonnen? Stel dat George verliefd op hem was geworden en mij was vergeten? Stel dat ze nog bij elkaar waren?

Verstrooid reikte hij naar een tweede cakeje, maar de stem van Nicole in zijn achterhoofd hield hem op tijd tegen.

Zodra hij weer aan zijn ronde begon zou hij haar bellen en haar vertellen wat hij van dit bezoek had opgestoken. Ze zouden er goed aan doen hun trip naar de Gay Village uit te stellen tot ze deze aanwijzing verder hadden uitgezocht. Hij vroeg zich af of Nicole en Reenie zin zouden hebben om met hem mee naar Blackpool te gaan, een dagje aan zee.

Maar halverwege januari is het natuurlijk niet zulk lekker weer. En hoe zou Victor reageren?

Albert kreeg een knoop in zijn maag van de zenuwen. Richt je op de positieve kanten, zei hij tegen zichzelf. Juist op het moment dat hij dacht dat het niet meer ging lukken, had hij een nieuwe aanwijzing gekregen.

Hij bedankte Edith uitvoerig en overtuigde zichzelf ervan dat hij Victor moest ontmoeten, ook al kreeg hij van het idee alleen al de kriebels. Hoe nerveus hij ook werd van de gedachte voor de tweede keer in twee weken Toddington te moeten verlaten, hij zou doorzetten. Op zijn eerstvolgende vrije dag ging hij naar Blackpool.

Toen hij besefte wat hem te doen stond, moest hij even slikken. Hij besloot dat tweede cakeje toch maar te nemen.

23

Albert vulde zijn longen met zeelucht en kreunde hardop.

'Potverdrie, wat is het koud.'

'Ja, het is ijskoud,' zei Nicole.

Ze leunde over de buggy om te kijken of Reenies wollen muts haar oren bedekte. Ze liepen over Blackpool Promenade en versnelden hun pas.

Ze kwamen langs de ingang naar de Central Pier en Albert wilde net voorstellen om de studio te zoeken waar George en hij hun portret hadden laten maken. Maar hij zag dat alle zaakjes op de pier gesloten waren. Ze konden ook niet naar Pleasure Beach – dat was dicht in de winter. Daarom liepen ze maar naar het noorden, naar de beroemde Tower.

Albert voelde zich opeens ongemakkelijk. *Wat doe ik in Blackpool met een negentienjarige die ik pas een paar weken ken en een peuter in een buggy?*

Hij probeerde te ontspannen; hij was op pad met vrienden en het deed er niet toe dat ze zo van elkaar verschilden.

Trouwens, in sommige opzichten verschillen we helemaal niet zoveel van elkaar. In sommige opzichten lijken we zelfs op elkaar.

Boven hen hingen humeurig ogende wolken. Hun vieze bruine kleur paste bij de modderige tint van de Noordzee. Tot Alberts teleurstelling was het vloed, waardoor de Golden Mile, het prachtige strand van Blackpool, was bedolven onder de zee. Boze golven sloegen tegen de zeewering en slingerden ijskoude waterdruppels de lucht in die af en toe hun schoenen raakten.

Albert verbaasde zich over de stilte in de stad. Ze passeerden alleen een chagrijnig kijkende hondenuitlater, een paar onverschrokken hardlopers die zich op het weer hadden gekleed en een oude vrouw op een bankje die een corgi in een kinderwagen iets aan het voeren was dat op kipnuggets leek. De enige geluiden die boven het lawaai van de wind uitkwamen waren de elektronische muziek uit de amusementshal en het gekrijs van een voorbijvliegende meeuw.

'Zo, hoe voel je je?' vroeg Nicole. 'Brengt dit herinneringen boven aan die keer dat je hier met George was?'

Albert fronste. 'Weet je, ik dacht dat dat zou gebeuren. Ik was bang dat ik ervan in de stress zou schieten. Maar gek genoeg voel ik helemaal niets. Het is gewoon zo anders dan toen.'

Na zijn bezoek met George aan deze stad was hij hier nooit meer geweest, vertelde Albert aan Nicole. Zijn herinneringen gingen veel verder terug, naar de vakanties met het gezin toen hij klein was. Tijdens de Toddington Wakes-week in juni zat hij altijd samen met zijn vader en moeder in een bed and breakfast vlak bij het strand – dat waren gelukkiger tijden. Maar toen het verdriet als een schaduw over zijn familie was gekropen, waren ze niet meer op vakantie gegaan. Daarna had Albert Blackpool pas weer samen met George bezocht.

Het drietal passeerde de rode bakstenen voet van de Tower en ze vervolgden hun weg over de boulevard. Ze keken tegelijk naar links toen er een gloednieuwe tram voorbijraasde. Albert had de beige-met-groene open tram uit zijn kindertijd verwacht – net zo eentje als waar hij met George in had gezeten – maar deze leek daar in de verste verte niet op. Nu hij beter keek, viel hem ook op dat de boulevard verbouwd en het wegdek vernieuwd was. Hij had een nieuwsitem op tv gezien over de renovatie van het zee-aanzicht van Blackpool en over al het geld dat door de gemeente aan dat project was gespendeerd. Maar als hij zo naar de overkant keek, zag hij tot aan Pleasure Beach alleen maar slecht onderhouden hotels, sjofele cafés, lapdance-bars en winkels die goedkope strandartikelen verkochten. Albert kon zich niet aan de indruk onttrekken dat hoeveel geld de gemeente ook in de renovatie van het zee-aanzicht zou steken, het altijd zou lijken alsof er lippenstift op een koortslip was gesmeerd.

'En wat vind jíj van Blackpool?' vroeg hij aan Nicole.

'Nou, het is niet zo hip als in *Strictly Come Dancing*. Maar misschien komt dat omdat het laagseizoen is. Laten we eerlijk zijn, eigenlijk ziet niets er aantrekkelijk uit in januari.'

Albert waardeerde haar poging het van de positieve kant te bekijken. Op het moment dat hij haar wilde aanraden om niet meer naar de armzalige gebouwen te kijken maar naar de zee, werd hij door Reenie onderbroken.

'Ezel!' riep ze. 'Ezel!'

Om haar in de stemming te brengen voor hun uitje had Albert haar een paar van zijn herinneringen aan Blackpool verteld, waaronder die aan de ezelritjes op het strand.

'Sorry,' zei hij tegen Reenie, 'vandaag zijn er geen ezels.'

Hij zag dat ze elk moment in tranen kon uitbarsten. Hij moest snel iets anders voor haar verzinnen. Achter hem klonk het geratel van een volgende tram en hij vroeg Nicole of ze met Reenie een ritje langs de boulevard wilde maken; zo zouden zij warm en droog blijven en alles kunnen zien, en het gaf hem de tijd om de feestwinkel te bezoeken. Hij had besloten dat hij dat alleen moest doen.

'Kom op,' zei hij met geforceerd enthousiasme, 'je kunt niet in Blackpool zijn geweest en niet in een tram hebben gereden!'

Hij wist niet zeker of Reenie hem begreep, maar Nicole viel hem bij en probeerde haar over te halen. Bij de tramhalte bekeek Albert de dienstregeling om te zien of er ook nog ouderwetse trams reden, maar hij las dat die nu 'monumententrams' heetten en alleen in het zomerseizoen werden ingezet. Het Blackpool dat hij zich herinnerde bestond niet meer – behalve als het voor de toeristen tevoorschijn werd getoverd. De rest van de tijd lag het verscholen in het verleden.

Hij hielp Nicole de buggy in de gestroomlijnde, moderne tram te tillen en betaalde haar kaartje. Hij zwaaide ze uit en bereidde zich voor op de zoektocht naar zijn eigen verleden.

Toen Albert Escapade binnenkwam rinkelde er een belletje dat zijn komst aankondigde. Hij moest zich bedwingen om niet achter het dichtstbijzijnde kledingrek te duiken.

Ik ben er nog niet klaar voor om Victor te ontmoeten. Ik moet eerst even aan de omgeving wennen.

Hij keek om zich heen en zag een winkel vol kostuums, pruiken en attributen, met name pistolen, bezemstelen en toverstokjes. Hij snuffelde wat rond in het rek met kinderkleding, wie weet hing er iets voor Reenie bij. Maar hij verwierp die gedachte al snel, want daar was hij niet voor gekomen.

Toen Albert aan het einde van het rek was gekomen, stak hij zijn hoofd om de hoek van het gangpad. Daar zag hij Victor. Hij zat achter een toonbank en werd volledig in beslag genomen door het onderwerp op zijn computerscherm. Hoewel hij een bril droeg, herkende Albert hem meteen van het nieuwsbericht op de tv. Hij had dunne lippen en een strakke kaaklijn, een kuiltje in zijn kin en een volle bos gitzwart haar. Albert kon zich wel voorstellen dat hij vroeger voor knap doorging – eigenlijk was het nog steeds een aantrekkelijke man.

Victor keek op en zag hem staan. 'Kan ik u helpen?'

Het viel Albert op dat hij geen Lancashire-accent meer had. Opeens voelde hij een enorme spanning in zijn lijf. Het deed bijna pijn om te glimlachen.

'Ik kijk alleen wat rond, bedankt,' wist hij met moeite uit te brengen.

Hij schuifelde naar het gedeelte voor volwassenen, waar een hele serie aan vrouwenkostuums hing – van Wonder Woman tot Cleopatra, van schoolmeisje tot non, van Marie Antoinette tot Elizabeth I. Het viel hem op dat deze kostuums, anders dan die voor mannen, allemaal veel te sexy waren. Ze lieten zo veel mogelijk huid bloot, ook al sloeg dat soms nergens op. Aan het einde van het rek hing een Oompa Loompa-pakje dat meer in een stripclub thuishoorde.

Hij besefte dat hij zich weer te veel liet afleiden. Misschien was hij bang dat Victor echt contact met George had gehouden en zelfs een relatie met hem had gehad – en misschien nog had.

Nu niet meer treuzelen, zei hij tegen zichzelf. Hij greep een cowboykostuum dat ongeveer zijn maat leek en liep naar de kassa.

'Deze graag.'

Victor zette zijn bril af en glimlachte. Toen hij zwijgend het prijskaartje van het kostuum scande, realiseerde Albert zich dat hij degene was die het gesprek op gang moest brengen.

'Het is rustig vandaag,' probeerde hij, of misschien was dat te kritisch. 'Ik bedoel, het is overal rustig. Het is stil in de stad.'

'Ja, maar dat is normaal voor januari,' zei Victor, 'dan is het altijd doodstil. Maar eerlijk gezegd komen er ook in het hoogseizoen maar weinig klanten; we moeten het meer van onze online verkoop hebben.'

Albert knikte. Hij kon er niets aan doen, maar van dichtbij vond hij Victor een stuk minder knap dan van een afstand. Zijn haar was slordig geverfd, alsof het met een dikke marker was ingekleurd. En op zijn tanden zaten duidelijk facings, die Albert aan de witte tegels in zijn badkamer deden denken. Maar hij leek wel aardig. Albert durfde het aan om het gesprek de juiste kant op te sturen.

'Trouwens, ik denk dat we een gemeenschappelijke vriend hebben,' zei hij zo nonchalant als hij kon.

Victor legde het kostuum neer. 'O ja, wie dan?'

'George Atkinson.'

Albert zag dat Victor schrok van die naam.

'George Atkinson is helemaal geen vriend.'

Hel en verdoemenis!

'O... eh... het s-s-spijt me,' stotterde Albert. 'Dan heb ik het vast mis.'

Het bleef even stil, alsof Victor twijfelde of hij er nog iets aan zou toevoegen. Albert zag dat er een levervlek op zijn wang zat die hij met make-up had proberen te camoufleren. Hij deed zijn best om er niet naar te staren.

'Ik heb George al heel lang niet gezien,' zei Victor uiteindelijk. 'Maar ik heb hem wel gekend, ja. Als tieners zaten we bij dezelfde toneelclub. En een jaar of tien later ben ik hem in Manchester weer tegen het lijf gelopen.'

Bingo!

‘O ja?’ vroeg Albert voorzichtig. ‘En hoe ging het met hem?’

‘Prima. We zijn een tijdje samen opgetrokken. Hij was destijds een fanatieke activist. Het waren de jaren zeventig, dus hij zat bij het GLF.’

Albert keek hem vragend aan.

‘Het Gay Liberation Front, de homobevrijdingsbeweging,’ verhelderde Victor. ‘Ik weet nog dat ze met z’n allen naar Londen gingen voor de eerste Gay Pride. En George was vrijwilliger bij de voorloper van Switchboard. Je weet wel, telefoontjes beantwoorden en advies geven aan kinderen die het moeilijk hadden met hun homoseksualiteit.’

Dat is echt iets voor hem, voor mijn George.

Albert probeerde er niet aan te denken dat hij in diezelfde periode *The Naked Civil Servant* misselijkmakend had genoemd, in navolging van zijn vader.

‘Wat is er tussen jullie gebeurd?’ vroeg hij. ‘Hebben jullie ruzie gehad?’

‘O, nee, we konden het altijd goed met elkaar vinden,’ antwoordde Victor. ‘Dat was het probleem. Ik zag George wel zitten en wilde uitzoeken of het meer kon worden. Maar grof gezegd hield hij me zijn worst voor.’

Albert trok zijn wenkbrauwen op. ‘Wat?’

Victor rolde met zijn ogen. ‘Hij flirtte met me, maar daarna zei hij dat hij niet op die manier in mij geïnteresseerd was.’

Albert deed erg zijn best om zijn opluchting niet te tonen.

‘Maar goed, waarom vraag je eigenlijk naar George? Wat heeft die ouwe nicht allemaal over mij gezegd?’ vroeg Victor spottend.

‘O, niets hoor…’ Albert probeerde nonchalant te klinken. ‘Ik heb hem al heel lang niet gezien. Maar ik ben naar hem op zoek.’

Victor keek hem achterdochtig aan. ‘Wanneer heb je hem dan voor het laatst gezien?’

Albert wilde niet liegen, dus hij probeerde de vraag te ontwijken. ‘Het laatste wat ik heb gehoord is dat hij in een bar in de Village in Manchester werkte. Dus dat moet rond de tijd zijn geweest dat jij hem ontmoette. Weet jij misschien welke bar dat was?'

'Ja, dat weet ik toevallig. Maar waarom wil jij dat weten?'

Alberts blik viel op een stapel plastic handboeien achter de toonbank. 'Als je het niet erg vindt,' mompelde hij, 'zeg ik dat liever niet.'

Victor was opeens een stuk minder vriendelijk. 'Waarom zou ik het je dan vertellen?'

Albert besefte dat er niets anders op zat dan de waarheid te zeggen. Hij hield zich vast aan de gedachte dat zijn openheid hem tot nu toe steeds iets verder had gebracht.

Hij keek om zich heen om er zeker van te zijn dat niemand meeluisterde en begon zachter te praten. 'George en ik hadden ooit een relatie. Het is allemaal lang geleden, maar... ik wil hem heel graag vinden.'

Victor knikte, maar om zijn lippen vormde zich een spottend lachje. 'En waarom doe je zo schichtig?'

Zonder dat hij het doorhad keek Albert weer achterom. 'Is dat zo? Sorry, dat was niet de bedoeling.'

'Het is geen misdrijf meer om homo te zijn, weet je,' verklaarde Victor bot.

'Ja, sorry, dat weet ik,' zei Albert.

Victor leunde over de toonbank naar hem toe. 'Wacht eens even, ben je nog niet uit de kast? Weet niemand dat je homo bent?'

Albert voelde zijn hele lichaam samentrekken. 'Ehm... niet echt, nee...'

Victor zuchtte theatraal. 'Oké, dus als ik het goed begrijp zit het zo. Ik word door George aan de kant gezet alsof ik niet besta, en nou vraag jij mij om hulp om hem te vinden, zodat jullie twee jullie liefdesnestje kunnen bouwen.'

'Het ligt allemaal een beetje anders.'

Maar Victor wuifde Alberts protest weg. 'Ik was dapper genoeg om in de jaren zeventig uit de kast te komen – een beslissing die, tussen twee haakjes, mijn acteercarrière heeft vernacheld – en dan zou jij opeens, tientallen jaren later, zomaar de beloning op komen eisen terwijl je er geen enkele moeite voor hebt gedaan.'

'Alsjeblieft, zo zit het echt niet, dat meen ik.' Maar eigenlijk kon Albert niet ontkennen dat het misschien wel zo zat.

'Nou, dat spijt me dan, schattebout, maar daar doe ik het niet voor.' Er verscheen een vijandige uitdrukking op Victors gezicht.

Albert wilde zich nog verdedigen, maar hij voelde dat dat geen zin meer had.

Victor drukte op de knop van de kassa. 'Oké, dat is dan vierentwintig pond negenennegentig, alsjeblieft.'

Albert zocht naar zijn portemonnee en gaf hem zijn pinpas. Toen de transactie was afgerond, duwde Victor hem de tas in zijn handen. 'Alsjeblieft.'

'Oké,' zei Albert. 'Bedankt, hè.'

Er viel een ijzige stilte.

Er zat niets anders op voor Albert dan weggaan. 'Nou, dag, dan.'

Hij sjokte naar de deur en deed hem langzaam open. Boven zijn hoofd begon de bel te rinkelen.

Dat was 'm dan – mijn laatste link naar George.

'Wacht even!' riep Victor.

Albert draaide zich abrupt om.

'Het was The New Union. Ik weet niet waarom ik je dit vertel – ik zal wel soft zijn geworden op mijn oude dag – maar dat was de pub waar George heeft gewerkt. The New Union.'

Albert wilde het liefst direct naar het station rennen en de eerstvolgende trein naar Manchester nemen. Maar hij vond dat hij zich niet zo moest laten meeslepen. Hij bleef bij het oorspronkelijke plan en zou wachten tot Nicole met hem mee kon. Zonder haar durfde hij toch niets.

Toen Albert de balzaal van de Tower binnenliep, zag hij Nicole en Reenie aan een van de tafels aan de rand van de dansvloer zitten. Ze keken vol bewondering om zich heen. Hij liep naar ze toe en ging bij ze aan tafel zitten.

'Ik neem alles terug,' zei Nicole. 'Dit is in het echt veel mooier dan in *Strictly Come Dancing*!'

Albert glimlachte. 'Je hebt gelijk, kind. Het is fantastisch.'

De balzaal was, in tegenstelling tot de rest van Blackpool, precies zoals Albert hem zich herinnerde. De gigantische vorstelijke ruimte werd gedomineerd door een glimmend gepoetste dansvloer. Om de vloer heen stonden dikke pilaren van roze marmer die twee verdiepingen met balkons ondersteunden. De balkons waren versierd met schitterend sierlijk houtsnijwerk en bedekt met bladgoud. Aan het plafond, met zijn gedetailleerde fresco's van godinnen en engelen, hingen reusachtige kristallen kroonluchters. Albert wist niet precies hoe oud de zaal was, maar de stijl was in ieder geval victoriaans. En de pracht en praal was adembenemend.

Bij de tafeltjes zaten een paar, vooral oudere, mensen thee te drinken. Albert bestelde ook een pot en praatte Nicole bij over zijn ontmoeting met Victor. Net toen hij haar over George en The New Union wilde vertellen, werd hij onderbroken door de aankondiging van het beroemde Wurlitzer-orgel.

Albert ging vol verwachting rechtop zitten. 'Let op,' zei hij. 'Dit wordt genieten.'

Ze zagen hoe de Wurlitzer uit het orkest oprees en op het podium werd geïnstalleerd. De organist droeg een pak en zat met zijn rug naar het publiek. Toen hij begon te spelen en het opvallende geluid de zaal vulde, stopten de mensen met theedrinken, liepen de dansvloer op en begonnen te walsen.

De herinnering raakte Albert als een mokerslag.

Nadat ze hun portret hebben laten maken in de fotostudio, zegt George tegen Albert dat hij in een romantische bui is. Hij stelt voor om naar de balzaal van de Tower te gaan.

Eenmaal binnen blijft Albert staan om de omgeving te bewonderen. Hoewel hij er vaker is geweest, is hij elke keer opnieuw onder de indruk. Hij weet zeker dat George, die hier voor het eerst is, elk detail in zich op zal willen nemen.

'O, Albert,' roept George uit, 'wat is dit betoverend!'

Onder het prachtig versierde plafond glijden oudere paren op de muziek van het beroemde Wurlitzer-orgel over de dansvloer. De mannen zijn in pak en de vrouwen dragen mooie jurken.

'Zie je ons al over deze dansvloer zwieren?' George hapt naar adem. 'O Albert, zou dat niet romantisch zijn?'

Maar het is ondenkbaar dat twee mannelijke dansers samen de dansvloer betreden – zo ondenkbaar zelfs dat Albert verwacht dat het niet eens geoorloofd is. Ze kunnen alleen maar vanaf de zijlijn toekijken.

George snuift verontwaardigd. 'Ik heb het gevoel dat we worden buitengesloten. Dat we erbij zouden moeten horen, maar dat er net een grote deur voor onze neus is dichtgeslagen.'

Albert is het met George eens, maar hij zou zich wel opgelaten voelen als hij voor al die mensen moest gaan dansen – al helemaal met een andere jongen. 'Ik weet het,' zegt hij schouderophalend, 'ik vind het ook een beetje oneerlijk.'

George grijpt Alberts arm. 'Het is heel erg oneerlijk, Albert! Wat maakt onze liefde nou anders dan die van een ander? Waarom moeten wij die verbergen alsof het iets is om je voor te schamen?'

Albert kijkt nerveus om zich heen. 'Sssst, niet zo hard praten. Je weet dat je dat soort dingen niet in het openbaar kunt zeggen.'

'Maar waarom niet? Als ik iets vind, waarom zou ik dat dan niet hardop mogen zeggen?' George laat Alberts arm los en gebaart naar de groep dansers. 'Waarom mogen zij het wel en wij niet?'

Albert kijkt naar de paren die zorgeloos giechelend en lachend over de dansvloer zwieren. 'De wereld is gemaakt voor mensen zoals zij, George. Niet voor ons.'

'Nou, ik heb er genoeg van, Albert. Ik heb genoeg van de wereld. Wat is er mis met jou en mij? Waarom mogen twee mannen niet met elkaar dansen? Dat is toch onze zaak?'

Albert slaat zijn armen over elkaar en zucht. Hij vindt het jammer dat de vrolijke sfeer van hun dagje uit zo snel is omgeslagen. 'Ja, je hebt gelijk George. Maar wat kunnen jij en ik daar in godsnaam aan doen?'

George ziet er helemaal niet treurig uit. Hij lijkt zelfs steeds enthousiaster te worden. 'Ik weet het ook niet, maar ik wil wel een poging wagen, Albert. Vanaf vandaag ga ik de wereld veranderen. Ik ga het gewoon doen, wat er ook voor nodig is.'

Albert kijkt in George' intens violette ogen en hij ziet dat het hem menens is.

Bijna vijftig jaar later stond Albert de dansende paren in de balzaal van de Tower te observeren. Hij zag dat hij zich had vergist; het was toch niet helemaal zoals hij het zich herinnerde.

Tussen de stroom zwierende dansers ontdekte Albert een mannelijk paar. Beide mannen waren wit en ongeveer van zijn leeftijd. De man die leidde was een boom van een vent en zijn danspartner was een slanke man met fijne gelaatstrekken. Het waren getalenteerde dansers die volledig opgingen in het ritme van de muziek. Hun lichaamstaal verried dat ze niet alleen danspartners waren, maar ook een stel. Albert stond gebiologeerd naar ze te kijken. Het viel hem op dat er niemand verblikt of verbloosde.

De wereld was dus veranderd sinds de laatste keer dat hij hier met George was geweest. En George had daar, naar hij begreep, aan bijgedragen – net als de twee dansende mannen. Hij zag nu in dat je altijd de mogelijkheid had om de wereld te veranderen, als je maar gewoon open kaart speelde over je gevoelens.

Hij dacht aan Victors reactie op het feit dat hij nog in de kast zat. Victor had hem doodleuk van lafheid beschuldigd, en Albert moest nu erkennen dat dat terecht was.

Hoe moet de wereld mensen zoals ik leren accepteren als we ons allemaal blijven verschuilen? Als we allemaal onze liefde blijven verstoppen alsof het iets is om ons voor te schamen?

Het gezoem van Nicoles telefoon leidde hem af van zijn gepeins. Toen ze zag wie haar belde, brak er een glimlach door op haar gezicht.

'Het is Jamie. Vind je het erg om even op Reenie te passen zodat ik op kan nemen?'

Hij knikte en ze zette Reenie op zijn schoot. Zonder erbij na te denken wipte Albert het meisje op het ritme van de muziek op en neer. Al snel zat ze kirrend in haar handjes te klappen. Ze vermaakte zich zo goed dat Albert voorstelde om een dansje te maken.

Een beetje schuchter droeg hij haar naar de dansvloer. Sinds George had hij met niemand meer gedanst. Toen hij wat ruimte op de vloer zag, schoof hij tussen de andere paren in en begon met Reenie op zijn arm heen en weer te bewegen. Hij wist niet zeker of dit voor dansen kon doorgaan, maar het scheelde dat hij zich niet opgelaten voelde. Reenie vond het in ieder geval geweldig.

'Dansen!' schreeuwde ze boven iedereen uit. 'Dansen!'

'Ja,' zei Albert met een grijns, 'we dansen!'

We zijn aan het dansen zoals ik met George had moeten dansen.

Hij zwierde steeds enthousiaster met Reenie over de dansvloer. Toen ze langs het homopaar kwamen, ving hij hun blik op en knikte respectvol.

Zoals George al die jaren geleden de passie in zich had voelen ontwaken, zo voelde Albert nu diezelfde passie.

En hij kreeg een idee. Hij wist wat hij ging doen als hij thuiskwam.

24

Albert marcheerde doelgericht zijn straat uit in de richting van het park. Het was de dag na hun uitstapje naar Blackpool en hij was onderweg naar de openbare toiletten, de openbare toiletten die hij zo lang had gemeden.

Toen hij van de hoofdstraat afsloeg en het bakstenen gebouwtje in de verte zag liggen, werd zijn keel door een maar al te bekende angst dichtgeknepen.

Hij passeerde de stenen leeuw bij de ingang van het park en liep naar de deur. Hij voelde de adrenaline door zijn lijf gieren toen hij de deur openduwde en naar binnen ging.

Hij had geen idee hoe de toiletten er in zijn jeugd uit hadden gezien, maar tegenwoordig waren de muren bedekt met eenvoudige witte tegels en hadden de deuren van de houten toilethokjes een ziekelijke kleur groen. Alle deuren stonden open, wat betekende dat hij alleen was. Hij keek om zich heen en zag drie wasbakken op een rij met elk een koudwaterkraan en een zeeppompje zonder zeep. Over de hele lengte van de muur ertegenover hing een lang stalen urinoir dat eruitzag als een gemeenschappelijke voederbak. Er lagen een paar gele blokjes in die waarschijnlijk bedoeld waren als luchtverfrissers. Albert ademde diep in en merkte meteen dat ze al heel lang waren uitgewerkt.

Voordat hij van huis was gegaan, had hij een halve liter water gedronken en dat gaf nu al het gewenste effect. Hij trok zijn handschoenen uit, ging voor het urinoir staan en maakte zijn broek los. Maar van de zenuwen lukte het hem niet om te plassen. Hij moest steeds aan zijn vader en diens collega's denken die hier al die jaren geleden naar binnen waren gestormd om die mensen te arresteren. De herinnering maakte ook nog iets anders bij hem los en hij voelde de angst weer bezit van hem nemen. Het had geen zin, hij kon zich niet ontspannen.

Hij richtte al zijn energie op de spanning in zijn schouders en probeerde de stress uit zijn lichaam te laten vloeien. En toen herinnerde hij zich het trucje dat zijn vader hem had geleerd voor als hij te bang was om naast allemaal volwassen mannen te gaan staan plassen; hij moest terugtellen vanaf vijf, en altijd als hij bij één was aangekomen was zijn blaas zich al aan het legen. Hij probeerde het nu ook en gelukkig werkte het weer.

Dank je wel, pap.

Hij stelde zich zijn vader naast zich in deze toiletten voor en barstte in lachen uit. Al snel was hij zo hard aan het lachen dat hij zich op zijn straal moest concentreren om te voorkomen dat hij over zijn broek zou plassen. Hopelijk liep er niemand langs en zou niemand zich afvragen waarom hij zo veel plezier had. Hij schudde de gedachte van zich af en concentreerde zich op zijn taak.

Nadat hij was uitgedruppeld en zijn gulp had dichtgedaan waste hij zo goed en zo kwaad als dat ging zijn handen met koud water zonder zeep. Toen hij zijn handen aan zijn jas stond af te drogen, verging het lachen hem een beetje. Hij was hier niet zomaar.

Hij stak zijn hoofd in een van de toilethokjes. Het eerste wat hem opviel was dat de toiletten al een poosje niet meer waren schoongemaakt en dat er heel wat viezigheid aan de binnenkant van de toiletpotten zat vastgekoekt. Naast gebruikt toiletpapier lagen er een paar bierblikjes, een vieze luier en ander afval op de grond. Alberts oog viel op wat graffiti die met een zwarte stift op de muur was gezet. Van dichtbij bleken het vooral schunnige tekeningen en beledigingen aan het adres van onbekende mensen. Maar toen hij het hokje verder in liep om de achterkant van de deur te bekijken, zag hij tot zijn schrik de restanten van teksten die waarschijnlijk al lang geleden in de houten deur waren gekerfd. Hij liet zijn vingers over het oppervlak glijden. Hoewel er al een paar keer overheen was geverfd, wist hij zeker dat het ooit namen en telefoonnummers waren geweest. Het deed hem meer dan hij had verwacht en hij werd er bijna boos van.

Dit waren de namen en nummers van de mannen die zijn vader en diens collega's hadden vervolgd. Mannen van wie zijn vader had gezegd dat ze verdorven en smerig waren. Maar het waren de toiletten die smerig waren, dus iedereen die hiernaartoe kwam moest wel wanhopig zijn geweest. Albert moest denken aan hoe bang hij was geweest dat zijn geheime verlangens ontdekt zouden worden en hoe hard hij zijn best had gedaan om zijn gevoelens te onderdrukken, omdat men hem had verteld dat ze verkeerd waren – en hij kon zich voorstellen dat de mannen die hier kwamen zo'n zelfde innerlijke strijd hadden gevoerd. Hij was niet in staat geweest zijn ontluikende gevoelens te ontkennen, dus zij waarschijnlijk ook niet. De enige manier om andere mannen met dezelfde neigingen te ontmoeten was door hier te komen.

Wie weet? Als ik George niet had ontmoet was ik hier misschien ook beland.

Hij liep het hokje uit naar de spiegel en zijn woede veranderde in iets wat hij alleen maar kon omschrijven als strijdlust. Hij keek naar zichzelf en hij zag niet alleen Albert Entwistle, maar alle mannen die hier vóór hem waren geweest.

Ik ben een van hen.

Hoe ik ook mijn best heb gedaan het te ontkennen, ik ben een van hen.

Hij begreep nu dat zijn vader hem zo'n grote angst voor deze mannen had aangepraat dat die hem blind had gemaakt voor alle overeenkomsten. Tientallen jaren lang had hij stug volgehouden dat hij zich maar incidenteel tot mannen aangetrokken voelde, dat het geen wezenlijk onderdeel van hemzelf was. Hij had zichzelf ervan overtuigd dat hij niet hoefde te definiëren hoe hij over de liefde dacht, dat hij geen label hoefde te kiezen en aan de wereld kenbaar hoefde te maken. Maar hij zag nu in dat hij het bij het verkeerde eind had gehad.

Het viel niet te ontkennen dat zijn gevoelens hem hadden

gemaakt tot wie hij was; ze bepaalden voor een groot deel zijn identiteit. In het verleden had hij zich voor zijn gevoelens geschaamd, maar nu schaamde hij zich omdat hij zijn gevoelens had weggestopt. Hij wilde zich niet langer verstoppen.

Hoe kan ik er ooit voor zorgen dat George mij accepteert als ik niet eens moedig genoeg ben om mezelf te accepteren?

Hij keek zichzelf recht in de ogen en klemde zijn kaken op elkaar.

Ja, ik ben homo. En het wordt tijd dat ik dat de wereld ga vertellen.

25

Nicole hurkte bij de grafsteen en las de inscriptie.

Irene Ashton
1 april 1949 – 22 januari 2016

Haar oma was vandaag drie jaar dood en ze was op de begraafplaats om haar graf te bezoeken. Eerst had ze Reenie naar de crèche gebracht en daarna was ze op een gammele bus gesprongen die haar hortend en stotend naar Huddlesden had gereden.

Vlak voor ze bij de bushalte van de begraafplaats was uitgestapt, was de bus langs het huis gekomen waar Nicole samen met haar moeder had gewoond. Het was raar om het weer te zien, maar ze had geen verdriet gevoeld. Ze had geen gelukkige herinneringen aan dat huis. Maar hier op de begraafplaats was ze wel verdrietig. *Want aan mijn oma heb ik alleen maar gelukkige herinneringen.*

Als kind werd Nicole vaak bij haar oma gedumpt, zodat haar moeder met een man op stap kon – soms op stel en sprong. Maar haar oma had haar afspraken altijd meteen afgezegd en had Nicole het gevoel gegeven dat ze niets liever wilde dan de avond met haar doorbrengen. Ze draaiden muziek van Caribische artiesten – Mighty Sparrow was een van oma's favorieten – en dan maakten ze dhalpuri roti, het gevulde platbrood dat haar oma aan Trinidad deed denken. Nicole vond het heerlijk om de erwten in het deeg te stoppen en het daarna met een deegroller uit te rollen – en ze genoot van het aroma van de geroosterde jeera terwijl ze in de keuken aan het werk waren. Als ze goed haar best had gedaan werd ze door haar oma beloond met een grote portie van haar lievelingsijs, mint chocolate chip, waar ze altijd een voorraad van in de diepvries had liggen.

Toen Nicole ouder was bleef ze haar grootmoeder bezoeken, maar dan omdat ze het zelf wilde. Ze maakten nog steeds samen roti en toen haar oma had besloten dat Nicole oud genoeg was om met hete pepers om te gaan, leerde ze haar ook curry met stoofkip te maken. Na de maaltijd gingen ze dan in de woonkamer zitten, dronken ze VAT 19-rum en bestookte Nicole haar oma met vragen over haar jeugd in Trinidad en hoe het voor haar was geweest om als tiener naar Engeland te verhuizen. Ze spraken ook over Nicoles toekomstplannen – en haar oma motiveerde haar om te geloven dat ze alles kon bereiken wat ze wilde.

God, wat mis ik dat.

God, wat mis ik haar.

Er streek een roodborstje neer, dat op de grafsteen heen en weer begon te hippen. Nicole probeerde het niet te storen terwijl ze wat onkruid uit de grond trok. Ze had graag bloemen voor het graf willen kopen, maar ze kon ze niet betalen. Ze troostte zich met de gedachte dat ze het wel een beetje netjes kon maken.

Op deze koude dag was zij de enige bezoeker op de begraafplaats. Maar ze was blij dat ze was gekomen; ze vond het fijn om zo dicht bij haar oma te zijn.

Wat zou ik graag met haar over Jamie praten.

Ze had nu meer dan ooit behoefte aan het advies van haar grootmoeder. Toen Jamie net terug was in Leeds hadden ze veel berichtjes naar elkaar gestuurd, gebeld en gefacetimed, maar het was Nicole opgevallen dat de frequentie was afgenomen. Albert had haar nogmaals geadviseerd haar geloof in de relatie niet te verliezen, maar zo nu en dan, als ze alleen thuis was of zich eenzaam voelde, was ze bang dat Jamies ouders meer druk uitoefenden om de relatie met haar te verbreken. Hoe ze het ook probeerde, ze kon de gedachte dat zijn gevoelens voor haar aan het afnemen waren niet van zich afzetten.

Misschien zou haar oma haar weer een teken geven. Ze ademde diep in en keek om zich heen of er iets was wat ze als boodschap kon interpreteren. Maar er was niets.

Het roodborstje sprong van de grafsteen en hupte over het graf.

Nicole zag het wegvliegen, de bleke lucht tegemoet.

Nicole en Lisa gingen zitten en bekeken samen de menukaart. Ze zaten in Stanley's café in het centrum, om de hoek van de kledingzaak waar Lisa werkte. Het was niets voor Lisa om zo'n oubollige tent uit te zoeken, maar ze moest binnen vijftig minuten weer op haar werk zijn.

Terwijl Lisa wat handcrème op haar handpalmen smeerde, gaf Nicole haar een compliment voor haar outfit. Lisa droeg een blauwe jumpsuit van Lavish Alice. Nicole voelde zich opeens erg opgelaten in haar eigen kleding: een spijkerbroek en een trui die ze vorige winter had gekocht en die nu flets en uit de mode leken.

Een man kwam de bestelling opnemen. Nicole had berekend dat ze, als ze de gepofte aardappel met tonijn en een cola light nam, net genoeg geld had om contant af te rekenen. Maar Lisa bestelde een paddenstoelenomelet met salade en een grote latte – en een portie friet als bijgerecht.

Opeens kreeg Nicole een onaangename gedachte. *Wat als ze de rekening wil delen?* Ze stelde zich voor dat ze Lisa moest vertellen dat ze haar helft niet kon betalen en ze voelde de schaamte branden.

'Hoe gaat het met Simon?' vroeg ze vrolijk.

'O, dat gaat super, dank je,' antwoordde Lisa. Ze vertelde dat ze nu veertien dagen bij haar vriend woonde. 'Samenwonen is echt geweldig. Maar hij heeft wel een paar irritante gewoontes, hoor.'

'O ja? Zoals?'

'Nou, hij laat altijd zijn flos op de wastafel slingeren. En hij snurkt. Nee, eigenlijk snurkt hij niet; hij maakt een heel irritant fluitgeluid.'

'Wat een nachtmerrie,' zei Nicole afwezig.

'O, en we zijn erachter gekomen dat we een heel verschillende lichaamstemperatuur hebben. Hij zet de thermostaat altijd zo laag dat ik ongeveer bevries. Maar als ik hem dan weer hoger zet, weet je, dan klaagt hij dat het op een sauna lijkt.'

Hier moest Nicole wel om lachen, maar ze had moeite haar aandacht erbij te houden. *Kon ík maar over Jamies gesnurk of over de kou klagen.*

Ze was blij dat de man met hun eten arriveerde. Toen hij weg was veranderde ze van onderwerp.

'Lisa, ik denk erover om mijn eigen schoonheidssalon te beginnen. Ik weet dat het een plan voor de lange termijn is, maar ik heb me verdiept in leningen voor kleine bedrijfjes en van alles gelezen over andere mensen die het ook hebben gedaan.'

'Geweldig!' antwoordde Lisa. Ze propte haar mond vol met friet.

'Ik weet alleen nog niet zo goed,' zei Nicole, 'wat ik moet doen als ik mijn opleiding heb afgerond. Ik bedoel, moet ik een baan gaan zoeken bij een salon om werkervaring op te doen? Of moet ik als mobiele schoonheidsspecialiste aan de slag om meer te leren over het runnen van een eigen bedrijf?'

'Dat klinkt fantastisch,' zei Lisa, terwijl ze nog een hand vol friet nam.

'Wat precies?'

'Allebei.'

Lisa was duidelijk niet geïnteresseerd. 'Weet je wat het is,' hield Nicole vol, 'ik maak me zorgen over de kosten die ik moet maken als ik als mobiele zelfstandige aan de slag ga. En op dit moment zie ik het niet zitten om een lening af te sluiten. Dus denk je dat het beter is om eerst in een bestaande salon werkervaring op te doen?'

Lisa prikte met haar vork in haar omelet en slaakte een zucht. 'Nic, ik begrijp niet waar je je druk om maakt. Jamie is toch, nou ja, steenrijk? Als je het slim aanpakt, hoef je letterlijk nooit meer te werken.'

Opeens vroeg Nicole zich af waarom ze het onderwerp bij Lisa ter sprake had gebracht. Ze realiseerde zich dat haar oudste vriendin geen bijdrage meer kon leveren aan haar leven. Die gedachte hing al langer in de lucht, maar nu was het Nicole volkomen duidelijk. Het was zinloos om haar advies over Jamie te vragen.

Ze vroeg Lisa weer naar Simon en at haar lunch op, terwijl ze deed alsof het haar interesseerde dat Lisa met Valentijnsdag een weekendje weg had gepland. Er bekroop haar een gevoel van teleurstelling.

We waren zo goed bevriend – wat is er misgegaan dat we doen alsof *we geïnteresseerd zijn in elkaars leven?*

Lisa zag op het televisiescherm hoe laat het was en zei dat ze moest gaan. De rekening kwam en Nicole maakte zich weer zorgen dat Lisa het bedrag wilde splitsen.

Gelukkig stond Lisa op en gaf haar bankpas. 'Ik betaal,' zei ze, 'en tegenstribbelen heeft geen zin.'

'Maar Lisa –'

'Ik trakteer,' hield ze vol. 'Jij bent helemaal deze kant op gekomen.'

Nicole bedankte haar meermaals en ze meende het nog ook.

Ze vroeg zich af of ze haar niet alleen voor de lunch bedankte; misschien deed ze het ook voor alles wat Lisa in het verleden voor haar had gedaan en voor wat ze voor Nicole had betekend. Ze kon namelijk niet langer ontkennen dat hun vriendschap daar thuishoorde – in het verleden.

In de bus terug naar Toddington bedacht Nicole zich dat ze nog maar zes maanden geleden uit Huddlesden was vertrokken. Maar het voelde nu al niet meer als thuis.

Mijn leven is nu in Toddington, of ik het leuk vind of niet.

Vanwege de kou was Nicole achter in de bus gaan zitten, boven de motor. Haar oma had haar ooit verteld dat dat het warmste plekje in de bus was. De herinnering maakte haar niet droevig; ze moest er zelfs om glimlachen.

Ze keek uit het raam en zag eindeloze straten met rijtjeshuizen aan zich voorbijtrekken. Ze las haar berichten en bedankte

Lisa nogmaals voor de lunch. Toen ze haar telefoon wegstopte, viel haar oog op een stukje wit papier dat iemand op de stoel tegenover haar moest hebben achtergelaten. Ze pakte het op en zag dat het een treinkaartje naar Leeds was.

Hoe is dat hier terechtgekomen?

Toen begreep ze het.

Natuurlijk! Het is een teken! Oma, ik wist dat je wat van je zou laten horen!

Ineens wist Nicole wat haar te doen stond als het om Jamie ging. Alles viel op zijn plaats.

Ze tikte haar toegangscode in en belde Albert.

'Albert,' riep ze zodra hij had opgenomen, 'ik denk erover om naar Leeds te gaan – om Jamie te verrassen.'

Het duurde even voordat hij antwoord gaf. 'Nou, ik denk dat dat een fantastisch idee is, kind.'

Ze slaakte een gilletje van opwinding. 'Ik wist dat je het zou begrijpen!'

'Ik bedoel, kijk naar mij en George,' zei Albert. 'Jarenlang ben ik te passief geweest en nu heb ik daar spijt van. Ik wou dat ik hem veel eerder was gaan zoeken.'

Nicole ademde langzaam in en uit. 'Maar wat als ik daar aankom en Jamie blijkt geen interesse meer in me te hebben?'

'Denk je niet dat ik me dat ook afvraag?' zei Albert. 'Denk je niet dat ik bang ben dat George al heel lang geen interesse meer in mij heeft? Maar als dat zo is, dan is het toch beter dat we dat weten?'

De bus stopte en een man met een tatoeage van een spinnenweb stapte uit.

'Je hebt gelijk,' zei Nicole. 'Ik ga gewoon.'

'Zo ken ik je weer!'

'O, maar dan heb ik nog een vraag… wil jij op Reenie passen?'

Albert viel even stil.

'Je weet dat ik zoiets nog nooit heb gedaan, toch?' zei hij. 'Stel dat ze moet huilen? Stel dat ze helemaal niet wil dat ik op haar pas?'

'Albert, Reenie is dól op je! Je bent een hele toffe oppas, dat weet ik zeker.'

Nicole beloofde dat ze Albert precies zou uitleggen wat hij moest doen – en dat ze direct naar huis zou komen als hij ook maar even in de problemen kwam. Ze hoorde hoe hij onzeker inademde.

'Kind, ik doe het.'

Ze bedankte hem herhaaldelijk en zei gedag. Nadat ze haar telefoon had neergelegd, pakte ze het gebruikte treinkaartje.

Ik kom eraan, Jamie!

26

‘Welke stad in het Midden-Oosten is ook een soort artisjok?’

Marjorie las de vraag hardop voor, maar Albert luisterde niet echt. Hij had het te druk met zijn eigen plannen. Maar zijn teamgenoten namen deze quiz duidelijk heel serieus en wilden echt winnen. Ze staken hun hoofden bij elkaar en begonnen tegen elkaar te fluisteren.

‘Is het Beiroet?’ vroeg Smiler.

‘Wat denken jullie van Bagdad?’ zei Jack.

‘God, wat zijn jullie voor dombo’s,’ zei Sue. ‘Hebben jullie ooit van een artisjok uit Bagdad gehoord?’

‘Ik had tot vanavond zelfs nog nooit van een artisjok gehoord,’ grapte Jack.

Sue rolde met haar ogen. ‘Het is Jeruzalem. Het is een Jeruzalem-artisjok.’ Ze schermde het briefje waar ze haar antwoord op schreef met haar arm af, hoewel het andere team minstens vijf meter verderop zat.

Ze zaten in The Drunken Duck, een pub in het centrum waar bijna alle Royal Mail-medewerkers naartoe waren gekomen voor een quiz om geld in te zamelen voor de Disney World-reis van Marjories zieke kleinzoon. De pub uit de jaren zestig bestond uit één grote karakterloze ruimte met een verlaagd plafond, die verdacht veel naar oude theedoek rook. Iedereen zat op oncomfortabele harde houten stoelen, maar dat leek de pret niet te drukken. Marjorie had Albert in een team met Tsunami, Smiler en Jack en zijn twee vrienden ingedeeld en er was nog een vriendin van Sue bij gekomen, die net bij de afhaalbalie was begonnen. Delphine was een zelfbewuste vrouw met een gezicht dat volgens Albert op dat van een Siamese kat leek. Ze probeerde net te doen of ze belangstelling had voor de quiz, maar het was al snel duidelijk dat ze het belangrijker vond de aandacht van Ste Stockton te trekken, die het net met zijn vriendin had uitgemaakt. Ze droeg een strak jurkje met spaghettibandjes, dat Albert deed denken aan zijn moeders regel dat een vrouw een decolleté mag tonen of blote benen, maar niet allebei tegelijk. Toch leek haar strategie te werken, want elke paar minuten keek Ste in haar richting met de blik van een haai die een bijzonder appetijtelijke zalm in het vizier had.

'Zag je dat?' vroeg Delphine aan Sue. 'Hij ziet me echt wel zitten!'

'Vraag nummer zeven,' onderbrak Marjorie haar. Haar microfoon zong behoorlijk rond. 'Door welk dier werden volgens de mythologie Romulus en Remus opgevoed?'

'Eitje!' schreeuwde Jack. 'Een wolf.'

'Ssst!' siste Sue. 'Niet voorzeggen!'

Albert probeerde zich door het enthousiasme van zijn teamgenoten te laten meeslepen, maar hij nam niets in zich op; hij kon alleen maar denken aan de bekentenis die hij van plan was te doen. Hij was continu bezig met wat hij zou gaan zeggen, die drie kleine woordjes die hem al zo lang achtervolgden.

'Vraag nummer acht,' zei Marjorie. 'Hoe wordt het opzetten van dieren ook wel genoemd?'

'Taxidermie!' gooide Sue eruit voordat iemand anders wat kon zeggen.

'Weet je dat zeker?' vroeg Smiler. 'Is het niet polygamie?'

'Nee, oen,' zei Sue. 'Dat betekent dat je meer dan één vrouw hebt.'

'God, ik kan me niets ergers voorstellen,' zei Jack. 'Aan eentje heb ik mijn handen al vol.'

'Het is taxidermie,' hield Sue vol. Ze schreef het antwoord op en keek achterdochtig naar de tafel naast hen.

'Ik hou ze wel in de gaten,' zei Delphine. Ze greep de situatie meteen aan door naar Ste te loeren. 'Wat is hij toch breed,' zei ze tegen niemand in het bijzonder. 'Hij zal dan ook wel groot geschapen zijn, denk ik.'

Albert spuugde de cider terug in zijn glas, maar Delphine

leek het niet te merken. Hij had net zo goed onzichtbaar kunnen zijn. Tot een paar weken geleden was dat ook wat hij wilde, maar nu besefte hij hoezeer hij was veranderd. Het lastige was dat hij zijn collega's zo lang op afstand had gehouden, dat ze niet gewend waren om met hem te communiceren en hem bij dingen te betrekken.

Hij pakte een vochtig bierviltje en draaide het tussen zijn vingers rond terwijl hij zich afvroeg hoe hij zich in het gesprek kon mengen. Het natte viltje bracht hem op een idee; als hij contact wilde leggen met zijn teamgenoten kon hij waarschijnlijk het best een rondje geven.

'Mijn algemene kennis is waardeloos...' verkondigde hij. 'Wat willen jullie drinken?'

Hij nam hun bestellingen op en liep naar de bar. Voor zichzelf bestelde hij een tweede glas cider, en hij bleef wachten terwijl de barman de drankjes inschonk.

De quiz ging op de achtergrond verder met de sportronde. Albert was blij dat hij deze even aan zich voorbij kon laten gaan. *Daar heb ik écht geen verstand van! Mijn sportkennis is pas echt waardeloos!*

Toen hij weer op zijn plek zat, sloeg hij de helft van zijn cider achterover. Als er ooit een moment was dat hij alcohol nodig had om te ontspannen, dan was het nu. Maar hij ging zijn plan wel doorzetten.

Na de pauze kondigde Marjorie de muziekronde aan – en bij een van de vragen zag Albert zijn kans schoon.

'Voor welke Broadwaymusical schreven Leonard Bernstein en Stephen Sondheim het nummer "Somewhere"?'

Die weet ik – West Side Story.

'Is dat niet *Oklahoma*?' zei Jack.

'Ik weet bijna zeker dat het *Les Mis* was,' zei Sue.

Nee, het is West Side Story. *George zong het voor me op de moors. We noemden het ons liedje.*

'Eigenlijk,' zei Smiler, 'denk ik aan *Phantom of the Opera*.'

'Het is *West Side Story*,' piepte Albert.

Iedereen behalve Delphine – die meer oog had voor Ste – draaide zich naar hem om.

'Echt?' zei Sue. 'Weet je dat zeker?'

'Ja, heel zeker.'

'Haal je ze niet door elkaar? Ik bedoel, veel van die liedjes lijken op elkaar.'

Kom op, Albert, vertel ze waarom je het zo zeker weet.

Kom op, Albert, je kunt het.

Hij ademde hortend en stotend in. 'Nee, ik weet zeker dat het *West Side Story* is, omdat ik daar vroeger op danste met mijn vriend.'

Dat sloeg in als een bom. Jacks mond viel open en Delphine rukte haar blik eindelijk los van Ste.

Alberts bekentenis was anders gelopen dan hij van tevoren had bedacht. Maar dat was nu even niet belangrijk, het hoge woord was er in ieder geval uit.

'En nu de volgende vraag,' zei Marjorie. 'Van wie is het album *Natural* uit 1996?'

Alberts team lette niet meer op.

'Wacht eens even,' zei Sue. 'Zeg je nou dat je homo bent?'

Albert knikte. 'Ik denk het wel. Ja, ik ben homo.'

Het was de eerste keer dat hij die woorden uitsprak. Hij vond ze uit zijn mond maar raar klinken.

Maar voordat iemand kon reageren, werden ze weer door Marjorie onderbroken. 'Volgende vraag: welke band, die in 1990 werd opgericht, had eerst vijf leden, daarna vier, toen weer vijf en heeft er nu drie?'

'Take That!' zei Smiler.

Iedereen richtte zich weer op de quiz.

'Kom op, jongens,' zei Sue, 'concentreer je. We zullen die amateurs eens een poepie laten ruiken.'

Maar hoe zit het dan met mij? Waarom concentreren ze zich niet op mij?

'O, het is trouwens Peter Andre,' ging ze verder. 'Het antwoord op de vorige vraag. Ik was gek op hem als tiener.'

Marjorie kletste de rest van de quiz aan elkaar en Alberts bekentenis werd verder niet meer genoemd. Maar voor Albert voelde het alsof zijn woorden boven hun tafeltje waren blijven hangen, en hij had geen idee of ze welkom waren.

Nou, ik kan ze niet meer terugnemen. En zelfs als ze het niet kunnen waarderen, ben ik toch blij dat ik het heb gedaan.

Maar precies op het moment dat Marjorie de quiz beëindigde, richtte iedereen zich op Albert. Het was alsof iemand een fles champagne had ontkurkt, zo spoten de gelukwensen over hem heen.

'Albert, ik ben zo blij voor je,' zei Sue.

'Had het eerder gezegd,' zei Smiler.

Van het ene op het andere moment voelde Albert zich niet meer buitengesloten, maar opgenomen in de groep. Maar hoewel het een enorme opluchting was, werd hij er ook een beetje door overvallen.

'Wat is er met die vriend gebeurd?' vroeg Sue.

'Hebben jullie nog steeds een relatie?' vroeg Delphine, nu opeens zeer geïnteresseerd.

Terwijl hij zo goed en zo kwaad als het ging hun vragen probeerde te beantwoorden zag Albert Jack naar de toiletten glippen.

O nee, ik hoop niet dat hij het gaat verpesten…

Jacks vrienden leken er in ieder geval oké mee. Ze hadden duidelijk altijd aangenomen dat hij hetero was. Maar toen ze eenmaal over de eerste schok heen waren, sprongen ze op om een feestelijk rondje te geven.

'Sorry als we misschien nare dingen gezegd hebben,' verontschuldigde de een zich.

'Ja,' zei de ander. 'Soms lopen onze geintjes een beetje uit de hand.'

'Dat geeft niet,' zei Albert. 'Geen excuses nodig, hoor.'

Maar eigenlijk wil ik dat Jack zijn excuses maakt.

Marjorie pakte de microfoon weer op en riep dat iedere groep zijn antwoordblaadje moest ruilen met de tafel links van hen.

Delphine schoot als een raket uit haar stoel en liep heupwiegend naar Ste. Ze had het antwoordblaadje opgerold en streek ermee langs zijn borstkas.

Albert leunde achterover in zijn stoel terwijl Marjorie de antwoorden begon voor te lezen. Zijn teamgenoten juichten luid toen de vraag over 'Somewhere' langskwam, en er ontstond wat commotie toen een van de meisjes van de financiële afdeling over een vraag in discussie ging. Ze wees iedereen erop dat Dubai geen land was maar een stad.

Sue wierp haar een moordlustige blik toe. 'Waarom houdt die domme koe niet gewoon haar bek – door haar verliezen we nu een punt!'

Na de puntentelling vroeg Marjorie of iedereen de blaadjes wilde inleveren. Albert was zich net aan het voorbereiden op een nieuwe golf van aandacht toen Jack naar hem toe kwam.

'Albert,' zei hij. 'Heb je even?'

Albert was verbaasd, maar stond op en liep achter hem aan. Hij had geen idee wat Jack hem wilde zeggen. *Ik hoop niet dat hij gaat vertellen dat ik het hem niet door zijn strot moet duwen. Ik hoop niet dat hij me gaat waarschuwen dat ik vooral niks bij hem moet proberen.*

Ze vonden een rustig plekje bij de uitgang.

'Wat is er?' vroeg Albert.

Jack balanceerde nerveus op de bal van zijn voet. 'Ik wilde alleen even zeggen dat het me spijt – misschien heb ik ooit weleens iets over homo's gezegd dat niet zo aardig was, of zo.'

Dat verraste Albert. 'O, juist, ja, nou, fijn.'

'Het is gewoon, ik had geen idee – je leek helemaal geen homo.'

Albert bedacht dat dit misschien het moment was om een punt te maken. 'Ja, nou, misschien moet je je ideeën over homo's wat bijstellen.'

Jack knikte. 'Oké, misschien wel, ja.'

'Dank je,' zei Albert. Maar daar had hij meteen spijt van. *Waar bedank ik hem eigenlijk voor?*

‘Maar goed, ik weet dat ik soms te ver ga,’ ging Jack verder. ‘Het is misschien een schrale troost, maar meestal bedoel ik het niet zo, hoor.’

‘Waarom zeg je die dingen dan?’ Dat floepte er agressiever uit dan Albert had bedoeld.

Jack fronste en slaakte een diepe zucht. ‘Ik weet het niet. Ik wil denk ik gewoon dat mensen naar me luisteren... dat mensen me aardig vinden.’

Dat antwoord intrigeerde Albert. ‘Maar je hoeft toch geen nare dingen te zeggen om aardig gevonden te worden?’

‘Nee, dat weet ik. Maar ik wil me niet laten kennen. Ik wil niet dat mensen zien dat ik een loser ben.’

‘Jack, waar heb je het over?’

‘O, kom nou, Albert. Ik ben een stumper. Ik ben nergens goed in. Zonder Doreen ben ik nergens.’

‘Doreen? Maar je klaagt altijd over haar.’

‘Ja, maar dat is omdat ik niet wil dat mensen zien dat zij fantastisch is en ik een nul. Zij doet alles, Albert. Zij heeft de broek aan.’

‘Maar Jack, daar hoef je je toch niet voor te schamen?’

‘Nee, maar het is ook niet iets om trots op te zijn – gezien het soort kerel dat ik ben. Of het soort kerel dat mensen denken dat ik ben.’

Er viel een stilte waarin Albert nadacht over wat Jack had gezegd. Hij herkende Jack er eigenlijk helemaal niet in.

Op dat moment ging de deur open en kwamen Barbara en een van de andere schoonmaaksters in een walm van sigarettenrook binnenvallen.

De twee mannen glimlachten en wachtten tot de dames de bar waren binnengegaan.

‘O, en mocht je het je soms afvragen,’ ging Jack verder. ‘Ik zou nooit vreemdgaan. Ik weet dat ik van alles zeg, maar als ik Doreen zou kwijtraken, zou er niets meer van me overblijven.’

Albert wist niet hoe hij moest reageren; hij was zelf nog maar net uitgekomen voor gevoelens die hij tientallen jaren voor zichzelf had gehouden, en nu stortte de man die het hem het moeilijkst had gemaakt van allemaal opeens zijn hart bij hem uit.

Hij schraapte zijn keel. 'Dank je. Het is fijn om te horen dat je ook een andere kant hebt. Dat geldt eigenlijk ook voor mij. Maar als ik iets heb geleerd, is het wel dat als je probeert iemand anders dan jezelf te zijn je nooit gelukkig zult worden. En trouwens, hoe weet je zo zeker dat mensen je niet leuk zullen vinden als je ze nooit je echte ik laat zien?'

Jack keek naar zijn schoenen en dacht hierover na. 'Zo had ik het nog niet bekeken... maar goed punt.'

De deur vloog weer open en twee meisjes van de financiële afdeling kwamen met een pakje sigaretten in hun handen uit de bar gestormd.

Albert wachtte tot de voordeur achter hen was dichtgevallen. 'Oké, kom op, laten we teruggaan en kijken of we gewonnen hebben.'

'Oké, vriend,' zei Jack. Hij liep niet achter Albert aan, maar balanceerde weer op de bal van zijn voet. 'En nog gefeliciteerd met je coming-out, dus.'

'Bedankt,' zei Albert. En dit keer had hij daar geen spijt van. 'Dank je, Jack.'

Met die woorden schudden de twee mannen elkaar de hand en liepen terug naar de bar om zich weer bij hun team te voegen.

De eersten die ze zagen, waren Ste en Delphine. Ze stonden tegen de muur geleund en waren heftig aan het zoenen. Albert vroeg zich af of ze nog wel konden ademen. Hij glimlachte. Hij was blij voor Delphine dat haar inspanningen werden beloond.

De rest zat opgewonden te praten in afwachting van de quizresultaten.

'Hier zijn de scores in omgekeerde volgorde,' verkondigde Marjorie.

Albert liet zich net weer op zijn stoel glijden toen bleek dat zijn team twee na laatste was geworden. Iedereen was er kapot van – en woedend.

'Ik geloof er niks van,' zei Smiler.

'Moeten we om een hertelling vragen?' zei Jack.

'Zonder die domme koe van de financiële afdeling hadden we een punt meer gehad,' zei Sue.

Albert leek het als enige niet zoveel te kunnen schelen. In zijn ogen had hij toch al gewonnen.

Het enige probleem was dat het nieuws van zijn coming-out zich als een lopend vuurtje door de ruimte had verspreid. Een voor een draaiden mensen zich naar hem om, en collega's die hij nauwelijks kende, kwamen naar hem toe om hem te feliciteren. *Alleen jammer dat hun felicitaties elke keer tot allerlei vragen leidden.*

'Wanneer wist je dat je homo was?'

'Heb je wel eens seks gehad met een vrouw?'

'Hoe weet je zo zeker dat je het niet lekker vindt, als je het nog nooit hebt geprobeerd?'

De alcohol zorgde duidelijk voor loslippigheid, en hoewel Albert blij was dat hij dit onderwerp kon bespreken, leken het tijdstip en de ambiance hem minder geschikt. Op dat moment kwamen de meisjes van de financiële afdeling aan gewankeld.

'Toe maar, schat,' zei een van hen. 'Vertel hem over die keer dat je het van achteren hebt gedaan.'

Albert sprong op – hij moest hier weg. Hij zei dat hij naar de wc moest en bedacht zich dat er een zijuitgang was waardoor hij kon ontsnappen.

Maar in de garderobe zag hij Marjorie. Ze zat in haar eentje een stapel geld te tellen. En in tegenstelling tot haar uitgelaten stemming op het podium, zag ze er nu verdrietig en vermoeid uit.

'Alles oké, Marjorie?' zei hij. 'Wat ben je aan het doen?'

Ze keek op van haar geldkistje en zuchtte. 'O, hi, schat. Ik kijk hoeveel geld we verdiend hebben.'

'Het was een succes, hè?'

Ze klopte op een stapel bankbiljetten. 'Ja, zeker. En iedereen leeft zo mee. De avond heeft driehonderdtwintig pond opgebracht.'

'O, maar dat is geweldig. Wat is er mis dan?'

'Nou, ik weet dat het geweldig is en zo – en ik wil echt niet ondankbaar klinken – maar ik kom nog tweeduizend pond te kort. Tweeduizend, Albert!'

'O nee, dat wist ik niet.'

Hij ging naast haar zitten en ze schoof wat opzij om ruimte voor hem te maken.

'Weet je wat het is,' vervolgde ze, 'ik heb geen ideeën meer. Ik kan maar zoveel quizjes organiseren en zoveel pasteitjes maken. Waar moet ik in godsnaam die tweeduizend pond vandaan halen?'

'Geef nog niet op,' zei Albert bemoedigend. 'Ik weet zeker dat we nog iets kunnen bedenken.'

Marjories kin begon te trillen. 'Dat is lief van je, schat, maar er is geen tijd meer. We hebben net gehoord dat Brads toestand nog slechter is dan we dachten. De arts zegt dat hij niet meer beter wordt. En over een paar maanden is hij te zwak om te reizen.'

Albert voelde een steek in zijn hart. 'O, wat verdrietig, Marjorie. Ik had geen idee dat hij er zo slecht aan toe was.'

Ze schudde haar hoofd en snifte. 'Het is zo'n lief knulletje, weet je. Het is zo oneerlijk dat hij dit allemaal moet doorstaan. Ik moet steeds denken aan toen hij kleiner was en hoe leuk hij beesten vond. Vorig jaar rond deze tijd zei hij dat hij dierenarts wilde worden. Nu heeft hij het niet meer over de toekomst – hij weet dat het geen zin heeft.'

Albert boog zijn hoofd. 'Och arme.'

'Het ergste is nog,' zei Marjorie met rode wangen, 'ik sta erbij en ik kijk ernaar – ik kan niets doen.'

Albert strekte zijn armen naar haar uit en trok haar naar zich toe.

'Ik wilde gewoon de tijd die hij nog heeft zo leuk mogelijk maken,' zei ze. 'Maar het ziet ernaar uit dat dat me ook al niet gaat lukken.'

Albert voelde zich schuldig dat hij, tot vanavond, nog niets had gedaan om haar bij haar geldinzameling te helpen. Hij hoopte dat hij het op de een of andere manier goed kon maken. 'Maar

Marjorie, wees niet zo streng voor jezelf,' probeerde hij. 'Het is niet jouw schuld.'

Ze trok zich terug uit zijn omhelzing en wreef de tranen uit haar ogen. 'O, dat weet ik wel, schat, maar dat maakt het nog niet makkelijker.'

Ze pakte haar tas en begon erin te zoeken. Na een paar tellen haalde ze haar waaier tevoorschijn en klapte hem open. 'Het helpt ook niet dat ik nu door die verdomde menopauze heen moet. Ik maak er wel grapjes over, maar eerlijk gezegd is het afschuwelijk. Elke keer dwing ik mezelf een lach op mijn gezicht te toveren, maar vanbinnen ben ik zo ongelukkig als de pest. Sommige dagen wil ik gewoon thuisblijven en een potje janken.'

Albert voelde met haar mee. 'Hier,' zei hij, 'geef me die waaier.'

Ze overhandigde hem de waaier en hij begon het ding driftig heen en weer te wapperen.

'O, dat is fijn,' zei ze. Ze leunde achterover en sloot haar ogen. 'Het is beter als jij het doet.'

'Marjorie!' De barman stak zijn hoofd om de deur.

'Let niet op ons,' zei Marjorie met haar gezicht weer in de plooi. 'Ik moet even worden opgeladen.'

De barman keek haar niet-begrijpend aan. 'Ik wilde je vragen om door te geven dat de laatste ronde is ingegaan als je zo bekendmaakt hoeveel je hebt binnengehaald.'

'Goed,' zei ze, 'ik kom eraan.'

Ze stond op en Albert gaf haar de waaier terug.

'Bedankt dat je even bij me kwam zitten,' zei ze en ze klopte hem op zijn arm.

'Geen dank, graag gedaan.'

'O, en ik heb je nog niet eens gefeliciteerd met je nieuws. Ik hoorde dat je bekentenis goed is gevallen.'

Albert voelde zich alweer schuldig. Net op het moment dat hij zijn leven leuk begon te vinden, stond het leven van Marjorie op instorten. 'Ja, ja, maar maak je daar maar niet druk om. Ga naar binnen en vertel iedereen hoeveel je hebt opgehaald.'

Ze knikte en stopte het geldkistje onder haar arm. Terwijl

ze wegliep herinnerde Albert zich hoe goed het voelde om anonieme pakjes bij Edith af te leveren. Toen wist hij ook weer waarom hij postbode was geworden – om wat van het geluk dat hij had gekend toen George nog van hem hield met anderen te delen.

Hij glipte door de zijdeur naar buiten. Zodra hij thuis was logde hij in op de bank-app die hij sinds kort gebruikte. Hoewel hij een bescheiden salaris had, kon hij het eigenlijk nooit ergens aan uitgeven – hij had het huis van zijn ouders geërfd en hoefde geen hypotheek te betalen. Voor zijn gevoel had hij een flink bedrag gespaard. *En dat zit daar maar te zitten.*

Hij vond de link naar Marjories inzamelpagina en klikte op 'anonieme donatie'. Hij legde even zijn hand op de jaszak waar de brief van George in zat.

Daarna maakte hij tweeduizend pond over.

27

Albert werd vroeg wakker en bleef nog even aan de vorige avond liggen denken.

Ik ben uit de kast gekomen. Ik heb het echt gedaan.

Heel even werd hij weer overvallen door angst, maar dat gevoel wuifde hij meteen weg. De mensen hadden tot nu toe zo positief gereageerd. Hij was gisteravond vroeg weggegaan om de vragen te ontwijken – maar vandaag was er geen ontkomen meer aan.

Onderweg naar zijn werk troostte hij zich met de gedachte dat het nu niemand meer zou interesseren. *Ze zijn het vast allemaal alweer vergeten.*

Albert liep het gebouw in en zag Ste op zijn gebruikelijke plek zitten, duidelijk niet op zijn best.

'Hé, hoi,' zei Albert vrolijk. 'Vandaag geen fitnessvideo's aan het posten?'

'Nee, man. Ik heb een gigakater.'

Zie je wel, dacht Albert, *niets aan het handje.*

'Ga maar snel naar binnen,' zei Ste. 'Iedereen wil je graag zien.'

Graag zien? Mij?

Met hernieuwde onzekerheid duwde Albert de deur naar de centrale sorteerruimte open.

'Daar is-ie!' schreeuwde Marjorie. 'Zet de muziek aan!'

Terwijl het intro van 'I'm Coming Out' van Diana Ross uit de speakers schalde, kwam het hele team om Albert heen staan om hem te verwelkomen. Ze hadden de ruimte met regenboogvlaggen en slingers versierd, en aan alle karretjes en werkplekken hingen ballonnen in de vorm van een eenhoorn. Sue had regenbooglinten in haar haar, Barbara had ze aan haar schoonmaakkarretje vastgemaakt en Marjorie droeg een T-shirt met de tekst: GAY ALL DAY.

'We vieren je coming-out!' verkondigde ze.

Albert was compleet van zijn stuk. 'Maar... Maar... Hoe hebben jullie dit allemaal zo snel kunnen regelen?'

'O, ik ben er al tijden mee bezig!' zei ze ondeugend. 'Ik wist dat het een keer zou gaan gebeuren. Nou, wat vind je ervan?'

Alberts kin begon te trillen. 'Ik vind het geweldig,' wist hij nog net uit te brengen. 'Maar jullie hadden niet al die moeite hoeven doen.'

'Ben je mal!' zei ze. 'Hoe vaak kunnen wij nou een dagje *gay* zijn?'

Albert zag iedereen om zich heen naar hem glimlachen en hij voelde de tranen in zijn ogen prikken. 'Wacht even... ik hang mijn jas op en dan ben ik zo terug.'

Hij haastte zich naar zijn werkplek en ging met zijn rug naar de groep feestvierders staan, sloot zijn ogen en probeerde tot bedaren te komen.

Hebben ze dit echt allemaal voor mij gedaan?

Hij was er trillerig van.

Waarom heb ik er al die tijd tegen gevochten... terwijl ze er zo op reageren.

Hij snoof.

Het minste wat je kunt doen is naar ze toe gaan en ervan genieten.

Hij wierp zijn jas van zich af en toverde een glimlach op zijn gezicht. Toen draaide hij zich om. 'Oké, jongens, het feest kan beginnen!'

'Joehoe!' juichte Marjorie, terwijl ze een non-alcoholische cocktail in zijn hand drukte. 'En, ben je klaar voor het amusement?'

'Amusement? Wat voor amusement?'

'Let maar eens op. Ga je gang, Ste!'

Albert draaide zich om en zag dat Ste ook bij hen was komen staan. Ondanks z'n kater trok hij zijn jasje van zijn lijf om een witte tanktop te onthullen die hem aan een van de mannen uit het kunstwerk van Tom of Finland deed denken. Ste draaide aan een knop op de gigantische geluidsinstallatie en liet de muziek van Diana Ross langzaam vervagen. Terwijl het geluid van het volgende nummer aanzwol, begon het personeel mee te klappen en uitbundig te joelen. Het was 'In the Navy' van de Village People.

Bij de eerste woorden van het nummer zwaaiden de deuren open en kwamen vier mannen verkleed als de leden van de jaren-zeventigpopgroep binnen stampen: een bouwvakker, een cowboy, een indiaan en een politieman. Albert herkende de twee vrienden van Jack, Smiler en – in het midden met een uitbundige indianentooi – Jack zelf. Tot Alberts grote hilariteit begonnen ze de danspasjes na te doen en de tekst te playbacken. Sommige bewegingen zagen er erg stuntelig uit en ze kenden duidelijk de tekst niet goed, maar dat deed niets af aan hun enthousiasme. Vlak voor het refrein haalde Jack een matrozenpet tevoorschijn en zette die op Alberts hoofd.

'Kom op, kerel,' zei hij, 'dans met ons mee!'

Albert verstijfde.

Hij moest meteen denken aan de strijd die hij met Marjorie had gevoerd toen zij hem tijdens de kerstborrel de dansvloer op had willen trekken. *Zie ik het wel zitten om voor al mijn collega's te gaan dansen?*

'O, kom op,' hield Jack vol. 'Iedereen weet dat homo's goed kunnen dansen.' En om Albert te laten weten dat hij een grapje maakte, gaf hij hem voor de zekerheid een knipoog.

'Nou, we zullen zien of je gelijk hebt,' grapte Albert en hij gaf Jack een knipoog terug.

Jack stak zijn hand naar hem uit en Albert pakte hem beet. Onder het gejoel van zijn collega's liet hij zich naar de provisorische dansvloer leiden en begon op de maat te bewegen zoals hij thuis altijd deed. Hij voelde zich een beetje opgelaten, maar de danspasjes waren niet al te moeilijk. Al snel smolten zijn reserves weg en stond hij te heupwiegen en te springen met de vaardigheid en souplesse van thuis. Zijn collega's stonden er met open mond naar te kijken – precies zoals hij zich had voorgesteld.

'Ik wist niet dat je zo goed kon dansen,' hijgde Jack.

'Nee, maar laten we eerlijk zijn,' zei Albert met een ondeugende grijns. 'Er is wel meer dat je niet van me wist.'

Iedereen stormde de dansvloer op en het werd al snel zo druk dat Albert zijn danspasjes opgaf en zich vrij door de meute bewoog. Tijdens zijn sprongen en pirouettes van collega naar collega gooide hij zijn laatste remmingen overboord. Een enorm geluksgevoel maakte zich van hem meester, net als thuis – maar dit voelde beter omdat hij het met anderen kon delen.

Waarom heb ik zo lang in mijn eentje gedanst? Waarom besefte ik niet hoeveel leuker het is om met anderen te dansen?

Na 'In the Navy' kwam 'It's Raining Men', en daarna 'I Am What I Am'. Toen hij dat hoorde, raakte Albert weer geëmotioneerd. Hij had het altijd een vrolijk liedje gevonden, maar nu hij beter naar de tekst luisterde – nu hij geaccepteerd had wie hij was – kregen de woorden zo veel meer betekenis. Gelukkig onderbrak Marjorie het vertier met een beleefde waarschuwing dat, ook al had het team wat te vieren, er ook nog gewerkt moest worden. De homohits bleven door het gebouw schallen terwijl iedereen naar zijn of haar eigen werkplek uitwaaierde.

Albert ging op zijn plek zitten en begon zijn post te sorteren. In de uren die volgden kwam de ene na de andere collega bij hem langs om hem te feliciteren – en net als gisteravond werden hun felicitaties gevolgd door een stortvloed aan vragen. Maar nu vond hij het niet erg; hij was zo ontroerd door de moeite die ze allemaal hadden gedaan om een feestje te bouwen dat hij op zijn minst hun vragen kon beantwoorden. Het geluk zwol in zijn borstkas en maakt hem zo licht dat hij weg had kunnen zweven als een van de eenhoornballonnen.

Toen hij klaar was voor zijn ronde, besloot hij zijn matrozenpet te dragen; hij wilde de festiviteiten zo lang mogelijk laten voortduren. Maar op het moment dat hij zijn collega's gedag zei, gebeurde er iets wat ieders aandacht bij het feestje vandaan trok. Er klonk een luide kreet uit Marjories kantoor.

'Jullie geloven het nooit!' schreeuwde ze terwijl ze haar deur uit kwam rennen. 'We hebben ons doel bereikt!'

Ze vertelde dat iemand via haar inzamelingspagina een anonieme donatie van tweeduizend pond had gedaan. Albert trok zijn matrozenpet diep over zijn ogen en glipte het gebouw uit.

Toen hij door de hoofdstraat reed, merkte hij dat de auto achter hem naar hem toeterde. Hij controleerde of hij zijn lichten soms had laten branden, maar de auto bleef toeteren.

Bij het volgende stoplicht kwam de auto naast hem staan. Albert keek uit zijn zijraam en zag dat het zijn buurman was. Hij zwaaide naar Albert en gebaarde dat hij zijn raampje naar beneden moest doen. Albert deed wat hem werd gevraagd, benieuwd naar wat zijn buurman te zeggen had.

'Gefeliciteerd!' schreeuwde de man. 'Mijn vriend Ste stuurde me gisteren een berichtje. Ik hoor dat je uit de kast gekomen bent.'

Sodemieters, het nieuws gaat als een lopend vuurtje.

'O, j-j-ja,' stotterde Albert, 'ja, dat klopt.'

'Nou, we zijn allemaal heel blij voor je. Mijn kinderen hebben op school LHBT-week. Heb je zin om een keer een avond langs te komen en met ze te praten?'

'Ja... eh... oké, ja, natuurlijk.'

Het stoplicht sprong op groen en dus moest Albert hem gedag zwaaien.

Terwijl hij verder reed, werd hij weer overvallen door zijn oude angst, de angst voor de reactie van mensen als ze zijn geheim zouden kennen. Maar zijn zorgen smolten als sneeuw voor de zon toen hij zijn busje had geparkeerd en zijn telefoon controleerde; hij had die ochtend al meerdere vriendschapsverzoeken op sociale media ontvangen, vooral van mensen van zijn werk. Verschillende collega's hadden hem getagd in foto's die ze hadden gepost van het coming-outfeestje. Foto's die de vrolijke sfeer goed weergaven. Hij scrolde door de lijst met vriendschapsverzoeken en accepteerde ze allemaal. De warme gloed in zijn lijf werd nog een paar graden warmer. Hij keek in de spiegel en zag dat hij nog steeds zijn matrozenpet droeg.

Hij besloot hem op te houden en gaf er een tikje tegen, zodat de pet parmantig scheef op zijn hoofd kwam te staan.

Toen hij zijn busje uit stapte, kwam Ted Hardacre net uit zijn winkel lopen. Ook hij had het nieuws gehoord en feliciteerde hem. 'De neef van mijn vrouw is homo,' zei hij ook, 'en die is single. Zal ik een date voor je regelen?'

'O, ik weet nog niet hoe het ervoor staat wat dat betreft,' zei Albert. 'Maar evengoed bedankt.'

Hij liep de straat in. Binnen een paar seconden werd hij bijna besprongen door Jean Carter en Beverley Liptrot.

'Albert!' kraaide Jean uit. 'Wat goed om je te zien!'

'We hebben het gehoord,' kwetterde Beverley. 'Het is allemaal vreselijk opwindend – gefeliciteerd!'

Albert kon het niet laten breed te grijnzen; hoewel hij al jaren hun post bezorgde had Jean noch Bev hem ooit begroet. 'Dank,' zei hij. 'Wat aardig van jullie.'

'Wij zijn hele goede vrienden met Daniel en Danny, weet je,' voegde Bev er nog aan toe.

'We moeten een keer met z'n allen afspreken,' zei Jean.

'We kunnen cocktails gaan drinken!' zei Bev. 'Wij zijn dol op cocktails!'

Albert kon het niet over zijn hart verkrijgen om te zeggen dat hij daar helemaal niet van hield.

'Mijn man is een keer per ongeluk door de achterdeur naar binnen gekomen,' zei Jean op samenzweerderige toon.

Albert begreep het eufemisme en moest even slikken.

'Even tussen ons,' zei ze, 'ik vond het eigenlijk best lekker.'

Hij kuchte en greep terug op zijn gebruikelijke excuus als hij ergens weg wilde. 'Nou, ik moet voortmaken – deze brieven gaan zichzelf niet bezorgen!'

Toen hij bij Ediths huis aankwam, stond ze al in de deuropening te wachten.

'Waar was je?' riep ze naar hem. 'Ik sta hier al uren!'

'Sorry,' zei hij. 'Het is me het ochtendje wel.'

'Ja, dat zal wel, ik wilde je dit geven – om je te feliciteren.'

Edith hield een prachtige regenboogsjaal met glitterranden omhoog. 'Ik heb voor het eerst in jaren mijn oude naaimachine weer tevoorschijn gehaald. Ik wilde iets speciaals voor je maken om dit moment te vieren.'

'O, Edith, ontzettend bedankt. Dat is heel attent van je.'

Ze wilde de sjaal om zijn hals hangen, maar Albert aarzelde.

'Je hoeft je niet meer te verbergen,' stelde Edith hem gerust. 'Nu kun je eindelijk trots zijn op wie je bent.'

Albert pakte de sjaal van haar aan en hing hem om.

Hij zei gedag en haastte zich verder. Bij de openbare toiletten salueerde hij even en bij de stenen leeuw ging hij op zijn tenen staan om hem op zijn wang te kussen.

'Kleine held van me!'

Niet lang daarna liep hij Pear Tree Street in, naar het huis van Daniel en Danny.

'Gefeliciteerd!' zeiden ze toen ze de deur opengooiden en hem omhelsden.

Hij liet zich maar al te graag omhelzen, maar werd er wel een beetje verlegen van. 'O, ik weet niet zeker of ik dat wel verdien, zeker niet van jullie. Ik heb er te lang over gedaan.'

Danny schudde zijn hoofd. 'Ja, maar ik denk juist dat hoe langer je erover doet, hoe moeilijker het wordt. Dus vanaf nu ben ik helemaal waus van je.'

Albert had geen idee wat hij bedoelde, maar hij glimlachte beleefd.

'Het belangrijkste is dat je het voor elkaar hebt gekregen,' zei Daniel. 'We wisten wel dat het je zou lukken.'

Alberts wenkbrauwen schoten omhoog tot aan zijn haargrens. 'Sodemieters... jullie wisten het ook al?'

'Natuurlijk,' zei Daniel. 'Daarom vonden we het niet erg dat je zo raar deed.'

Nou ja... Al die tijd was ik bang wat mensen zouden denken, en de helft wist het gewoon allang!

'Welkom bij de club, lieverd!' kweelde Danny.

'Ja, welkom bij de familie,' zei Daniel.

Albert wipte van de ene voet op de andere en glimlachte onzeker.

'Dank jullie. Dank jullie wel.'

Hij moest beschaamd denken aan Victor, die hem een lafaard had genoemd en hem van gemakzucht had beschuldigd, die had gezegd dat hij dankzij de moed van andere mannen de beloning kon opeisen. Daniel en Danny nodigden hem uit voor het avondeten, maar Albert stond erop dat ze bij hem zouden komen.

'Dolgraag,' zei Daniel. 'En heel erg bedankt.'

Ze omhelsden hem nog een keer. Danny gaf Albert een kus op zijn wang.

Op de terugweg voelde hij de warme gloed in zijn lichaam branden. Hij schrokte zijn lunch naar binnen en werkte zo snel als hij kon de andere adressen in de Bloemenwijk af. Hij stond te popelen om Nicole te zien.

Eenmaal bij haar huis zag hij Reenie voor het raam op de uitkijk staan. Toen hij het pad op huppelde, zwaaide ze naar hem; zijn hart sloeg over van geluk.

Na hun felicitaties kreeg hij een zelfgemaakte coming-outkaart in zijn handen gedrukt. Op de voorkant stond een tekening van Reenie van iets dat op een eenhoorn leek die over een regenboog sprong.

Gefeliciteerd met je coming-outdag, Albert! had Nicole op de kaart geschreven. *Veel liefs van je vriendinnen, Nicole en Reenie xxxxx*

'O, en we hebben ook een cadeautje voor je,' zei Nicole. 'Maar dat krijg je morgen pas.'

Alberts wenkbrauwen schoten omhoog. 'O ja? Wat is het dan?'

'Dat zeg ik niet – wacht maar af. Ik kan alleen maar zeggen dat het iets is wat we moeten doen voordat we naar Manchester gaan.'

Albert schonk haar een warme glimlach. Hij was weliswaar overladen met gelukwensen, maar de reactie van Nicole en Reenie was hem het dierbaarst. Zij waren de mensen die er het meest toe deden. Bovendien kenden ze hem nog het beste ook.

En inmiddels ben ik erachter dat dat is waar het allemaal om draait.

28

Nicole zette Albert op een stoel en sloeg een cape om hem heen. 'Oké,' riep ze, 'tijd voor je make-over!'

Albert trok een quasi-angstig gezicht. Hij had even overwogen om echt weerstand te bieden, maar had zich bedacht. George had altijd veel zorg aan zijn uiterlijk besteed en zich nadrukkelijk beziggehouden met wat ze tegenwoordig 'mannelijke verzorging' noemden. Nicoles opmerking over Humpty Dumpty had hem aan het denken gezet over zijn uiterlijk: zou George hem nog wel aantrekkelijk vinden? *Laten we wel wezen, ik was een tiener toen hij me voor het laatst zag – en nu ben ik een oude man.*

'Oké, ik begin met je haar,' legde Nicole uit. Ze maakte zijn hoofd vochtig met een verstuiver. 'Ik ga je niet radicaal veranderen, maar je coupe is op dit moment wel wat saai. Ik wil je wat meer uitstraling geven.'

Nu werd Albert toch wat nerveus. 'Wat bedoel je met "meer uitstraling geven"?'

Ze kamde het water door zijn haar. 'Ik ga het gewoon van achteren en aan de zijkanten wat opscheren. Vertrouw me nou maar, het wordt echt cool.'

Albert had vertrouwen in Nicole en besloot zich aan het proces over te geven. Hij zat op een stoel aan haar eettafel. Op een handdoek lagen meerdere professionele haar- en beauty-attributen die ze van haar school had geleend.

Ze pakte een trimmer en begon het haar rond zijn oren te scheren. Reenie zat bij zijn voeten met George Pig en haar Peppa Pig-ijskar te spelen. Terwijl hij de plukken haar op het tapijt zag vallen kletste hij met Nicole over haar opleiding, over wat ze nu aan het leren was, en over haar plannen voor de toekomst als ze de opleiding af had. Toen ze klaar was met het scheren van zijn achter- en zijkanten, pakte ze een schaar en begon ze het haar boven op zijn hoofd te knippen om er, zoals zij het uitlegde, meer beweging in te krijgen.

'Nicole,' vroeg hij, 'denk je dat George me nog aantrekkelijk zal vinden?'

'Ik mag hopen van wel – na al deze moeite,' grapte ze.

'Nee, even serieus. De laatste keer dat ik hem zag was vijftig jaar geleden. Stel dat hij vindt dat ik mijn beste tijd heb gehad?'

Nicole deed een stap naar achteren en keek hem recht aan. 'Jij hebt je beste tijd nog lang niet gehad, Albert. En misschien valt George wel op een wat rijpere look. Wie weet is hij gek op grijze duiven.'

Albert reageerde gespeeld verontwaardigd. 'Ho eens even, ik ben nauwelijks grijs!'

Ze grinnikte. 'Oké, oké, geen grijze duif dan. Maar misschien houdt hij van een DILF.'

'Een DILF? Wat is een DILF?'

Nicole legde uit dat DILF was afgeleid van MILF. 'Het betekent "Dad I'd like to fuck".'

Albert verslikte zich bijna, maar kon het toch niet laten om te grijnzen. 'DILF? Dat is te veel eer. Ik ben oud genoeg om iemands grootvader te zijn – ik ben hoogstens een GRILF.'

Nicole gooide haar hoofd in haar nek en schaterde het uit. Haar vrolijkheid werkte aanstekelijk – al snel waren ze allebei zo hard aan het lachen dat hun hele lichaam ervan schudde.

Nicole gaf hem een tikje tegen zijn schouder. 'Nu stilzitten, anders hak ik je oor er nog af!'

Nadat hij tot bedaren was gekomen maakte ze haar knipwerkzaamheden af, trimde zijn neusharen en de haren die uit zijn oren staken en werkte ze zijn wenkbrauwen bij – dat laatste was zo pijnlijk dat hij een verbaasde kreet slaakte.

'Oké, we zijn klaar,' zei ze toen hij was bijgekomen. Ze trok de cape weg en gaf hem een spiegel. 'Tá-dá!'

Albert bekeek zichzelf en zag dat ze hem een pittigere en frissere look had gegeven.

'Nou, wat vind je ervan?' vroeg ze. 'Ik vind het supercool.'

'Ja, het is geweldig. Dank je wel, kind.'

Nicole knikte. 'O, er is nog iets anders dat ik met je wil bespreken.'

Haar toon maakte Albert achterdochtig. 'O jee. Dat belooft niet veel goeds.'

'Maak je geen zorgen, het is niets om bang voor te zijn. Maar er is in de afgelopen vijftig jaar nog iets veranderd. En dat moet je wel weten voordat je George ziet.'

Ze bracht haar gezicht dichter bij dat van Albert en begon zachter te praten. 'Heb je ooit van manscaping gehoord?'

'*Man*scaping?'

'Ja.' Ze stak haar nagel tussen haar tanden. 'Het is een soort opknapbeurt voor de onderkant – een beetje zoals we nu aan de bovenkant hebben gedaan.'

Alberts ogen vielen bijna uit hun kassen.

'Relax,' zei Nicole, 'iedereen doet het tegenwoordig. Ik ga ervan uit dat George al helemaal om is.'

Albert keek in de spiegel en zag de kleur uit zijn wangen trekken.

'Geen reden tot paniek,' stelde Nicole hem gerust, 'het is niet moeilijk. Maar ík ga je daar dus niet mee helpen. Ga naar huis en googel het – en kijk wat je ervan vindt.'

'Oké,' zei Albert moeizaam. 'Dat zal ik doen.'

Nicole klapte in haar handen en wreef haar handpalmen tegen elkaar. 'Kom, het is tijd voor de tweede stap.'

'De tweede stap?'

'Doe je jas aan – we gaan de stad in.'

Albert liep samen met Nicole en Reenie in haar buggy Klobber binnen, de winkel waar hij ook zijn kersttrui had gekocht. Hij werd begroet door een rij paspoppen met bulkende arm- en beenspieren waar de laatste mode strak overheen was gespannen. Ook dit keer stond de muziek zo hard dat hij de bas door zijn lichaam voelde vibreren. Maar nu voelde hij zich niet geïntimideerd.

Want dit keer ben ik samen met vrienden.

'Hi, schat!'

Scorpia liep op hem af, haar haar weer net zo perfect in model als toen Albert zijn outfit voor de kerstborrel was komen uitzoeken. 'Heb je weer iets van je werk?' vroeg ze.

Zonder aarzeling kwam Nicole tussenbeide. 'Nou, hij is net uit de kast gekomen en gaat in Manchester een vriend zoeken die hij al vijftig jaar niet heeft gezien.'

Scorpia schudde gechoqueerd haar hoofd. 'Echt?'

Ze leunde op een stapel spijkerbroeken en bestookte Albert met vragen. Hij beantwoordde ze allemaal en vertelde dat Nicole hem een make-over had gegeven.

'Ik vond al dat je er anders uitzag,' zei ze. 'Je haar zit echt goed!'

'Nu hebben we alleen nog de juiste kleren nodig,' viel Nicole haar in de rede. 'Kleren waarmee hij in Canal Street niet uit de toon valt.'

Nicole en Scorpia konden het direct goed met elkaar vinden en struinden samen door de winkel op zoek naar broeken en shirts. Ze hielden hun vondsten tegen Albert aan om te besluiten of het wel of niet kon. Toen ze een acceptabele selectie hadden verzameld, bonjourden ze hem naar de paskamers waar hij in een hokje verdween om alles te passen. Om de paar minuten kwam hij naar buiten om de meisjes het resultaat te laten zien. Al snel had hij een enorme stapel kleding vergaard die hij naar de kassa droeg.

Scorpia gaf hem een warme glimlach terwijl ze de prijskaartjes scande. 'Nou, ik hoop dat die kerel al je moeite zal waarderen.'

'Dank je,' zei Albert. 'Dat hoop ik ook.'

Hij werd overvallen door een visioen waarin hij George had gevonden, maar die niets met hem te maken wilde hebben. Hij ademde diep in en schudde de gedachte van zich af. Nu hij er klaar voor was, vond hij het erg frustrerend dat het nog een hele week duurde voordat hij naar Manchester kon. Marjorie had aangeboden om op te passen – nadat ze had ontdekt dat Nicole het meisje was dat haar nagels had gedaan – maar ze kon pas volgende week zaterdag.

Geduld, jongen. Je hebt bijna vijftig jaar gewacht – één extra week zal niet zoveel uitmaken.

Die avond paste Albert op Reenie, zodat Nicole naar Leeds kon.

Hij vulde een fles met melk, zoals Nicole hem had geïnstrueerd, en ging op de slaapbank zitten om Reenie een verhaaltje voor te lezen. Ze nestelde zich tegen hem aan en hij begon met zachte stem Peppa Pig voor te lezen. Aan het einde van de pagina liet hij een stilte vallen, zodat Reenie de bladzijde kon omslaan. Ze had dit verhaal al zo vaak gehoord dat ze soms even haar fles uit haar mond trok om naar plaatjes te wijzen en een woord hardop met hem mee te lezen. Maar langzamerhand ging ze steeds meer knikkebollen en voordat het boekje uit was, was de fles al uit haar handen gevallen.

'Kom maar,' fluisterde hij, 'tijd om een knorretje te doen.'

Hij droeg haar naar boven en legde haar in haar ledikantje. Toen hij er zeker van was dat hij haar niet wakker had gemaakt, stuurde hij Nicole een berichtje om te laten weten dat Reenie lag te slapen. Daarna bleef hij in de deuropening naar haar staan kijken. Ze zag er zo vredig uit. Hij kon zich maar moeilijk voorstellen dat haar leven straks door allerlei drama's en beproevingen overhoop zou worden gehaald. Wat er ook zou gebeuren, hij hoopte dat ze nooit bepaalde delen van zichzelf verborgen zou hoeven houden. Hij hoopte dat ze gelukkig zou zijn.

En ik hoop dat ze zich altijd zo geliefd zal voelen als nu.

Hij liep op zijn tenen naar beneden en begon alle tekeningen die Reenie en hij die avond hadden ingekleurd bij elkaar te rapen. Hij wreef de kreukels eruit en deed ze terug in het kleurboek.

Eigenlijk ben ik ook een tekening die nog niet is ingekleurd. Of eentje die ik nog aan het inkleuren ben...

‘Nou, het is in ieder geval kleurrijk,’ zegt Albert.

George draait in de rondte om zijn nieuwe outfit te laten zien. Hij heeft een bruine broek aan met wijde pijpen en een paisley-motief, en een strak oranje overhemd met borstzakjes, een grote kraag, en wijde bloezende mouwen. Om het geheel af te maken heeft hij een mosterdgele zijden sjaal met bloemetjes als een strik om zijn hals geknoopt.

‘En, wat vind je ervan?’ vraagt hij.

Albert bekijkt George van top tot teen en knikt goedkeurend. ‘Ik vind dat je er flitsend uitziet.’

Het is een warme avond begin augustus en de zon hangt al laag aan een wolkeloze hemel. De jongens hebben afgesproken bij de bunker en nadat ze elkaar ter begroeting een kus hebben gegeven schuift Albert wat takken opzij, zodat ze kunnen gaan zitten.

‘Deze kleur oranje zou jou ook heel goed staan, weet je,’ zegt George op zijn overhemd wijzend.

Albert kijkt hem vol afgrijzen aan. ‘Ga weg! Zoiets zou ik nooit aantrekken. Ik zou niet tegen al die aandacht kunnen.’

George haalt zijn schouders op. ‘O, daar maak ik me niet druk om.’

‘Dat is je goed recht,’ zegt Albert. ‘Maar ben je niet bang dat zulke kleding je in de problemen brengt? Dat de andere jongens alleen maar meer de pik op je zullen krijgen?’

Nu kijkt George Albert vol afgrijzen aan. ‘Je wilt toch niet zeggen dat ik me moet inhouden? Dat ik mijn levendige, kleurrijke zelf in een duffe, saaie, ongelukkige grijze muis moet veranderen?’

Albert trekt zaadjes van het lange gras en rolt ze tussen zijn handen. ‘Nee, maar ik denk dat het soms geen kwaad kan om minder op te vallen. Dat is het enige wat ik wil zeggen. We komen toch ook hier? Op het marktplein zouden we elkaar niet zo snel kussen of zoiets.’

'Maar dat is omdat we anders in een cel zouden belanden.'

Opeens voelt Albert een zware druk op zijn borst. 'O, laten we het daar niet over hebben. Ik wil er niet eens aan denken.'

George leunt naar hem toe. 'Maar maakt het je niet boos, Albert? Vind je het niet oneerlijk dat we alleen hierboven op de heuvel met elkaar kunnen zoenen?'

Albert strooit de zaadjes uit over de grond. *Maar ik vind het hier fijn*, wil hij zeggen. *Ik vind het fijn als we maar met z'n tweeën zijn.*

'Misschien als ik er wat langer over na zou denken,' zegt hij.

'Nou, je móét er wat langer over nadenken,' antwoordt George fel. 'Het ís namelijk oneerlijk. Zoals ik al in Blackpool tegen je zei: wat is er mis met ons?'

'Niets. Helemaal niets.' Albert zwijgt even en plukt nog meer zaadjes van de grassprieten. 'Maar ik vraag me wel soms af... Waarom zijn we zoals we zijn, denk jij?'

'Hoe bedoel je?'

'Nou, waarom vallen we op elkaar en niet op meisjes?' Hij gooit de zaadjes zo ver mogelijk weg.

George slaakt een diepe zucht. 'Dat weet ik niet. Ik weet alleen dat meisjes me nooit iets hebben gedaan.'

'Mij ook niet. Al die lippenstift en parfum en haarlak.'

George grinnikt. 'Dat is nog niks, wat dacht je van die memmen? Ik zou niet weten wat ik daarmee moest!'

Ze barsten in lachen uit. George gooit zijn hoofd in zijn nek en Albert ziet dat het haar bij zijn slapen door de zon is gebleekt. Het heeft niet meer de kleur van gevlamd goud, meer het sprankelende goud van een schat of een kostbaar juweel.

'Even zonder gekheid,' zegt Albert als hij is uitgelachen. 'Hoeveel andere jongens zijn er zoals wij, denk je?'

'Ik heb geen idee,' antwoordt George. 'Maar zou het niet geweldig zijn als we ze allemaal voor één groot feest konden uitnodigen?'

Albert geeft hem een speelse por. 'George Atkinson, mafkees! Een feest geef je alleen als je wat te vieren hebt!'

'Ja, dat weet ik wel, maar...'

Albert staat op en klopt zijn handen schoon. 'Kom op, wij gaan sámen iets vieren. Laten we ons eigen feestje bouwen.'

George glimlacht veelbetekenend.

Als Albert de bunker in loopt, staat hij op en huppelt achter hem aan.

29

In de stoptrein naar Leeds vroeg Nicole zich af of dit dezelfde lijn was die Albert naar Bradford had genomen. Het was niet de eerste keer dat ze besefte dat Albert en zij zich in eenzelfde soort situatie bevonden, ook al waren ze zo verschillend.

Ze pakte haar telefoon en scrolde door haar sociale media. Het vooruitzicht om Jamie weer te zien maakte haar nerveus, maar ze was vastbesloten om persoonlijk vast te stellen of hij de handdoek in de ring wilde gooien – of dat hij volledig voor hun relatie wilde gaan.

Ze opende Whatsapp om te zien of ze een berichtje van Albert had. Sinds haar moeder naar Lanzarote was verhuisd had ze niemand meer op Reenie laten passen en ze was bang dat ze het niet aan zou kunnen. Maar gelukkig had Albert haar een appje gestuurd om haar te laten weten dat Reenie in slaap was gevallen – en om haar succes te wensen.

Via Spotify zette ze haar favoriete playlist op – met muziek van J Hus, Dave en WSTRN – en keek naar de weerspiegeling van haar gezicht in het raam. Ze droeg skinny jeans en een zwarte wikkelblouse met wijde mouwen. Ze had geen geld voor nieuwe kleren – dat treinkaartje was ook al een rib uit haar lijf geweest. Jamie woonde vrij ver van het station, dus moest ze ook nog een taxi nemen.

Probeer niet aan geld te denken. Je bent net zo goed bezig.

Opeens sloeg de paniek toe.

Maar wat als hij me aan het lijntje houdt?

Ze had ineens spijt dat ze Jamie niet had verteld dat ze zou komen. Het had zo'n goed idee geleken toen ze het had bedacht, en nog beter toen ze hem een berichtje had gestuurd om hem terloops naar zijn plannen voor die avond te vragen. Hij had geantwoord dat hij thuisbleef, omdat hij aan een opdracht moest werken. In haar dagdromen deed hij de deur voor haar open en nam hij haar in zijn armen – en zag ze zichzelf de volgende ochtend het huis uit zweven vol vertrouwen over zijn serieuze bedoelingen. Maar nu kwam er ineens een spervuur van angsten op haar af.

Stel dat hij helemaal niet blij is om me te zien?

Stel dat hij toch de deur uit is gegaan?

Stel dat hij op stap is met een ander meisje?

Ze keek weer naar haar spiegelbeeld in het raam en maande zichzelf tot kalmte. Als Jamie iemand anders had ontmoet, dan moest ze dat weten. Maar terwijl de trein voortboemelde, hoopte ze vurig dat dat niet het geval was.

De taxichauffeur stopte voor Jamies huis en Nicole gaf hem z'n geld. Ze had hem graag een fooi gegeven, maar dat zat er niet in vandaag. Uit schaamte sprong ze snel uit de auto.

Ze was in de wijk Headingly, maar het was zo donker dat ze er bijna niets van zag. Vlak voor Jamies huis stond een lantaarnpaal, waardoor ze wel kon zien dat hij in een hoog rijtjeshuis woonde met grote erkers, een souterrain en een zolderkamer – die laatste was van hem, wist ze. Ze keek omhoog om te zien of er licht brandde, maar de dikke gordijnen voor het raam lieten geen licht door. Achter haar reed de taxi weg.

Ze beklom de paar traptreden naar de voordeur en drukte op de bel. Tijdens het wachten schudde ze haar schouders los en probeerde ze te ontspannen. Toen de deur openging, was het niet Jamie die daar stond.

'Hallo? Wat kan ik voor je doen?'

De witte man had een bekakt accent. Hij had een knotje op zijn hoofd en een baard die op een vogelnestje leek.

'Eh, ja, hallo,' bracht ze uit. 'Ik kom voor Jamie.'

De man keek haar achterdochtig aan.

Ik ga je niet beroven, hoor, wilde ze zeggen.

'Wie kan ik zeggen dat er is?' zei de man. Er hing een vreemde geur om hem heen: een verdachte mix van Cheetos en wiet.

'Nicole,' antwoordde ze. 'Ik ben Nicole.'

De man schrok. 'O, jij bent Nicole! Ja, natuurlijk, sorry, ik dacht alleen...' Hij brak zijn zin af.

Ja, wat dacht jij dan?

'Laat maar, doet er niet toe,' zei hij. 'Leuk om je eindelijk te ontmoeten.'

Ze schudden elkaar de hand. 'Ook leuk om jou te ontmoeten.'

'Ik ben Toby,' zei hij. 'Ik ben een huisgenoot van Jamie.'

Aha, jij bent dus die blower die zijn rotzooi overal laat slingeren.

Ze toverde haar allervriendelijkste glimlach tevoorschijn. 'Ik heb veel over je gehoord.'

'En ik heb een heleboel over jou gehoord,' zei hij veelbetekenend. 'Maar kom binnen.'

Hij deed een stap opzij, zodat ze de gang in kon lopen waar meerdere modderige fietsen, kapotte paraplu's en een vergeten vuilniszak vol afval stonden. Hij gebaarde naar een deuropening en Nicole liep een kamer binnen die hoogstwaarschijnlijk de woonkamer was. De gordijnen hingen nauwelijks nog aan de rail, de vulling kwam uit de bank zetten en er lag een deken verfrommeld op de grond die de gaten in de bekleding had moeten bedekken. Elk oppervlak lag bezaaid met vieze bekers en geplette bierblikjes. De prullenbak zat tot de rand toe vol met verpakkingen van kant-en-klaarnoodles, lege chipszakken en maaltijddoosjes van een kiptent die Lord of the Wings heette.

'Sorry,' zei Toby. Hij probeerde de joint te verbergen die in de asbak lag na te smeulen. 'Het is hier een beetje een troep.'

Nicole glimlachte. 'O, geeft niks, hoor. Ik woon samen met een tweejarige, dus ik ben wel wat gewend.'

Er viel een ongemakkelijke stilte. Buiten op straat ging een autoalarm af.

O nee, zou oma me weer wat willen vertellen?

'En waar is Jamie?' vroeg ze. 'Is-ie thuis?'

'Ja, ja, hij is boven,' zei Toby.

Godzijdank.

'Als je hier wacht, ga ik hem wel even halen.'

'Dat hoeft niet,' zei ze ferm. 'Ik wil hem verrassen. Als je laat zien waar ik heen moet, kom ik zelf wel boven.'

Toby knikte en leidde haar naar een trap achter in het huis. Ze bedankte hem en liep voorzichtig naar boven. Daar passeerde ze een paar ranzige slaapkamers en wat gesloten deuren met onderbroeken aan de deurkruk. Ze vroeg zich af of dat een soort code was.

Eigenlijk wil ik dat helemaal niet weten.

Op zolder was Jamies deur dicht. Gelukkig wapperde er aan zijn deurkruk geen ondergoed. Ze haalde diep adem en klopte op de deur.

Geen reactie.

O jee, wat is hij aan het doen?

Buiten hield het autoalarm eindelijk op met loeien.

Ze klopte opnieuw, maar er kwam nog steeds geen reactie.

Voorzichtig duwde ze de deur open en stak haar hoofd naar binnen. Jamie zat met zijn rug naar haar toe met zijn ruisonderdrukkende koptelefoon over zijn oren op zijn laptop te werken.

Nicole had ook het idee dat ze muziek hoorde en dat net op dat moment de toonsoort veranderde.

Ze sloop naar zijn bureau en tikte hem op zijn schouder. Hij sprong geschrokken op. Toen hij zag wie het was, brak er een glimlach door op zijn gezicht en begonnen zijn ogen te glinsteren.

'Nic!' zei hij terwijl hij zijn koptelefoon van zijn hoofd trok. 'Wat doe jij hier?'

Maar hij wachtte haar antwoord niet af. Hij trok haar naar zich toe en kuste haar op haar voorhoofd. Terwijl zijn lippen zich naar haar wangen verplaatsten, sloot ze haar ogen en ademde ze zijn vertrouwde frisse geur van mint-douchegel en citrusshampoo in. Zijn zoenen bereikten haar mond en op het moment dat hun lippen elkaar raakten sloeg ze haar armen om zijn nek.

Maar Jamie maakte zich los. 'Wacht even, is alles oké? Wie past er op Reenie?'

Hij rommelde wat met zijn telefoon om de muziek uit te

zetten en Nicole legde uit dat er niets aan de hand was; Albert paste op. Ze wilde hem gewoon zien en ze vond het leuk om hem te verrassen.

'Nou, ik ben blij dat je er bent,' zei hij. 'Het is fijn om je te zien.'

'Ik vind het ook fijn, schatje. Maar ik wil je niet van je werk houden.'

Hij wuifde haar zorgen weg. 'Maak je daar maar niet druk om, dat kan ook tot morgen wachten.' En om zijn punt kracht bij te zetten klapte hij zijn laptop dicht.

Hij pakte Nicoles handen en kneep erin. 'Hoe dan ook, wees welkom in mijn nederige stulp.'

Ze liet haar blik over de inrichting glijden en zag dat het er veel netter was dan in de rest van het huis, met een opgemaakt eenpersoonsbed en geordende planken met mappen en boeken. Aan de muur hingen ingelijste foto's van zijn zwem- en roeiteam naast reclameposters voor cd's van Ed Sheeran en Stormzy. 'Ik vind het wel wat hebben. En het is vele malen beter dan de chaos beneden.'

Hij knikte en fronste zijn wenkbrauwen. 'Je hebt de woonkamer dus al gezien?'

'Ja, Toby heeft me rondgeleid. Het is daar ontzettend smerig, schatje.'

'Dat weet ik! Hoe denk je dat ik me voel in deze zwijnenstal?' Opeens lichtten zijn ogen op. 'Weet je wat, we gaan. Laten we ergens wat gaan drinken.'

Hij zei dat ze de studentenvereniging maar moesten laten voor wat het was, omdat al zijn vrienden daar zouden zijn. 'Dan gaan ze allemaal je aandacht opeisen, en ik heb je liever voor mezelf.'

Nicole knipperde met haar ogen en glimlachte. 'Daar kan ik wel mee leven, denk ik.'

Hij trok haar naar zich toe om haar weer te zoenen, maar hield zich in. 'Kom, als we daarmee beginnen kan ik mijn handen niet van je afhouden. Dan komen we nooit weg.'

Is dat zo erg dan?

Maar ze wilde niet dat Jamie haar zag als het vriendinnetje dat alleen maar langskwam voor seks; ze wilde dat hij haar als zijn partner zag in de breedste zin van het woord.

En als we nu wat gaan drinken, is er daarna nog genoeg tijd voor dat soort activiteiten.

Jamie nam haar mee naar de tent op de hoek, The Contented Pig, een traditionele Engelse pub met alles erop en eraan: een glimmend houten bar, ramen met melkglas, een gelagkamer, een pooltafel en een dartbord. Het zat er vol met een wat ouder publiek, voornamelijk plaatselijk volk dacht Nicole. Ze vonden een tafeltje in de hoek. Jamie dronk bier, Nicole nam wodka-lime en ze snaaiden samen uit een zakje gemengde noten. Nicole vertelde over haar vriendschap met Albert, en Jamie vermaakte haar op zijn beurt met verhalen over Toby's slordigheid en zijn afkeer van persoonlijke hygiëne.

Bij hun tweede drankje pakte Jamie Nicoles hand en lachte naar haar met zijn ogen. Hij droeg een trui die het blauw ervan versterkte, maar als hij zijn hoofd iets kantelde zag ze er ook groen in. Haar hart zwol op van geluk. Maar daarvoor was ze niet naar Leeds gekomen; ze wilde weten waarom hij zich voor haar gevoel de laatste tijd zo terugtrok.

Kom op, meid, als er iets aan de hand is, moet je erachter zien te komen wat dat is.

'Schatje,' begon ze, 'je bent de laatste tijd zo stil. Heb je het druk met je studie?'

'Ja, eigenlijk wel.' Hij nam een slok bier. 'Maar nu je er toch over begint, mijn ouders maken het me op dit moment wel weer erg moeilijk.'

'O, nee, echt?'

'Ja, ik ben bang van wel.'

Nicole trok haar hand voorzichtig terug en speelde met de nootjes. 'Oké, wat hebben ze nu weer gezegd?'

Jamie vertelde dat zijn grootste angst was uitgekomen. Zijn ouders hadden gedreigd zijn toelage stop te zetten als hij het niet uit zou maken. 'Natuurlijk is daar geen sprake van,' zei hij snel. 'Maar ik vraag me wel af hoe ik moet rondkomen zonder hun hulp.'

Ze dacht aan de laatste keer dat ze dit gesprek hadden gevoerd. Toen was ze haar geduld verloren. *Nu kalm blijven.*

'Heb je geprobeerd voor jezelf op te komen?' vroeg ze.

'Ja, natuurlijk.'

'Echt? Hoe hard heb je je best gedaan?'

Hij balanceerde op de achterpoten van zijn stoel. 'Nic, ik wil het niet erger maken dan het is – dat heb ik je al verteld. Maar ze zijn niet makkelijk. Je hebt eerlijk waar geen idee hoe ze kunnen zijn...'

Nicole schoof de nootjes weg en sloeg haar armen over elkaar. 'Oké, nou even serieus. Wat hebben ze op me tegen?' vroeg ze emotieloos. 'Kunnen ze nog steeds niet aan het idee wennen dat ik een alleenstaande moeder ben?'

Jamie haalde zijn hand door zijn haar, waardoor er een pluk rechtovereind bleef staan. 'Nu je er zelf over begint, ook dat vinden ze niet zo fijn, nee. Ze blijven maar zeggen dat ze niet willen dat ik me al zo jong met een stiefkind laat opzadelen – hun woorden, niet de mijne. Ze willen alleen maar het beste voor mij.'

Nicole glimlachte stijfjes. 'Nou, in dat geval denk ik dat je eens heel goed moet nadenken over wat jij denkt dat het beste is voor jou. Jíj moet bepalen wat jíj wilt –'

Ze hield zich in. Ze was hier niet om hem een ultimatum te stellen. *Als ik hem van zijn ouders wegjaag en zij betalen zijn toelage niet meer, gaat hij me dat verwijten en loopt het alsnog stuk tussen ons.*

Ze nipte aan haar drankje. 'Kijk, ik weet dat je het moeilijk hebt, Jamie. Maar ik heb het ook moeilijk – ik weet dat je je terugtrekt om hen tevreden te houden.'

Hij fronste en nam nog een grote slok bier. Op de achtergrond klonk het geluid van een keu die een bal raakte.

'Ik weet het, en dat spijt me,' zei hij. 'Maar ik weet gewoon niet wat ik moet doen. Ik hoop maar steeds dat ze wel bij zullen trekken.'

'Maar waarom zouden ze ineens bijtrekken? Kom op, schatje, dat gaat echt niet gebeuren.'

'Misschien niet, maar in juli studeer ik af en dan ben ik niet meer van hen afhankelijk.'

'Ja, maar daar doe ik het niet voor, Jamie. Ik wil niet dat je dit voor je uit schuift tot de zomer. Wat moet ik dan in de tussentijd doen? En ja, misschien heb je in juli dat geld niet meer nodig – ervan uitgaande dat je meteen een baan vindt. Maar ze blijven je vader en moeder. Ze zullen altijd je ouders blijven.'

Hij dronk zijn glas leeg en zette het terug op tafel. 'Wat probeer je nu te zeggen? Bedoel je dat ik tussen jullie moet kiezen?'

'Nee, dat zeg ik niet – dat is absoluut niet wat ik bedoel. Wat ik wil zeggen is dat je ervoor moet vechten en ons niet allemaal aan het lijntje moet houden. Ik weet niet hoe het met je ouders zit, maar ik verdien in ieder geval beter. Dus je verzet je tegen je ouders en neemt het voor mij op, of ik stop ermee.'

Meid, heb je dat echt net gezegd?

Het klonk heel natuurlijk. Nicole realiseerde zich dat ze ondanks haar oude onzekerheden toch ook sterk kon zijn.

Jamie pakte zijn glas op en staarde naar de bodem. In de verte hoorde Nicole een poolbal in een gat vallen.

Hij schoof zijn stoel achteruit en stond op. 'Ik haal nog een drankje. En als ik terugkom praten we ergens anders over.'

Ze schudde haar hoofd. 'Ik wil niet vervelend zijn, Jamie, maar ik hoef niets meer te drinken. Ik wil naar huis.'

'Maar Nic, je bent helemaal hierheen gekomen.'

'Dat weet ik, en daar ben ik blij om – want dit gesprek moest gevoerd worden.' Ze keek op haar horloge. 'Maar als ik nu ga kan ik de laatste trein nog halen.'

Hij keek haar smekend aan. 'Maar Nic, ik wil niet dat je gaat.'

Ze slaakte een diepe zucht. 'Ja maar, Jamie, we gaan nu zes maanden met elkaar en als je nu nog niet honderd procent zeker van ons bent, wil ik niet met je verder.'

Ze vroeg of hij een taxi voor haar wilde bestellen en hij knikte met tegenzin.

Toen ze opstond en haar jas aantrok, bedacht ze iets. *Als ik de laatste trein haal, stuur ik Albert een berichtje om wakker te blijven tot ik terug ben.*

Ze kuste Jamie gedag en voelde een kort moment van spijt dat ze vannacht niet bij hem bleef slapen. Maar dat gevoel was ze snel kwijt. Na dit gesprek wist ze zeker dat ze naar huis wilde.

Ze wilde een kop thee en met Albert praten.

30

'Kom, kind,' zei Albert tegen Nicole, 'we gaan ervoor.'

Het was zaterdagavond en ze stonden aan het begin van Canal Street. Albert ademde diep in en luid en langzaam uit.

De hele afgelopen week had één lange voorbereiding geleken. Op maandag waren ze geteisterd door een zware sneeuwstorm die het Albert onmogelijk had gemaakt naar zijn werk te komen, en de twee dagen daarna had hij nodig gehad om ploeterend door de sneeuw zijn gebruikelijke ronde te doen. Iedereen had het alleen maar over het weer gehad. Toen had de regen de sneeuw weggespoeld, zodat de mensen weer langzaam hun normale bezigheden konden oppakken. Voor Albert betekende dit dat hij zijn werk en zijn zoektocht naar George had kunnen hervatten – en dat hij zich op deze avond kon voorbereiden. Hij was nog steeds nerveus: kon hij elk moment George tegen het lijf lopen, of zou hij alleen maar een volgende aanwijzing in zijn steeds langer wordende zoektocht vinden? Hoe dan ook, hij wilde nu doorpakken.

Meteen toen hij zijn eerste stappen op de beroemde straat zette, viel het hem op dat er geen klinkers lagen, zoals hij had gehoord, maar rode bakstenen. Het was nog steeds koud, dus waren er niet zoveel mensen op straat als op de foto's die hij had gezien. Links van hem stond een rij bomen met lichtjes erin voor een laag muurtje dat de straat van het kanaal scheidde. Aan zijn rechterkant was een lange rij bars, stuk voor stuk behangen met regenboogvlaggen en kleurrijke spandoeken met reclame voor themafeesten, dragshows en happy hours. Zoals Nicole hem al had verzekerd zaten de bars in Canal Street niet allemaal vol met jongeren; al bij de eerste paar bars die ze passeerden zag hij een paar oudere mannen naar binnen lopen. Maar het waren duidelijk de luidruchtiger bars voor het jongere publiek die de sfeer in de straat bepaalden.

Ze liepen langs een etablissement met een glazen pui waar de condens van afdroop. Het was er zo vol dat een wirwar aan lichamen – de meeste halfnaakt – tegen de ramen gedrukt stond. Voor de zaak had zich een rij met opgewonden tieners en twintigers gevormd en telkens als de uitsmijters de deur opendeden klonk er een explosie van opzwepende discomuziek. Een dronken persoon van ondefinieerbaar geslacht kwam hangend tussen twee vrienden naar buiten gestommeld en onder luid gejuich mochten drie andere mensen in hun plaats naar binnen. Door de open deur kon Albert net een mannelijke danser met ontbloot bovenlijf ontwaren die zich op het podium in allerlei bochten stond te wringen, terwijl een andere man in niets anders dan zilveren hotpants driftig met zijn achterwerk stond te schudden. Zoiets had hij in *Coronation Street* nooit gezien. Zoiets had hij van zijn hele leven nog nooit gezien.

'Godzijdank hoeven we daar niet naar binnen,' zei hij tegen Nicole.

'O, dat weet ik zo net nog niet,' antwoordde ze ondeugend. 'Ik heb er wel zin in.'

'Ja, nou, haal je maar niets in je hoofd,' zei Albert. 'We hebben een ander doel – je moet je niet laten afleiden.'

The New Union lag aan het einde van Canal Street, tegenover Piccadilly Station. Het was stervenskoud. Albert trok zijn jas dichter om zich heen en klapte in zijn gehandschoende handen om warm te blijven. Maar niet iedereen leek last te hebben van de kou; een groep vrouwen in alleen een minirok en een bh kwam op hen af stormen. Terwijl ze joelend passeerden zag Albert dat een van de vrouwen volgeplakt was met L-platen en een bruidssluier droeg. De anderen hadden een vrijgezellensjerp om en sleepten een enorme opblaaspenis met zich mee. Opeens was het alsof de afgelopen maand niet had plaatsgevonden en hij bloosde als vanouds, ondanks de kou.

Bij de eerste brug over het water sloegen Albert en Nicole een van de zijstraten van Canal Street in. Op de hoek stuitten ze op twee jongens die tegen de muur leunden en elkaar teder aan het kussen waren. Albert zag bij nadere inspectie dat het tieners waren – niet veel ouder dan hij en George waren geweest.

Doen jongens die zo oud zijn als wij destijds dit nu gewoon? Kunnen ze zomaar in het openbaar met elkaar zoenen?

De heterostelletjes die de brug overstaken verblikten of verbloosden niet en de auto's reden langs alsof er niets aan de hand was. Maar hij kon zijn ogen niet van het tafereel afhouden. Een van de jongens knoopte een sjaal om de hals van zijn vriend, controleerde of zijn muts zijn oren goed bedekte en kuste hem op zijn voorhoofd. Albert werd overvallen door een emotie die hij niet kon plaatsen.

Blijdschap? Verdriet? Trots? Of alle drie tegelijk?

Hij moest denken aan wat Daniel tegen hem had gezegd toen hij eerder die week een pakketje bij hem had afgeleverd. Albert ging natuurlijk naar de Village om George te vinden, maar deze trip was ook zijn eerste stapavond in de homoscene, had Daniel hem uitgelegd – en dat was een belangrijk ritueel in het leven van een homoman. Daniel had hem gewaarschuwd dat hij een wereld zou betreden van mannen van verschillende leeftijden en verschillende achtergronden die het enige dat ze gemeen hadden wilden vieren – dat wat vroeger misschien afschuw, schaamte of zelfs afkeer bij ze had opgeroepen – en dat zou emotioneel voor Albert kunnen zijn. Sommige mensen vonden het opwindend en spannend, zei Daniel, maar anderen zouden het misschien als beangstigend en verontrustend ervaren. Door wat Albert om zich heen zag gebeuren moest hij denken aan de droom waarover George hem op de moors had verteld: hij had alle mannen zoals zij bij elkaar willen brengen voor een feest. *En ik heb zijn idee meteen de grond in gestampt – ik heb hem een mafkees genoemd omdat er in mijn ogen niets te vieren viel.*

Opeens werd Albert overmand door emoties – precies zoals Daniel had voorspeld. Hij haalde opnieuw diep adem om zichzelf te kalmeren.

Ik laat me hier niet door van mijn stuk brengen. Ik laat me vanavond niet door mijn emoties gijzelen.

Hij stapte resoluut door.

Ze staken een tweede brug over en passeerden een bord met WELCOME TO MANCHESTER'S GAY VILLAGE en een muurschildering van een hartstochtelijk kussende Batman en Robin. Opnieuw trok een luidruchtige bar hun aandacht. Buiten stond een clubje rokers kakelend te lachen en een meisje met een blauwe pruik, een tutu en feeërieke vleugels hield haar telefoon omhoog om haar dansende vriend te filmen. Uit de bar dreunde een nummer van een diva met een zware stem.

Toen de jongen Albert zag begonnen zijn ogen te schitteren. 'Hallo daddy!' riep hij.

Albert keek naar zijn schoenen en wist niet hoe snel hij door moest lopen. 'Waar heeft hij het over?' vroeg hij aan Nicole toen ze op veilige afstand waren. 'Verwart hij me met iemand anders?'

'Je bent echt hilarisch, Albert,' zei ze. 'Hij vindt je leuk! Hij vindt je aantrekkelijk!'

Albert hapte naar adem. *Potverdrie, waar ben ik terechtgekomen?*

Ze liepen verder en enkele mensen keken hen nieuwsgierig aan. Albert besefte dat ze een bezienswaardigheid waren in Canal Street. Net op het moment dat hij dit tegen Nicole wilde zeggen, sloegen ze de hoek om en botsten ze bijna op een bizar lange dragqueen op bizar hoge hakken met een bizar hoog suikerspinkapsel. Vlak achter haar liepen een paar van top tot teen in leer gehulde mannen met hondenmaskers en enorme sloten aan dikke zilveren kettingen om hun nek. Albert maakte ruimte om ze te laten passeren. Hij had echt wel verwacht dat hij hier in Canal Street wat kleurrijke personen zou tegenkomen, maar zo'n onstuimige explosie aan kleur had hij niet verwacht.

Verderop in de straat zag hij een leuk bakstenen gebouwtje waarvan de onderkant wit gestuct was. Aan weerszijden van de ingang hingen manden met planten en op de markiezen boven de ramen stond de naam van een hotel. Hoog op de zijmuur stond in verlichte gouden letters de naam van de pub – The New Union.

Alberts maag maakte een radslag.

'Wat denk je ervan?' vroeg Nicole. 'Ben je er klaar voor?'

Hij ademde diep in en voelde de koude lucht zijn longen in stromen. 'Ja, zeker. We gaan ervoor.'

Bij de ingang werden ze tegengehouden door een uitsmijter, die hen streng aankeek.

'Sorry,' zei hij. 'Weten jullie wel dat dit een homobar is?'

Zonder enige aarzeling antwoordde Albert: 'Ja, dat is geen probleem, ik ben homo.'

Het was pas de tweede keer dat hij deze woorden uitsprak, maar het viel hem nu al mee hoe vlot het ging.

De uitsmijter glimlachte naar hem. 'Ga dan maar naar binnen. Ik wens jullie een fijne avond.'

The New Union was heel anders dan de andere bars in Canal Street; het had eerder het decor en de uitstraling van een traditionele pub dan van een moderne coole club. Maar het was er net zo druk – en er gebeurde zo veel om hen heen dat Albert voor de tweede keer bijna vergat dat hij hier was om George te zoeken.

Albert voelde Nicoles hand in de zijne glijden terwijl hij zijn jas uitdeed.

'Kom,' zei ze. 'We gaan op onderzoek uit.'

Ze nam hem mee naar het midden van een grote dansvloer die bomvol stond met mannen van middelbare leeftijd en een handjevol vrouwen. De meesten waren al dronken, maar hun gedrag was totaal niet bedreigend of agressief; ze hadden vooral belangstelling voor hun dansbewegingen, die ze uitvoerden met wat sommigen verrassend weinig waardigheid zouden noemen, maar wat Albert als ongeremdheid besloot op te vatten.

En daar weet ik alles van.

De dj draaide muziek die Albert zich nog kon herinneren; Donna Summer uit de jaren zeventig ging naadloos over in iets van Bananarama uit de jaren tachtig. Een enthousiaste man met rood haar en een buikje wierp zich tegen een danspaal, klemde die tussen zijn benen en zwiepte wild met zijn haar. Een zweetdruppel landde op Alberts wang, maar hij veegde hem lachend weg. *Ik begin er al aan te wennen.*

Naast de dansvloer stond een podium. Het was momenteel niet in gebruik, maar er hingen wel posters voor karaokeavonden en dragqueenshows met namen als Anna Phylactic, Cheddar Gorgeous en Narcissa Nightshade. Terwijl hij de aanplakbiljetten stond te bekijken begon een grote harige man gehuld in een regenboogvlag en met een brandweerhelm scheef op zijn hoofd tegen hem aan te pogoën. Zonder erbij na te denken schudde Albert bij wijze van antwoord even met zijn billen.

Nicole trok hem aan zijn hand mee naar een zitgedeelte waar de muziek zachter stond en de sfeer wat minder uitgelaten was. Er stonden comfortabele leren banken waarop een groep volslanke mannen met shirts van een homo-rugbyteam de wedstrijd van die dag zat te bespreken. In de hoek zaten twee lesbiennes in rolstoelen te praten over wat klonk als een dramatische relatiebreuk.

Terwijl Albert alles in zich opnam, concludeerde hij dat de sfeer hier warm en vriendelijk was en niet overdreven hip of oordelend. Het was *camp* zoals het alleen in het noorden van Engeland kon zijn; hij had er niet van opgekeken als Bet Lynch zo vanaf de set van *Coronation Street* was komen binnenwandelen. Er vormde zich een glimlach rond zijn mond. Hij had geen idee waar hij terecht zou komen toen hij aan zijn zoektocht naar George begon – maar dat die hem hiernaartoe had geleid voelde goed.

Als George hier nog zou werken, zou hij waarschijnlijk achter de bar staan.

'Oké,' zei hij tegen Nicole, 'wat wil je drinken?'

'Wodka-lime, alsjeblieft.'

Hij gaf haar zijn jas en baande zich een weg naar de bar, waar hij het personeel bestudeerde terwijl hij op zijn beurt wachtte. Ze waren allemaal minstens dertig jaar jonger dan George en uiteindelijk werd hij geholpen door een slanke latino met een geschoren hoofd, tattoos en zo'n strakke spijkerbroek dat Albert zich afvroeg of hij wel een broek aanhad en niet gewoon was gebodypaint. Toen hij de drankjes overhandigde, schoof hij ook nog twee gratis shots naar Albert toe. Die kreeg iedereen bij het eerste drankje, legde de barman uit. Nicole verscheen plotseling achter hem en nam een van de glazen van hem over.

'Kom op,' zei ze, 'we moeten in de stemming komen.'

Voordat Albert iets kon zeggen had ze het glaasje al aan haar lippen gezet. Hij volgde haar voorbeeld en ze sloegen in één keer de mierzoete likeur achterover. Hun gezicht verwrong van afgrijzen terwijl de vloeistof door hun keel gleed.

'Wat was dat?' vroeg Albert aan de barman.

De man haalde zijn schouders op. 'Maakt dat wat uit?'

Albert betaalde hem en nam hun drankjes mee naar het zitgedeelte. De Pet Shop Boys schalden uit de boxen bij de dj-tafel en drie mannen snelden naar de dansvloer. De bank die ze hadden verlaten werd direct door Nicole opgeëist. Ze bracht een toost uit op Alberts debuut in de scene en ze namen een slok van hun drankjes.

'Zo, wat vind je er tot nu toe van?' vroeg ze.

'Ik vind het leuk,' zei hij. 'Maar ook gek. Ik voel me aan de ene kant een fraudeur die hier niet zou mogen zijn en aan de andere kant heb ik het gevoel dat ik eindelijk mijn soort mensen heb ontmoet.'

Ze keek hem fronsend aan. 'We hebben geen haast. We blijven hier gewoon even rustig zitten, zodat je een beetje aan de omgeving kunt wennen.'

Albert voelde zich ineens enorm dankbaar dat Nicole met hem mee was gegaan.

Het volgende halfuur brachten ze kletsend door. Nicole vertelde Albert over haar eerste stapavond in de Village; ze was uitgenodigd door een jongen van haar opleiding in Huddlesden, maar al binnen een uur had hij zich uit de voeten gemaakt met een gladgekamde Italiaan die hij op Grindr had ontmoet. Hij had haar de rest van de avond opgezadeld met een groep lesbiennes uit Bratislava die naar Manchester waren gekomen op een hockeyreisje. Albert had haar op zijn beurt verteld over zijn ongemakkelijke eerste stapavond als tiener, toen hij had moeten doen alsof hij dezelfde meisjes leuk vond als de andere jongens. Maar nadat hij George had ontmoet was hij in een situatie terechtgekomen die veel beter bij hem paste, zo niet perfect bij hem paste.

Tijdens hun gesprek speurden zijn ogen naar mogelijke tekenen van George. Toen ze hun tweede drankje op hadden, stond hij te popelen om met zijn zoektocht verder te gaan – en dit keer wilde hij het grondig aanpakken.

Nicole zei dat ze zijn plekje op de bank vrij zou houden. 'Ik weet dat het onwaarschijnlijk is, maar als je hem vindt wil ik tijdens jullie hereniging geen derde wiel aan de wagen zijn.'

Albert bedankte haar en begon aan zijn inspectie van de bar. Eerst liep hij langs de randen van de centrale ruimte en daarna zigzagde hij door de menigte in het midden. Hij ging op een verhoging staan om de deinende massa op de dansvloer beter te kunnen bekijken. En hij ging naar het toilet, waar hij langdurig zijn handen waste zodat hij kon zien wie daar allemaal kwamen. Maar na een halfuur moest hij bekennen dat het geen succes was. Het ergste was nog dat Albert de mannen van de juiste leeftijd zo doordringend aanstaarde dat ze hem gestoord, onbeleefd of een overdreven flirt vonden.

'Blijf je me de hele avond zo aangapen?' zei een man met wit haar en een strooien hoed. 'Of kom je me nog versieren?'

'O n-n-nee, sorry,' stamelde Albert. 'Ik dacht dat je iemand anders was.'

'Nou, rot dan maar gewoon op!' brieste de man.

Albert kocht nog twee drankjes en liep terug naar het zitgedeelte, waar Nicole op haar telefoon door haar sociale media aan het scrollen was.

'Iets wijzer geworden?' vroeg ze toen hij naast haar kwam zitten.

'Nee, hij is hier niet, denk ik.'

'O, wat jammer. Maar we geven nog niet op. Zijn er mannen die ongeveer even oud zijn? Iemand die hem misschien zou kunnen kennen?'

Albert dacht aan de man met de strooien hoed, maar besloot hem niet te noemen. Opeens werd hij overvallen door de zinloosheid van de hele exercitie.

Wat heeft het voor nut? Misschien moeten we gewoon maar naar huis gaan en een andere manier verzinnen om George te vinden.

'Het is hier erg veranderd, weet je,' zei een stem achter hen.

Albert draaide zich razendsnel om. 'Wat?'

'Ik zei dat het hier erg veranderd is. Het was altijd heel makkelijk om iemand op te pikken, maar nu doet iedereen dat online. Als je het mij vraagt heeft Grindr de scene verpest.'

Een kale man van in de zestig in een spijkerbroek en houthakkersoverhemd was op de armleuning van de bank gaan zitten. Albert had sterk de indruk dat hij dronken was; het zweet droop van zijn voorhoofd, zijn neus vertoonde de paarse bloedvaten van een stevige drinker en hij sprak met dubbele tong en moest regelmatig boeren.

'Kom je hier al lang dan?' vroeg Albert.

'Ja. Maar het is niet meer zoals vroeger... Het was een stuk leuker toen er alleen nog maar mannen kwamen en we ons moesten verstoppen voor de rest van de wereld. Maar nu wil iedereen hier komen en samen met ons feesten. Het stikt hier van de vrijgezellenfeestjes met vrouwen – echt, je kunt de oestrogenen bijna ruiken.'

Albert keek naar Nicole en hoopte dat ze zich niet ongemakkelijk voelde.

'Ik ben eigenlijk op zoek naar iemand die hier een tijd geleden heeft gewerkt,' zei Albert. 'Misschien dat je hem kent?'

De man gleed bijna van de armleuning af, maar kon nog net op tijd zijn evenwicht hervinden. 'O ja, wie dan?'

'George. George Atkinson.'

De man nam een slok van zijn drankje, maar realiseerde zich dat zijn glas leeg was.

'Hij werkte hier in de jaren zeventig,' verhelderde Albert. 'Maar wat er sindsdien van hem geworden is weet ik niet.'

De man perste zijn lippen op elkaar. 'Ik herinner me helemaal niemand die George heette. Je kunt het beter aan de kastelein vragen. Hij hoort zo'n beetje bij het meubilair.'

Albert wierp Nicole een enthousiaste blik toe.

'Echt? Waar kan ik hem vinden?'

'O, waar je hem altijd kan vinden – op een barkruk achter de bar. Daar zit hij als een koningin op haar troon.'

Albert sprong op. 'Dank je wel. O, en hoe heet deze kastelein?'

De man liet een pijnlijk klinkende boer en wreef over zijn buik. 'God weet wat zijn echte naam is, maar iedereen noemt hem Phoebe.'

Albert knikte. 'Phoebe. Geweldig, dank. '

'Het is hier erg veranderd, weet je...' ging de man verder. Maar hij was al weggelopen en had het nu tegen iemand anders.

Albert zei tegen Nicole dat hij Phoebe ging zoeken. Ze glimlachte naar hem en gaf hem een kneepje in zijn hand.

Hij baande zich een weg naar de bar.

'Wat mag het zijn?' vroeg dezelfde barman.

'Ik hoef eigenlijk niets te drinken,' antwoordde Albert. 'Ik wil graag met Phoebe spreken.'

De man keek naar rechts. 'Phoebe!' schreeuwde hij. 'Er is hier iemand voor je!'

Albert zag een man in een hoekje zitten, bijna uit het zicht. De man gleed van zijn barkruk en kwam zijn schuilplaats uit. Hij had een paars pak met een roze overhemd aan en een verse witte bloem stak uit zijn knoopsgat. Hij was eerder mager dan slank. Zijn haar was grijs en hij had rimpels, maar zijn gezicht was vriendelijk.

'Hallo, hallo,' zei hij met het vette accent van de regio. 'Wat kan ik voor je doen?'

Albert wilde zo graag weten of hij George kende dat hij zonder inleiding direct van start ging. 'Ik ben naar iemand op zoek,' zei hij. 'Iemand die hier heeft gewerkt.'

Phoebe frunnikte aan zijn kraag. 'O ja? En hoe heet die persoon?'

'George Atkinson. Zegt die naam je wat?'

Albert zag direct dat hij hem kende. Bij het horen van George' naam werd de glimlach op Phoebes gezicht nog breder.

'Natuurlijk zegt die naam me wat!' riep hij uit.

Alberts maag maakte een dubbele salto. 'Echt?'

Phoebe wees naar de luidspreker aan de muur. 'Het is te luidruchtig hier. Kom mee naar achteren.'

Albert volgde Phoebe naar wat het invalidentoilet leek, maar er stonden ook een emmer en een dweil in een douchecabine, en een stapel dozen met chips. Aan een van de muren hing een grote spiegel waar iemand een zwarte boa overheen had gedrapeerd. Iemand had er met rode lippenstift het woord 'GEIL' op geschreven.

Phoebe deed de deur achter zich dicht en leunde even tegen de muur om op adem te komen. 'Sorry,' zei hij. 'Ik ben niet meer zo kwiek als vroeger. Ik ben bijna zesenzeventig.'

Albert glimlachte. 'Nou, dan schelen we niet zoveel.'

Phoebe gebaarde naar een rek met kleurrijke dameskleding. 'Hier maken de meisjes zich klaar voor hun optredens,' legde hij uit. 'We hebben een paar keer per week een dragshow.'

Albert knikte, maar wilde niet dat het gesprek een andere koers zou nemen. 'Dus je kende George?' vroeg hij abrupt.

Phoebe liep naar de wastafel en ging ertegenaan staan. 'Ja. Ik kende hem vrij goed. Hij heeft hier tien jaar gewerkt, maar is in de jaren tachtig naar Londen verhuisd. We zijn elkaar uit het oog verloren.'

Albert was zo teleurgesteld dat hij een klaaglijke kreun niet kon onderdrukken.

'O, maak je geen zorgen,' zei Phoebe. 'Dat was in de tijd vóór de sociale media, toen mensen elkaar continu uit het oog verloren. Maar later hebben we elkaar online weer gevonden. Ik lees graag wat hij post en wat hij zoal uitvoert.'

Alberts teleurstelling maakte direct plaats voor opluchting. Dit was de eerste keer dat iemand in de tegenwoordige tijd over George sprak.

Hij leeft dus nog. En deze man weet waar ik hem kan vinden.

'Maar wacht eens even,' protesteerde Albert. 'Ik heb George op sociale media gezocht en ben hem nergens tegengekomen.'

Phoebe trok een wenkbrauw op. 'Op welke naam heb je gezocht?'

'George Atkinson. Welke naam had ik anders moeten gebruiken?'

Phoebe liet even een stilte vallen en zijn ogen schitterden. 'Zijn dragnaam.'

'Zijn dragnaam?'

'Ja, George is een dragqueen, wist je dat niet?'

Albert was zo gechoqueerd dat hij bijna zijn evenwicht verloor. 'Nee, ik had geen idee.'

'Wanneer heb je hem voor het laatst gezien?'

'Eh… nou ja, wel even geleden.'

Phoebe haalde een sigaret tevoorschijn. Hij opende het raam en stak hem aan. 'Dit is een van de voordelen van kastelein zijn, zeker als je zo'n ouwe zak bent als ik. Er is dan wel een rookverbod, maar niemand gaat klagen als ik hier naar binnen glip om stiekem een peuk te roken.'

Albert keek hoe hij een lange rookpluim uitblies en probeerde ondertussen het nieuws dat George een dragqueen was te verwerken. Hij vroeg zich af hoe de George die hij kende eruit zou zien in een jurk met een pruik en make-up op. Maar dat lukte hem niet goed. Toch was het eigenlijk wel logisch dat George dragqueen was geworden. Hij dacht terug aan de shows die George voor hem had opgevoerd op de moors. Als hij de vrouwelijke rollen vertolkte kwam er altijd iets in hem tot leven.

'Ja, George heeft hier als dragqueen gewerkt,' vervolgde Phoebe zijn verhaal. 'Ik was natuurlijk de dragmoeder – Phoebe Fortune – en George was een van mijn meisjes. Hij was een geweldige queen, een van de beste.'

'Wat is er gebeurd?' vroeg Albert. 'Waarom is hij naar Londen verhuisd?'

'O, hij kreeg steeds meer boekingen in het zuiden en uiteindelijk kreeg hij een permanente plek in een van de Londense tenten aangeboden. Het was een grote stap in zijn carrière. Ik begreep het helemaal. Maar mij kon je opvegen toen hij ging.'

'Hoe kan ik hem vinden? Wat is zijn dragnaam?'

Phoebe nam nog een trek van zijn sigaret, inhaleerde flink en tikte zijn as in het afvoerputje. 'Georgina. Georgina St. James.'

Albert voelde dat zijn benen onder hem vandaan wilden glijden. Hij zocht steun bij de muur. 'Georgina zei je?'

'Ja, Georgina St. James. Ik heb het altijd een van de betere dragnamen gevonden.'

'Ja, maar...' Albert wilde zeggen dat Georgina de naam was die de jongens op school hadden gebruikt om hem te pesten, maar hij hield zich in.

'Maar wat?' vroeg Phoebe. 'Wat wilde je zeggen?'

'O, niks,' zei Albert. 'Ik dacht even terug aan de George die ik kende.'

Op een avond halverwege augustus zit Albert voor de bunker op George te wachten. Het begint al donker te worden en George is laat.

Als hij uiteindelijk arriveert, ziet Albert meteen dat er iets naars is gebeurd; George' lip is kapot, er zit gedroogd bloed op zijn kin en het gebied rondom zijn linkeroog is blauw. Albert voelt een enorme woede in zich opkomen. Maar voordat hij wat kan zeggen, begint George te praten.

'Ja, ik weet het,' zegt hij met een geforceerde glimlach. 'Dat wordt een flink blauw oog morgen.'

'Maar wat is er gebeurd?' vraagt Albert. Hij maakt zijn vinger nat met zijn tong en veegt het bloed van George' kin. 'Wie heeft dit gedaan?'

George haalt zijn schouders op. 'O, dat doet er niet toe. Gewoon een paar jongens die me op straat hebben aangevallen. Ik ben 'm gesmeerd voordat ze me echt konden toetakelen.'

Albert voelt de woede branden tot in zijn vingertoppen. 'Maar welke jongens? Kom op, George, zeg het me.'

George slaakt een diepe zucht en gaat zitten. 'Als je het echt weten wilt, het waren Tom Horrocks en Colin Broadbent.'

Albert laat zich naast hem op de grond zakken. 'Maar dat zijn mijn vrienden. Of dat zouden mijn vrienden moeten zijn. Dat kunnen ze nu vergeten!'

George maakt met zijn hiel een kuiltje in de grond. 'Ja, nou, ik zou me er niet te veel over opwinden. Als zij het niet waren geweest, dan wel iemand anders. We weten toch hoe de wereld over ons denkt.'

Albert kan alleen maar oppervlakkig ademhalen. 'Waarom zeg je dat? Wat hebben ze tegen je gezegd?'

'O, je weet wel, de gebruikelijke dingen. Flikker. Mietje. Georgina.'

Albert moet een woeste kreet onderdrukken. 'Ik ga naar ze toe en zal ze eens goed te grazen nemen, ik zweer het je.'

Hij ziet voor zich wat hij die jongens aan wil doen en schrikt van zijn eigen agressie. *Zou ik daar echt toe in staat zijn?*

George schudt zijn hoofd. 'Met geweld los je niks op, Albert. Zo gaan we deze strijd niet winnen.'

'Nou, hoe gaan we hem dan wel winnen?'

George wroet opnieuw met zijn hiel in de grond en er komt een kluit aarde los. Hij trapt de kluit weg.

'Dat weet ik nog niet, daar ben ik over aan het nadenken. Maar in de tussentijd ga ik mezelf niet door die eikels laten kleineren. En ik ga me ook niet anders voordoen dan ik ben. Ik ga voor niets of niemand doen alsof ik een echte kerel ben. Door mensen zoals zij wil ik me alleen maar extravaganter gaan gedragen.'

In de verte roept een uil.

Albert zucht diep. 'Weet je zeker dat dat een goed idee is, George?'

Maar George geeft geen antwoord en springt op het dak van de bunker.

'Kom,' zingt hij, 'ik ga voor je optreden.'

Typisch George. Hij zal altijd proberen zijn zorgen weg te zingen of te dansen.

'Eerlijk?' vraagt Albert. 'Weet je zeker dat dit het goede moment is?'

'Ja, dat weet ik zeker,' zegt George direct met een brede glimlach. 'Een beter moment is er volgens mij zelfs niet.'

Ondanks de woede die nog in hem raast, begint Albert te grijnzen. 'Oké, jij je zin.'

'Wat vind jij?' vraagt George. 'Ben ik vanavond de jongen of het meisje?'

Hij schudt met zijn billen naar Albert.

'Ben ik George – of Georgina?'

In het invalidentoilet van The New Union probeerde Albert te verwerken dat George een dragqueen was die Georgina heette.

Het raakte hem dat George een naam had gekozen die in het verleden tegen hem was gebruikt, maar die hij nu voor zich liet werken – de naam kon hem niet alleen niet meer kwetsen, het was ook zijn manier om zijn middelvinger naar de wereld op te steken. En met zijn vrouwelijke trekjes, waar de andere jongens hem om hadden uitgelachen, had hij dat op een bepaalde manier ook gedaan door zich als vrouw te verkleden en er applaus voor te krijgen. Albert voelde zich trots.

Phoebe blies weer een rookpluim uit. 'Maar waar ken jij George van?'

Albert legde het hem uit.

'Aha,' zei Phoebe met samengeknepen ogen. 'Jij bent dus Albert?'

Van schrik hield Albert zijn adem in. Op het moment dat hij zijn naam hoorde leek het net of George zelf contact met hem zocht en met hem communiceerde.

'Ja, ik ben Albert,' zei hij. 'Hoezo? Heeft hij het over mij gehad?'

Phoebe glimlachte. 'Niet echt – hij was altijd erg geheimzinnig over wat er tussen jullie is gebeurd. Maar ik begreep wel dat er zich een groot drama in zijn leven had afgespeeld. Waar hij zich heel verdrietig en teleurgesteld over heeft gevoeld.'

Albert keek naar zijn schoenen. 'Ja, dat zal wel. Ik heb hem teleurgesteld. Maar ik wil het goedmaken. Ik weet dat ik vijftig jaar te laat ben, maar ik wil er alles aan doen.'

'Goed zo,' zei Phoebe. Hij drukte zijn sigaret uit en gooide hem in de prullenbak. 'Daar ben ik blij om.'

'Ik moet hem gewoon vinden,' zei Albert met onvaste stem. 'Dus als je meer weet...'

Phoebe deed het raam dicht. 'O, van mij heb je verder geen informatie nodig. Georgina St. James – meer hoef je niet te weten. Die queen is overal op het internet te vinden. Ze is niet te missen!'

Een uur later stond Albert met Nicole op het perron van Piccadilly Station op de laatste trein te wachten. Om hen heen stuurden zuiplappen hun alcoholische wasem de koude lucht in. Albert keek het perron af en zag een groep pubers die McDonald's-voedsel naar binnen werkten, een heterostel dat bezig was met wat toch echt niets anders dan voorspel kon zijn, en een paar eenzame mannen die met rooddoorlopen ogen wanhopig berichtjes aan het sturen waren om een late onenightstand te regelen. Hij knikte in de richting van een bankje waar Nicole en hij op konden gaan zitten.

Onderweg naar het station had hij Nicole verteld wat hij van Phoebe te weten was gekomen. Toen hij was gaan zitten typte hij de naam Georgina St. James in op Facebook.

Zijn vinger bleef boven de zoekknop hangen. 'Laten we hem eens even bekijken.'

Nicole legde haar hand op zijn arm. 'Ho eens even, je weet dat je "haar" moet zeggen als je het over een dragqueen hebt?'

Albert keek op. 'Echt? Maar een dragqueen is toch gewoon een man in vrouwenkleding?'

Ze rolde met haar ogen. 'Daar komt wel wat meer bij kijken, dacht ik zo. Bij drag gaat het erom dat je jezelf een vrouwelijk alter ego aanmeet en een ander personage wordt, meestal heel extravagant. Heb je nooit naar *RuPaul's Drag Race* gekeken?'

'Nee, ik geloof van niet,' zei Albert.

Ze werden onderbroken door de aankondiging dat hun trein vijf minuten vertraging had.

'Hel en verdoemenis,' zei Albert, 'het vriest.'

Maar ondanks de kou trok hij zijn handschoenen niet aan; hij wilde snel verder met zijn Facebook-zoektocht naar George.

Hij klikte op de zoekknop en kreeg een link. Die bracht hem op de Facebookpagina van Georgina St. James. Het scherm vulde zich met foto's van een zwaar opgemaakte dragqueen met verschillende glitterjurken en blonde pruiken. Maar de transformatie van man naar vrouw was zo volledig dat hij moeite had de George van vroeger erin te herkennen. Hij liet het scherm aan Nicole zien.

'Dit moet hem zijn,' zei hij. 'Of haar.'

Nicole knikte instemmend. 'Ze ziet er geweldig uit in drag, ik ben onder de indruk. Maar staat er nog iets bij? Zijn er binnenkort shows waar ze te zien is?'

Hij scrolde naar beneden en las dat Georgina regelmatig optrad in verschillende bars en clubs in Londen. Over twee weken zou ze een show weggeven in de Royal Vauxhall Tavern.

'Kijk eens aan,' zei Nicole. 'Dat is je kans. En als je na de show blijft hangen, zie je George misschien.'

Dit was het moment. Dit was wat hij zo graag had gewild. Maar opeens werd hij overvallen door onzekerheid.

Durf ik dat echt?

Durf ik naar Londen te gaan?

'Tja, ik weet het niet...' zei hij.

Nicole ging op de rand van het bankje zitten. 'Wat bedoel je? Hier heb je al die tijd op gewacht, Albert. Je kunt nu niet meer terug!'

Albert werd opnieuw overmand door alle emoties van de

avond – en het werd hem opnieuw bijna te veel.

Hij keek naar de foto's en scrolde verder naar beneden. Daar stond een link naar Georgina's eigen website. Hij klikte erop en zag een video van maar een paar weken geleden. Hij drukte op 'afspelen'.

Toen hij Georgina St. James als een soort solo-entertainster over het podium zag paraderen, kwam de oude George tot leven. Ineens was Albert terug op de moors, waar hij op een steen zat te lachen om George die grappen maakte en die exclusief voor hem optrad.

De onverwachte overgang maakte Albert misselijk. Hij bleef slikken tot het gevoel was weggetrokken.

'Wat is er?' vroeg Nicole. 'Gaat het?'

Albert zette zijn telefoon uit en liet hem in zijn zak vallen. 'Ik denk niet dat ik er verder naar kan kijken, in ieder geval niet hier. Ik wacht wel tot ik thuis ben, als je het niet erg vindt.'

'Prima,' zei Nicole. 'Ik snap het, maak je geen zorgen.'

De trein kwam het station binnenrollen en ze stonden op. Er verscheen een conducteur die de namen van de volgende stations schreeuwde. Albert bleef luisteren tot Toddington voorbijkwam, maar in zijn hoofd was hij op weg naar een andere bestemming

Londen.

Als Albert daar over twee weken naartoe zou gaan, zou hij misschien herenigd worden met George. En hij was weliswaar een beetje geschrokken van de videobeelden waarin hij een glimp had opgevangen van de man van wie hij had gehouden, maar nu hij hem had gezien kon er geen twijfel meer bestaan. Hij wist wat hem te doen stond.

31

Georgina St. James paradeerde over het podium, draaide de krullen van haar witblonde pruik om haar vingers en pronkte met haar tot buitensporige proporties opgevulde boezem en heupen. Haar outfit was een bonte mengeling van met elkaar vloekende dierenprints: luipaard, tijger, slang en zelfs zebra. Haar uiterlijk paste perfect bij het personage dat ze op het podium wilde neerzetten, een komisch burgerlijke huisvrouw uit het noorden die op zoek was naar een opwindender leven. In de videoclip die Albert zat te kijken liet ze zich met een energieke uitvoering van 'Big Spender' van haar ondeugende kant zien.

Het was zondag, de dag na zijn bezoek aan Manchester, en de ochtend was bijna voorbij. Hij lag tegen een stapel kussens alle clips van Georgina te kijken die hij kon vinden. Hij zat aan het scherm gekluisterd.

De meeste filmpjes waren uitvoeringen van klassieke musicalnummers, maar er waren er ook een paar met grappen en korte stand-upsketches waarmee ze de intervallen opvulde. De Lancashire-humor droop ervan af. Albert zag hoe Georgina met het publiek praatte en moest weer aan Bet Lynch uit *Coronation Street* denken, maar ook aan de comédienne Hylda Baker, aan Gracie Fields – zijn moeders favoriete artiest – en aan al die mannelijke cabaretiers die zich als roddelende huisvrouwen verkleedden, zoals Norman Evans en Les Dawson.

En hoe meer ik zie, hoe meer ik het begrijp. Natuurlijk is dit wat George altijd al had willen doen. Wat had hij anders moeten worden?

Toen hij alle video's had bekeken scrolde Albert naar beneden op Georgina's website en klikte op de link naar haar biografie. Hier las hij dat ze in Manchester het vak van dragqueen had geleerd voordat ze in 1985 naar Londen was vertrokken. Er stond dat ze pasgeleden zestig was geworden, maar dat was een vertekening van de werkelijkheid, want George was maar een paar weken jonger dan Albert. Ze zou nu dus ook bijna vijfenzestig moeten zijn. Bij de volgende regel ging Albert plotseling rechtop zitten.

'Georgina is misschien een vrouw van een zekere leeftijd, maar ze wil alle begeerlijke vrijgezellen graag laten weten dat ze single is en op zoek naar liefde.'

Albert las het opnieuw om zeker te weten dat hij zich niet had vergist. Maar het stond er echt, op haar eigen website. Hij werd steeds enthousiaster. Als het bericht klopte, was wat hij het allerliefste wilde binnen handbereik.

O, ik wou dat ik nu meteen naar Londen kon.

Hij stapte uit bed en ging naar beneden. Hij troostte zichzelf met de gedachte dat hij het de komende dagen druk genoeg had met andere dingen, dingen die hem niet alleen zouden afleiden, maar die hem ook zouden voorbereiden op een radicale ommezwaai in zijn leven. Intussen zou hij elke dag afkruisen op de keukenkalender. Hij streepte meteen vandaag, zondag 3 februari, door.

Nog dertien dagen te gaan…

'En, hoe kijk je tegen je pensioen aan?' vroeg Marjorie.

Albert had dit gesprek steeds uitgesteld. Maar op woensdagmiddag – nog tien dagen te gaan tot Londen – had hij de stoute schoenen aangetrokken.

'Ik kijk er eigenlijk best naar uit,' antwoordde hij. Hij zat tegenover haar in haar kantoor. 'Mijn leven is natuurlijk de laatste tijd drastisch veranderd. Ik denk dat ik daarom minder bang en wat optimistischer ben geworden.'

Ze knikte en glimlachte. 'Heb je nagedacht over hoe je je dagen gaat vullen?'

Albert wilde zeggen dat hij hoopte zijn dagen met George te kunnen vullen, maar hij wilde niet naïef of dom overkomen. Hij wist nog helemaal niet zeker hoe George zou reageren als hij in Londen arriveerde.

'Ik dacht aan een kookcursus,' antwoordde hij. 'Om wat avontuurlijker te worden in de keuken. O, en ik ga me misschien aanmelden bij een wandelclub. Ik heb er online een gevonden die speciaal voor homo's is.'

Marjorie grijnsde. 'Dat is geweldig, schat. Goed van je.'

Ze ging verder met een uitleg over zijn pensioen en ze overhandigde hem een pakket met informatie dat hij beloofde later te zullen doornemen.

'Ik weet niet hoe je er financieel voorstaat,' zei ze. 'Maar vergeet niet dat je, als je geld nodig hebt, altijd nog via het uitzendbureau een keer een dienst kunt doen.'

Albert trok zijn neus op. 'Ik denk dat het beter is dat ik een nieuwe start maak, als je het niet erg vindt.'

'O ja? Heb je genoeg van ons?'

'Nee, dat is het niet. Maar mijn leven heeft zich al zo lang rond werk afgespeeld. Ik ben het aan mezelf verplicht om te kijken wat er nog meer te koop is in de wereld.'

'Nou, voor wat het waard is,' zei Marjorie, 'ik denk dat je daar goed aan doet.'

Ze richtte haar aandacht op een formulier dat hij voor de afspraak had moeten invullen. Het leek op het formulier dat hij elk jaar kreeg als onderdeel van zijn functioneringsgesprek. Er stonden een paar vragen op over hoe hij zich voelde op het werk, wat hij had geleerd in de afgelopen periode en hoe hij vond dat hij was gegroeid als persoon. Albert sloeg deze vragen meestal over, maar dit keer had hij uitgebreid antwoord gegeven en er zelfs lol in gehad. Het had hem aan het denken gezet over zijn leven tot nu toe.

'Ik moet zeggen,' zei Marjorie, 'je hebt er veel energie in gestoken. Ik vond het echt leuk om te lezen.'

'Dank je,' zei hij, 'ik had ook veel om over na te denken.'

'Je werkt al zo lang voor ons dat je zo ongeveer je hele levensverhaal hebt opgeschreven.'

Albert knikte. Maar terwijl Marjorie zijn antwoorden met hem doornam, realiseerde hij zich dat hij niet zijn levensverhaal had opgeschreven; hij had beschreven hoe hij zijn werk juist had gebruikt om zijn leven stil te zetten, en hoe het de leegte had opgevuld die was achtergelaten door het enige dat hem het gevoel had gegeven dat hij leefde. Hij had de baan aangenomen toen hij verkering had met George, en de avond voor zijn eerste werkdag had hij zijn nieuwe uniform naar de bunker meegenomen om aan George te laten zien. Toen hij de volgende ochtend zijn hand in zijn zak had gestoken, had hij daar een stuk van zijn lievelingskaramel in gevonden, gewikkeld in een briefje. Sinds George uit zijn leven was verdwenen had hij elke dag zo'n karamel gegeten. En toen het merk niet meer verkocht werd, was hij overgestapt op chocorepen met karamelvulling – als herinnering aan George. Als herinnering aan het gemis in zijn leven.

En nu mijn werkende leven er bijna op zit, hoop ik dat gemis te kunnen opvullen.

De volgende middag – met nog negen dagen tot zijn reis naar Londen – liep Albert Has Bean binnen, een koffietentje bij de korenbeurs in het centrum van Leeds. Hij had een vrije dag opgenomen om een vriendin uit de brand te helpen. Hij hoopte niet dat wat hij van plan was helemaal verkeerd zou uitpakken.

De muren van het zaakje waren bedekt met dezelfde witte tegels als in de openbare toiletten in Toddington en er stond een allegaartje aan tafels en stoelen, alsof ze op de schroothoop bij elkaar waren geraapt. Albert zag meteen dat hij de oudste was – en de enige zonder baard of tatoeages. Hij voelde zich helemaal niet op zijn plek, maar daar zette hij zich overheen; hij wilde hier maar één ding bereiken.

Hij had Jamie in Nicoles lijst met Facebookvrienden opgezocht en hem een berichtje gestuurd met de vraag of hij tijd had om af te spreken. Jamie had positief gereageerd en gezegd dat hij hem in dit koffietentje zou ontmoeten. *En hier ben ik dan, om te kijken of hij voor rede vatbaar is.*

Hij liep naar de toonbank en bestudeerde de menukaart. De

keuze was overweldigend. *Wat is* pour-over coffee, cold brew *of* single-origin espresso*? En hoe haal je melk uit een amandel?*

Hij bestelde snel een gewone thee met gewone melk en ging aan een tafeltje zitten. Gelukkig hoefde hij niet lang te wachten.

Na een paar minuten kwam er een man met een jongensachtig gezicht en een robuust postuur binnenlopen. Hij bleef voor Alberts tafeltje staan en stak zijn hand uit.

'Hallo,' zei hij, 'jij bent zeker Albert.'

'Ja,' zei Albert en hij schudde hem de hand. 'Is dat zo duidelijk te zien dan?'

Jamie keek schuldbewust. 'Sorry, ik ben hier nog nooit eerder geweest. Ik heb het uitgezocht omdat het centraal lag. Ik had me niet gerealiseerd dat hier zoveel hipsters kwamen.'

Albert had geen idee wat dat waren, maar hij glimlachte vriendelijk.

Jamie verontschuldigde zich en ging koffie voor zichzelf halen. Hij kwam terug met een donkere vloeistof in een soort jampot en ging tegenover Albert zitten.

'Hoe gaat het met Nic?' vroeg hij.

Albert zag een bezorgde blik in Jamies ogen en dat vond hij bemoedigend. *Misschien is hij toch voor rede vatbaar.*

'Goed hoor,' stelde Albert hem gerust. 'Ik heb haar alleen niet verteld dat ik met jou heb afgesproken.'

'Nee, dat dacht ik al.' Jamie haalde zijn hand door zijn haar en er bleef een plukje overeind staan. 'Het is zo oneerlijk, weet je. Je vindt iemand online en je begint een relatie en het is allemaal geweldig. En opeens gaan je ouders zich ertegenaan bemoeien.'

'Dat is ook waardeloos,' zei Albert. 'Maar je bent niet de enige die zoiets meemaakt. Ik weet niet of ze je mijn verhaal heeft verteld?'

Jamies plukje zakte weer naar beneden. 'Ja.'

'Nou, ik weet hoe het is om nare dingen mee te maken – echt nare dingen. Maar weet je, uiteindelijk zijn het niet de nare dingen die ertoe doen. Het gaat erom hoe je erop reageert.'

Jamie nam zwijgend een slokje van zijn koffie.

'Als je er al op reageert.'

Jamie zweeg nog steeds.

'Weet je, ik heb vijftig jaar van mijn leven doorgebracht zonder de man bij wie ik wilde zijn,' ging Albert verder. 'En daar heb ik nog elke dag spijt van – daarom ben ik nu naar hem op zoek. Maar ik weet eerlijk gezegd niet of hij daarop zit te wachten. Ik heb hem namelijk teleurgesteld, echt heel erg teleurgesteld.'

'Wilde je daarom afspreken?' vroeg Jamie. 'Om ervoor te zorgen dat ik Nic niet zou teleurstellen?'

'Dat niet, nee. Want als je je niet aan haar wilt binden kan ik je niet dwingen. Ik kan me trouwens ook niet voorstellen dat je opeens van gedachte zou veranderen omdat een oude homoseksuele postbode dat van je vraagt.'

Hier moest Jamie om lachen. 'Het is niet lullig bedoeld, hoor, maar nee, dat denk ik ook niet.'

Albert nam een slokje van zijn thee. 'En zo hoort het ook. Maar ik wilde je wel vertellen wat ik heb geleerd dankzij mijn zoektocht naar George. Misschien heb jij er ook wat aan. Het belangrijkste dat ik ervan heb opgestoken is dat mensen je pas leuk kunnen vinden als je laat zien wie je echt bent en als je ze er ook de kans voor geeft.'

Een man met een Franse buldog aan het tafeltje naast hen stond op en liep naar de uitgang.

'Sinds ik op zoek ben naar George,' vervolgde Albert, 'heb ik me tegenover allerlei verschillende mensen open moeten opstellen. Ook tegenover mensen van wie ik niet had verwacht dat ze positief zouden reageren op een oude postbode die uit de kast kwam. Maar ik ben verrast door alle reacties. Echt verrast.'

'Dat is geweldig,' zei Jamie, 'en ik vind het fijn voor je. Maar ik begrijp niet wat dit met mij en Nic te maken heeft.'

Albert nam nog een slok van zijn thee en klemde de kop tussen zijn handen. 'Nou, jouw vader en moeder kennen Nicole nog helemaal niet, toch? Dus beoordelen ze haar op basis van allerlei vooroordelen die misschien zouden verdwijnen als ze haar zouden ontmoeten.'

'Denk je dat?'

'Dat weet ik niet. Maar het is de moeite waard om het uit te zoeken, toch?'

Jamie dronk zijn koffie op en zette de lege pot neer.

'Weet je wat zo grappig is? Ik heb altijd het idee gehad dat mijn vader en moeder het prima met Nic zouden kunnen vinden. In bepaalde opzichten hebben ze veel gemeen.'

'Wat is dan het probleem? Waarom geef je ze niet een kans om hun mening bij te stellen?'

Jamie gaf een roffel op tafel. 'Albert, dank je wel.'

'Waarvoor?'

'Voor deze oplossing. Ik wil verder met Nicole, ondanks al het gedoe. Dat heb ik natuurlijk altijd al geweten. Ik wist me gewoon geen raad met mijn ouders. Maar nu wel. Dankzij jou weet ik wat me te doen staat.'

De volgende ochtend – met nog acht dagen te gaan voor zijn rit naar Londen – bezorgde Albert een geurkaars met een anonieme kaart bij Edith. Ze was weer in haar nopjes met beide en nodigde hem uit voor hun inmiddels vaste einde-van-de-weekpraatje. Ze zaten op hun gebruikelijke plek – zij in de leunstoel en hij op de bank – en ze zette de kaars op de salontafel. Ze stak hem met een lucifer aan, ook al was het buiten nog licht.

'Is hij niet prachtig?' zei ze. 'En hij ruikt ook zo heerlijk.'

'Heb je al enig idee wie hem gestuurd kan hebben?' vroeg hij.

Edith staarde naar de kaars en schudde haar hoofd. 'Nee, niet echt. En ik vraag me eerlijk gezegd af of dat er nog wel toe doet.'

'Hè, waarom zeg je dat?'

'Nou, hij zal zich wel bekendmaken wanneer hij dat wil. Maar wie hij ook is, hij heeft me laten zien dat ik nog steeds de moeite waard ben. En als hij daarmee wilde bereiken dat ik me minder eenzaam zou voelen, dan is dat gelukt.' Edith keek op. 'Hoe gaat het trouwens met je zoektocht naar George?'

Hij praatte haar bij over zijn reisje naar Manchester en zijn ontdekking dat George als dragqueen werkte. Daarna ging hij naast haar op de armleuning zitten en liet haar een filmpje zien op zijn telefoon.

Ze knikte goedkeurend. 'Hij is erg goed. En ik heb in mijn tijd heel wat dragqueens gezien.'

Albert ging weer op de bank zitten. 'Waarom verbaast me dat niet?'

'Ik ben ook een tijdje met een of twee bevriend geweest. Nu ik erover nadenk vind ik het jammer dat die vriendschappen zijn verwaterd. Maar ik ben nooit echt goed geweest in het onderhouden van contacten.'

'O, echt niet? Waarom niet?'

Ze liet haar kin op haar hand leunen. 'Ik denk dat ik door het theater- en modewereldje gewend ben geraakt aan de vluchtigheid van sociale contacten. Ik nam ze voor lief, en intussen stak ik al mijn energie in het vinden van de ware. Ik had nooit gedacht dat ik eenzaam zou worden.'

'Ik was eenzaam,' zei Albert openhartig. 'Ik ben jarenlang eenzaam geweest. Maar ik herkende het gevoel op dat moment niet – of ik deed alsof ik het niet herkende. En toen ik het eindelijk tegenover mezelf had toegegeven, schaamde ik me zo dat ik het niemand durfde te vertellen.'

Hij vertelde Edith over zijn aanstaande pensioen en dat hij vanaf het moment dat hij met dat nieuws werd geconfronteerd was gaan terugblikken op zijn leven.

'Jij denkt misschien dat je de verkeerde keuzes hebt gemaakt, maar ik heb dat zeker gedaan,' zei hij. 'Ik heb me veel te veel op mijn werk geconcentreerd en heb al het andere aan me voorbij laten gaan.'

'Ja, maar nu ben je met een verandering bezig. Nu maak je de juiste keuzes. Daar gaat het om.'

Ediths blik werd naar de kaarsvlam getrokken. De bedwelmende geur van vijgen verspreidde zich door de kamer.

'Weet je, jij hebt me ertoe aangezet om ook op mijn leven terug te kijken,' vervolgde Edith. 'Ik ben mijn eigen zoektocht gestart.'

Albert ging rechtop zitten. 'Echt? Naar wie?'

Ze glimlachte ondeugend. 'Laten we zeggen dat ik besloten heb een van mijn oude vrijers op te zoeken.'

'Potverdrie, serieus?'

'Bloedserieus.'

'Dat is geweldig. Wie is het?'

'William.'

'De man die je is ontglipt?'

'Ja, de man die ik heb laten gaan. De advocaat uit Preston. De man die altijd op een pepermuntbal zat te zuigen. Hoewel ik niet meer weet waarom ik dat toen zo erg vond. Ik denk dat het kwam omdat ik hem een beetje een ouwe zeur vond die niet knap of spannend genoeg voor me was. Maar die dingen zijn nu niet belangrijk meer.'

Ze vertelde dat ze eerder die week een taxi had genomen naar de plaatselijke bibliotheek, waar een medewerker samen met haar op een van de computers naar William had gezocht. Hij bleek niet zo heel ver bij haar vandaan in een aanleunwoning te wonen – en ze hadden een afspraak gemaakt voor volgende week.

'Ik hoop dat hij me vergeeft,' zei ze met trillende stem.

'Jou vergeven? Waarvoor?'

'O, ik heb hem niet zo goed behandeld. Ik heb hem laten zitten. Hij moet vrij lang boos op me zijn geweest – en daar had hij gelijk in.'

Opeens zag Albert George' gezicht voor zich, de laatste keer dat ze elkaar hadden gezien. En de bittere, misselijkmakende nasmaak van wat hij hem had aangedaan – waar George zo ontzettend kwaad om was geworden – vulde zijn mond.

Op een avond in september hebben Albert en George zich op hun geheime plek op de moors teruggetrokken. Ze hadden op de valreep kunnen afspreken, omdat George' moeder opeens een zieke vriendin in Yorkshire moest bezoeken. Toen George een briefje voor hem had achtergelaten met de boodschap dat hij vrij was die avond, had Albert de kans met beide handen aangrepen; zijn vader moest overwerken en zijn moeder was al dagen niet uit bed gekomen.

Eerder die week is Albert aan zijn nieuwe baan bij het postkantoor begonnen – en hij kan niet wachten om George er alles over te vertellen. Maar net als hij aan zijn verhaal wil beginnen wordt hij opgeschrikt door een onbekend geluid buiten de bunker.

'Wacht eens even, wat is dat?'

Hij staat op en kijkt door een van de spleten in de betonnen muur. Er komt iets op ze af vanuit het bos. De angst slaat hem om het hart.

'Wel verdomme!'

Albert realiseert zich met een schok dat hij gevolgd is. Hij heeft maar een paar seconden nodig om te zien dat zich twee figuren een weg door het struikgewas banen, gewapend met stokken en zaklantaarns. Als het licht op een van hen valt, ziet hij dat het een politieagent is.

George trekt wit weg. 'Shit,' fluistert hij, 'wat nu?'

Albert is nog nooit van zijn leven zo bang geweest. De rillingen lopen over zijn rug en elke vezel in zijn lichaam zet zich schrap voor wat er komen gaat. Hij ziet voor zich wat er zal gebeuren als ze worden gepakt – de vernedering, de verwensingen die op straat naar zijn hoofd geslingerd zullen worden, de schaamte die nog meer aan hem zal vreten.

'Ze mogen ons hier niet vinden,' hijgt hij. 'Ze mogen ons absoluut niet te pakken krijgen.'

Op dat moment valt het licht van een van de zaklantaarns op de andere agent. Tot Alberts afschuw ziet hij dat het zijn vader is. Blinde paniek maakt zich van hem meester.

'Weg hier,' sist hij tegen George. 'We moeten hier weg.'

De jongens zijn nog niet zo lang in de bunker, dus ze hebben hun kleren nog aan. Maar hun schoenen hebben ze uitgedaan en Albert weet dat hij zonder niet ver zal komen. Snel trekt hij ze aan en gebaart naar George om hetzelfde te doen.

'Schiet op, kom mee!'

Hij kruipt gehaast naar de uitgang en rent de bunker uit, de moors op. Zijn hart bonst zo luid in zijn hoofd dat hij er duizelig van wordt en zijn zintuigen lijken tijdelijk uitgeschakeld. Hij denkt dat George vlak achter hem zit, maar dan hoort hij hem een ijselijke kreet slaken. Als hij over zijn schouder kijkt, ziet hij dat George moeite heeft zijn schoenen aan te krijgen en dat hij wordt vastgegrepen door een van de politieagenten.

'Nee!' hoort Albert hem schreeuwen. 'Laat me los!'

Het schijnsel van een zaklantaarn verlicht de man die George' arm vast heeft. Alberts vader.

Hel en verdoemenis. Mijn bloedeigen vader.

Alberts adem stokt en hij voelt een enorme woede opkomen. Hij wil ingrijpen en loopt terug.

'Laat me los!' hoort hij George smeken. 'Laat me met rust!'

Albert ziet het silhouet van de tweede agent op hem afkomen en opnieuw wordt hij overvallen door angst. Zijn overlevingsinstinct neemt het over en voor hij het in de gaten heeft, zet hij het op een lopen. De adrenaline giert door zijn lijf, hij sprint weg en laat George aan zijn lot over. Hij laat toe dat George wordt afgevoerd naar het politiebureau. Hij laat toe dat ze hem behandelen als een verachtelijke crimineel.

Tijdens zijn vlucht slaat het schuldgevoel toe. Een walgelijk, misselijkmakend, verstikkend schuldgevoel, waarvan hij weet dat hij er niet zomaar vanaf gaat komen.

Hoe kan ik mezelf ooit vergeven? Hoe kan George mij ooit vergeven?

'Jij bent dus niet de enige die om vergiffenis moet vragen,' zei Albert tegen Edith.

Ze probeerde hem gerust te stellen, maar de angst had hem

alweer helemaal in zijn greep. En hij kwam er opeens achter dat hij, hoewel hij de dagen tot Londen vol ongeduld aftelde, er nog helemaal niet klaar voor was. Hij had namelijk geen flauw idee hoe hij zijn excuses aan George ging aanbieden en hoe hij om vergiffenis ging vragen.

32

Al zijn zintuigen zeiden hem rechtsomkeert te maken en de veiligheid van zijn eigen huis op te zoeken. Hij liep naar de voordeur en bleef daar staan om zichzelf moed in te praten.

Kom op, het is zaterdag... nog maar een week tot je naar Londen gaat. Ontspan en probeer ervan te genieten.

Hij klopte, maar toen zijn knokkels de deur raakten zag hij dat die open stond.

'Hallo?' riep hij naar binnen.

Er kwam geen reactie.

Hij vroeg zich af of het tegen de etiquetteregels was om jezelf in het huis van je baas binnen te laten. Maar toen bedacht hij dat Marjorie en hij oud genoeg waren om zich daar niets van aan te trekken.

Hij stapte het halletje in. De vloer lag bezaaid met schoenen en laarzen. Hij voegde zijn eigen paar eraan toe en liet zijn jas op een stapel kleren in de hoek vallen. Verderop in het huis hoorde hij een kakofonie aan stemmen die probeerden boven het geluid van 'Celebration' van Kool & the Gang uit te komen. Hij volgde het lawaai naar de woonkamer, waar zoveel mensen stonden dat de muren nauwelijks meer zichtbaar waren. Een paar maanden geleden zou hij in eenzelfde situatie gillend het huis uit zijn gerend. Ook nu verstijfde hij, maar dat duurde niet lang.

'Hé, schat!'

Marjorie kwam meteen op hem af en omhelsde hem. Voordat hij iets kon uitbrengen had ze de fles die hij had meegenomen al uit zijn handen gepakt en liep ermee weg.

'Ik zet deze even in de keuken,' riep ze. 'Wacht daar, dan breng ik je iets te drinken!'

Hij was op het feestje voor Marjories kleinzoon die naar Disney World zou gaan. Het was allemaal in korte tijd georganiseerd, omdat zijn gezondheid snel achteruitging. Marjorie wilde iedereen bedanken die aan de campagne had bijgedragen, wat betekende dat ze zo ongeveer het hele bedrijf had uitgenodigd. Ook vertelde ze dat er een fotograaf van de lokale krant zou komen om foto's van Bradleys vertrek naar het vliegveld te nemen. Ze wilde dat het eruit zou zien als 'een hartverwarmend afscheid'.

'Zo, wat vind je ervan?' vroeg ze toen ze terug was en een plastic glas in Alberts handen had gedrukt. 'Goeie opkomst, toch?'

'Ja, zeker,' zei hij. 'Geweldig.'

'De rest van de drank staat in de koelkast,' vervolgde ze, 'en er is een buffet in de keuken. Maar eerst wil ik je aan Brad voorstellen.'

Op het moment dat ze Albert naar de achterkamer wilde begeleiden, arriveerde er een andere gast. Marjorie liep van hem weg om die te begroeten. Ze liet Albert in zijn eentje achter.

Hij keek om zich heen. Links van hem stond een groepje mannen met grote glazen bier die een natuurlijk verlengstuk van hun armen leken. Ze stonden te praten over de droomauto's die ze hadden kunnen hebben als ze niet aan een gezinsauto hadden vastgezeten. Rechts van hem stond een groepje vrouwen eten van een kartonnen bordje te prikken, grappend over het feit dat hun mannen meer belangstelling hadden voor auto's dan voor romantiek. Helaas kon Albert aan beide gesprekken niets toevoegen. Hij begon zich zorgen te maken dat hij zich net zo verloren zou voelen als bij de kerstborrel.

'Albert!'

Vanaf de andere kant van de kamer werd hij geroepen door Tsunami. Ze stond daar met een man die een hele quichepunt in zijn mond probeerde te schuiven.

'Albert, kom hier!'

Zijn schouders ontspanden van opluchting. Hij baande zich een weg door de mensenmassa en bereikte Sue op het moment dat de man zijn quiche doorslikte.

'Dit is John,' zei Sue. 'Eindelijk kan ik jullie aan elkaar voorstellen.'

Albert schudde de hand van een man die zo lang was dat hij moest bukken om het plafond niet te raken.

'We hebben elkaar wel aan de telefoon gehad,' zei John, 'maar het is leuk om je in het echt te zien.'

'Ja,' zei Albert, 'fijn om je te ontmoeten.'

Ze praatten over de behang- en verfklus waarvoor Albert John had gevraagd: het strippen van het oude reliëfbehang uit zijn moeders slaapkamer en het opknappen van de kamer. Albert gaf hem zijn reservesleutels, zodat hij zichzelf binnen zou kunnen laten en die week al kon beginnen.

Al snel kwam Smiler bij hen staan. 'Alles goed, mensen?'

Hij wipte van zijn ene voet op de andere terwijl hij een kipdrumstick verorberde. Hij droeg een zwart vilten hoedje met Mickey Mouse erop en twee ronde oren die hij, zo legde hij uit, in Disney World had gekocht toen hij daar met zijn eigen kinderen was.

'Ik heb Olivia meegenomen,' zei hij. 'Ik zal je aan haar voorstellen.'

Hij riep een knap tienermeisje met een fris gezicht naar zich toe. Ze hield de hand van een slungelige jongen van kleur van ongeveer dezelfde leeftijd vast en stelde hem voor als haar vriendje Josh.

'Hé, Olivia,' zei Smiler. 'Vertel mijn collega's eens over ons tripje naar Disney World.'

'O ja,' zei ze, 'dat was echt te gek.'

Terwijl ze zo stond te praten, kon Albert geen greintje chagrijn bij haar ontdekken – ze betrok zelfs haar vader een paar keer in het gesprek. Hij concludeerde dat Smiler en zij het ergste achter de rug hadden.

Albert werd vanuit alle hoeken bij gesprekken betrokken en al snel kon hij ontspannen en genieten. Door de ramen van andermans huizen had hij vaak dit soort samenkomsten gezien en hij had zich nooit kunnen voorstellen dat je daar als gast lol aan zou beleven. Eindelijk begon hij het te begrijpen.

Marjorie was al snel weer terug en pakte hem bij zijn arm. Ze nam hem mee naar de achterkamer. 'Kom,' zei ze, 'het is tijd om Bradley te ontmoeten.'

'Hé, Albert!' riep een stem achter hem. 'Kom eens even hier!'

Toen hij zich omdraaide, zag hij Jack, die een vol bord met eten aan het wegwerken was. Jack begon hem te vertellen over de film die Doreen en hij gisteravond tijdens hun vaste filmavond hadden gezien, *Brokeback Mountain*. Hij beschreef de film zo gedetailleerd dat Marjorie ongeduldig werd en wegglipte om andere gasten te spreken.

'Het was een grandioze film,' zei Jack, 'hoewel het einde wel zielig was. Ik snap nu hoe zwaar het voor homo's in die tijd geweest moet zijn.'

Albert kon zich niet aan de indruk onttrekken dat Jack na zijn eerdere homofobie nu wel een beetje was doorgeslagen, maar hij waardeerde de moeite.

'In ieder geval,' voegde Jack eraan toe, 'hoop ik op een gelukkiger einde voor jou en George.'

De volgende die naar hem toe kwam was Joyce, Marjories schoonzus en Nicoles docente. Ze stelde zich voor en zei tegen Albert dat ze al veel over zijn zoektocht naar George had gehoord. Albert vertelde nadrukkelijk hoeveel hij aan de hulp en het advies van Nicole had gehad.

'En ze heeft me een geweldige make-over gegeven,' voegde hij eraan toe. 'Ik zag er zo goed uit dat een jonge knul in Canal Street me probeerde te versieren.'

Joyce moest lachen. 'Nou, dat is goed om te weten. Ik zeg altijd dat een schoonheidsspecialiste de klant zich speciaal moet laten voelen – en een veilige plek moet creëren waar de klant vrijuit kan praten.'

'Dat heeft ze zeker gedaan,' zei Albert. 'Ik zou haar eerlijk gezegd een tien geven.'

'Oké, nu neem ik Albert echt mee,' onderbrak Marjorie hen. 'Kom, schat, we gaan naar Bradley.'

Albert excuseerde zich en liet zich door Marjorie naar de achterkamer meetronen, waar hij Nicole en Reenie zag. Maar Marjorie liep langs hen naar een hoek waar een jongen van elf of twaalf op een stoel zat. Hij was dun en bleek, maar zag er niet echt ziek uit; er liepen geen slangen uit zijn neus of armen. Albert vond hem er zelfs opmerkelijk kalm en ontspannen bij zitten. Opeens voelde hij zich nederig en ongemakkelijk. Sinds hij had verteld over zijn zoektocht naar George hadden zoveel mensen gezegd hoe dapper ze hém vonden.

Wie is er hier nou dapper?

'Hé, hoi,' zei hij. 'Heb je het naar je zin?'

Bradley haalde zijn schouders op. 'Ja, hoor.'

Albert herinnerde zich nog hoe intimiderend hij het als kind had gevonden om door volwassenen aangesproken te worden. 'En heb je zin in Disney World?'

'Ja, ik kan niet wachten.'

'Naar welke attractie kijk je het meeste uit?'

Nu werd Bradley een stuk enthousiaster. 'De Pirates of the Caribbean! En de Tower of Terror! O, en ik wil de krokodillen zien!'

Bij die laatste woorden draaide een blonde vrouw van in de dertig zich om. 'Ja, oké, schatje, over de krokodillen hebben we het gehad. Ik weet dat nog niet zeker, zoals ik je al had gezegd.'

Ze keek Albert aan en klakte afkeurend met haar tong.

'Dit is Jackie,' zei Marjorie. 'De moeder van Brad.'

Albert knikte en glimlachte, maar de wetenschap dat Jackie Brads moeder was maakte hem verdrietig. *Hoe moet ze zich voelen nu ze weet dat ze haar zoon gaat verliezen?*

'Ik weet pas hoe gevaarlijk het is als we daar zijn,' zei Jackie tegen Bradley. 'Maar ik beloof dat we naar ze toe gaan als het veilig is.'

Ze glimlachte naar hem en woelde door zijn haar. Albert was geraakt door dit simpele maar liefdevolle gebaar. *Zo hoort het, zo hoort een moeder die van haar zoon houdt zich te gedragen.*

'Kom, mensen, pak allemaal je jas.' Marjorie was opgestaan

om de menigte toe te spreken. 'We moeten naar buiten!'

Ze legde uit dat ze nu met z'n allen op de foto gingen en introduceerde Gary, een man van middelbare leeftijd van de plaatselijke krant. Hij vroeg de gasten hem te volgen en Albert deed een stap achteruit om Marjorie en Jackie de ruimte te geven Bradley naar buiten te begeleiden.

Op de stoep voor het huis stond een zwarte taxi die versierd was met ballonnen, linten en slingers met SUCCES BRAD! erop. De fotograaf positioneerde Bradley en zijn familie voor de taxi en vroeg toen de andere gasten naast hen plaats te nemen. Albert ging in de achterste rij staan en was blij toen Nicole en Reenie bij hem kwamen staan.

'Alles goed, kind?' vroeg hij aan Nicole.

'Ja, ik heb net een hele tijd met mijn docente staan praten. Ze vertelde me over een cursus bedrijfskunde die ik na deze opleiding zou kunnen doen.'

'Ga weg! Dat klink geweldig.'

Nicole was zo opgewonden dat ze veel sneller praatte dan normaal. 'Ze zegt elke keer dat ze de eigenaresse van mijn favoriete salon kent. Daar hebben ze vanaf juni iemand nodig om een zwangerschapsverlof waar te nemen. Joyce gaat een sollicitatiegesprek voor me regelen! Is dat niet fantastisch?'

Albert besloot niets over zijn gesprek met Joyce te zeggen. 'Sodemieters, dat is geweldig nieuws!'

'Oké, ik wil allemaal lachende gezichten zien!' riep Gary.

Toen hij zijn camera in de aanslag hield, tilde Albert Reenie op en liet haar even op zijn arm omhoog veren.

'Kan niet beter!' riep Gary. 'En nu juichen allemaal.'

Albert zwaaide met zijn vrije arm en Reenie deed hem na.

'En nu Bradleys mama en oma,' zei Gary. 'Kunnen jullie hem allebei een kus op zijn wang geven?'

Jackie en Marjorie bogen zich naar Bradley toe en drukten hun lippen ieder op een wang.

'Ja, dat is 'm!' zei Gary. 'Perfect!'

Terwijl hij zij aan zij met Marjories familie en vrienden stond, werd Albert overvallen door een warme sensatie die hij niet kende. *Is dit hoe het voelt om bij een gemeenschap te horen?*

Door zijn baan als postbode had hij zich onderdeel van de gemeenschap gevoeld, hoewel hij altijd vanaf de zijlijn had meegekeken. Nu wist hij dat hij zichzelf voor de gek had gehouden.

Maar nu hoor ik er echt bij. Ik weet nu hoe het voelt.

'Wil iedereen achteraan Brad eens flink uitzwaaien?' zei Gary.

Albert deed wat hem gevraagd werd en voelde zich gelukkig. Hij had lang gezwolgen in zelfmedelijden over de pech in zijn leven, de pech dat George en hij homo waren in een wereld die hen niet accepteerde. Maar nu besefte hij dat zij veel meer geluk in hun leven hadden dan Bradley. Zij hadden nog de mogelijkheid om samen te zijn. Zij hadden nog een kans om gelukkig te worden.

En ik ben het Bradley en zijn familie verschuldigd om er het beste van te maken.

33

Albert deed de oven open en stapte naar achteren om de hete walm te ontwijken. Hij pakte een grote vispastei van het aanrecht en zette die in de oven.

Het was zondagavond en hij was aan het koken voor Daniel en Danny. Nu de dag van hun eetafspraak eindelijk was aangebroken, voelde hij zich zenuwachtig. Het was de eerste keer dat hij een etentje gaf en er waren zo veel dingen waar hij onzeker over was.

Kan ik mijn sloffen aanhouden of moet ik schoenen aantrekken?

Wat moet ik doen als de deurbel gaat en ik in de keuken bezig ben?

Hoe kan ik de drankjes verzorgen in de woonkamer als ik hier sta te koken?

De logistieke uitdagingen waren veel ingewikkelder dan hij had gedacht. Over de maaltijd zelf was hij in ieder geval tevreden. Eerder die week had hij online recepten gevonden voor tomatensoep en een vispastei met aardappelpuree, en hij had ze allebei eerst op zichzelf uitgeprobeerd. De porties waren zo groot geweest dat hij er elke dag van had moeten eten, dus hij keek niet zo uit naar een herhaling vanavond. Maar hij wist nu wel hoe hij de gerechten moest bereiden.

Maar wat zullen Daniel en Danny zeggen? Zullen ze het niet saai en gewoontjes vinden?

Nu hij erover nadacht, realiseerde hij zich dat ze veel wereldwijzer waren dan hij. Ze hadden jaren in Londen gewoond, dus ze hadden waarschijnlijk in alle toprestaurants gegeten. Opeens stelde hij zich voor hoe de twee mannen ongemakkelijk in hun eten zouden prikken en dapper zouden doen alsof ze het lekker vonden.

Potverdrie, ik hoop dat het geen fiasco wordt.

Hij deed de koelkast open om de temperatuur van de witte wijn te controleren. Deze fles had hij uitgekozen omdat het de duurste was in het supermarktassortiment. Hij logde in op de muziekstreamingsdienst die hij op aanraden van Nicole op zijn telefoon had gezet en testte de verbinding met een paar luidsprekers die hij had gekocht. De playlist die hij had uitgezocht heette 'Classical Dinner Party', en toen die uit de speakers klonk, schikte hij opnieuw de narcissen in de vaas die hij midden op tafel had gezet. Ze deden hem aan de lente denken – en aan zijn belofte om George te vinden voordat de eerste boshyacinten zouden verschijnen. Het had er alle schijn van dat hij dat ging halen; op de kalender aan de muur zag hij dat het nog zes dagen zou duren voor hij naar Londen ging. Maar hij had nog steeds geen flauw idee hoe George zou reageren als hij hem gevonden had. *En of hij hem ooit zou kunnen vergeven.*

Albert keek weer op zijn horloge; nog tien minuten tot zijn gasten zouden arriveren. Hij besloot de tafel te dekken.

Terwijl hij de placemats en het bestek neerlegde, bedacht hij waarom hij er als kind niet van hield om aan de eettafel te zitten; aan die tafel had hij de confrontatie moeten aangaan die het einde van zijn relatie met George had betekend. Hij probeerde er nooit te lang bij stil te staan, maar het zou misschien ter sprake kunnen komen tijdens het eten als het gesprek op zijn zoektocht naar George kwam.

Hij werd nog zenuwachtiger.

'Zo, hoe bevalt jullie nieuwe huis?'

Voordat ze antwoord konden geven, drukte Albert zijn gasten een glas wijn in hun handen. Hij had besloten de drankjes gewoon in de keuken te serveren en Daniel en Danny leken die ongedwongenheid te waarderen. Ze hieven hun glas en zeiden 'Cheers!'

'Cheers!' antwoordde Albert.

Nadat Danny zijn eerste slokje had genomen, reageerde hij op Alberts vraag. 'Het bevalt ons prima. Het is nu wat rustiger, maar in het begin buitelde iedereen letterlijk over elkaar heen om met ons af te spreken.'

'Ik moet wel zeggen dat het geweldig was dat we hier zo hartelijk zijn ontvangen,' zei Daniel. 'Maar ze dachten bijna allemaal dat we ze advies konden geven over hun seksleven. En ik wil nooit meer van mensen horen dat hun beste vriend een homo is!'

Ze moesten alle drie lachen.

'Het kan mij niets schelen,' zei Daniel, 'want mijn beste vriend ís een homo.'

'Ik vind het wel leuk om seksadvies te geven,' zei Danny met een ondeugende glinstering in zijn ogen. 'En ik ben er echt goed in, lieverd.'

Albert moest weer lachen. Hij nam een grote slok wijn; ze waren nog niet eens gaan zitten en Albert vermaakte zich al prima. Hij zag dat hij vergeten was zijn sloffen voor zijn nette schoenen te verruilen, maar nu maakte dat niet meer uit. Terwijl hij de wijnglazen bijschonk, nodigde hij zijn gasten uit om aan tafel te komen zitten voor het voorgerecht.

Nadat hij de soep over de kommen had verdeeld vroeg hij naar hun voorgeschiedenis. Ze vertelden dat ze elkaar tien jaar geleden in Londen hadden ontmoet tijdens een bijeenkomst in een boekwinkel die Gay's the Word heette, waar ze alleen maar LHBT-boeken verkochten. Daniel was fulltime als wetenschapper aan een universiteit verbonden en had een deal met een uitgeverij gesloten om zijn eerste boek over zijn specialisme, de homogeschiedenis, te schrijven. Danny had als grafisch vormgever een topfunctie bij een groot bureau gehad, maar was boventallig verklaard. Met de ontslagvergoeding hadden ze hun vertrek uit Londen kunnen bekostigen en nu werkte hij als freelancer.

'We realiseerden ons dat we de drukte van Londen helemaal niet nodig hadden,' zei Daniel.

'Als monogame vrouw,' voegde Danny eraan toe, 'ben ik er echt aan toe om het rustiger aan te doen.'

Ze kletsten verder terwijl Albert hun kommen opruimde en het hoofdgerecht op tafel zette. Ondertussen had de wijn zijn werk gedaan en kon hij nog meer ontspannen. Hij genoot van de complimenten die zijn gasten over het eten maakten.

'Het is heerlijk,' zei Daniel. 'We hebben in tijden niet zo lekker gegeten.'

Albert grijnsde. 'Fijn om te horen. Ik wilde indruk op jullie maken.'

Danny legde zijn bestek neer. 'Dat had je niet hoeven doen hoor, lieverd. Dat is nergens voor nodig.'

Daniel knikte instemmend. 'We staan aan dezelfde kant, toch?'

Albert voelde zich weer net zo warm worden als tijdens Marjories feestje.

Toen iedereen klaar was met eten, ruimde hij de tafel af en vertelde over zijn bezoek aan Manchester. Hij had The New Union wel leuk gevonden, maar Daniel had gelijk gehad toen hij zei dat zijn eerste avond in de homoscene een emotionele achtbaan zou zijn.

'De volgende keer gaat het veel makkelijker,' beloofde Daniel. 'Maar weet één ding: dat je homo bent wil nog niet zeggen dat je van het wilde nachtleven houdt. Mijn ding is het nooit zo geweest, als ik eerlijk ben.'

'Voor ik Daniel ontmoette was ik echt een feestbeest,' kirde Danny, zijn lipgloss glansde in het licht. 'Als ik niet elke avond kon stappen, had ik enorme last van FOMO. Maar Daniel heeft gelijk; niet elke homo is een partyqueen.'

Albert keek naar zijn sloffen en bewoog zijn tenen op en neer. 'Nee, ik geloof niet dat dat bij me past.'

Ze vroegen of hij nog verder was gekomen met zijn zoektocht naar George en hij vertelde over zijn gesprek met Phoebe. Toen hij vertelde dat George regelmatig in de Royal Vauxhall Tavern optrad, zeiden ze dat ze die goed kenden. Net als The New Union was die er al jaren – een ouderwetse homobar zonder pretenties.

'Maar ik ben bang,' flapte Albert eruit. 'Ik ben bang dat als ik George uiteindelijk heb gevonden, hij me niet zal vergeven.'

Daniel zette zijn bril af en masseerde de afdruk die op zijn neusbrug was ontstaan. 'Waarom zeg je dat?'

Albert ademde diep in en weer uit. 'Om hoe onze relatie is geëindigd. Om wat ik hem heb aangedaan. Om de dingen die er aan deze tafel zijn gezegd.'

Op de avond van George' arrestatie rent Albert misschien wel uren over de moors. Hij volgt niet zijn gebruikelijke route, waardoor hij meerdere keren verdwaalt, en zijn broek en schoenen zitten onder de modder. Als hij uiteindelijk bij zijn huis is aangekomen, sluipt hij door de achterdeur naar binnen en begint zijn schoenen uit te trekken. Maar als hij het licht aandoet, ziet hij zijn vader aan de eettafel zitten.

O nee, zit hij op mij te wachten? Wat weet hij?

'Waar kom jij vandaan?' vraagt zijn vader. Hij heeft zijn uniform nog aan, maar hij zit niet zoals gewoonlijk aan zijn snor te friemelen; hij zit kaarsrecht, zijn handen gevouwen voor zich. En hij blijft uitermate rustig. IJzingwekkend rustig zelfs.

Albert kijkt naar zijn ene sok en ontwijkt zijn vaders blik. 'O, gewoon, van buiten.'

'Dat zie ik. Maar wáár buiten?' vraagt zijn vader nadrukkelijk. 'En waarom zit je onder de modder?'

Albert doet zijn andere schoen uit en zet hem bij de deur. Hij loopt naar de tafel, maar durft niet te gaan zitten. Hij gaat achter een stoel staan en zoekt steun bij de rugleuning. 'O, je kent het wel,' zegt hij in een poging nonchalant te klinken. 'Ik was een beetje aan het dollen met de jongens.'

'Aan het dollen?' briest zijn vader. 'Noemen jullie dat tegenwoordig zo?'

Hel en verdoemenis, hij weet het.

Zijn vaders blik schiet naar de ouderslaapkamer waar Alberts moeder ligt te slapen. Hij dempt zijn stem. Maar zijn kalmte is veel bedreigender dan zijn geschreeuw. 'Ik weet waar je was, Albert,' zegt hij. 'Je was bij die vieze flikker, George Atkinson.

Je zat in die bunker op de moors.'

Albert reageert niet. Zijn snelle ademhaling klinkt oppervlakkig in vergelijking met het zware, trage ademen van zijn vader.

Wat moet ik zeggen? Wat kan ik in godsnaam zeggen dat zou helpen?

Zijn vader kijkt hem vol walging aan. 'Ik liet je gaan, omdat ik niet geconfronteerd wilde worden met de schande van een mietje in de familie. Ik wilde niet dat mensen zouden denken dat ik er iets mee te maken had. Dat ik de stront onder hun schoen was.'

Albert houdt zich stevig aan de rugleuning vast. Hij wil zich niet verdorven en verachtelijk en slecht voelen.

'Albert, jij bent de stront onder míjn schoen,' vervolgt zijn vader.

Albert ziet de haat in zijn vaders ogen branden. Hij probeert te slikken, maar zijn keel is gortdroog.

'Maar je hoeft je geen zorgen te maken,' zegt zijn vader. 'Je smerige geheimpje is niet uitgekomen.'

'Niet uitgekomen? Wat bedoel je?'

'We hebben George ondervraagd, maar hij weigerde te zeggen wie er bij hem was. Eerlijk gezegd heb ik de hele ondervraging afgeraffeld om ervan af te zijn en hem gewoon in een cel te kunnen gooien. Maar ik weet zeker dat hij niets zal zeggen. Onze heldhaftige homo.'

Albert krimpt ineen, zo schuldig voelt hij zich.

Dus George is heldhaftiger geweest dan ik. Ik ben gewoon weggerend en heb hem in de steek gelaten.

Hij ziet George voor zich in een cel op het politiebureau. Hij weet hoe erg hij dat zal vinden en hoe hij daar zal lijden. Die gedachte is genoeg om zijn schuldgevoel in woede te veranderen. En tot zijn verbazing komt die woede zelfs naar de oppervlakte.

'Hoe kon je, pap?' zegt hij. 'Hoe kon je hem dat aandoen?'

Zijn vader kijkt verbijsterd.

'Waarom kon je hem niet met rust laten?' snuift Albert. 'We

deden niets verkeerds. Waarom kon je ons allebei niet gewoon met rust laten?'

Zonder aankondiging springt zijn vader op en slaat hem in zijn gezicht. Door de kracht van de klap wankelt Albert naar achteren.

'Jullie met rust laten?' sist zijn vader. 'Jullie stelletje viezeriken?'

Albert legt zijn hand op zijn wang. Zijn vader heeft hem zo hard geslagen dat hij er duizelig van is.

Zijn vader brengt zijn gezicht heel dicht bij dat van Albert. Albert ruikt zijn sigarettenadem. 'Ik walg van je, Albert,' fluistert hij. 'Ik walg van top tot teen van je.'

Albert laat zich even uit het veld slaan door de schrik en de schaamte. Maar dan merkt hij dat zijn vechtlust terugkomt. Hij gaat zich niet voelen zoals zijn vader wil dat hij zich voelt. Hij gaat zich niet gewonnen geven.

Nee, ik zal vechten. Ik zal vechten voor wat ik denk dat juist is, en voor wat ik voel voor George.

'Zo is het helemaal niet, pap,' pleit hij. 'Het is helemaal niet walgelijk. George en ik houden van elkaar.'

Het gezicht van zijn vader slaat dieprood uit. Albert heeft hem nog nooit zo kwaad gezien.

'Waar heb je het over?' briest hij. 'Mietjes kunnen niet van elkaar houden, dat weet iedereen. Ik heb nog nooit zoiets belachelijks gehoord.' En hij herhaalt, nu met meer nadruk: 'Mietjes kunnen niet van elkaar houden.'

'Waarom niet?' pareert Albert opstandig. 'Waarom zouden ze dat niet kunnen?'

Maar in plaats van antwoord te geven spuugt Alberts vader naar hem, hij spuugt hem in zijn gezicht.

Albert veegt het spuug weg met zijn mouw. Hij weet dat het niet uitmaakt wat hij zegt, zijn vader zal toch nooit luisteren. Dit gevecht kan hij niet winnen.

'Ik wil het er niet meer over hebben,' verkondigt zijn vader. 'George krijgt morgenvroeg een aanklacht aan zijn broek en gaat de bak in, tenzij jij belooft hier een einde aan te maken en hem nooit meer te zien. En als de andere jongens zich op hem willen uitleven, hou ik ze niet tegen. Ze zullen hem alle hoeken van zijn cel laten zien, dat is zijn verdiende loon.'

Hel en verdoemenis. Hoor ik dit allemaal echt?

'Maar als je alle banden met hem verbreekt,' gaat zijn vader onverstoorbaar verder, 'zal ik ervoor zorgen dat ze hem met rust laten. Dan komt hij er met alleen een waarschuwing vanaf. Hij krijgt dan geen strafblad en kan de stad verlaten om ergens anders een nieuw leven op te bouwen.'

Albert voelt het verzet uit zich stromen. Hij kan de gedachte dat iemand George pijn zou doen niet verdragen. En hij weet maar al te goed wat het voor hem zou betekenen als dit nieuws naar buiten zou komen en zich als een lopend vuurtje door de stad zou verspreiden. Hoeveel hij ook van George houdt – en hoe graag hij ook bij hem wil zijn – dat wil hij hem niet aandoen.

Hij probeert niet te denken aan de pijn die het plan van zijn vader teweeg gaat brengen. Hij probeert niet te denken aan de golf van verdriet die hen zal overspoelen. Hij probeert niet te denken aan een leven zonder George.

Hij knijpt zijn ogen tot spleetjes.

Hij knikt.

Danny wreef Albert over zijn arm. 'Dat is een verschrikkelijke last die je al die tijd bij je hebt gedragen, lieverd. Heb je ooit geprobeerd het aan George uit te leggen?'

Albert pakte zijn lege wijnglas en draaide het steeltje tussen zijn vingers heen en weer. 'Nee.'

'Maar hij zou het achteraf toch allemaal wel begrijpen,' dacht Danny.

'Het waren zware tijden toen,' zei Daniel. 'Ik weet door het onderzoek voor mijn boek dat veel homo's zulke dingen hebben meegemaakt. Vanaf 1967 was de mannenliefde weliswaar niet meer strafbaar, maar dat gold alleen voor mensen boven de eenentwintig. Ook mochten ze elkaar nog steeds niet in openbare gelegenheden ontmoeten – dus de politie is nog jarenlang bars binnengevallen en heeft nog eindeloos gepatrouilleerd. Uiteindelijk zijn er meer homomannen vervolgd in de jaren zeventig dan in de jaren zestig. En degenen die werden veroordeeld kwamen in het register van zedendelinquenten terecht, samen met verkrachters en pedofielen. Ze verloren vaak hun baan; de wet voorzag niet in de bescherming van homoseksuelen tegen discriminatie op de werkvloer.'

'In die tijd hadden George en ik al deze informatie niet,' legde Albert uit. 'Maar we wisten wel dat we flink in de problemen zouden komen als ze ons zouden betrappen. Daarom hebben we nooit wat opgeschreven – in elk geval niet in het begin. Maar ik denk dat we ons uiteindelijk hebben laten meeslepen.'

'Is dat hoe jullie zijn ontdekt?' vroeg Danny. 'Wist je vader daarom waar jullie waren?'

Albert zei dat zijn vader had gezegd dat hij een anonieme tip had gekregen. 'Maar ik weet nu dat dat niet waar was.'

Hij stond op om nog een fles wijn uit de koelkast te pakken. 'Met kerst heb ik mijn moeders spullen uitgezocht. En ik heb toen de briefjes die George mij in die tijd stuurde in haar schatkistje gevonden. Ze had ze allemaal bewaard.'

Hij draaide de kurkentrekker in de fles.

'Voor ons laatste afspraakje had George een briefje voor me achtergelaten om me te vertellen dat hij vrij was en te vragen of ik naar de oude oorlogsbunker wilde komen. Dat was de enige tekst – en "ik hou van je" – en er stond alleen zijn initiaal onder. Hij had het op de gebruikelijke plek achtergelaten, tussen twee losse stenen in onze achtermuur. Mijn moeder heeft het waarschijnlijk gevonden en is achterdochtig geworden. Ze moet zich hebben afgevraagd waarom ik zo geheimzinnig deed. Dat, of ze kende me beter dan ik dacht.'

Hij trok de kurk uit de fles en schonk hun glazen bij.

‘Maar hoe weet je zo zeker dat je moeder het briefje heeft gevonden en niet je vader?’ vroeg Daniel. ‘Hoe weet je zo zeker dat hij loog over de anonieme tip?’

Albert ging weer zitten. ‘Het is mogelijk. Maar waarom heeft hij dat dan niet gewoon gezegd? Verder hield hij zich ook niet bepaald in.’

‘En hoe zit het dan met de andere briefjes?’ vroeg Danny. ‘Waar had je die bewaard? En wanneer merkte je dat ze weg waren?’

‘Later die avond,’ zei Albert. ‘Toen ik ze zocht in de schuilplaats onder mijn nachtkastje, lagen ze er niet meer. Ik ben er altijd van uitgegaan dat mijn vader mijn kamer moet hebben doorzocht op zoek naar belastend bewijs. Maar als hij ze gevonden had, had hij ze meteen vernietigd; vergeet niet dat mijn vader een politieagent was die mij erbuiten wilde houden. Dus moet mijn moeder hebben rondgeneusd. Zo is ze erachter gekomen en daarna heeft ze mijn vader getipt.’

Danny draaide de wijn in zijn glas rond. ‘Wat een laffe streek. Je eigen moeder die je verlinkt.’

Albert knikte. ‘Zo is het gegaan. En toen ik dat ontdekte kwam alles in een compleet ander daglicht te staan. Mijn vader heeft me hier aan tafel gewaarschuwd dat ik niets tegen mijn moeder mocht zeggen, want de stress zou haar dood worden. Ze was altijd ziek en vrij kwetsbaar.’

Daniel wreef over zijn baard. ‘Dus eigenlijk heeft hij je emotioneel gechanteerd.’

‘Zo zou je het kunnen noemen, ja. En daarom ben ik al die tijd niet uit de kast gekomen – omdat ik bang was wat het met mijn moeder zou doen. Maar zij bleek het al die tijd al te hebben geweten. Ik heb haar voor niets in bescherming genomen.’

‘Nou, dat klinkt als een trauma,’ zei Daniel. ‘Zeker omdat je in dit huis bent blijven wonen, met al die nare herinneringen. Dat moet een enorm effect op je hebben gehad.’

Albert nam een slokje wijn. ‘Grappig dat je dat zegt. Net voordat jullie kwamen bedacht ik dat ik ertegen opzag om aan deze tafel herinneringen op te halen.'

'En, hoe voelt het nu je dat gedaan hebt?' vroeg Daniel.

Albert haalde zijn schouders op. 'Ik weet het niet. Opgelucht, denk ik.'

'Goed zo,' zei Daniel. 'Het neemt misschien wat van de pijn weg. Misschien was dit wel de perfecte setting – aan deze tafel, met je homovrienden.'

Albert besefte meteen dat hij gelijk had.

Danny ging rechtop zitten. 'Heb je foto's van George?'

Albert knikte. 'Ik heb één foto, ja. Die bewaarde ik op dezelfde plek als de briefjes. Mijn moeder moet hem gevonden hebben toen ze mijn kamer doorzocht.'

'Mogen we hem zien, lieverd?' vroeg Danny. 'Ik ben heel benieuwd hoe hij eruitzag.'

Albert stond op om de foto te pakken. Hij overhandigde hem aan zijn gasten en ze staarden er lange tijd naar. Na een tijdje zag Albert een traan in Danny's oog.

'Jullie zijn zo schattig samen,' zei hij.

Opeens voelde Albert ook tranen opwellen in zijn ogen.

'Jullie zien er zo jong en onschuldig uit,' vervolgde Danny terwijl hij de traan met zijn knokkels uit zijn ooghoek veegde. 'Het is echt verschrikkelijk dat mensen zo naar tegen je kunnen doen, dat ze je pijn willen doen, dat ze beetje bij beetje je geluk laten afbrokkelen – en dan zijn het ook nog je eigen ouders. Die horen voor je te zorgen en van je te houden zoals je bent. Die moeten niets anders willen dan dat jij gelukkig bent.'

Voor het eerst realiseerde Albert zich dat hij het zichzelf nooit had toegestaan om zijn emoties te uiten. Hij was zo bang geweest voor de consequenties als zijn geheim zou zijn uitgekomen dat hij op de overlevingsstand was overgeschakeld. Toen hij zoveel jaar later de briefjes weer had gevonden, had hij gehuild – maar hij had gehuild om zijn verlies, hij had gehuild om George. Het was niet in hem opgekomen om voor zichzelf te huilen, om te huilen om wat hem was overkomen. Hij had het zichzelf niet toegestaan om zich te laten gaan, terwijl hij dat al jaren geleden had moeten doen. Dat besef kreeg nu pas vorm.

Hij stond op het punt in tranen uit te barsten toen Daniel en Danny bij hem kwamen staan en een arm om hem heen sloegen. Albert had geen idee op welke schouder zijn tranen vielen, maar hij kon ze niet meer tegenhouden. En dat wilde hij ook niet meer.

'Kom maar, Albert, huil maar even lekker uit,' spoorde Daniel hem aan.

En dat deed hij – vrij lang. Zijn schouders schokten en hij maakte een kreunend geluid. Hij huilde tot zijn gezicht er pijn van deed.

Toen zijn tranen opgedroogd waren, maakte Albert zich los uit hun omhelzing en veegde zijn wangen schoon. 'Sodemieters,' zei hij, terwijl hij zijn neus snoot. 'Ik geloof dat ik dat even nodig had.'

Danny hief zijn glas. 'Kom op, lieverd, laten we toosten. Laten we toosten op George.'

'Op George en *Albert*,' corrigeerde Daniel hem.

Ze hieven samen het glas.

Toen ze weer zaten, vroeg Danny wanneer Albert naar Londen ging. Hij vertelde dat hij zaterdag de trein zou nemen, maar dat hij nog niet wist waar hij moest slapen.

'Waarom logeer je niet in ons huis?' bood Daniel aan. 'Het ligt in Stockwell, dus je bent in vijftien minuten bij de RVT.'

Albert zei dat hij hen niet tot last wilde zijn, maar ze drongen aan. Ze hielpen hem de rest van de avond met zijn voorbereidingen. Hij was blij met hun steun en toen ze op het punt stonden te vertrekken, bedankte hij hen daarvoor.

'Je hoeft ons niet te bedanken,' zei Danny.

'Zoals ik al zei,' voegde Daniel eraan toe, 'we staan aan dezelfde kant.'

En toen begreep Albert waarom hij aan het begin van de avond hetzelfde warme gevoel had gehad als bij Marjories feestje. Hij maakte geen deel uit van één gemeenschap, maar van twee. Hij had er veel over gelezen en gehoord, maar het altijd afgedaan als niets voor hem – en hij had het ook nooit helemaal begrepen – tot nu.

Nu hoor ik er echt bij. En hoe symbolisch is het dat het aan deze eettafel is begonnen.

Nadat Daniel en Danny waren vertrokken maakte Albert een glas warme melk voor zichzelf. Hij zette de Dinner Party-playlist uit en speelde wat clips van Georgina's show af. Op het ritme van een gewaagd nummer dat ze introduceerde als 'Don't Tell Mama' van de musical *Cabaret* swingde hij door de kamer, terwijl hij de tafel afruimde en de afwas deed. Dit keer had hij het volume vol opengedraaid; het maakte hem niets uit of de buren het konden horen.

Toen het nummer was afgelopen en Albert hoorde hoe Georgina haar gebruikelijke Lancashire-humor op haar publiek afvuurde, bedacht hij dat het precies het soort humor was dat zijn moeder leuk had gevonden in haar jeugd – en hij vroeg zich af hoe zij op Georgina's show zou hebben gereageerd. Hij stelde zich voor dat ze een praatje maakte met Georgina – en dat ze daarna George ontmoette. Hij zag een ander verloop van zijn geheime relatie voor zich, beter dan wat er destijds rond de eettafel was bekokstoofd. En hij dacht aan wat hem al dwarszat sinds hij de briefjes en de foto in zijn moeders kamer had gevonden.

Ja, ik ben boos op haar omdat ze me verraden heeft. Maar waarom heeft ze de briefjes bewaard? Waarom heeft ze de foto in haar schatkistje gedaan? Ze moet hebben geweten dat ik ze ooit zou vinden.

Zou ze ze toch voor hem hebben bewaard? Hij vroeg zich af of ze ze daarom zo netjes gebundeld en op volgorde had gelegd.

Zijn gedachten gingen terug naar die avond in 1975, toen hij samen met zijn ouders naar *The Naked Civil Servant* had gekeken. Zijn vader was in zijn gebruikelijke homofobe tirade ontstoken en zijn moeder had erop aangedrongen dat de tv werd uitgezet. Albert had dat toentertijd gezien als steun voor zijn vader. *Of deed ze dat omdat ze zag hoe ik me erbij voelde? Probeerde ze me te helpen?*

Hij herinnerde zich het laatste wat ze tegen hem had gezegd, vlak voordat ze stierf: 'Sorry.' Dat was alles, één enkel woordje. Albert had het toen niet begrepen; hij ging ervan uit dat ze zich verontschuldigde voor haar onaangename en slechtgehumeurde gedrag en haar eindeloze kritiek op hem.

Bood ze soms haar excuses aan omdat ze George en mij had verraden? Had ze gezien hoe ongelukkig ik daarvan was geworden en had ze daar uiteindelijk spijt van?

Hij stapelde het laatste bord op het afdruiprek en droogde zijn handen aan een theedoek. Hij moest denken aan zijn gesprek met Jamie in Leeds. Albert had hem geadviseerd zijn ouders de kans te geven hun mening bij te stellen. Had hij dat gezegd omdat hij dat voor zichzelf had gewild?

Zijn vader zou nooit van zijn vooroordelen zijn afgestapt, dat realiseerde hij zich direct. Hij was een hopeloos geval; bovendien was hij al zo lang dood dat Albert geen andere keus had dan hem te laten in de tijd waarin de meeste mensen dezelfde vooroordelen over homomannen hadden.

Maar zou mama zijn bijgetrokken als ik haar over George had verteld, als ik had verteld hoeveel hij voor me betekende? Zou ze van me gehouden hebben zoals ik was?

Hij ging zitten en nam een slokje van zijn warme melk. Terwijl Georgina zich op een hartstochtelijke cover van 'I Dreamed A Dream' uit *Les Mis* stortte, wist hij dat hij nooit antwoord op zijn vragen zou krijgen. Maar de gedachte dat het zo had kunnen gaan, gaf hem de ruimte om zijn moeder te vergeven.

Het is tijd om het los te laten.

Het liedje was afgelopen en hij zette de muziek uit. Volgende week rond deze tijd zou hij Georgina live zien zingen. En direct na de show zou hij proberen George te spreken te krijgen.

Aan het einde van die avond zou hij eindelijk zijn verleden onder ogen kunnen zien.

En heel veel meer te weten kunnen komen over zijn toekomst.

34

Nicole gaf de menukaart terug en de ober liet haar en Jamie alleen.

Ze zaten in Ciccone's, een Italiaans restaurant even buiten Toddington dat vroeger een pub was geweest. De stenen muren waren kaal gelaten en de oorspronkelijke open haard was gerestaureerd, zodat er geen twijfel over bestond dat ze in Lancashire waren en niet in Italië. Nicole keek om zich heen naar de andere stellen die bij kaarslicht van de romantische valentijnssfeer zaten te genieten, en ze concludeerde dat dit precies zo'n plek was waar ze altijd al met Jamie had willen eten.

Eerder die week had Jamie haar geappt met de vraag om de zondagmiddag vrij te houden – op valentijnsavond zou hij wel verklappen waarom. Hij had geregeld dat Albert kwam oppassen, zodat hij haar mee uit eten kon nemen.

'Oké dan,' zei ze voorzichtig. 'Wat is er aan de hand?'

Hij glimlachte opgewekt. 'Nou, eigenlijk is het heel simpel. Ik wil niets liever dan bij jou zijn, en daar wil ik voor honderd procent voor gaan. Het spijt me als ik niet altijd die indruk heb gewekt.'

Nicole moest glimlachen, ze kon het niet helpen. 'Dat is een goed begin...'

'En ik heb mijn ouders heel duidelijk te kennen gegeven dat ze er totaal naast zitten met de dingen die ze zich over jou in hun hoofd halen. Ik heb echt mijn best gedaan om ze een zo goed mogelijk beeld van je te geven. En ik wil je aan ze voorstellen, dan kunnen ze het ook met eigen ogen zien.'

'Aha, shit, ja.' Dit had Nicole niet verwacht. Ze voelde zich overvallen. 'Sorry, ik bedoel, dat is geweldig. Maar wanneer dan?'

'Zaterdag.'

'Zaterdag? Je bedoelt overmorgen?'

'Ja. Komt dat uit?'

Ze haalde beverig adem. 'Ja, ja, prima hoor,' wist ze uit te brengen. 'Ik had alleen niet verwacht dat het allemaal zo snel zou gaan...'

'Ik wil gewoon dat je weet dat ik naar je heb geluisterd en dat ik echt met je verder wil.'

Ze voelde nerveuze vlinders in haar buik. 'Ho eens even, ik hoef me toch niet helemaal op te tutten en zo?'

De ober kwam terug en schonk hun een glas prosecco in.

'Natuurlijk niet,' zei Jamie toen de ober weer verdwenen was. 'Je moet vooral gewoon jezelf zijn.'

'Maar hoe weet je zo zeker dat ze me leuk gaan vinden? Als ik jou zo hoor willen ze niks van me weten.' Nicole pakte een soepstengel en stak die verbeten in haar mond.

Jamie strekte zijn hand uit en greep de hare. 'Ze hebben nog nooit iets racistisch gezegd, als je daar soms over inzit. En volgens mij is dat ook niet het probleem. Mijn moeders zus is getrouwd met een man uit India, dus hun kinderen zijn gekleurd. Mijn moeder is helemaal weg van ze. En o ja, de huisarts met wie ze haar praktijk heeft, is ook zwart.'

'Je moeders partner is zwart? Dat heb je me nooit verteld.'

Jamie knikte. 'Ja, ze runden al samen een praktijk voordat ik was geboren. Ik weet dat dat niet per se iets zegt, en ik weet dat die dingen gecompliceerd liggen. Maar als ik ook maar het geringste vermoeden had dat mijn ouders racistisch waren zou ik dit niet doen, dat moet je geloven. Daar zou ik je niet aan blootstellen.'

Hij streelde geruststellend haar hand.

'En dat ik een alleenstaande moeder ben, hoe zit het daarmee?' Nicole stak de rest van de soepstengel in haar mond.

Jamie zuchtte diep. 'Tja, momenteel weten ze daar weinig van. Ze zien dat nu alleen maar als iets wat mijn geluk in de weg staat. Ze kennen Reenie niet, en ze zien niet hoe geweldig ik haar vind. En ze zien ook niet hoe geweldig ik jou vind. Daarom wil ik dat ze dat met eigen ogen kunnen zien.'

Nicole hield op met kauwen en slikte.
'Ik wil ze laten zien hoeveel ik van je hou, Nic.'
Ze voelde dat er een stuk soepstengel in haar keel bleef steken en pakte haar glas prosecco om het weg te spoelen. 'Sorry, wat zei je?'
'Ik zei dat ik mijn ouders wil laten zien hoeveel ik van je hou.'
Daar had je ze, die vier kleine woordjes die ze al zo lang zo graag van hem wilde horen. Vier kleine woordjes, die zij niet als eerste tegen hem durfde te zeggen – stel dat hij niet hetzelfde voor haar voelde en ze hem ermee zou afschrikken. Vier kleine woordjes, die ze op eerste kerstdag tegen hem had willen uitspreken, maar waar ze toch maar van af had gezien toen hij had gezegd dat hij weg zou gaan. En nu had hij ze gezegd.
'Ik hou van je.'
Nicole werd er zo gelukkig van dat ze het gevoel had dat niets haar meer kon raken. Al het verdriet dat ze had gevoeld toen Dalton bij haar weg was gegaan, toen haar moeder haar in de steek had gelaten en toen haar oma doodging, was in één klap verdwenen. En het kon haar ook niets meer schelen wat Jamies ouders van haar vonden. Ineens wist ze dat ze hen voor zich kon winnen.
'O, schatje,' zei ze. 'Ik ook van jou.'
Jamie tilde haar hand op om er een kus op te geven. 'Mooi. En het spijt me dat het zo lang heeft geduurd voordat ik het uitsprak. Ik had denk ik een beetje hulp nodig om het allemaal helder te zien.'
Precies op dat moment onderbrak de ober hen met hun eten. Zodra hij weer verdwenen was, pakte Jamie zijn vork en viel aan op zijn parmaham.
'Oké,' zei hij, 'genoeg over mijn ouders. We gaan eten!'

De volgende ochtend was Nicole zo zenuwachtig dat ze niets door haar keel kon krijgen. Toen ze High Street af liep op weg naar haar sollicitatiegesprek, rommelde haar maag. Ze wilde deze baan dolgraag en bleef maar denken aan alle problemen die het zou oplossen. Maar het zat haar dwars dat ze nooit een goede eerste indruk op mensen maakte en dat haar verlegenheid vaak als lompheid werd opgevat. Toen verscheen er een klein stemmetje in haar hoofd.

Vergeet niet dat Jamie van je houdt.

Die wetenschap maakte haar als bij toverslag sterker en zelfverzekerder. Ze haalde diep adem en rechtte haar rug. Ze wist zelfs haar honger naar de achtergrond te duwen.

Toen ze bij Van Top tot Teen aankwam, bleef ze even staan om door het raam te kijken. Het was een drukke dag en de salon gonsde van de bedrijvigheid. Nicole dacht terug aan de keer dat ze hier nog geen zes weken geleden een kijkje was komen nemen, toen ze met haar goede voornemens voor het nieuwe jaar bezig was. Het enige dat ze toen had gewild was één stap dichter bij haar ambitie komen. Ze had geen idee gehad dat ze zo snel de kans zou krijgen om die stap te zetten.

Ze stelde zich voor wat Albert nu tegen haar zou zeggen. *'Kom op, kind, je kunt het.'*

Ze zoog wat extra lucht naar binnen en duwde de deur open.

Achter de balie stond een mollige brunette die haar opgewekt begroette. Toen Nicole uitlegde waarom ze was gekomen, zei het meisje dat de manager, Janet, met een behandeling bezig was die een beetje uitliep. Ze bood Nicole een stoel aan.

Tijdens het wachten keek Nicole om zich heen. Een paar meisjes die ze herkende waren met behandelingen bezig. Ze kletsten met hun klanten over Valentijnsdag en de naderende vakantie. Er stond een cd op met ballads van Celine Dion en in de ruimte hing een geur die Nicole herkende – een mengeling van verschillende subtiel geurende schoonheidsproducten en het soort extra geconcentreerde watertjes en drankjes en hecht- en bleekmiddelen dat in salons wordt gebruikt. Nicole was dol op die geur.

God, ik wil deze baan. Ik wil deze baan zo graag.

Ze vroeg zich af hoe Janet zou reageren als ze voorstelde om ook behandelingen voor afrohaar te gaan aanbieden – maar toen bedacht ze hoe haar eerste docent in Huddlesden op zo'n suggestie had gereageerd. Net toen haar zenuwen weer begonnen op te spelen riep iemand haar naam.

'Nicole? Ben jij het?'

De stem was afkomstig van een blond meisje dat voor in de grote behandelkamer een manicure kreeg. Nicole keek eens goed en zag dat het Scorpia was, de verkoopster bij Klobber.

'O, hi,' zei ze, 'jij ook hier?'

Scorpia wenkte haar en vroeg wat ze hier deed. Nicole legde het haar uit en Scorpia slaakte een gilletje.

'O, je gaat het zo naar je zin hebben hier, het is mijn lievelingssalon! Echt, het personeel is top.'

Ze zei dat ze giga benieuwd was hoe het Nicole en Albert in de Gay Village was vergaan. Terwijl Nicole haar het verhaal vertelde, liet de schoonheidsspecialiste Scorpia's nagels even links liggen om mee te luisteren. En er schoof een flamboyante mannelijke schoonheidsspecialist schuchter dichterbij, die hun vertelde dat hij Georgina St. James ooit in een homobar in Londen had zien optreden.

'En hoe was ze?' vroeg Nicole, haar ogen zo groot als schoteltjes.

'Ze pakte iedereen in,' zei de man. 'Ik zweer het je, het was een van de beste queens die ik ooit heb gezien.'

Terwijl het groepje verder kletste, voelde Nicole haar nervositeit plaatsmaken voor een warm, geruststellend gevoel. Haar zorgen verdwenen langzaam maar zeker naar de achtergrond en de wereld om haar heen zag er opeens een stuk gezelliger en uitnodigender uit. Zou dat zijn omdat ze zichzelf niet meer als een buitenstaander zag, vroeg ze zich af, en omdat ze langzaam maar zeker het gevoel begon te krijgen dat ze in haar nieuwe woonplaats thuishoorde?

Voordat ze een antwoord kon bedenken kwam er een vrouw op haar af. Ze was in de dertig en had een schoonheidsvlekje bij haar bovenlip. 'Pardon,' zei ze, 'ben jij de nieuwe medewerkster?'

'O, dat weet ik nog niet,' antwoordde Nicole bescheiden.

'Maar ik ben hier voor het sollicitatiegesprek, ja.'

De vrouw glimlachte. 'Ik ben degene die een koter op de wereld gaat zetten – degene voor wie je invalt.'

'O, gefeliciteerd, en leuk om kennis met je te maken.'

'Ik ben nog maar vier maanden zwanger,' vervolgde de vrouw, 'dus voorlopig ben ik nog niet weg. Maar ik denk dat Janet je aan de haak wil slaan nu het kan. Volgens Joyce ben je briljant.'

Nicole voelde zich geroerd, maar ze had geen tijd om emotioneel te worden: de vrouw vertelde dat Janet in haar kantoor op haar wachtte. Ze zei Scorpia en de rest van het personeel gedag.

'Veel geluk, schat!' kweelde Scorpia.

'Tot in juni!' riep de homo.

Toen ze door de salon liep, ving Nicole een glimp van zichzelf op in de spiegel. Ze liep kaarsrecht en haar gezicht straalde van zelfvertrouwen.

Ik ga ze een poepie laten ruiken.

Het was een ongebruikelijk heldere dag voor februari. Nicole en Jamie moesten hun ogen tegen de zon beschermen toen ze naar de blauwe lucht keken.

Ze stonden op Jamies ouders te wachten op de parkeerplaats van een plaatselijk natuurgebied – het reservoir waar ze vorige zomer tijdens hun allereerste afspraakje omheen waren gewandeld. Jamie had gezegd dat hij deze plek had gekozen omdat die voor hen een bijzondere betekenis had, maar ook omdat hij dacht dat de situatie minder gespannen zou zijn als ze konden blijven bewegen en niet tegenover zijn ouders hoefden te zitten.

Reenie was in de auto in slaap gevallen en Nicole had haar eruit weten te tillen en in de buggy weten te gespen zonder haar wakker te maken. Ze keek naar Reenies hoofdje, dat tegen de rand was gezakt, en bedacht dat het helemaal zo slecht nog niet zou zijn als ze door de kennismaking heen zou slapen.

'Daar komen ze.'

Jamie wees op een zilverkleurige auto die hun richting op kwam rijden. Nicole wist niets van auto's, maar deze stond hoog op zijn wielen dus het zou wel eens zo'n SUV kunnen zijn. Hij zag er meer uit als een tank dan als een auto.

Toen het voertuig knarsend op het grind tot stilstand kwam, gingen de portieren open en zwaaide er aan elke kant een paar benen uit. Nicole voelde een steek van angst, maar die ebde meteen weg toen Jamie haar hand pakte.

Hij houdt van me. Hij houdt echt van me.

De eerste die uit de auto stapte was Jamies vader, die David heette. Hij had grijs haar en een blozend gezicht en droeg een groene Barbour-jas en een platte pet. Een paar passen achter hem kwam Jamies moeder, Christine. Zij droeg een dikke wollen jas en zwarte leren handschoenen die nogal bedreigend op Nicole overkwamen. Om haar hoofd had ze een sjaal die Nicole deed denken aan de sjaals die de Engelse koningin droeg als ze ging paardrijden. Het haar dat eronderuit piepte was geverfd in een bruine tint die haar een streng voorkomen gaf, maar waarvan Nicole dacht dat ze hem te zijner tijd wel wat zachter kon maken. Niet dat Christine eruitzag alsof ze vandaag voor dat soort suggesties zou openstaan. Toen ze dichterbij kwam, zag Nicole hoe hard haar blik was.

Jamie stelde iedereen aan elkaar voor. Ze schudden elkaar vrij stijf de hand en vervolgens begonnen ze direct te lopen. Nicole duwde de buggy.

'Is het geen prachtige dag?' zei David.

'Zeker,' haakte Nicole in. 'We hebben echt geluk.'

Christine glimlachte zuinigjes. 'Dat komt natuurlijk allemaal door de klimaatverandering. Het is afschuwelijk wat er gebeurt – de seizoenen zijn helemaal van slag. Ik vraag me af of je dat geluk kunt noemen.'

'Nee, maar het is bijna lente,' vulde Jamie opgewekt aan. 'En daar hebben we dan wel weer geluk mee.'

David schopte een steentje weg. 'Dus je leert voor schoonheidsspecialiste, heb ik van Jamie begrepen?'

Nicole vertelde hun over haar opleiding en zei dat ze vooral geïnteresseerd was in nagelverzorging. Maar omdat de nagels van Christine in haar handschoenen verstopt zaten, had ze geen idee of die daar ook belangstelling voor had – en de vaag spottende grijns die over Christines gezicht trok, duidde eerder op het tegendeel. Toen er een jogger voorbij rende waar ze allemaal ruimte voor moesten maken was Nicole blij met de afleiding.

'Nic heeft besloten om hierna haar ondernemersdiploma te halen,' hielp Jamie haar. 'Uiteindelijk wil ze haar eigen salon openen.'

Christine wierp haar een kille blik toe, die Nicole probeerde te negeren.

'En o ja, ze heeft net haar eerste baan,' voegde Jamie er trots aan toe.

Nicole legde uit dat ze een tijdelijke baan aangeboden had gekregen in haar favoriete salon, ze zou iemand vervangen die met zwangerschapsverlof ging – en de eigenaresse had positief gereageerd op haar suggestie dat ze ook behandelingen voor afrohaar konden gaan aanbieden. Ze zou in juni starten en kon haar werktijden aan haar opleiding aanpassen.

'Daarna ben ik van plan mezelf als mobiele schoonheidsspecialiste te vestigen. Zo kan ik wat ervaring opdoen met het runnen van een eigen bedrijfje.'

'Ik weet hoe gedreven ze is,' zei Jamie. 'Volgens mij gaat ze het fantastisch doen.'

'Dank je wel, schat,' zei Nicole.

Ze zag Christine met haar ogen rollen. *Oké, zij is dus duidelijk het probleem.*

'Een bedrijf runnen is natuurlijk heel lastig als je een gezin hebt,' merkte Christine hatelijk op.

Nicole wilde tegen haar zeggen dat zij eens moest proberen een alleenstaande moeder zonder geld te zijn. Maar haar afsnauwen zou het stomste zijn wat ze kon doen. Ze glimlachte minzaam. 'Grappig genoeg wilde ik u daar net naar vragen. Ik vroeg me af of u soms tips voor me had. Volgens Jamie had u het allemaal heel goed voor elkaar toen hij klein was.'

Ze hoopte dat haar vleiende woorden niet wanhopig klonken.

Christine werd er in ieder geval wat loslippiger van. Terwijl ze een brug overstaken vertelde ze Nicole over de huisartsenpraktijk die ze bijna vijfentwintig jaar had gerund; ze had besloten parttime te gaan werken toen haar zoons klein waren.

'Mijn partner vond het prima om een deel van mijn uren over te nemen,' legde ze uit. 'Hij is homo, dus hij heeft nooit een gezin gehad.'

Zwart en *homo? Straks blijkt ze nog woke.*

Nicole glimlachte in zichzelf. 'En hoe waren uw jongens toen ze klein waren?'

'O, ik had mijn handen vol aan ze,' zei Christine. 'Ze hadden allebei zo veel energie, en die moesten ze ergens kwijt.'

'Dat kun je wel zeggen,' mengde David zich in het gesprek. 'Ik zei altijd van deze jongen hier dat-ie mieren in zijn broek had. Hij zat nooit stil.'

Nicole glimlachte. 'Daar kan ik me wat bij voorstellen. Ik weet niet veel van jongens, maar volgens mij zijn ze wat onstuimiger dan meisjes. Reenie heeft ook zo haar momenten.'

'Ik heb altijd een meisje willen hebben,' zei Christine. Ze klonk ineens een stuk milder.

'Dat wist ik niet, mam,' zei Jamie.

'Ja,' praatte Christine verder, 'het ging mij er niet om dat ik haar in het roze kon kleden of met poppen kon laten spelen – zo'n moeder ben ik nooit geweest. Maar hoe luidt dat gezegde ook alweer? Een dochter heb je voor het leven, zonen maar voor even.'

Nicole probeerde niet te laten merken dat ze daarvan schrok. *Beschuldigt ze me er nu van dat ik haar zoon probeer te stelen?*

Jamie ging naast haar lopen en wierp een woedende blik naar zijn moeder.

'Het spijt me,' zei Christine. 'Daar bedoelde ik niet mee dat het een strijd is. We hebben alleen wat dingen in mijn familie meegemaakt. Mijn broer is met een vrouw getrouwd die hem tegen ons heeft opgezet. Dat was allemaal heel enerverend, vooral voor mijn moeder. Ik denk dat ik gewoon een beetje bang ben dat de geschiedenis zich zal herhalen.'

Jamie zette grote ogen op. 'Oké mam, laten we het daar nu niet over hebben. Vandaag gaat het er juist om dat we ervoor proberen te zorgen dat zoiets níét gebeurt. Weet je nog?'

Ze knikte somber. Ongemakkelijk zwijgend liepen ze verder.

Nicole wilde de sfeer dolgraag wat luchtiger maken en bedacht dat dit het juiste moment was om haar geheime wapen in te zetten. Terwijl ze de buggy voortduwde, drukte ze haar knie tegen de achterkant tot Reenie begon te bewegen.

Na een paar seconden gaf Reenie een klein piepgeluidje. Nicole zette de buggy stil en deed alsof ze verbaasd was. Ze ging op haar hurken zitten en aaide Reenie over haar wang.

'Hallo, grote meid. Heb je een lekker tukje gedaan?'

Reenie ging rechtop zitten en deed haar ogen open, maar toen begon ze te huilen – en dat huilen sloeg al snel om in brullen.

'Sorry,' zei Nicole. 'Ze is altijd een beetje mopperig als ze wakker wordt.'

Verrassend genoeg glimlachte Christine. 'Geeft niet, hoor. Jamie was ook altijd chagrijnig als hij een slaapje had gedaan.'

David onderdrukte een grinnik. 'En nog steeds.'

'Ja hoor,' zei Jamie. 'Bedankt, jongens.'

Toen ze Jamies stem hoorde, stak Reenie haar armen uit. 'Jamie!' riep ze. 'Dragen!'

Nicole gespte de riem van Reenies buggy los en Jamie bukte zich om haar eruit te tillen. Zodra hij haar tegen zijn borst hield, stopte ze met huilen. Terwijl hij haar aan zijn ouders voorstelde zag Nicole dat die zich allebei naar Reenie toe bogen om haar beter te kunnen bekijken – en dat ze allebei glimlachten.

Oké, tot zover gaat het goed. Nu doorpakken.

Met één vloeiende beweging drukte ze vanachter Jamies rug George Pig in Reenies handen. 'Als ik haar die nu niet geef, gaat ze erom jammeren,' legde ze uit.

Ze liepen verder.

'Jamie had altijd een dekentje,' zei Christine. 'Dat ging overal mee naartoe. Als ik het in de wasmachine deed, ging hij op de keukenvloer zitten kijken hoe het ronddraaide.'

'Ahhh, wat schattig,' zei Nicole.

'Wil ik dat mijn vriendin dit hoort?' zei Jamie lachend.

David schonk geen aandacht aan hem. 'Je had moeten zien in wat voor staat dat ding uiteindelijk was – een schurftig oud vod. En hij wilde het nota bene nog naar school meenemen ook.'

'Wat hebben jullie toen gedaan?' vroeg Nicole. 'Hoe hebben jullie dat uit zijn hoofd kunnen praten?'

'De zomer voordat hij bij de kleuters zou beginnen,' zei Christine, 'heb ik het gewoon thuisgelaten toen we op vakantie gingen, zonder wat tegen hem te zeggen. Hij keek er enorm naar uit om weg te gaan, dus hij had het nauwelijks door. En tegen de tijd dat we thuiskwamen, was hij eroverheen. Hoewel ik me wel kan herinneren dat hij heel veel geknuffeld wilde worden.'

'Deze hier was echt een knuffelmonster,' zei David terwijl hij zijn zoon een speelse por in zijn ribben gaf.

'O, hij was vast om op te vreten als kind,' zei Nicole. 'Ik zou heel graag eens wat foto's willen zien.'

'Foto's genoeg,' zei David. 'Je krijgt ze nog wel te zien.'

Nicole keek behoedzaam naar Christine, maar ze zag geen tekenen van afkeuring.

Ze naderden een kinderspeeltuin, en het geluid van de andere kinderen leidde Reenie af. Ze begon te kronkelen in Jamies armen en wierp George Pig in haar moeders richting.

'Spelen!' krijste ze.

Jamie zette haar op de grond en ze liep met onvaste stapjes naar de schommels. Nicole zette de buggy snel op de rem en rende achter haar aan. Ze tilde haar op een van de zitjes die geschikt waren voor jongere kinderen en begon te duwen. De anderen kwamen erbij staan.

'Kijk nou toch naar die lach,' zei David. 'Dat wordt er eentje later.'

'Ja, ze is geweldig,' gaf Christine hem gelijk.

Nicole duwde Reenie steeds hoger, tot ze begon te giechelen.

Binnen een paar minuten stonden Jamie en zijn ouders stralend naar haar te kijken. Het was een harmonieus geheel – tot Reenie het restaurant in het oog kreeg.

'Lekkers!' riep ze. 'Lekkers!'

Ze begon te kronkelen in haar zitje. Nicole greep de schommel beet en bracht hem tot stilstand.

'Ik neem haar wel,' bood Jamie aan.

'Ik ga met je mee,' zei David.

Voordat Nicole er iets tegenin kon brengen, beenden de twee mannen met Reenie in de richting van het restaurant. Nicole bleef achter met Christine.

Shit, wat nu?

Nicole voelde hoe ze verstijfde. Ze duwde haar handen in haar zakken en liet zich op een bankje zakken. Tot haar verbazing kwam Christine naast haar zitten. Ze keken zwijgend uit over het reservoir.

Na een tijdje schraapte Christine haar keel. 'Ik ben blij dat we vandaag hebben afgesproken. Het is fijn om je te ontmoeten.'

'Bedankt,' zei Nicole. 'Dat is wederzijds.'

Christine keek opzij om haar aan te kijken. 'Ik geef ruiterlijk toe dat ik eronderuit heb proberen te komen. Maar Jamie was erg vasthoudend. Hij is duidelijk zeer van je gecharmeerd.'

Nicole glimlachte. 'Ik ook van hem. Het is zo'n leuke jongen.'

'Ja, dat vinden wij ook.'

In haar zak voelde Nicole een kiezelsteen met een grappige vorm die Reenie laatst had gevonden. Ze begon hem rond te draaien tussen haar vingers. 'Jullie lijken me een hecht gezin. Dat is fijn.'

'Ja, dat klopt.' Christine keek naar haar handen. 'Sinds de toestand met mijn broer heb ik mijn jongens altijd dicht bij me willen houden. Ik was doodsbang dat er iets – of iemand – tussen ons in zou komen te staan. Maar het spijt me wat ik net heb gezegd. Het was niet mijn bedoeling om hatelijk over te komen.'

'Dat geeft niet, ik begrijp het helemaal.'

De woorden kwamen als vanzelf uit Nicoles mond – een antwoord dat van haar werd verwacht. Maar terwijl ze het zichzelf hoorde zeggen, realiseerde ze zich dat ze Christine ook echt begreep. De gedachte Reenie ooit kwijt te raken was onverdraaglijk voor haar – ze dacht liever niet na over waartoe ze in staat zou zijn als iets of iemand ooit een bedreiging voor haar gezin zou vormen.

'Zonder op de onaangename details in te gaan,' zei Christine, 'wat we met mijn broer hebben meegemaakt is heel pijnlijk geweest. Laten we maar zeggen dat hij met een vrouw is getrouwd die een totaal andere achtergrond heeft dan wij, en dat ze daar misbruik van heeft gemaakt. We spreken hem al jaren bijna niet meer.'

Nicole hield de kiezelsteen stil en liet hem weer in haar zak vallen. 'Het spijt me,' zei ze. 'Dat is heel rot.'

'Tja.' Christine staarde weer naar het reservoir. 'Daarom was ik waarschijnlijk zo wantrouwend naar jou. Ik weet dat het hard klinkt, maar ik wilde voorkomen dat de geschiedenis zich zou herhalen. Ik wil gewoon dat Jamie gelukkig is.'

Nicole dacht aan haar voornemen om een leeuwin te worden en alles in het werk te stellen om Reenie te beschermen. 'Geen probleem hoor, ik kan er helemaal in meegaan,' zei ze.

Christine keek haar weer aan. 'Afijn, je bent duidelijk een aardig meisje. En het is ook duidelijk dat je Jamie gelukkig maakt. Ik beloof je dat ik van nu af aan niet meer dwars zal liggen.'

'Bedankt, Christine. En ik beloof jou dat ik Jamie niet zal kwetsen – of hem bij zijn familie zal weghouden.'

'Dank je wel, dat waardeer ik.'

Nicole lachte een beetje spottend, ze kon er niets aan doen. 'Bovendien is hij aanwezig genoeg voor ons allemaal.'

Daar moest Christine om grinniken. 'Dat kun je wel zeggen, ja. Ik hoef hem niet de hele tijd om me heen.'

'Ik ook niet!'

Ze schoten in de lach.

'Waar hebben jullie zo'n lol om?'

Ze keken op en zagen Jamie en David in hun richting lopen,

met Reenie waggelend tussen hen in. Ze at triomfantelijk een ijsje, ook al was het februari.

'O, niets hoor!' zeiden Nicole en Christine tegelijk.

Toen ze dichterbij kwamen, zag Nicole dat Reenie allemaal ijs om haar mond had zitten. Uit de felgroene kleur ervan maakte ze op dat het mint choc chip was, de smaak die zij zelf vroeger altijd bij haar oma at.

Stuur je me nu weer een teken, oma? Probeer je me te vertellen dat het allemaal goed gaat komen?

Jamie kwam naast haar zitten en liet zijn hand in de hare glijden. 'Ik hou van je,' fluisterde hij in haar oor.

Op dat moment kreeg Nicole een visioen van hun toekomst samen. Ze zag precies hoe dit zou kunnen werken, hoe Reenie en zij in Jamies familie zouden passen. En ze wist: het ging écht allemaal goed komen.

'Kom op,' zei David. 'Laten we weer gaan bewegen, anders krijgen we het koud.'

'Vooral degenen die ijs aan het eten zijn,' grapte Nicole. Ze keek David en Jamie zelfgenoegzaam aan. 'Ik zie het al, jullie twee zijn softies. Streng zijn gaat op mij neerkomen.'

Christine wierp haar voorzichtig een solidaire blik toe. 'Welkom in mijn wereld, Nicole.'

Ze moesten weer lachen, dit keer iets harder.

35

Bij aankomst op Toddington Station keek Albert op het bord met de vertrektijden; zijn trein naar Londen vertrok pas over twintig minuten. Hij was ruim op tijd van huis gegaan omdat hij geen stress wilde hebben – maar hij was nu zo vroeg dat zijn trein nog niet klaarstond.

Hij sjokte naar een bankje en liet zich erop zakken. Op een tafeltje voor de Burger King pikten een paar duiven naar wat kruimels.

'De trein die momenteel op perron 3 binnenkomt is de trein van 11.53 naar Carlisle,' werd er omgeroepen.

Albert haalde zijn telefoon tevoorschijn en bekeek zijn digitale treinkaartje.

Voor het eerst van zijn leven ging hij naar Londen. Deze reis zou veel meer van hem vergen dan zijn recente bezoeken aan Bradford, Blackpool en Manchester bij elkaar. Londen zou ongetwijfeld een stuk lawaaiiger en drukker zijn dan alle andere plekken die hij ooit in zijn leven had bezocht. Het voelde ineens alsof hij een reis naar een andere wereld ging ondernemen. De volle omvang van wat hij zou gaan doen kwam bij hem binnen en de paniek raasde als een elektrische schok door zijn lichaam.

Wil ik dit echt gaan doen? Wil ik mezelf hier echt aan blootstellen?

Toen werd hij overvallen door een andere gedachte.

Stel dat ik daar helemaal naartoe ga en George heeft me nog steeds niet vergeven?

Het is half september en Albert is nu bijna twee weken aan het werk als postbode, lang genoeg om gewend te zijn aan wat al zijn collega's hun 'ronde' noemen. Maar vandaag is er iets anders dan anders – hij wordt zich er langzaam maar zeker van bewust dat hij gevolgd wordt. Hij werpt een steelse blik over zijn schouder en ziet in de verte iemand bewegen. Het is George.

De twee jongens hebben elkaar niet meer gesproken sinds de avond dat George werd gearresteerd. De avond dat Albert hem in de steek liet en wegvluchtte over de moors. De avond dat Albert met zijn vader had afgesproken dat hij de relatie zou verbreken en George nooit meer zou zien.

In de tussentijd heeft Albert zich voortdurend zorgen gemaakt en vreselijk slecht geslapen, in de ban van een afschuwelijke angst voor datgene waarvan hij weet dat hij het moet doen – al heeft hij geen idee hoe.

Ik geloof dat ik er niet meer onderuit kan.

Albert duikt een steegje in en gebaart naar George dat hij hem moet volgen. Terwijl hij op hem wacht, leunt hij tegen een bakstenen muur en probeert hij zijn ademhaling onder controle te krijgen.

Als George dan uiteindelijk voor hem staat, voelt Albert zijn hart voor het eerst geen sprongetje maken. Het is alsof er een onzichtbare barrière tussen hen is opgeworpen. Ze staan een paar meter van elkaar vandaan schutterig met hun voeten te schuifelen. Albert weet niet goed wat hij met zijn handen moet doen, dus houdt hij de schouderband van zijn tas maar beet. Hij weet nog steeds niet hoe hij gaat zeggen wat hij moet gaan zeggen.

Uiteindelijk besluit hij tot een nietszeggend: 'Alles goed met je?'

Wat een stomme vraag. Natuurlijk gaat het niet goed met hem!

Maar George antwoordt stijfjes: 'Ja hoor, dank je.'

Albert wrijft met zijn hand over de schouderband. 'Het spijt me,' zegt hij. 'Het spijt me dat ik ben weggerend en jou alleen heb gelaten.'

George slikt. 'Zit er maar niet over in. Het had toch geen zin gehad als we allebei waren gearresteerd.'

Echt iets voor George om me gerust te stellen. Echt iets voor George om niet kwaad te zijn.

'Nee, maar ik had niet weg moeten lopen,' houdt Albert vol.

George glimlacht. 'Ach ja, misschien had ik harder moeten lopen. Misschien had ik meer mijn best moeten doen bij gym.'

Echt iets voor George om er een grapje van te maken.

Alberts hart zwelt op.

Zou ik nóg meer liefde voor hem kunnen voelen?

Er valt een stilte. Ergens in de verte hoort hij het geluid van een ambulance. 'Albert, mijn vader en moeder hebben besloten dat we gaan verhuizen,' zegt George abrupt. 'Morgen vertrekken we uit deze stad.'

Alberts adem stokt in zijn keel, alsof hij een stomp in zijn maag heeft gekregen. 'Nee.'

Dan laat George zijn emoties de vrije loop. Hij legt uit dat zijn vader en moeder hem de afgelopen paar dagen voortdurend met beschuldigingen hebben bestookt. Hij zou het gezin in de problemen hebben gebracht en verantwoordelijk zijn voor alle commotie en al het geld dat de verhuizing hun kost. 'Het is een hel, Albert,' jammert hij. 'Ik wil niet met ze mee. Ik weet hoe ze zijn: hier gaat nooit een eind aan komen.'

Het liefst van alles zou Albert nu zijn armen om George heen slaan. Hij wil hem dicht tegen zich aan drukken, hem kussen en hem beschermen. Hij wil het gevoel terughalen van hoe het was met z'n tweetjes op de moors, waar de wereld hen niets kon maken en niemand tegen hen kon zeggen dat ze verkeerd bezig waren. Toen ze er geen enkele twijfel over hadden dat ze níét verkeerd bezig waren.

Hij bedwingt zich.

'Maar hoe kun je eronderuit komen?' vraagt hij. 'Waar moet je wonen als je niet met ze meegaat?'

George doet een paar stappen in Alberts richting en pakt zijn hand. 'Laten we weglopen, Albert. Ik weet niet waarheen, maar we kunnen op zoek gaan naar dat speciale plekje uit ons liedje. Laten we dat samen proberen te vinden.'

Albert haalt beverig adem. Dat is precies wat hij wil. Hij wil het zo graag dat hij het uit zou willen brullen.

Maar hij heeft een belofte gedaan.

Stel dat papa George arresteert en zijn leven kapotmaakt? Stel dat hij hem een strafblad geeft, waardoor hij geen baan kan krijgen? Hoe zouden wij dan ooit gelukkig kunnen worden samen?

'O, ik weet het niet...' brengt hij moeizaam uit.

George trekt aan zijn hand en brengt die naar zijn lippen. 'Kom op, we krijgen maar één kans om te leven. Dit is geen generale repetitie.'

Albert trekt zijn hand terug. Hij kijkt naar de grond en trapt tegen een steentje.

Hij wil George niet vertellen over de belofte die hij heeft gedaan. Hij is bang dat George zich ertegen gaat verzetten en de situatie er nog erger op maakt. Hij weet dat George heel emotioneel kan zijn en hij ziet hem ervoor aan om naar het politiebureau te stappen en te eisen dat hij wordt vervolgd, alleen maar uit principe. *En dan zou hij pas echt in de penarie zitten.*

In plaats daarvan zegt hij: 'Dat kan ik niet, George. Ik geloof niet dat ik voor zo'n leven in de wieg gelegd ben. Altijd gekleineerd worden, altijd gehaat worden, altijd weer moeten verkassen.'

'Maar zo zou het niet altijd blijven,' zegt George met nadruk. 'En we zouden samen zijn, dus wat zou het uitmaken?'

Iets in de glimlach van George, iets in de hoop in zijn stem doet tranen in Alberts ogen springen.

'De wereld is aan het veranderen, Albert,' vervolgt George. 'Ik heb je al gezegd: ík ga de wereld veranderen. En als ons speciale plekje nu nog niet bestaat, dan weet ik zeker dat het er op een dag gaat komen.'

Albert begint aan een plantje te pulken dat uit het gat tussen twee bakstenen in de muur groeit. Zijn hele lichaam voelt als een dode massa bedolven onder schuldgevoel.

'Kom op,' smeekt George, 'laten we ertussenuit knijpen en op avontuur gaan. Laten we samen avonturen beleven.'

'Dat kan ik niet, George,' herhaalt Albert. Hij gooit het plantje op de grond. 'Ik kan het gewoon niet.'

'Tuurlijk kan het, Albert. Tuurlijk kun je het.'

Albert denkt terug aan de woede op zijn vaders gezicht toen die hem tot zijn belofte dwong. Hij is al heel vaak getuige geweest van de consequenties van zijn vaders woede – het stukgegooide servies, de vuisten door de muur, de klappen die hij hem als kind gaf. *Wie weet waartoe hij in staat is als ik nu op mijn belofte terugkom? Misschien komt hij wel achter ons aan of stuurt hij de politie op ons af...*

Ik moet George laten gaan.

Dat kan hij alleen maar doen door te liegen.

'George,' zegt hij gedecideerd, 'ik ga niet met je mee omdat ik dat niet wíl. Ik wíl niet met je mee.'

George doet een stap naar achteren en slaakt een kreet alsof hij gewond is. Het is het ellendigste geluid dat Albert ooit heeft gehoord. Op dat moment weet hij al dat die kreet hem nog heel lang zal achtervolgen. Die gaat hem altijd bijblijven.

George herpakt zich. Hij richt zich in zijn volle lengte op en kijkt Albert recht in zijn ogen. 'Ik wil je nooit meer zien,' zegt hij resoluut. 'Hoor je me? Nooit meer.'

Als hij zich omdraait en wegloopt, gaat er een luikje dicht in Alberts ziel. En hij weet dat niets – en niemand – anders hem ooit nog maar enigszins gelukkig zal kunnen maken.

Hij blijft zwijgend staan, zijn tas met post in zijn handen geklemd, terwijl hij George uit zijn leven ziet lopen. De septemberzon schijnt op zijn hoofd en creëert een halo rond zijn blonde haar. Dat silhouet is het laatste wat Albert van hem ziet.

Op het station van Toddington zat Albert met zijn hoofd in zijn handen. Na al die jaren stond hij op het punt om in een trein te stappen die hem naar George zou brengen. Hij stond op het punt om hem voor het eerst weer te zien sinds dat afschuwelijke gesprek.

Maar hoe kan hij me ooit vergeven dat ik tegen hem heb gezegd dat ik hem niet wilde?

Plotseling voelde het of de uiteinden van zijn zenuwen blootlagen. De hele onderneming leek kansloos.

Ik kan het niet. Ik kan het gewoon niet.

Hij slaakte een sombere zucht.

Net toen hij opstond om naar huis te gaan, gaf zijn telefoon een melding. Hij opende Whatsapp en zag dat hij een berichtje had van Marjorie.

Hi iedereen, las hij. Ik heb heel droevig nieuws. Tot mijn grote verdriet moet ik jullie meedelen dat onze Brad vannacht is overleden. Hij heeft het geweldig naar zijn zin gehad in Disney World, maar toen hij thuiskwam is hij snel verslechterd. Hij is overleden in het ziekenhuis, omringd door zijn familie. We zijn allemaal heel erg verdrietig. Jullie horen nog wanneer de begrafenis is. Liefs Marjorie xx

Albert liet zich weer op het bankje zakken. Hoewel hij Brad maar één keer had ontmoet, voelde hij zich helemaal uitgewrongen.

Hij begon een antwoord te typen.

Hi Marjorie, wat erg om te horen. Ik denk aan je. Dikke kus, Albert xx

Hij drukte op 'verzenden' en zuchtte opnieuw.

Hij keek opnieuw naar het bord met vertrektijden. Nog tien minuten voordat de trein naar Londen vertrok. De passagiers mochten nu instappen.

Met zijn rug tegen het bankje geleund sloot hij zijn ogen. Hij zag Brads gezicht voor zich en zijn hele lijf vulde zich met verdriet.

Maar toen werd hij tot zijn verbazing door een andere emotie overvallen. Die kwam bijna uit het niets en had een positief effect op zijn stemming.

Kom op kerel, je kunt het. Je moet *dit doen.*

Doe het voor Brad.

Zijn telefoon gaf opnieuw een geluidje. Met een ruk opende

hij zijn ogen. Een nieuw berichtje van Marjorie.

Bedankt, schat, schreef ze. We zitten helemaal stuk, maar het is fijn om te weten dat Brad bij zo veel mensen iets teweeg heeft gebracht. Hij heeft in ieder geval volop liefde in zijn leven gekend. Marjorie xx

Albert ademde langzaam in en uit terwijl hij over haar woorden nadacht. Brads leven was misschien kort geweest, maar wel waardevol, omdat het vol liefde was geweest.

Hij keek naar de klok. Nog vijf minuten voordat zijn trein vertrok. Hij stak zijn voeten uit en strekte zijn tenen.

Misschien haat George me nog steeds. Misschien weigert hij me te vergeven. Maar ik krijg in ieder geval de kans om het uit te leggen.

En er is ook nog een mogelijkheid dat hij er anders over denkt. Het zou ook zomaar kunnen dat hij blij is om me te zien.

Albert realiseerde zich dat dit zijn kans was om zijn eigen leven met liefde te vullen – en die kans moest hij grijpen.

Albert bestudeerde de metrokaart en telde de stations tot Stockwell. Over een kwartier moest hij uitstappen.

Hij zat in de Londense metro, op weg van Euston Station naar de buurt waar Daniel en Danny een appartement hadden. Daar zou hij een paar uur hebben om ergens iets te eten, zich om te kleden en zich op te frissen voordat hij op weg zou gaan naar de Royal Vauxhall Tavern – of de RVT, zoals Daniel en Danny het noemden. Hij had genoeg tijd ingeruimd om aan de stad te wennen voordat de show begon – en om zich voor te bereiden op zijn weerzien met George.

In de trein vanuit Toddington was hij zo aangeslagen geweest door het nieuws van Bradleys overlijden dat hij zich somber had gevoeld, en vreemd rustig als hij dacht aan wat hij zou gaan doen. Maar eenmaal in Londen aangekomen was zijn nervositeit weer terug.

Hij keek om zich heen en zag dat het metrostel bomvol zat met mensen van alle leeftijden en etniciteiten. Tegenover hem zaten twee mediterraan ogende mannen driftig naar elkaar te gebaren, terwijl de zwangere Indiase vrouw naast hem verdiept was in iets op haar iPad. Aan een van de lussen in het gangpad hing een jonge zwarte man met oortjes in die met zijn hoofd op de maat van de muziek bewoog, terwijl bij de deuren een pezige witte man zenuwachtig met zijn voet stond te tikken, vol ongeduld om bij het volgende station uit te kunnen stappen. Omdat het bovengronds regende, was de vloer glad en hing er een vage geur van natte, ongewassen wol in het metrostel. Albert bedacht dat hij ergens had gelezen dat je meer bacteriën kon oppikken van een kort ritje in de Londense metro dan als je aan een toiletpot likte. Hij probeerde er niet te lang bij stil te staan en keek naar zijn schoot.

In zijn handen hield hij een ansichtkaart met een van de bekendste historische monumenten in Londen erop, die hij in een souvenirwinkel op Euston Station had gekocht. Die wilde hij naar Mina en Tariq in Bradford sturen, om ze te bedanken voor hun hulp bij het opsporen van George. Hij draaide de kaart om en keek naar de blanco achterkant, klaar om te worden gevuld met de ontknoping van zijn reis. Opnieuw sloeg de paniek keihard toe.

Hij probeerde zichzelf af te leiden door nog eens naar de plattegrond te kijken. Hij was nog nooit eerder in Londen geweest, maar de namen van de metrostations waren zo bekend dat hij zich een redelijke voorstelling kon maken van hoe de straten er bovengronds uitzagen. De trein passeerde Oxford Circus en stopte daarna bij Green Park, waar een opgenomen stem passagiers met de bestemming Buckingham Palace opdroeg om uit te stappen. Hij stelde zich voor hoe opgewonden George moest zijn geweest toen hij die mededeling voor het eerst had gehoord, en besefte weer dat hij hem over een paar minuten voor het eerst in vijftig jaar zou zien.

De paniek gierde door zijn lijf, zijn zelfvertrouwen was tot onder het nulpunt gedaald. Hij haalde een paar keer diep adem en telde de resterende metrostations.

Een... twee... drie...

Albert stapte uit bij Stockwell Station en nam de lift naar

boven. Daar koos hij een rustig plekje bij de uitgang. Hij pakte zijn telefoon en belde Nicole.

'Ik weet niet of ik dit kan,' flapte hij eruit zodra ze opnam. 'Ik heb het gevoel dat het gewoon allemaal te veel is.'

'Ik geloof in je,' verzekerde ze hem. 'Ik weet dat je het kunt.'

'Denk je dat echt?'

'Tuurlijk! Maar het is volkomen logisch dat je af en toe even de kriebels krijgt. Probeer je gewoon op het eindresultaat te concentreren. En weet dat we allemaal achter je staan. Je vrienden staan achter je, Albert.'

Hij dacht terug aan de afgelopen maanden en aan alle aardige dingen die zijn vrienden voor hem hadden gedaan – en hij bedacht ook hoe goed het had gevoeld om aardige dingen voor hén te doen. Dat was allemaal pas begonnen toen hij naar George was gaan zoeken. Hij wist nog hoe eenzaam hij daarvoor was geweest, en dat het die eenzaamheid was geweest die hem ertoe had aangezet om aan zijn zoektocht te beginnen.

Tja, ik ben het al die vrienden die ik ondertussen heb gemaakt verschuldigd om door te zetten.

Hij greep de ansichtkaart beet en schraapte zijn keel.

'Dank je, kind,' zei hij. 'Ik red het wel. Ik trek me nog even terug in mezelf en dan red ik het.'

Hij bedankte haar nog een keer en stopte zijn telefoon in zijn zak. Toen stapte hij weer de drukte in en keek toe hoe de mensenmassa de controlepoortjes door en het station uit stroomde. Hij vroeg zich af of George dit station ooit had aangedaan en probeerde zich een voorstelling te maken van hoe hij zich erdoorheen haastte op weg naar een show.

Binnenkort hoefde hij zich geen voorstelling van George meer te maken. Binnenkort zou hij hem in levenden lijve zien.

Hij pakte zijn tas op, liep het station uit en zette – voor het eerst in zijn leven – voet in de straten van Londen.

36

Albert liep de Royal Vauxhall Tavern binnen en betaalde zijn entree aan een kaalgeschoren lesbienne in een zwart bomberjack. Ze had een Liverpools accent en iemand noemde haar Tricky. Ze hield een stempel onder zijn neus en vroeg om zijn hand. Die stempel had hij nodig als hij het gebouw in en uit zou willen lopen. Het deed Albert denken aan een postzegel op een brief, hoewel deze wel een beetje uitgelopen was.

Hij hing zijn jas in de garderobe en ging naar binnen. Het was nog vroeg, maar de zaak begon al vol te lopen. Rechts van hem was een houten bar waar een groep mannen van overwegend middelbare leeftijd stond te wachten op hun drankje. Voor hem lag de dansvloer, die her en der onderbroken werd door een pilaar, en links daarvan was een iets verhoogd balkon dat erop uitkeek. Langs de wanden van het balkon stonden roodfluwelen banken en spiegels van de vloer tot het plafond. Een paar jongemannen legden daar de laatste hand aan hun outfit. Een van hen rolde de mouwen van zijn shirt op zodat zijn biceps mooi uitkwamen en een ander knoopte zijn overhemd verder open om zijn zwaar getatoeëerde borst te ontbloten. Aan het plafond hingen gekleurde lampen, twee gigantische discoballen en grote speakers waaruit populaire popmuziek galmde. Aan de rand van de dansvloer lag een groot podium, dat nu nog werd afgeschermd door een roodfluwelen gordijn. Het was het podium waar Georgina zo zou gaan optreden.

Albert had vanavond extra zorg aan zijn kleding besteed. Hij droeg de spijkerbroek en schoenen die hij bij zijn eerste bezoek aan Klobber had gekocht, samen met een effen groen strak overhemd dat hij had aangetrokken omdat George eens had gezegd dat groen hem goed stond.

Hopelijk vindt hij dat nog steeds.

Ook had hij bij de drogist een elektrisch scheerapparaat gekocht voor zijn eerste, wat onhandige poging tot manscaping. Hij geneerde zich nog steeds als hij eraan terugdacht en hoopte dat niemand kon zien dat hij bloosde – en hij hoopte dat het geen voorbarige actie was geweest.

Hij bestelde een groot glas cider en ging bij een van de pilaren op de dansvloer staan, naast een zwaarlijvige man met een bloemenkrans om zijn nek die in gesprek was met een kerel met een volle baard en een diamanten tiara op zijn hoofd.

Albert nam een slokje van zijn cider en keek op zijn horloge. De show begon om elf uur en het was net tien uur geweest.

Nog een uur te gaan.

Om elf uur precies riep de dj dat de show ging beginnen. De roodfluwelen gordijnen werden onder begeleiding van een cd met fanfaremuziek opengeschoven.

En daar stond ze.

Georgina St. James.

Ze droeg een platinablonde pruik, bronskleurige naaldhakken, gouden kettingen die in haar decolleté hingen en een reflecterende zilveren jurk die zo nu en dan het licht weerkaatste, waardoor het publiek zijn ogen dicht moest knijpen. Tijdens het intro kondigde ze haar eerste nummer aan, 'One Night Only' uit *Dreamgirls*. Het gejuich van het publiek gaf duidelijk aan dat dit een van de favorieten was. Albert bedacht dat niemand wist waarom hij hier vanavond was – en hoeveel energie het hem had gekost om hier te komen. *Niemand weet dat dit een van de belangrijkste avonden van mijn leven is.*

Het kostte hem moeite zijn emoties onder controle te krijgen, maar omdat George een personage speelde kon hij ze net genoeg in toom houden om van de voorstelling te genieten. Online had hij al zo veel filmpjes bekeken dat hij wist wat hij kon verwachten. Terwijl Georgina losging op haar openingsnummer, kon hij het niet laten om mee te playbacken.

'Hoe vinden jullie mijn jurk?' vroeg ze toen ze klaar was. 'Niet te ordinair?'

'Nee!' antwoordde iedereen in koor.

Ze sjorde aan haar grote nepborsten, die eruitzagen als een bh vol tissues. 'En hoe vinden jullie mijn meisjes vanavond? Zijn ze parmantig genoeg?'

'Ja!' brulde iedereen.

Albert deed mee.

'Trouwens,' ging ze verder, 'hoe noem je de borsten van een dragqueen?'

Albert wist het antwoord al.

'Airbags,' zei ze.

Albert lachte mee met de zaal.

'Oké, tijd om de boel wat op te vrolijken,' riep Georgina. Ze kondigde haar volgende nummer aan – 'Hello, Dolly!'

Haar voorstelling bestond uit de gewoonlijke mix van musicalnummers en schuine grappen en het publiek genoot. Albert was gebiologeerd. Maar hij bleef op afstand achter de pilaar om te voorkomen dat Georgina's blik op hem zou vallen en ze hem zou herkennen; het zou niet eerlijk zijn om haar midden in haar show met hem te confronteren.

Opeens verkondigde Georgina dat ze iets anders dan anders ging doen. 'Ik wil een liedje zingen voor iemand die ik gekend heb,' zei ze. 'Iemand van lang geleden.'

Het publiek viel stil. Albert herkende meteen het intro van 'Somewhere' van *West Side Story*.

Georgina gaf een hartstochtelijke vertolking van het nummer, dat een duidelijke tempowisseling inluidde. Albert wist niet meer hoe hij het had. Hij zag niet Georgina op dat podium, maar George. Opeens waren ze weer tieners, dansend op de heuvel.

Hij greep zich vast aan de pilaar en voelde zijn knieën knikken.

Ik kan dit niet. Ik moet naar buiten.

Hij strompelde naar de deur en botste bijna tegen Tricky op.

'Gaat het, vriend?' riep ze hem achterna.

Maar hij was al buiten. Een koude windvlaag sloeg hem direct in zijn gezicht. Zijn hoofd tolde van de adrenaline en zijn hartslag bonsde in zijn oren. Hij vulde zijn longen met zo veel mogelijk lucht.

Toen hij op adem was gekomen, stak hij zijn hand in zijn zak en haalde een van de briefjes van George tevoorschijn. Het was zijn lievelingsbriefje, met daarop de woorden die George had gebruikt om zijn gevoelens voor Albert te uiten, de woorden die hij voor het eerst op de moors had uitgesproken.

'Ik hou iets meer van je dan gisteren,' herhaalt George, 'en een beetje minder dan morgen.'

Albert spreidt zijn armen en George nestelt zich tegen hem aan.

'Dit is perfect,' zegt Albert nu ze samen op de stapel dekens liggen. Hij sjort aan zijn jas en spreidt die over hen uit. 'Maar als je elke dag iets meer van me gaat houden, hoeveel hou je dan wel niet van me tegen de tijd dat we oud zijn?'

Hij voelt George grinniken. 'Wat bedoel je, als we in de zestig zijn?'

'Ja,' zegt Albert, 'als we echt bejaard zijn.'

George zingt een paar regels van 'When I'm Sixty-Four' van de Beatles en ze moeten allebei lachen.

'Nou, ik blijf erbij,' zegt George. 'Ik hou elke dag iets meer van je – dus als we vierenzestig zijn, hou ik massa's meer van je dan nu.'

'Heerlijk,' zegt Albert, 'ik kijk ernaar uit.'

'Ik ook,' zegt George. 'Ik ook.'

Buiten voor de RVT liet Albert de hand met het briefje langs zijn lichaam hangen, en hij keek naar de zwarte lucht. Er zoefde een wit busje voorbij en hij deed een stap achteruit.

Kom op, kerel, nog even doorzetten. Ga ervoor.

Tegen de muur van de pub geleund hoorde hij het laatste applaus voor Georgina wegebben; daarna kondigde de dj een nummer van Britney Spears aan. Met een schok realiseerde hij zich hoe koud het was, en dat hij zonder jas buiten stond. Hij liep naar Tricky, zei dat hij zich beter voelde en liet zijn stempel zien. Maar eenmaal binnen vloog de hectiek aan de bar hem aan. Het was nu echt afgeladen en veel mensen begonnen nogal luidruchtig en dronken te worden. Hij liep naar de garderobe en pakte zijn jas.

'Pardon,' zei hij tegen Tricky. 'Is er ook een artiesteningang?'

'Je maakt zeker een grapje, vriend,' antwoordde ze. 'Dit is het concertgebouw niet.'

'O, oké,' zei hij. 'Waar moet ik zijn als ik Georgina wil spreken?'

Ze trok een wenkbrauw op. 'Ben je een vriend van haar?'

Hij knikte. 'Ja. Zeker.'

Dat denk ik tenminste.

'Nou, de beste plek is bij de achteruitgang waar de rokers staan. Door die uitgang glipt ze meestal weg als ze zich heeft omgekleed.'

Albert bedankte Tricky en liep naar de rokers. Maar daar was het druk. Er stonden meerdere mannen grappen aan elkaar te vertellen terwijl ze de ene na de andere sigaret wegpaften. Tegen de muur stonden twee in latex gehulde mannen vol overgave met elkaar te tongzoenen terwijl ze onhandig aan elkaars kleding sjorden. Een andere jongeman en zijn vriendin waren aan het 'slut-droppen', een manier van dansen die op Albert overkwam alsof ze een wedstrijdje deden wie met zijn billen het dichtst bij de grond kon komen. Tegen deze achtergrond kon hij onmogelijk zijn hereniging met George laten plaatsvinden.

Hij ging aan de overkant van het steegje in de schaduw van een spoorbrug staan.

Naast de rokersplek stond een soort urinoir waar verschillende mannen hun behoefte deden, waarschijnlijk om de drukte binnen te vermijden. Het leek op de openbare toiletten in Toddington, en Albert bedacht hoe hij zijn angst voor de mannen die elkaar daar ontmoetten had overwonnen door te beseffen dat hij uiteindelijk niet zo heel anders was dan zij. Hij was zelfs precies zoals zij.

Tijdens het wachten realiseerde hij zich opeens dat hij zijn zoektocht naar George niet alleen moest afmaken omdat hij zijn vrienden niet wilde teleurstellen of omdat hij het aan Bradley verplicht was. Hij deed het ook voor al die homomannen die minder geluk hadden gehad dan hij. Voor al die homomannen die gearresteerd waren en een boete hadden gekregen of in de gevangenis waren beland. Voor al die homomannen die hun geliefde aan aids hadden verloren. Voor al die homomannen die bij hun geliefde werden weggehouden.

'Ik doe het voor jullie,' zei hij hardop.

Hij voelde zich ineens een stuk sterker.

Hij richtte zijn blik op de deur en wachtte op George.

Even na enen kwam George eindelijk naar buiten.

Ook al stond hij aan de overkant van de steeg, Albert herkende hem meteen. Zijn haar was helemaal wit en hij droeg een broek en een regenjas en trok een rolkoffertje achter zich aan. Een paar rokers spraken hem aan en feliciteerden hem met zijn show. Een van hen praatte zo hard dat Albert elk woord kon verstaan.

'Je was sensationeel, schat!' riep hij met dubbele tong. 'Echt sensationeel!'

Er stonden te veel mensen om George heen, dus besloot Albert even af te wachten en hem te volgen tot ze op een rustiger plekje waren.

Albert volgde George de straat uit en een tunnel door die onder de spoorbrug liep. Maar daar stonden allemaal tieners iets verdachts te roken. Hun kletterende skateboards en hun geschreeuw weerkaatsten tegen de muren.

Hij volgde George door de hoofdstraat, maar overal op het trottoir stonden rijen mensen die de nachtclubs in wilden. Een dronken heterostel was in een verhitte discussie verwikkeld en slingerde scheldwoorden naar elkaars hoofd waar Albert nogal van schrok. Hij vond de agressie bedreigend, maar George bleef doorlopen alsof er niets aan de hand was.

Ze liepen in de richting van een brug over de rivier. Albert keek om zich heen, hier begon de menigte al uit te dunnen.

Dit is de plek. Hier ga ik hem aanspreken.

Maar juist op dat moment kwam er een dakloze vrouw op hem af die om geld vroeg. Ze had geen jas aan en rilde van de kou. Albert had medelijden met haar en gaf haar wat kleingeld. Terwijl hij de munten in haar hand liet vallen, speurde hij naar George.

Kom op, kerel, verlies hem nu niet uit het oog.

Tegen de tijd dat hij weer wat tempo kon maken was George al bijna de brug overgestoken, en Albert moest zich haasten om hem bij te houden.

George was al een andere grote straat aan de overkant ingeslagen. Maar toen Albert op hetzelfde punt aankwam, was het stoplicht van kleur veranderd en begonnen de auto's langs te razen.

Hel en verdoemenis.

Hij bleef George met zijn blik volgen en zag dat hij een zijstraat in liep. Opeens bedacht hij dat George vlakbij moest wonen: hij was lopend en had een koffer bij zich. Misschien woonde hij wel in die zijstraat. Toen het licht op groen sprong, stak Albert over en begon hij te rennen. Hij kwam de hoek om en zag meteen dat hij gelijk had; George stond maar een paar meter van hem vandaan voor de ingang van een flatgebouw. Hij had zijn rug naar Albert toe en tikte een code in op een beveiligingspaneel.

Albert bleef staan om op adem te komen.

Het is nu of nooit.

Hij deed zijn mond open en riep: 'George!'

De deur ging met een luide piep van het slot. George negeerde het geluid.

Er viel een stilte.

George bleef bewegingsloos staan, maar zei niets.

Toen draaide hij zich om.

Hij draaide zich om en keek hem aan.

'Albert?'

Hun blikken vonden elkaar.

Alberts hart stroomde over.

Het is hem echt.

Het is mijn George.

Het leek wel een eeuwigheid te duren zoals ze daar stonden. George' intens blauwe ogen vielen Albert gelijk weer op – zo blauw dat ze violet leken. Net als de boshyacinten die hij als tiener voor hem plukte voor hun afspraakjes op de moors.

Ik kan niet geloven dat ik hem weer zie.

Ik kan niet geloven dat George hier voor me staat.

Albert probeerde de uitdrukking op George' gezicht te lezen, maar dat lukte hem niet. Hij probeerde te glimlachen, maar ook dat werd een halfslachtige poging.

Er kwam geen glimlach terug.

'Albert?' herhaalde George. 'Ben jij het echt?'

'Hallo, George.'

Albert dacht aan alle dingen die hij had willen zeggen, maar opeens was zijn hoofd leeg en kon hij zich niets meer herinneren. Het enige dat hij wist uit te brengen was: 'Ja, ik ben het.'

George knikte langzaam. 'Ik wist dat je zou komen. Ik hoorde van Phoebe dat je naar me op zoek was. Maar ik schrik er alsnog van.'

Albert fronste. 'Sorry daarvoor.'

'Wil je binnenkomen?' vroeg George met trillende stem.

37

Albert volgde George naar binnen. De muren van de hal waren waarschijnlijk ooit helderwit geweest, maar nu waren ze dof en vergeeld en er zaten vegen op van de tassen en koffers die erlangs waren geschampt. Albert zag aan de briefjes op een prikbord dat het gebouw van de gemeente was en dat er honderden mensen woonden. George liep door zonder iets te zeggen.

'Ik heb trouwens genoten van je show.' Albert probeerde de stilte op te vullen terwijl hij achter hem aan liep. 'Het was geweldig. En het publiek had het ook erg naar z'n zin.'

George zweeg onverstoorbaar en duwde de deur naar het trappenhuis open. Albert begon zich ongemakkelijk te voelen en maskeerde dit gevoel door te blijven praten.

'Ik heb een paar filmpjes op je website bekeken,' vervolgde hij, 'maar live ben je veel beter.'

George tilde zijn koffertje op en nam de trap naar boven. Zijn schoenen maakten een krakend geluid op de treden. Albert volgde hem. 'O, en ik vond je outfit vanavond ook geweldig – met al dat brons, zilver en goud. Heel goed bedacht.'

Zijn stem galmde door het trappenhuis. Op de een of andere manier was zijn Lancashire-accent hier in Londen veel uitgesprokener.

Op de eerste verdieping bleef George staan. 'Hier woon ik,' zei hij. Zijn accent was minder uitgesproken dan op het podium, maar het was nog steeds hoorbaar.

Hij nam Albert mee naar een galerij die uitkeek over de binnentuin. Ze liepen nog een paar meter door tot ze bij een smaragdgroene deur kwamen.

'We zijn er,' zei George. 'Oost west thuis best.'

Albert probeerde George' blik te lezen, maar ook nu kon hij niet inschatten hoe George het vond om hem weer te zien. Hij haalde een sleutel tevoorschijn en stak hem in het slot terwijl Albert door bleef kletsen.

'Je bent trouwens prachtig als Georgina. Ik bedoel, ze is echt mooi. Of zou ik moeten zeggen: *jij* bent echt mooi?'

George reageerde niet, deed de deur open en stapte naar binnen. Albert bleef maar met complimentjes strooien terwijl hij achter hem aan naar binnen ging. George deed de deur achter hen dicht en klikte een nogal felle lamp aan. Albert schrok er zo van dat hij stopte met praten. De twee mannen bleven elkaar aanstaren.

'Oké,' zei George. 'Bekijk me maar eens goed zonder al die make-up. Nu ben ik een stuk minder mooi, toch?'

Hoewel zijn ogen nog hetzelfde waren, was zijn gezicht getekend door de tijd. Maar dat veranderde niets aan Alberts mening over hem.

'Je bent mooi, George. Misschien vind je zelf van niet, maar ik vind van wel.'

George glimlachte. Het was dezelfde voorzichtige glimlach van al die jaren geleden toen ze tieners waren, maar nu was er nog iets anders in te lezen. *Verdriet misschien?*

'Trouwens,' ging Albert verder, 'ik ben ook ouder geworden, net als jij. Dus ik hoop niet dat je mij er oud uit vindt zien.'

George zette zijn koffer in een hoek en hing zijn jas aan de kapstok. Hij stak zijn hand uit en Albert gaf hem zijn jas.

'Ik vind dat je er goed uitziet voor je leeftijd,' zei George. Toen zag hij Alberts overhemd. 'En groen stond je altijd al goed.'

Hij kan het zich dus nog herinneren. Albert voelde zich wat optimistischer worden.

'Dank je,' zei hij voorzichtig. 'Ja, ik ben alweer bijna vijfenzestig! Volgende maand ben ik jarig.'

'Dat weet ik,' zei George. 'Zeventien maart.'

Er viel weer een stilte. Maar Alberts hoop nam toe.

'Ik kan natuurlijk niet van je verwachten dat je weet hoe het is om zo oud te zijn, aangezien jij pas zestig bent,' grapte hij. 'Dat staat tenminste op je website.'

George grinnikte. 'O, dat was je dus opgevallen? Betrapt! Tegen niemand zeggen, hoor.'

'Maak je geen zorgen,' zei Albert. 'Ik zal je geheimpje bewaren.'

George keek hem aan en zijn glimlach veranderde in een grijns. Nu zag Albert duidelijk dat hij blij was hem te zien – en daar putte hij zelfvertrouwen uit.

'Kom,' zei George, 'we gaan naar de woonkamer.'

Albert volgde hem door de gang naar een veel zachter verlichte kamer die in een matgroene tint was geschilderd. Tegen de lange muur stond een grijze suède bank met verschillende lichtgroene kussentjes erop, en overal stonden planten, waaronder een enorme yucca en een bonsaiboompje, als Albert het goed had. Op een bijzettafeltje prijkten een paar ingelijste foto's van George met vrienden, en wat kaarsen, die George begon aan te steken. Albert had verwacht dat hij tekenen van zijn leven als dragqueen zou zien, maar die waren er niet.

'Ik bewaar alle Georgina-spullen in de logeerkamer,' zei George. 'Hier kom ik tot rust.'

'Het is leuk,' zei Albert. 'Jij hebt een veel betere smaak dan Georgina.'

George grinnikte. 'Dank je, wil je wat drinken?'

'Nee, dank je. Ik heb genoeg gehad in de pub.'

George plofte op de bank. 'Ja, ik ook. En ik ben altijd kapot na zo'n show. Het laatste wat ik wil is het op een zuipen zetten.'

Albert ging naast hem zitten. Hij besloot het onderwerp waar hij eigenlijk voor was gekomen aan te snijden nu hij er nog de moed voor had.

'Ik vond het trouwens geweldig toen je "Somewhere" begon te zingen,' zei Albert. 'Het overviel me alleen wel een beetje. Ik moest even naar buiten om een luchtje te scheppen.'

George ademde diep in en langzaam uit. 'Tja, toen ik Phoebe had gesproken moest ik weer aan je denken en kwamen er allemaal herinneringen boven. Maar wat is er gebeurd, Albert? Waarom ging je opeens naar mij op zoek?'

Albert vertelde hem over zijn zoektocht en de gebeurtenissen die eraan vooraf waren gegaan. Hij vertelde George over de crisis tijdens kerst, de dood van kleine Gracie, zijn bezoek aan Bradford, Blackpool en Manchester, alle nieuwe vrienden die hij onderweg had gemaakt, zijn coming-out, Bradleys dood en uiteindelijk zijn reis naar Londen. Maar het lukte hem niet om de juiste volgorde aan te houden, hij wilde zo veel vertellen dat hij van de hak op de tak sprong en details door elkaar haalde. Hij besloot ter zake te komen.

'Weet je, George, het spijt me dat ik niet met je mee ben gegaan toen je al die jaren geleden uit Toddington weg moest. Dat had ik wel moeten doen, en dat wilde ik ook. Ik zei alleen maar dat ik niet wilde, omdat ik je een uitweg en een nieuwe start gunde. Maar ik heb die avond tegen je gelogen. Ik wilde zo ontzettend graag met je mee, je hebt geen idee. Maar ik heb je laten zitten. En nu ben ik hier, omdat… omdat ik wil weten of je me kunt vergeven.'

Albert vergat in de haast te vertellen over de belofte die zijn vader had afgedwongen, de belofte die in Alberts ogen voor George' bestwil was gedaan. Maar zijn woorden en emoties tuimelden zo snel over elkaar heen dat hij ze niet meer bij kon houden.

George slaakte een diepe zucht. 'Je hebt geen idee hoe graag ik dit van je had willen horen, Albert. Maar het is vijftig jaar geleden. En er is in de tussentijd zo veel gebeurd.'

Hij schetste Albert een beeld van zijn eigen leven en van wat hij de afgelopen jaren had meegemaakt. Hij vertelde Albert dat hij in de jaren zeventig met drag was begonnen en dat de politie toen nog steeds invallen deed in homobars. Tijdens de hysterie rond aids in de jaren tachtig gebeurde dat met rubberen handschoenen aan. In de jaren negentig waren de invallen gestopt, maar tegen die tijd had George al ontelbare vrienden verloren aan de ziekte, die als een golf van vernieling door de homogemeenschap had geraasd. Door deze traumatische gebeurtenissen was hij zich steeds meer met politiek gaan bezighouden. Na zijn verhuizing naar Londen had hij zich intensief ingezet voor gelijke rechten voor homo's, bijvoorbeeld voor de verlaging van de leeftijd waarop ze seks mochten hebben. In de avonduren trad hij als Georgina op in bars en clubs als de RVT. Toen de gelijke rechten langzaam maar zeker in zicht kwamen, nam de acceptatie toe. Drag werd steeds populairder dankzij mannen als Lily Savage en later RuPaul, en George kreeg meer en betere boekingen. Voor het eerst van zijn leven had hij geen geldzorgen. Hij had deze flat van de gemeente kunnen kopen – eindelijk een thuis.

'Dat is het wel zo'n beetje,' zei hij. 'Nou ja, de belangrijkste dingen in ieder geval.'

'Heftig,' zei Albert. Hij had eigenlijk willen zeggen dat hij trots op George was, maar hij wist niet zeker of die dat zou waarderen.

'O, en als je wilt weten hoe het met mannen zit,' ging George verder. 'Die zijn gekomen en gegaan, dat ga ik niet ontkennen. Maar het grootste deel van de tijd ben ik alleen geweest. En dat ben ik nog steeds.'

Albert knikte bedachtzaam. 'Je hoort niet alleen te zijn, George, je had nooit alleen mogen zijn. Ik had er moeten zijn om je te steunen. Ik had dat allemaal samen met je moeten doormaken. Maar ik was er niet en dat spijt me. Ik wil het goedmaken.'

George werd onrustig. 'Wat bedoel je? Wat wil je daarmee zeggen, Albert?'

Hij besloot het eruit te gooien. 'Ik wil dat we samen zijn, George. Ik wil de rest van mijn leven bij je zijn. Ik wil met je mee op het avontuur waar je me vijftig jaar geleden voor hebt uitgenodigd.'

Het was stil. Albert realiseerde zich wat hij zojuist van George had gevraagd. Hij hoopte dat het niet belachelijk had geklonken.

George knipperde langzaam met zijn ogen. 'Maar Albert, je hebt me pas net weer ontmoet. Misschien ben ik wel veranderd in die vijftig jaar. Misschien vind je me wel helemaal niet leuk meer.'

'Nou ja, ik weet dat je veranderd bent, tuurlijk weet ik dat. Maar toch weet ik dat je ook dezelfde bent gebleven. Je bent nog steeds de jongen op wie ik verliefd werd.'

En ik ben altijd van je blijven houden, wilde hij zeggen. Maar hij wist niet hoe die woorden hardop zouden klinken.

George drukte zijn handpalmen tegen elkaar en bracht zijn handen naar zijn neus. 'Maar Albert, denk je niet dat het te laat is? Wat er tussen ons is gebeurd was in een ander leven. Ja, ik vind het fijn je weer te zien. En ja, ik heb vanavond ons nummer gezongen. Ik zeg niet dat ik geen gevoelens meer voor je heb. Maar horen die niet in het verleden thuis?'

Albert schoof dichter naar hem toe. 'Dat hoeft niet, George. Waarom zouden we vijftig jaar later niet weer samen kunnen zijn?'

'Maar Albert, je kunt hier niet na al die tijd opeens op de stoep staan en verwachten dat we verdergaan waar we gebleven waren. Zo werkt het niet.'

'Waarom niet? Kunnen we het niet proberen? Kunnen we niet langzaam beginnen en kijken waar we uitkomen?'

George stond op en liep naar het raam. 'Nooit achterom kijken – dat is mijn motto. Ik heb het in allerlei situaties toegepast. Als ik me door iets uit het veld liet slaan was dat de enige manier om te overleven, door het achter me te laten.'

'Ja, maar als je dat doet, kun je het verleden nooit echt achter je laten – dan blijft het tot in het heden aan je kleven. Het nestelt zich in je lijf als een soort gif. Alleen door direct de confrontatie ermee aan te gaan en de gevoelens die het oproept te verwerken kun je ervan leren en verdergaan met je leven.'

Voordat hij dit eruit gooide had Albert zich nog niet gerealiseerd dat hij dit echt had geleerd. Hij had zich niet gerealiseerd dat hij zo veel wijzer was geworden.

Er viel een lange stilte. Albert hoorde twee mensen in de binnentuin lachen.

George keek hem weer aan. 'Ik heb tijd nodig, Albert. Het spijt me, maar dit is te veel om te verwerken.'

'Dat begrijp ik.'

George pakte zijn telefoon en ging naast hem zitten om nummers uit te wisselen. 'Kijk ons eens,' zei hij. 'Telefoonnummers delen via onze mobieltjes, dat hadden wij als tieners nooit bedacht.'

'We hadden het nooit geloofd,' zei Albert.

En toen bedacht hij wat hij nog meer had willen zeggen.

Kom op, zeg het.

'Maar ik heb dit juist voor die tienerjongens gedaan,' zei hij. 'Voor die jongens heb ik je opgespoord. En het grappige is dat ik vandaag een paar keer heb overwogen om op te geven, maar toen dacht ik aan al die mensen die me hebben aangemoedigd, aan al die mensen die me hebben geholpen of die ik helemaal niet ken, maar die niet zoveel geluk hebben gehad als ik. Maar eerlijk gezegd heb ik het niet voor hen gedaan. Ik heb het voor óns gedaan – ik heb het voor de jongens gedaan die wij ooit waren. En ik denk dat we het aan hen verschuldigd zijn om nu de draad weer op te pikken. Of het in ieder geval te proberen.'

Hij zweeg en trok zijn wenkbrauwen op. Hij had geen idee waar deze speech vandaan was gekomen.

'Oké,' zei George. 'Laat me nadenken.'

Albert knikte. Hij had niets meer toe te voegen. Hij stond op om zijn jas te halen.

'O, en Albert?' riep George hem na.

Hij draaide zich om. 'Ja?'

'Ik vergeef je. Natuurlijk vergeef ik je. Je hoeft niet eens uit te leggen wat er is gebeurd. Het waren zware tijden voor ons allemaal. We waren allemaal onschuldig. We waren allemaal slachtoffer.'

Albert knikte. 'Dank je, George. Dat waardeer ik echt.'

George schonk hem nog een laatste glimlach.

'Dag,' zei Albert. 'Ik hoop dat we elkaar snel weer zien.'

Hij had George tijdens de hele ontmoeting niet aangeraakt. Hij wilde zijn armen uitstrekken en hem omhelzen, maar hij wist niet of George daarop zat te wachten. Dus liep hij naar buiten en sloot zachtjes de deur.

38

EEN MAAND LATER

Albert stak de spoorbrug achter Toddington Hall over en liep het grindpad op dat naar de heuvels leidde. Hij was net begonnen aan zijn gebruikelijke zondagwandeling, maar dit was de eerste wandeling van het jaar waarop hij de aanwezigheid van de lente voelde. Het was veel warmer dan het de afgelopen maanden was geweest en de zon liet zich af en toe zien vanachter de donzige wolken die door de lucht dreven. Toen hij bij de moors aankwam, zag hij dat de sepiatint die bij de winter hoorde aan het vervagen was en dat het groen weer tevoorschijn kwam. En bij de bomenrand zag hij de eerste boshyacinten van het seizoen staan.

Hij dacht terug aan zijn belofte om George te vinden voordat hij de eerste boshyacinten zou zien, en dat gaf hem toch een beetje een somber gevoel. Want ja, hij had George gevonden – maar sindsdien had hij niets meer van hem gehoord.

Vier lange weken waren verstreken sinds Albert uit Londen was teruggekomen, vier lange weken waarin hij steeds had gehoopt op een teken van leven van George. En nu was zijn verjaardag in aantocht, een verjaardag die George zich nog nadrukkelijk had herinnerd. Dit jaar zou die samenvallen met zijn pensionering, de mijlpaal die Albert er nota bene toe had aangezet om naar George op zoek te gaan.

Maar aan het einde van de rit zal ik toch alleen van mijn pensioen moeten gaan genieten.

In plaats van in de richting van de oorlogsbunker te lopen besloot Albert bij de grenssteen te blijven staan. Hij draaide zich om en keek uit over de stad. De vertrouwde oriëntatiepunten, de parochiekerk en de klokkentoren van het stadhuis, waren duidelijk zichtbaar.

Terwijl hij tegen de steen leunde bedacht hij dat hij toch blij was dat hij George had gevonden, ook al liet die nu niets meer van zich horen. Hij had zijn excuses kunnen aanbieden voor het feit dat hij hem al die jaren geleden in de steek had gelaten, en George had het hem vergeven. Daardoor had Albert eindelijk ook zichzelf kunnen vergeven.

Hij besefte ook dat hij dankzij zijn zoektocht enorm was gegroeid als persoon. Hij had zijn verlegenheid weten te overwinnen en een paar hechte vriendschappen gesloten, had een thuis gevonden in zijn plaatselijke gemeenschap en in de homogemeenschap, en hij had voor het eerst in zijn leven van zichzelf leren houden. Hij had geen reden om somber te zijn.

Ik ben weliswaar in eerste instantie op zoek gegaan naar George, maar onderweg ben ik zomaar ineens wakker geworden – en ben ik gegroeid op manieren die ik nooit voor mogelijk had kunnen houden.

De zon kroop vanachter een wolk vandaan en in de verte hoorde Albert vogeltjes kwetteren. De lente was duidelijk in aantocht. En net zoals het landschap om hem heen met elk seizoen zou blijven veranderen, zo zou ook hij blijven veranderen. Hij herinnerde zich dat hij zichzelf ooit had vergeleken met een van Reenies half ingekleurde tekeningen; hij besefte nu dat hij zichzelf altijd zou blijven inkleuren, en dat gold voor ieder mens. Maar daar was niets mis mee. Want de tekening waaraan hij werkte had veel meer kleuren en schakeringen dan vroeger.

De vrijdag daarna was Alberts vijfenzestigste verjaardag – en zijn laatste dag op het werk.

Het begon als een doorsnee werkdag. Om kwart voor zes reed hij de parkeerplaats van het sorteercentrum op en bleef even staan om gedag te zeggen tegen Ste, die hem de nieuwste video van zijn bicep-curls liet zien. Hij liep door naar het hoofdkantoor, waar hij een praatje maakte met zijn collega's over hun plannen voor het weekend, zijn post sorteerde en zijn ontbijt opat. Maar net toen hij zijn post in zakken aan het sorteren was, kwam Marjorie met een spongecake aanzetten en verzamelde iedereen zich om hem heen om 'Happy Birthday' te zingen. Ze gaven hem een kaart die ze allemaal hadden ondertekend en hielpen zichzelf aan een stuk van de cake. Toen keerden ze een voor een terug naar hun werkplek. Hij bleef achter met een handjevol ongeïnspireerde gelukwensen voor de toekomst.

Nou. Dat was het dan.

Na de heftige emoties van de afgelopen drie maanden kon Albert zich niet aan de indruk onttrekken dat zijn pensionering een beetje een anticlimax was. Maar hij zei tegen zichzelf dat iedereen het druk had met zijn eigen sores, dat iedereen zijn handen vol had aan zijn eigen uitdagingen in het leven.

Iedereen is bezig zichzelf in te kleuren.

Vastbesloten om van zijn laatste dag te genieten sprong hij in een bestelbus en reed de hoofdstraat af, langs de winkels, de bibliotheek en het standbeeld van de edelman. Hij reed de woonwijk in en zag de moors door de zijstraten naar hem lonken. Hij parkeerde de bus voor Cod Almighty, waar hij zijn karretje uitlaadde en begon aan wat zijn allerlaatste ronde als postbode zou zijn.

Hij probeerde niet terug te denken aan zijn allereerste ronde, toe hij en George nog met elkaar afspraken en hij geen idee had van de ramp die hen boven het hoofd hing. In plaats daarvan dacht hij aan hoeveel de stad sindsdien was veranderd, hoe de grenzen van zijn ronde zich hadden aangepast aan de openingen en sluitingen van winkels en bedrijven. In de oude school waren appartementen gekomen en de nieuwe school was gebouwd en herbouwd, er waren nieuwe straten aangelegd waarlangs nieuwe huizen waren verschenen, en de in verval geraakte fabrieken die zo belangrijk waren geweest voor de identiteit van de stad waren afgebroken zonder dat er veel ruchtbaarheid aan was gegeven of zelfs maar belangstelling voor was geweest.

En de stad zal blijven veranderen, ook als ik allang niet meer met mijn posttas door haar straten sjok.

In de uren die volgden diepte Albert brieven, ansichtkaarten en pakketjes op uit zijn tas en leverde ze af in lage brievenbussen, hoge brievenbussen, smalle brievenbussen en brievenbussen met zo'n borstelige tochtstrip erin waar hij altijd zijn vingers aan schaafde. Hij laveerde langs honden, die hun vertrouwde hindernisbaan voor hem opwierpen, haalde zijn stok van zijn gebruikelijke plek onder het struikgewas om ermee naar de agressieve bordercollie te zwaaien, maar wierp hem daarna in een vuilnisbak, wetende dat hij hem niet meer nodig zou hebben. De gebruikelijke bewijzen van geboortes, overlijdens, huwelijken en andere belangrijke mijlpalen in het leven van zijn stadsgenoten gingen door zijn handen. Vandaag zetten die hem aan het denken over alle veranderingen waar hij de afgelopen vijftig jaar getuige van was geweest: de baby's die waren geboren en die tot kinderen en jongvolwassenen waren uitgegroeid, die op kamers of op reis waren gegaan en daarna waren teruggekeerd om een eigen gezin te stichten, hun komen en gaan net zo regelmatig en betrouwbaar als de cyclus van de seizoenen. En hoewel hij zijn bevoorrechte inkijkje in al die veranderingen zou verliezen, wist hij dat ze ook zonder hem door zouden gaan. En dat stemde hem gelukkig.

Het enige wat hem dwarszat, was dat hij geen van zijn vrienden zag. Daniel en Danny, en zelfs Edith, die zelden haar huis verliet, waren in geen velden of wegen te bekennen. Hij nam aan dat Edith op stap was met William, die ze sinds hun hereniging regelmatig zag – ze was in de zevende hemel geweest toen ze ontdekte dat hij haar inderdaad had vergeven. Aangezien ze geen mobiele telefoon had, kon hij niet even voor de zekerheid bellen, maar hij nam zich voor om haar morgen thuis op te zoeken.

Daar heb ik van nu af aan zeeën van tijd voor.

Hij at zijn lunch, een sandwich met tong en piccalilly, en nipte van zijn thermosfles thee terwijl hij in zijn bestelbus zat en naar het nieuws op de plaatselijke radio luisterde. De items van vandaag gingen vooral over dieren: er was een bericht over een labradorpuppy die met een groene vacht was geboren, en een over de dood van een 25-jarig konijn wiens eigenaren beweerden dat het het langst levende konijn in heel Lancashire was geweest. Hij trakteerde zichzelf met een droevige glimlach op zijn gebruikelijke chocoreep en zette vervolgens koers naar de Bloemenwijk. Op Tulip Drive en Buttercup Avenue zei hij de jongeren in trainingspak gedag en zwaaide hij opgewekt naar de dronkaard die in zichzelf zat te mompelen bij de bushalte. Maar Nicole en Reenie waren tot zijn teleurstelling niet thuis.

Maakt niet uit, in de toekomst zal er meer dan genoeg gelegenheid zijn om ze te zien.

Eenmaal terug in het sorteercentrum trof hij het veel rustiger aan dan anders. De meeste postbodes waren al vroeg klaar met hun ronde en hadden zich naar huis gehaast voor het begin van het weekend, en Marjorie had een briefje voor hem achtergelaten met de mededeling dat ze naar de dokter moest, maar dat ze elkaar snel weer zouden spreken. Hij voelde zich niet beledigd, want ze was nog maar een paar weken terug op het werk nadat ze veertien dagen vrij was geweest in verband met Bradleys overlijden. Hij snapte dat ze nog steeds in de rouw was en geen zin had om haar gebruikelijke vrolijke façade op te zetten. Maar hij voelde zich wel een beetje op zijn teentjes getrapt dat er verder zo weinig collega's hem gedag kwamen zeggen.

Toen hij zijn laatste stapel papierwerk had ingevuld, deed hij al zijn persoonlijke bezittingen in een lege postzak en haalde zijn werkplek leeg, zodat de jonge uitzendkracht Tyger zijn plek kon innemen als die de volgende week Alberts vaste baan overnam. Hij kiepte het restant van zijn taart in de vuilnisbak en schraapte de kruimels en de slagroom van het bordje. Daarna nam hij afscheid van de paar medewerkers die er wel waren en kneep hij er stilletjes tussenuit.

Toen hij voor de laatste keer het gebouw uit liep, zei Albert bij zichzelf dat zijn pensionering nu zo onopgemerkt voorbijging dat hij wilde dat hij een afscheidsfeestje had georganiseerd. Maar hij was zo bezig geweest met hopen dat George contact met hem zou opnemen dat hij er niet aan had gedacht. Hij besloot zich er niet druk om te maken en zich op positieve dingen te concentreren, hoe hij van zijn leven zou gaan genieten nu hij niet meer hoefde te werken bijvoorbeeld. Een leven waar George dan misschien geen rol in zou spelen, maar, zo bracht hij zichzelf in herinnering, dat veel rijker was dan een paar maanden geleden.

'SURPRISE!'

'Maar ik begrijp het niet,' stamelde Albert terwijl hij zijn voordeur opende. 'Wat is er aan de hand?'

'We hebben een pensioenparty voor je georganiseerd!' zei Nicole, waarna ze op een felgekleurde plastic toeter blies.

'Maar hoe zijn jullie binnengekomen?'

Nicole legde uit dat ze contact had gezocht met Marjorie om de reservesleutel van John in handen te krijgen, die hem niet had teruggegeven nadat hij de slaapkamer had opgeknapt. 'Afijn, daar gaat het niet om, het gaat om het feestje. We hebben iets te vieren!'

Albert, die moeite had om het allemaal te bevatten, liet zich de keuken in leiden, waar rijen lege glazen op het aanrechtblad stonden opgesteld, naast flessen met allerlei soorten wijn en sterke drank. In de hoek had iemand een biervat neergezet waaruit pinten werden getapt. En toen hij zich omdraaide, zag hij dat er op de oude eettafel van zijn vader en moeder een buffet was neergezet met sandwiches, minipasteitjes en saucijzenbroodjes.

De woonkamer bleek versierd met ballonnen en een groot spandoek met de tekst GENIET VAN JE PENSIOEN! Uit een paar speakers galmde een playlist met liedjes uit 1970, het jaar dat hij bij de post was komen werken. Op dit moment stond 'Band of Gold' van Freda Payne op. Een paar van de oudere gasten stonden luidkeels mee te zingen.

Albert was verbijsterd door de moeite die iedereen voor hem had gedaan – en geroerd door het besef dat ze allemaal om hem gaven. Hij begon zich langzaam een weg te banen door de menigte en iedereen enthousiast te bedanken.

Nicole had niet alleen Reenie bij zich, maar ook Jamie, met wie ze de afgelopen vrijdagavonden had doorgebracht terwijl

Albert had opgepast. Ze vertelde hem dat het nu heel erg goed klikte met Jamies ouders en dat ze waren uitgenodigd om het paasweekend met hen door te brengen in hun villa in Toscane.

'Dat wordt onze eerste gezinsvakantie,' zei ze. 'Ik weet niet wie er meer naar uitkijkt – Reenie of ik!'

Edith was er met William, die Albert nog niet eerder had ontmoet maar die heel aardig bleek; hij noemde haar zijn 'gravin' en zoog op een pepermuntbal van Uncle Joe's. Albert wist niet dat die nog gemaakt werden, maar William vertelde hem dat hij ze online te pakken had weten te krijgen. Hij vertelde ook dat hij geen auto meer reed en een chauffeur had gehuurd om Edith op te halen voor dagtochtjes, zoals ze vroeger ook altijd deden.

'Volgende week gaan we naar Manchester,' riep ze. 'Naar het theater!'

Veel bekijks hadden Daniel en Danny, die Albert apart namen om hem te vertellen dat ze het nog niet wereldkundig gingen maken, maar dat Daniel Danny net ten huwelijk had gevraagd en dat ze volgend jaar zouden gaan trouwen.

'Ga maar alvast op zoek naar een hoed, lieverd,' zei Danny. 'Dit gaat je eerste homohuwelijk worden!'

Albert feliciteerde hen met een knuffel en begaf zich weer in de menigte.

Behalve zijn goede vrienden zag hij tot zijn grote vreugde ook een paar andere, minder verwachte gasten staan. Ted Hardacre was er, die uitlegde dat hij niet wilde ontbreken bij zo'n grote gebeurtenis in het leven van zijn oudste klant. Albert zag ook het stel dat naast hem woonde en dat regelmatig bij hem over de vloer kwam sinds hij met hun kinderen was komen kletsen tijdens de LHBT-week op hun school. Ook Jean Carter en Beverley Liptrot hadden zichzelf op de een of andere manier weten uit te nodigen. Ze stonden in de keuken cocktails te mixen en duwden hun nieuwste versie, die ze enthousiast het Bruinwerkers Brouwsel noemden, in de handen van iedereen die langsliep.

'Tot het gaatje, hè!' zeiden ze er met een ondeugende knipoog bij.

Maar de meeste gasten waren vrienden van Alberts werk, wat verklaarde waarom er die middag maar zo weinig mensen op kantoor waren geweest. Hij maakte tijd voor Ste en Delphine, die inmiddels een stel waren en voor het eerst samen op vakantie zouden gaan naar een of ander fitnessresort waar zowel de in- als de uitwendige mens in de watten werd gelegd. Smiler en zijn dochter Olivia vertelden opgewonden dat ze net een uitnodiging hadden gekregen voor *Beat the Parent*, een televisiequiz waarin vaders en moeders het moesten opnemen tegen hun kroost; volgende maand zouden ze naar Londen gaan voor de opnames. En Tsunami en John hadden twee nieuwtjes die ze graag aan hem kwijt wilden: Johns bedrijfje begon te lopen, met een nieuw contract om een heel flatgebouw vanbinnen te schilderen, terwijl Tsunami net een weekje Valencia had gewonnen met een of andere wedstrijd.

'Ik kan niet wachten,' zei ze. 'Ik ben zo blij dat we eindelijk op vakantie kunnen!'

In de gang stuitte Albert op Jack, die zijn arm om een vrouw heen had. De vrouw was frêle, maar je kon op de een of andere manier toch niet om haar heen.

'Albert, mag ik je voorstellen aan de baas?' zei Jack trots. 'Dit is nou mijn Doreen.'

Albert schudde Doreen de hand en zei dat hij het een eer vond om kennis met haar te maken.

'Dat is wederzijds,' zei ze. 'Ik heb zo veel over je gehoord. Hoewel ik niet snap dat je het op je werk zo lang met deze figuur hebt uitgehouden.'

'Ach, daar ben ik nu vanaf,' grapte Albert. En toen klopte hij Jack op zijn schouder. 'Ik moet eerlijk zeggen dat er een tijd is geweest dat ik er heel anders over dacht, maar het is me een genoegen geweest.'

'Dito voor mij, man,' zei Jack. 'En maak je geen zorgen, als ik nog eens een misstap maak, heb ik Doreen om me tot de orde te roepen.'

'Wees daar maar niet bang voor,' zei ze pinnig. 'God weet

wie je allemaal nog meer voor zeurkous gaat uitmaken als ik je niet in de gaten hou.'

Albert schoot in de lach en vervolgde zijn ronde door de kamer.

Na een tijdje begonnen verschillende mensen te roepen dat ze een speech van hem verwachtten. Al snel besefte hij dat hij daar niet onderuit kon. Hij vroeg Nicole om de muziek uit te zetten. Iedereen kwam om hem heen staan en keek hem verwachtingsvol aan.

'Zoals jullie weten,' begon hij, 'ben ik niet echt een type voor speeches. En ik mag de afgelopen maanden dan een grote transformatie hebben doorgemaakt, ook daar zitten grenzen aan.'

Er klonk gegiechel uit de menigte.

'Maar wat ik wel wil zeggen, is dat ik, toen ik te horen kreeg dat ik met pensioen moest, me in eerste instantie helemaal rot schrok. Ik dacht dat ik eenzaam zou worden en niemand in mijn leven zou hebben. Maar nu besef ik dat ik ernaast zat. Het enige wat ik moest doen was de moed vatten om jullie te laten zien wie ik echt ben – en toen kwamen de vriendschappen vanzelf. Ik ben heel blij dat ik jullie allemaal goed heb leren kennen. En ik kijk ernaar uit jullie in de toekomst nóg beter te leren kennen.'

Iemand gaf een brul en er steeg een bemoedigend gemompel op.

'Dus dank jullie wel dat jullie er voor me zijn, bedankt dat jullie naar dit feest zijn gekomen – en ik zie jullie na mijn pensioen.'

Iedereen juichte en de glazen gingen de lucht in voor een toost.

'Op Albert!'

Met een grote grijns op zijn gezicht hief Albert ook zijn glas. Maar terwijl hij dat deed, voelde hij een steek van verdriet. De enige persoon die hij hier liever had gehad dan wie ook was er niet bij.

George.

Hoewel hij de hoop had opgegeven dat George contact met hem zou opnemen, wist hij zijn verdriet te smoren met het besef dat George indirect wel degelijk hier op het feest aanwezig was. *Want eigenlijk is het George die al deze mensen op mijn pad heeft gebracht.*

Hij besloot zich in het feestgedruis te storten. Maar eerst was er nog één ding dat hij wilde doen.

Terwijl Elvis Presley 'The Wonder of You' begon te zingen, liep hij naar Marjorie. Ze was veel stiller dan gewoonlijk. Haar verdriet kon hij niet wegnemen, maar hij kon er misschien wel voor zorgen dat ze het een klein beetje naar haar zin had op zijn feest. Hij tikte haar op haar schouder.

'Gaat het een beetje, Marjorie? Wij zouden nog dansen, weet je wel?'

Ze draaide zich om, haar ogen gezwollen en van hun gebruikelijke glinstering ontdaan. 'Waar heb je het over, schat?'

'Met Kerstmis vroeg je mij ten dans, maar toen was ik er te verlegen voor, weet je nog? Ik hoopte dat ik dat nu kon goedmaken.'

Hij stak zijn hand naar haar uit. Ze glimlachte en nam de uitnodiging aan.

Terwijl hij haar van de ene kant van de kamer naar de andere leidde, vroeg hij hoe ze zich voelde.

'Ach, je kent het wel,' zei ze. 'Ik hou me staande.'

Albert knikte.

'Ik mis onze Brad nog elk uur van de dag. Mijn leven wordt nooit meer hetzelfde, denk ik. Maar het troost me wel dat zijn laatste week zo mooi is geweest – dat hij toch nog op reis heeft gekund. En dat allemaal dankzij jou.'

Albert deed net of zijn neus bloedde. 'Wat bedoel je? Mij hoef je niet te bedanken.'

Ze rolde met haar ogen. 'Kom op, schat. Ik weet heus wel dat dat geld van jou kwam.'

Albert wilde het gaan ontkennen, maar hij zag dat ze hem toch niet zou geloven.

'Daar was weinig speurwerk voor nodig,' grinnikte ze. 'Ik had je verteld hoeveel we tekortkwamen en een uur later stond datzelfde bedrag op onze rekening.'

Albert probeerde het gesprek een andere wending te geven, maar ze legde haar vinger tegen zijn lippen.

'Stil maar,' zei ze. 'We hoeven het er niet over te hebben. Ik wil alleen maar dat je weet dat het erg gewaardeerd werd, en dat Brad zich enorm heeft vermaakt. Ik ben blij dat Jackie die herinnering voor altijd met zich mee kan dragen.'

Albert glimlachte. 'In dat geval ben ik blij dat ik heb kunnen helpen.'

En hij bleef met haar van de ene kant van de kamer naar de andere zwieren.

Zijn volgende dans was met Edith. Terwijl hij haar voorzichtig door zijn kamer begeleidde, vertelde ze hem dat ook zij wist dat hij haar geheime weldoener was geweest.

'Maar ik begrijp er niets van,' protesteerde hij. 'Hoe kun je dat nou weten? Ik heb al die cadeautjes in hun verpakking gelaten en jouw adres op de etiketten geschreven.'

'Jij domme oen,' zei ze, 'je vergat er postzegels op te plakken. Van wie anders konden ze dan komen?'

Albert kon er niet over uit dat hij zo'n basale fout had gemaakt.

'Hoe dan ook, het maakt niet uit,' vervolgde Edith. 'Want dankzij jou ben ik weer opgebloeid. Dankzij jou heb ik William gevonden – en ik ben in jaren niet zo gelukkig geweest.'

Albert glimlachte en danste verder.

Toen het nummer was afgelopen vroeg Nicole of hij even tijd voor haar had. Ze stelde voor om naar boven te gaan, zodat ze onder vier ogen konden spreken.

Ze gingen op de rand van het gloednieuwe grenenhouten tweepersoonsbed in de pas gerenoveerde slaapkamer zitten. De muren waren vrolijk turquoise geverfd.

'Niks aan de hand, hoor,' zei ze. 'Ik ga je niet vertellen dat ik weet dat je naar Leeds bent gegaan om Jamie toe te spreken.'

'Potverdrie,' zei hij. 'Van wie heb je dat?'

Ze schermde haar ogen af met haar hand. 'Toen hij zomaar

ineens van z'n luie reet kwam, was me snel duidelijk dat jij daar een rol in had. Maar dat geeft niet, daar wilde ik het niet met je over hebben.'

'Godzijdank.'

'Hoewel ik je er wel heel erg dankbaar voor ben.'

'Oké, oké. Maar nu we toch aan het bedanken zijn: ik waardeer het echt dat je zo veel moeite in dit feest hebt gestoken. Niet te geloven dat je dit allemaal in je eentje voor elkaar hebt gekregen!'

Nu was het Nicoles beurt om zich ongemakkelijk te voelen. 'Ja, ja, het is al goed. Wat ik je wilde vertellen, is dat er nog één verrassing op je wacht.'

Albert trok een wenkbrauw op. 'O ja? Wat dan?'

'Loop maar naar het steegje achter je huis, dan weet je het.'

'Het steegje? Waarom het steegje?'

'Kom, ik laat het je zien. Maar misschien kun je beter ongezien naar buiten glippen, zodat er niemand achter je aan komt.'

Albert sloop de trap af en wachtte tot er niemand keek. Toen glipte hij de voordeur uit en liep stilletjes naar de achterkant van zijn huis. Toen hij het steegje in liep, viel zijn oog op een stukje papier dat uit het gat tussen de twee losse bakstenen stak.

Nee. Dat kan niet.

Hij sprintte erheen en rukte het eruit.

Zie je op onze gebruikelijke plek, zodra je weg kunt komen. Ik wacht op je. G

De woorden dansten over het papier. Alberts hart begon als een bezetene te kloppen. De opwinding benam hem bijna de adem.

Is dit echt?

Hij draaide zich om en zag Nicole aan het eind van het steegje staan. In haar handen had ze zijn jas en zijn wandelschoenen. 'Deze kun je wel gebruiken,' zei ze.

Hij schudde zijn hoofd. 'Wacht even, je bedoelt toch niet – ? Maar hoe zit het dan met – ?'

'Dat loopt allemaal wel los,' onderbrak ze hem. 'Ga nou maar gewoon naar hem toe.'

Albert rende de hoofdweg af en nam het pad dat achter Toddington Hall liep. Hij voelde hete tranen over zijn gezicht stromen en zijn hart klopte zo wild dat hij het gevoel had dat het in zijn keel zat. Hij hapte naar adem en de steken in zijn zij waren bijna ondraaglijk. Maar hij bleef rennen.

Waar is hij? Waar is mijn George?

Hij sprintte de heuvel op en de grenssteen voorbij; het kwam geen moment in hem op om te blijven staan en over de stad uit te kijken. Hij sloeg rechts af en verliet het pad om de bosjes door te galopperen. Bijna kreeg hij een laaghangende tak in zijn oog en verdraaide hij zijn enkel op een losse steen. Maar het maakte hem allemaal niet uit – hij moest en zou zijn bestemming bereiken. Hij stopte alleen even om een paar boshyacinten te plukken en er een bosje van te maken.

Toen hij uiteindelijk de bosjes uit kwam, richtte hij zich op en veegde zijn ogen af aan zijn mouw. Daar was de bunker.

'George?' schreeuwde hij. 'George, ben je daar?'

Langzaam kwam er een gestalte uit de opening tevoorschijn. De lage lentezon creëerde een halo rond zijn witte haar.

'Hallo, Albert.'

Albert liep voorzichtig de heuvel op en kwam oog in oog te staan met de man van wie hij hield, de man van wie hij al die tijd was blijven houden.

'George. Je bent hier!'

George glimlachte. 'Gefeliciteerd met je verjaardag.'

'Sodemieters, dit is het beste verjaardagscadeau dat ik ooit heb gekregen,' ratelde Albert. 'Ik kan er niet over uit, je bent echt hier!'

George stak zijn hand op. 'We doen het rustig aan. Ik wil niet dat we iets overhaasten.'

Albert knikte. 'Nee, natuurlijk niet. Je hebt helemaal gelijk.'

George gebaarde naar de boshyacinten. 'Zijn die voor mij?'

'Ja, dat klopt.' Albert glimlachte verlegen.

George nam ze van hem over. 'Ze zijn prachtig.'

Albert herinnerde zich hoe graag hij George had willen omhelzen toen ze elkaar voor het laatst hadden gezien.

Zou ik hem nu kunnen omhelzen?

Hij kreeg het antwoord zonder dat hij de vraag hoefde te stellen.

'Ik ben gekomen om te zeggen,' begon George, 'dat ik nog in ben voor dat avontuur, als jij dat ook bent.'

Hij spreidde zijn armen en Albert liet zich erin vallen.

Terwijl hij George tegen zich aan trok, voelde Albert zijn tranen weer vloeien. Hij trilde zo hevig dat hij alleen maar oppervlakkig en hortend kon ademen.

'O, George,' zei hij. 'Natuurlijk ben ik daar nog voor in.'

Hij voelde de warmte van George' wang tegen de zijne en ze begonnen voorzichtig heen en weer te deinen. Voordat Albert het wist, stonden ze te dansen. Toen George zijn lied aanhief, voelde Albert zijn tranen langzaam wegtrekken. Hij deed zijn ogen dicht en stelde zich heel even voor dat ze nog tieners waren.

Toen opende hij zijn ogen en keek naar George zoals hij nu was.

Ik heb genoeg bij het verleden stilgestaan. Het is tijd om me op het heden te richten.

Hij luisterde naar de tekst van George' liedje en besefte dat George gelijk had gehad toen hij al die jaren geleden had voorspeld dat ze op een dag een plek zouden vinden waar hun liefde werd geaccepteerd.

Maar ik heb geen moment gedacht dat dat hier zou zijn.

Hij had George nog steeds niet verteld dat hij van hem hield, maar hij realiseerde zich dat dat zo'n haast niet had. Waar het nu om ging, was dat zij tweeën eindelijk aan hun avontuur zouden beginnen – en Albert was razend benieuwd waar dat hen zou brengen.

Terwijl ze op de heuvel op de klanken van 'Somewhere'

dansten, vroeg Albert zich af of hij ooit meer van George had gehouden dan nu op dit moment.

En als mijn liefde voor hem vandaag al zo groot is, wordt die morgen alleen nog maar groter.

Dankwoord

Allereerst wil ik JOU bedanken, de lezer, omdat je Albert en zijn verhaal in je leven hebt toegelaten! Het schrijven van een roman is een lang en moeizaam proces en op bepaalde momenten wordt het je te veel en zie je het niet meer zitten. Tijdens dat soort momenten denk ik aan de echte lezers die de fictieve wereld die ik heb gecreëerd zullen betreden, en dat is een heerlijk gevoel. Ik weet dat er duizenden geweldige boeken zijn waar je uit kunt kiezen, dus bedankt dat je je kostbare tijd aan mijn boek hebt besteed. Het is een voorrecht voor je te mogen schrijven.

Mijn redacteur, Eleanor Dryden, wil ik enorm bedanken voor de energie en het enthousiasme die ze in dit boek heeft gestoken – en niet te vergeten voor haar scherpe en consequente redactionele commentaar. Nu ik jou aan mijn zijde heb, Eli, besef ik wat ik al die tijd heb gemist. Als schrijver is het leven zo veel makkelijker wanneer je een briljante en bevlogen redacteur hebt die je vanaf de zijlijn aanmoedigt; hoewel ik wel denk dat we elkaars gelijke zijn als het over oog voor detail gaat! Even zonder gekheid, bedankt dat je mijn geloof in de uitgeverswereld weer hebt hersteld – ik kan niet wachten tot ons volgende project samen!

Ik wil iedereen bij mijn nieuwe uitgeverijfamilie, Headline Review, bedanken, onder wie Rosanna Hildyard, die op de een of andere manier kans heeft gezien om mijn tekst aan talloze aanpas- en bijschaafsessies bloot te stellen; Jo Liddiard en Rosie Margesson, die met een sneltreinvaart en een te gekke marketingcampagne de boeklancering in het Verenigd Koninkrijk hebben georganiseerd; Nathaniel Alcaraz-Stapleton, die met net zoveel snelheid de boeklancering in de rest van de wereld voor elkaar heeft gekregen door de buitenlandse rechten te verkopen (wat mij na aan het hart ligt, omdat ik zelf een talenstudie heb gedaan); en alle mensen op de fantastische verkoop- en audio-afdeling, die zo geweldig hun best doen in het Verenigd Koninkrijk. Het sterkt me om te weten dat er zo veel talent zit in wat ik het A-TEAM noem!

Ook dank aan Katie Brown, die me op het idee bracht om een boek over een postbode te schrijven die weer in zijn gemeenschap wordt opgenomen. Ik heb altijd al een boek willen schrijven over een oudere homo die op zoek gaat naar een verloren liefde, maar jij hebt me dat eerste zetje gegeven dat Albert tot leven heeft gebracht.

Veel dank gaat uit naar mijn agenten Sophie Lambert en Deborah Schneider, die de eerste versies van dit boek vorm hebben gegeven. En Sophie, bedankt dat je precies het goede thuis voor mijn boek hebt gevonden, dat je me bent blijven steunen, en dat je mijn zorgen en ongeduld zo lang hebt geslikt – het is ons gelukt!

Ook al mijn vrienden die me geholpen hebben met de research voor dit boek wil ik bedanken, onder wie Rachel Mason, die me heeft uitgelegd hoe een dierenarts een kat laat inslapen; Irshad Ashraf, voor zijn hulp bij de beschrijving van de woonkamer van de Chaudhry's; en Cassa Pancho, die me heeft geholpen Nicoles herinneringen aan haar oma uit Trinidad te formuleren. Ik wil nog speciaal mijn neef Freddy noemen, die me de zin influisterde over van iemand blijven houden, ook al verandert diegene in een zombie! Even tussen ons, Freddy, ik zou nog steeds van je houden als je in een zombie veranderde.

Ook ben ik veel dank verschuldigd aan al die vrienden die mijn eerste lezers waren; mijn nicht Emma Newton, die mijn passages over de Royal Mail (en niet de Post Office!) op juistheid heeft gecontroleerd; mijn vader en moeder, die de details uit het verleden hebben gecheckt (pap, bedankt voor je advies over wat jongens in de jaren zeventig gezegd zouden hebben: memmen of tieten); Matt Bates, die een van de eerste versies heeft gelezen en me heeft aangemoedigd om verder te gaan;

en Rosie Robinson, die de laatste versie heeft gelezen en me geadviseerd heeft over de manier waarop jonge mensen praten, en die zelfs een paar fouten heeft ontdekt die de persklaarmaker had gemist!

Iedereen die me heeft aangemoedigd als mijn motivatie begon in te zakken – Chris Bollinghaus, Amy Rynehart, Bianca Sainty, Laetitia Clapton, Ed Watson en Ste Softley: bedankt dat jullie zoals altijd me moed in bleven praten.

Ten slotte wil ik mijn speciale dank uitspreken naar Harry Glasstone, de liefde van mijn leven en de man aan wie ik dit boek heb opgedragen. We hebben elkaar pas ontmoet toen ik al aan dit boek was begonnen, maar je hebt enorm veel invloed gehad op alles wat daarna kwam, net zoals je enorm veel invloed hebt gehad op alle andere dingen in mijn leven. Je zegt vaak voor de grap dat ik alleen maar bij je blijf voor je printer – en ik heb je flink op de proef gesteld door eindeloos veel versies van dit boek uit te printen – maar je hebt me zo veel meer gegeven dan dat, en ik had het nooit kunnen doen zonder jou. En nu kan ik niet wachten op onze bruiloft!

Ik hou van je, mijn schnitzeltje xx